On n'oublie jamais...

Claudia NOLLIAC

On n'oublie jamais...

Éditions de Noyelles

Éditions de Noyelles,
avec l'autorisation des Éditions Nouvelles Plumes

123, boulevard de Grenelle, Paris

ISBN : 978-2-298-08671-3

Pour papa et pour mes piliers…
Parce qu'il ne faut jamais renoncer, ne jamais cesser de croire
que la vie est un incroyable voyage dont les rêves
nous ouvrent le chemin.

Adam,

Je suis descendue de l'avion et je me suis laissé guider par le flot de passagers à travers les longs couloirs de Kennedy Airport dont je foulais le sol pour la première fois.

Le ciel est bas et lourd, à l'instar de mon humeur maussade, en contraste total avec les illuminations et décorations de Noël dont Big Apple s'était revêtue.

J'étais le témoin bien malgré moi de nombreuses retrouvailles, d'embrassades empressées, et toutes ces manifestations affectives me donnèrent la nausée.

Pour m'isoler des autres et me protéger de tous ces néons aveuglants, j'ai chaussé des lunettes noires dissimulant la moitié de mon visage.

J'ai suivi comme un automate le tapis roulant et j'ai fixé sans les voir les affiches de publicité prônant la visite de New York. Avec lassitude, j'ai serré la ceinture de mon manteau en traînant mon trolley derrière moi. Même le panneau indiquant « MA TRADUCTRICE FRANÇAISE » devant lequel je me suis arrêtée n'a pas réussi à me décrocher un sourire.

— Laura ? Laura Vallon ?

J'ai levé les yeux vers toi et tu m'as immédiatement souri alors que je me contentais d'acquiescer.

Autour de nous dans cette immense aérogare, tout n'était qu'agitation, précipitation, cris de joie et accolades tandis que je me murais dans un silence apaisant et protecteur.

— C'est plus grave que je ne le croyais !

Ton accent est prononcé et je me suis demandé quelle région l'avait façonné.

— Quoi ? Ai-je répondu en prenant la langue de Shakespeare et en ouvrant la bouche pour la première fois.

Avant que je puisse réagir, tu as fait un pas vers moi et sans te soucier des convenances, d'un geste vif, tu m'as ôté mes lunettes. J'ai émis une vague protestation en français puis fermé les yeux.

— Alors cette question ? Qu'est-ce que je peux faire pour toi ?

Je me souviens avoir pensé « Hopps est fou mais peut-être que je le suis encore plus que lui ». Je venais de quitter le village de mon enfance pour la seconde fois, je m'étais réfugiée dans un avion pour te rejoindre à New York, toi que je ne connaissais qu'à travers tes romans.

J'étais en quête de mon Saint-Graal, en quête de rédemption : retrouver l'espoir.

— Raconte-moi.

J'ai baissé les yeux sur mon trolley comme si sa présence était la réponse à toutes mes questions.

— Raconte-moi, as-tu insisté.

— Je ne peux pas.

— Je vois. Si nous commencions par le début ? Je suis Adam Hopps, as-tu annoncé en tendant la main vers moi. J'imaginais ma traductrice moins jeune, nettement moins jolie et surtout moins dévastée.

— Laura Vallon.

J'ai glissé ma main dans la tienne.

— Je t'imaginais plus vieux aussi, ai-je ajouté en réalisant que tu avais une petite quarantaine.

— Bien. Nous travaillons ensemble depuis... depuis combien de temps déjà ?

— Cinq ans. Depuis le début de la série de Colin.

— Exact. Depuis tout ce temps, nous avons eu quelques rares conversations téléphoniques, quelques échanges de mails et soudain, je reçois un mail m'informant qu'une de mes traductrices débarque à New York parce qu'il faut qu'elle quitte la France sur-le-champ et qu'elle a une question à me poser !

Tu m'as fixée longtemps avec une expression curieuse dans le regard. En y repensant, tu devais me prendre pour une hallucinée : j'imagine mes cheveux hirsutes, mon teint pâle, mes cicatrices et les bleus équilibrés sur le haut de mon front, mes yeux gonflés et rougis par le chagrin ainsi que la fatigue.

— Je...

— Oui ?

— Je pensais au personnage de Colin et j'ai eu besoin de savoir.

— Savoir quoi ?

Un homme derrière nous m'a bousculée et j'ai été projetée contre toi. Tu l'as réprimandé d'une insulte qu'il faudra que j'intègre dans mon vocabulaire concernant la traduction de tes romans. L'individu s'est excusé rapidement et a agité la main vers une femme de l'autre côté de la barrière. Je me suis agrippée à tes bras pour ne pas défaillir et, les yeux brillants levés vers toi, j'ai posé ma question :

— Est-ce que ça aussi, ça passera ?

Tu m'as guidée vers la sortie sans répondre et nous nous sommes engouffrés dans un de ces fameux taxis jaunes. À ta demande, nous prîmes la direction de Manhattan.

— Il faut que tu me racontes.

Je me suis mordu la lèvre et, plutôt que d'affronter ton regard, j'ai tourné le visage vers la vue magnifique de New York. Dehors, les premiers flocons tombaient et mon cœur s'est serré avec nostalgie.

— L'écriture est une excellente thérapie. Si tu n'es pas prête à raconter ton histoire, peut-être es-tu prête à l'écrire ?

J'ai songé « c'est lui l'écrivain, pas moi » et pourtant, dès le lendemain, jour après jour, semaine après semaine, j'ai caressé des doigts le clavier azerty de mon microportable et je me suis laissé envahir par les images, les souvenirs, et le trop-plein de mon cœur s'est déversé au fil des pages, et alors, j'ai commencé à te raconter l'épopée qui m'a conduite auprès de toi.

Mon histoire prend sa source en France, une nuit de décembre, dans un village de montagne dont je tairai le nom si tu le veux bien.

À cette époque, j'ai tout juste dix-huit ans et je n'ai pas encore conscience que, dans les heures qui vont suivre, ma vie entière va définitivement basculer.

1

Je levai les yeux une dernière fois pour capturer l'image du chalet et l'emprisonner dans ma mémoire. La maison de mon enfance aurait dû être un lieu magique, un cocon empli de rires, de cachettes secrètes, de bobos soignés aux « bisous baume du cœur » et mon bureau aurait dû être gravé du prénom de mon premier amour, scellé dans le bois pour préserver sa pérennité.

Je n'avais rien vécu de tout cela.

Enfin presque.

Nous étions le 18 décembre, au sud d'un petit village, au cœur des Pyrénées, côté français. Une bourgade paisible, carte postale de sérénité recouverte d'un manteau de velours blanc, multipliant par dix sa population de touristes pour la saison d'hiver et les randonnées d'été.

C'est ici que je suis née et c'est ce berceau de mon enfance que je quittais.

La nuit, complice de ma décision, est tombée très vite et je profitai de son ciel étoilé pour masquer ma fuite. Je jetai mon sac de sport par la fenêtre de ma chambre et sautai du premier étage.

Même pas peur.

Pourquoi enjamber la fenêtre alors que la porte d'entrée n'était pas verrouillée ?

Il me semblait juste que lorsqu'on s'enfuit, on ne passait pas par la grande porte, accompagné d'un troubadour, d'une trompette sonore et d'une pluie de confettis.

Je partais donc dans la plus grande tradition : en cachette, et profitant du halo de la pleine lune pour guider mes pas vers un avenir incertain.

L'épaisse couche de neige avait amorti le choc de l'atterrissage et m'avait enveloppée de sa froide douceur. Une partie de mon être était tétanisée tandis que l'autre se galvanisait.

Je n'avais jamais prononcé «ma maison» ou encore «chez moi», mais toujours «le chalet» pour désigner l'endroit où je suis née, l'endroit où j'avais vécu ces dix-huit dernières années.

Désormais, je ne pouvais plus rester.

Je me savais pleine de colère, pleine de rancœur, d'amertume et de haine. Je manquais d'air, et cet espace blanc et majestueux n'était plus assez grand.

Je levai encore les yeux et mon regard resta hypnotisé par cette sombre demeure indestructible ; pourtant, à la lueur de ces derniers événements, je la vis vacillante sous son épais chapeau blanc.

Je n'aimais pas cette maison.

Peut-être, un jour, apprendrais-je à l'aimer ?

J'avais déjà vu trop de drames en ses murs.

J'avais lu dans un roman que les maisons possédaient une âme, aussi, sans m'être réellement penchée sur le sujet, j'espérais qu'un jour son antre se remplirait de rires, de légèreté, de frivolité, de vie.

Un jour peut-être, mais probablement sans moi !

En bas, où j'étais recroquevillée, tout était paisible. La bâtisse inoffensive paraissait endormie. Le temps semblait avoir suspendu son vol à moins que le chalet ne fût encore emprisonné dans le tourbillon du passage de la faucheuse.

Je me dévissai le cou sur la gauche, alertée par la lumière qui venait de jaillir de la chambre de mon frère.

Une voix intérieure me sommait de décamper sur-le-champ et de prendre mes jambes à mon cou ; pourtant, je ne bougeai pas d'un millimètre.

Ma respiration se fit plus saccadée, instinctivement, je me concentrai pour calmer mes pulsations cardiaques : ne plus bouger, se faire invisible.

En vérité, j'étais pétrifiée. Une silhouette venait de passer devant la fenêtre et l'ombre de Thomas avait immédiatement réchauffé mon cœur puis l'avait empli de tristesse.

Après quelques minutes de cette léthargie, la lumière s'était à nouveau éteinte, laissant place aux ténèbres et à la triste réalité.

La réalité ?

La réalité : j'étais assise les fesses et les mains dans la neige, et je fuyais au beau milieu de la nuit parce que je n'avais pas assez de cran pour faire face aux derniers événements.

Je n'arrivai plus à me contenir et je sentis le sillon tiède d'une rivière de larmes slalomer sur mes joues glacées.

Thomas, mon grand frère, mon sauveur, mon idole... était devenu mon ennemi, mon bourreau.

Je venais de vivre la pire journée de ma vie !

Notre mère est morte. Martine Vallon n'est plus.

J'étais plus en colère et révoltée que triste.

Notre mère nous avait abandonnés, Thomas et moi, sombrant dans une déprime profonde ces cinq dernières années. Elle n'avait pas supporté l'absence de papa, emporté par le cancer qui l'avait dévoré avant même que le diagnostic ne fût prononcé !

Martine Vallon avait alors délibérément choisi de vivre dans un monde imaginaire plutôt que de se relever, de faire face et d'élever ses deux enfants. Rares avaient été, au cours de ces cinq dernières années, les moments de bonheur partagés en famille.

Et ces six derniers mois avaient été les pires.

Je ne savais pas ce qui l'avait fait basculer de l'autre côté – si autre côté il y a – mais, pendant ces six derniers mois, maman n'avait été que l'ombre d'elle-même et elle s'était évertuée de gommer la réalité à coups de Chivas, vodka et autres substituts, jour après jour, avant de choisir cette date fatidique du 18 décembre, à 8 heures du matin, pour s'enfiler toute une collection de boîtes de médicaments.

Non, je ne pleurais pas sa disparition.

Cruelle ?

En aucune façon.

L'amour est mon paradoxe.

Ce qui est cruel, c'est d'aimer une personne au plus profond de soi, de l'aimer envers et contre tout, de l'aimer malgré elle, de l'aimer pour deux, et tout à la fois de la détester pour son abandon, pour son laisser-faire, pour son renoncement, pour sa fuite.

J'étais lucide sur mes sentiments. J'accumulais des années d'expérience, des années de combat contre mes propres démons.

Au final, cela faisait cinq ans que j'avais perdu à la fois père et mère.

Thomas, de six ans mon aîné, avait affectueusement veillé sur moi puisque je n'avais que treize ans au décès de notre père. Thomas, mon phare, mon roc, ma lumière, à la fois mon père et ma mère, mon univers et mon « chez moi ».

Je ne pleurais pas la perte de Martine, et j'avais honte d'avouer que sa disparition était presque un soulagement, un poids en moins sur la poitrine.

La cause de ma souffrance était la réaction de Thomas et cette intolérable dispute n'ayant pour seul but que de me reprocher la lâcheté de notre mère.

C'est Thomas qui avait eu la lourde tâche de découvrir maman inanimée.

Il s'était occupé de tout, comme d'habitude !

D'abord le médecin qui n'avait fait que confirmer le décès, puis la gendarmerie. Je ne me doutais pas qu'il y avait toujours une enquête, même pour les suicides.

Cette journée avait été la plus longue de ma vie et j'avais prié pour que tout cela ne soit qu'un cauchemar. J'avais prié pour pouvoir remonter le temps et intervenir avant l'inéluctable.

Mes vœux n'avaient pas été exaucés.

Toujours assise dans la neige, les yeux rivés sur la fenêtre de la chambre de Thomas replongée dans la pénombre, je me remémorai le déroulement de cette atroce journée.

Après le départ des gendarmes, le chalet devint un parc d'attractions, débordant de popularité ! En premier Jacky, notre voisin, toujours prêt à rendre service et dissimulant très mal le fait d'être ébranlé par le décès de maman. Puis, les rares amis qui n'avaient pas encore tourné le dos à cette femme qui passait pour folle ou excentrique dans tous les coins d'un village, décidément trop petit.

Tout un va-et-vient, que je ne comprenais pas, de gens éprouvant le besoin de venir dire au revoir à notre mère avant même la cérémonie de son enterrement.

Au cours de l'après-midi, enfin, mon seul rayon de soleil arriva.

J'étais statufiée au milieu du salon, dans une pièce bondée d'inconnus, ne sachant ce qu'on attendait de moi, lorsqu'une bourrasque de froid me surprit. Je pivotai légèrement vers la porte d'entrée.

— Charly !

Je me précipitai vers lui et m'engouffrai sans retenue dans ses bras déjà tendus pour m'accueillir.

— Je viens seulement d'apprendre la nouvelle. Je suis vraiment désolé, Laura, sincèrement. Comment vous vous en sortez ? Je peux faire quelque chose ? dit-il après avoir déposé un baiser sur le haut de mon crâne tout en me serrant contre lui.

Je me détachai de sa présence réconfortante, à regret, et levai des yeux embués vers lui.

— Merci, Charly. Tu sais, Thomas s'est déjà occupé de tout.

— Je suppose que la gendarmerie est venue ?

— Oui. Ils ont débarqué après le médecin. Ensuite, il a été autorisé à emporter le… – mon menton se mit à tressaillir d'une manière incontrôlée – le corps de maman.

Mon visage se ferma et je me perdis en songes plus horribles les uns que les autres.

Une journée au ralenti, faite de doutes, de peurs, d'incompréhension, de solitude la plus totale au beau milieu d'un va-et-vient incessant.

Je m'étais fait l'effet d'être une branche arrachée à son arbre par la violence d'une tornade et je tournais, je volais sans réelle conscience de mon environnement, en me disant sans cesse : le pire sera quand je retomberai, le pire sera lorsque nous ne serons plus que nous, Thomas et moi, face à nos questions sans réponses et à cette nouvelle solitude.

— Laura ?

Je levai les yeux à nouveau vers Charly et devant la détresse qui emplissait mon regard, il se pencha sur moi et avec tendresse déposa un baiser sur mes lèvres.

— Je suis là, tu sais. Je serai toujours là pour toi.

Je le fixai comme si je le voyais pour la première fois, lui qui avait toujours fait partie de mon existence, depuis ma venue au monde.

Merci mon Dieu !

Comment pouvait-on aimer à ce point ?

Il avait été, est, et sera toujours, l'amour de ma vie.

Même du haut de mes jeunes dix-huit ans, je savais qu'il ne pouvait en être autrement. Les yeux de glace de Charly quittèrent les miens et se posèrent derrière moi.

J'avais toujours trouvé qu'il était beau. Une beauté insolente, provocante et presque froide qui tenait les autres à distance. Ses yeux d'océan rayonnaient par contraste avec sa peau qui, à cette période de l'année, était déjà tannée par la réverbération du soleil sur la neige. Ses cheveux bruns étaient coupés court mais restaient suffisamment longs pour qu'il puisse les coiffer avec les doigts. Charly était très grand. Plus que Thomas et beaucoup plus que moi qui, malgré mon mètre soixante-quinze, ne posais ma tête qu'au niveau de son cœur.

Je levai les doigts vers son menton et le tirai vers moi.

Les yeux de glace se baissèrent et il m'embrassa de nouveau avant de reporter une nouvelle fois son attention derrière moi.

— Avec qui discute Thomas ?

Je glissai ma main dans la sienne et l'entraînai dans le salon en adressant des hochements de tête reconnaissants ainsi que des sourires un brin forcés.

— Me Ledol.

— Ah, OK.

— Thomas ne veut pas que je me mêle de ça, mais je les ai entendus parler de testament. Depuis ce matin, je trouve que Thomas est…

— Est quoi ?

Je me tournai vers lui et lui fis face, n'osant pas lâcher sa main rassurante.

— Il a une attitude étrange.

— Comment ça, étrange ?

— Je ne sais pas, je n'arrive pas à l'expliquer. C'est un jour horrible et il a géré comme d'habitude, je sais qu'il m'évite toute angoisse pour me protéger, mais j'ai l'impression qu'il me cache quelque chose.

Charly lâcha ma main et posa les siennes sur mes épaules.

— Chérie, vous venez de perdre votre mère. C'est une terrible épreuve et pourtant Thomas est un roc ! Je le connais depuis toujours, c'est mon meilleur ami.

Il soupira avant de reprendre :

— Il essaie juste de faire pour le mieux. Tu n'as pas à t'inquiéter pour ça.

Je le fixai avec un demi-sourire puis approuvai d'un signe de tête.

C'est vrai, mon frère était un roc ! Rien ne pouvait l'ébranler.

Il n'avait jamais eu l'occasion de se comporter en jeune homme frivole et insouciant. Il avait dû gérer la perte de notre père, le monde imaginaire de maman, et avait dû élever sa propre sœur.

À cette pensée, mon cœur s'effrita jusqu'à ne devenir qu'un trou béant à sa place initiale.

Mon imagination me jouait des tours.

Je ne vouais une confiance sans limites qu'à deux personnes en ce bas monde. La première était Thomas, mon héros de toujours, et la deuxième était Charly.

Pourtant, malgré son rôle de grand frère exemplaire, quelque chose dans son attitude continuait de m'intriguer. C'était un sentiment indéfinissable, une conviction qui ne présageait rien de bon.

Mon Dieu… je vous en prie, faites que tout cela ne soit qu'un cauchemar !

Je regardai toujours mon frère et vis Me Ledol mettre fin à leur conversation et prendre congé.

Il s'approcha de moi en souriant.

— Sois courageuse Laura. Hein ?

J'opinai et, avec un sourire de circonstance, j'acceptai le baiser qu'il déposa sur ma joue. Il m'étreignit un bref instant l'épaule avant de serrer la main de Charly et de se diriger vers la sortie.

Ledol avait toujours fait partie de notre vie. C'était un ami fidèle de papa qui, après son décès, avait gardé un œil attentif sur nous. Face à la détresse et l'inaptitude de maman, il avait accompagné Thomas dans la gestion administrative et financière de notre quotidien au chalet jusqu'à ce que ce dernier l'assume seul.

Nous n'avions jamais eu à nous préoccuper de l'argent. Thomas travaillait et arrivait à subvenir à nos besoins. Nous n'avions que très peu entamé les contrats d'assurance-vie légués par notre père.

Je repensai à ces années en regardant l'homme qui enfilait son manteau. Ledol se tourna une dernière fois vers moi, me fit un signe de tête avant d'ajuster son feutre sur sa chevelure de plus en plus clairsemée et il disparut.

Lorsque je me retournai, je vis que Charly s'était rapproché de Thomas.

Était-ce une nouvelle fois mon imagination ou les yeux de Thomas avaient-ils brièvement affiché une lueur d'affolement ?

Non, je vis distinctement Charly se crisper un instant et avoir un bref mouvement de recul lorsqu'il perçut lui aussi un changement d'attitude chez son ami.

Ils discutèrent un moment puis Thomas hocha la tête à plusieurs reprises avant de serrer Charly dans ses bras plus que nécessaire. Il finit par le lâcher puis se dirigea directement vers le bureau.

Charly contourna un groupe de personnes, revint vers moi et je remarquai que ses traits s'étaient durcis.

— Qu'est-ce qui se passe ?

— Ne t'inquiète pas. Tout va bien.

— Tu pars ?

Il me fixa, hésita avant de finalement répondre :

— Oui. Thomas m'a demandé de partir. Je crois qu'il veut que vous soyez seuls tous les deux. C'est compréhensible, vous avez besoin de vous retrouver en famille.

— Mais tu fais partie de la famille !

Il pencha la tête légèrement sur le côté puis m'embrassa le bout du nez en souriant.

— Je sais. Dans peu de temps, ces gens vont partir aussi et, crois-moi, vous avez besoin de vous retrouver.

J'acquiesçai à contrecœur, sachant qu'il parlait en connaissance de cause.

— Je t'appelle demain matin, d'accord ?

Je hochai la tête tristement et le regardai se faufiler à travers les gens dans le salon avant de disparaître.

Une angoisse inexpliquée me submergea d'un coup, au point que, après quelques instants, je me ruai vers la porte à sa poursuite.

Mes yeux mirent un moment à s'accommoder aux flocons de neige puis je le vis loin devant.

— Charly ?

Les mains dans les poches de son jean, la tête rentrée dans les épaules pour se protéger du froid, il se dirigeait vers sa vieille Jeep et, lorsqu'il entendit ma voix, il se retourna.

— Oui ?

Je courus vers lui.

Essoufflée par ma course et frigorifiée, je me nichai contre sa poitrine et me serrai contre lui comme si ma vie en dépendait.

— Toi et moi Charly…

C'était notre « truc ». Aucun de nous n'avait prononcé « Je t'aime ». Le premier disait « Toi et moi » et l'autre répondait :

— Ensemble…

Je me hissai sur la pointe des pieds et, les lèvres rougies par le froid, je l'embrassai. Je sentis mon corps se réchauffer sous ses baisers et son ardeur. N'y avait-il pas meilleur endroit au monde que les bras de Charly pour passer le reste de ma vie ?

Charly m'attira encore plus près. Du bout des doigts, il repoussa une boucle qui barrait mon visage et la lissa à plusieurs reprises derrière mon oreille.

— Tu le lui as dit ? osa-t-il enfin demander.

— Non. Je n'en ai pas eu le temps.

— Et ce n'est plus le moment approprié. Nous attendrons, d'accord ?

Pour toute réponse, je souris et l'embrassai une ultime fois.

Je finis par le libérer et quitter ses lèvres puis, après son départ, je restai immobile jusqu'à ce que sa voiture tourne sur la droite, ne laissant qu'un vide sur la route et dans mon cœur. La pénombre faisait déjà son apparition et, pour la première fois, je réalisai que j'étais sortie en pull et que le froid me mordait la peau.

Lorsque je rentrai, je constatai que Charly ne s'était pas trompé. Les voisins, amis et personnalités du village prenaient leurs manteaux et, dans une volée de mots captés au passage – condoléances, mes pauvres petits, soyez courageux, nos pensées vous accompagnent… –, ils s'esquivèrent vers la sortie pour nous laisser dans une maison d'un seul coup beaucoup trop vaste.

Thomas et moi passâmes une grosse partie de la soirée sans parler, mais nous ne nous lâchâmes la main qu'à de très rares occasions.

Mon frère semblait en permanence perdu dans ses pensées. Je sentais un malaise qui flottait autour de nous sans réussir à identifier ce que je prenais à présent pour une menace réelle. Quelque chose n'allait pas avec Thomas. Sa posture, son regard lointain, ses pupilles pleines de fureur et agitée, étaient devenus des signes si obsédants que je finis par poser la grande question :

— Qu'est-ce que tu ne m'as pas dit, Thomas ?

Il se tourna vers moi et contre toute attente, comme pour s'exorciser, sa voix tonnante m'assassina de mots impossibles à oublier :

— Nous sommes responsables de cette situation : c'est à cause de nous si elle s'est suicidée ! À cause de toi et de Charly ! Elle

n'a pas supporté et, bien sûr, tu n'en fais toujours qu'à ta tête ! Il a fallu que tu continues de le voir !

Je reculai, pétrifiée, le visage déjà souillé de larmes, le mascara coulant sur mes joues pâles. J'étais abasourdie par sa réaction. Mon monde venait de s'effondrer.

— Pourquoi tu dis ça ?

Les yeux de Thomas me fusillèrent.

— La semaine dernière, il a fallu que tu lui balances en pleine figure que tu étais amoureuse et que tu sortais avec Charly depuis des mois, alors qu'elle ne s'était rendu compte de rien !

— C'est aussi ma mère et, pour une fois, elle était à peu près lucide ; je voulais lui faire partager mon bonheur.

— Ton bonheur ! Ton bonheur ? Tu n'as que ce mot-là à la bouche ! Moi, moi et moi ! Tu n'es qu'une petite égoïste ! Tu parles d'une réussite ! Tu te souviens de sa réaction ? Elle a crié aux démons, ça l'a mise dans une terreur folle.

Je me rappelai cette conversation qui m'avait complètement déroutée. Notre mère annonçant que le diable était déjà entré dans cette maison et qu'il ferait en sorte de ruiner notre vie. Elle m'avait suppliée, une semaine plus tôt, d'oublier Charly et de le quitter, du coup, j'avais gardé nos projets sous silence.

— C'est elle qui était folle !

— Tu vas trop loin, Laura ! Je t'ai toujours appris à respecter notre mère !

Thomas enfouit son visage dans ses mains. Il se frotta le front et les tempes pour évacuer le stress.

— Elle a repensé à… C'est ça qui l'a tuée…

Il avait dit cela pour lui-même, un murmure, une plainte.

— Mais Charly est ton meilleur ami ! Tu étais au courant dès le début. Tu étais heureux pour nous, tu disais qu'il n'y aurait jamais quelqu'un de mieux pour moi que Charly ! Comment peux-tu m'accuser d'avoir poussé maman à en finir ? C'est ignoble, tu n'as pas le droit de…

— Ça suffit, Laura !

Je reculai d'un pas et, sous mon poids, je reconnus distinctement un grincement familier. À cet endroit, il y avait une lame du parquet qui se rebellait et se soulevait de quelques centimètres sous le tapis.

Nous ne l'avions jamais fait réparer, prétextant qu'elle était devenue une cachette secrète, à ce jour encore inexploitée. Je continuai à reculer jusqu'au mur du salon près de la cheminée. Un pas de plus et les rondins de bois chauds et protecteurs allaient m'engloutir.

Je tremblais et luttais contre un océan de larmes. J'étais certaine de mourir noyée et mon frère n'avait pas l'intention de m'envoyer la moindre bouée de sauvetage. Pire, il me regarderait sombrer ! Qu'est-ce qui lui prenait ?

Thomas faisait les cent pas au milieu du salon, le visage tiré, les mains tremblantes. La fossette sur sa joue gauche avait disparu. Je ne l'avais jamais vu dans un état pareil.

J'en revenais toujours au même constat : il y avait une pièce du puzzle qui manquait. Quelque chose n'allait pas, je l'avais senti toute la journée. Lui qui était toujours calme, rassurant, maître de toutes les situations. J'avais envie de le prendre dans mes bras et pour une fois d'inverser les rôles et d'apaiser sa tristesse, de me faire pardonner quoi que j'aie bien pu faire. Pourtant, je ne bougeai pas. Je ne prononçai pas le moindre mot. J'étais si totalement désemparée par la réaction de mon frère que j'attendais la suite, la peur au ventre.

Finalement, je fis un pas vers lui puis me figeai devant son doigt accusateur pointé sur moi. La lame de parquet émit à nouveau une protestation sous ma chaussure.

— À partir de maintenant, on se tient à carreau et je t'interdis de revoir Charles !

Cette fois c'en était trop ! D'abord ma mère et maintenant Thomas ! J'étais prête à l'affrontement. Je levai le menton, consciente de devoir lui tenir tête et alors, pour la toute première fois de ma vie, j'osai contredire mon frère.

— Tiens donc ! En l'espace d'une seconde on est passés de « Charly » à « Charles » ! Ce n'est plus ton meilleur ami non plus, je suppose !

— Laura…

Je me raidis sous l'effet de la surprenante douceur de son timbre de voix. Son visage était tellement marqué de douleur que j'en ressentais une pointe qui s'enfonçait dans mon cœur, lentement, douloureusement.

—Je t'aime, Thomas, et j'ai confiance en toi. Mais sur ce point-là, tu n'as rien à dire : c'est ma vie ! Ni toi ni maman…

—Laisse maman en paix !

—Thomas, tu…

—Maintenant, ça suffit ! Tu dis que tu me fais confiance alors prouve-le ! J'ai toujours su ce qui était bon pour nous, alors tu feras ce que je te dis de faire !

—NON !

Ce « non » fut sec, court, percutant. Il tonna dans le salon, laissant un silence morne qui s'insinuait tout autour de nous comme un fantôme rôdant autour de sa proie. Je sentais que j'étais allée trop loin, que j'avais perdu une bonne occasion de me taire. J'avais franchi la limite, le point de non-retour.

Pendant un moment, nous nous affrontâmes des yeux. Aucun de nous ne baissa sa garde. J'avais le souffle court et les poings serrés. Je l'aimais tellement.

Les muscles de sa mâchoire se contractèrent.

Une fois.

Deux fois.

Il desserra les dents puis lâcha comme un ultimatum :

—Alors tu n'as plus rien à faire ici ! Va-t'en !

Je le reçus comme un coup de poing dans l'estomac.

La pièce se mit subitement à tourner et je sentis la nausée s'emparer de mon estomac. J'eus envie de vomir mais plus que tout mon instinct de survie prit le dessus et, presque malgré moi, je sortis les griffes.

Œil pour œil…

Nous étions toujours frère et sœur, mais ennemis comme Caïn et Abel.

— Très bien ! Tu ne vas plus me supporter longtemps !

Les mots dépassèrent ma pensée, et je les regrettais déjà.

J'avais crié si fort que le silence qui s'ensuivit devint insurmontable. Il ouvrit un gouffre entre nous au fur et à mesure que les lourdes secondes s'égrènaient.

Tic-tac, tic-tac, tic-tac.

Thomas me toisa pendant une éternité. Ses yeux noirs étaient insondables. Je vis distinctement ses maxillaires se crisper. Il semblait prêt à exploser, tandis que j'en crevais sur place. Je voulais qu'il me prenne dans ses bras, me lover tout contre lui et oublier cette improbable dispute. Je voulais que nous fassions front à cette tragédie ensemble, en famille, comme nous avions balayé toutes les claques que la vie nous avait infligées.

Rien n'avait de sens.

Notre mère était morte, Thomas me rejetait…

J'avais l'impression que si je criais, les Asiatiques à l'autre bout de la terre entendraient ma douleur.

J'observais Thomas. Son immobilisme était une morsure au cœur et je n'allais pas tarder à me liquéfier sur le tapis du salon : ci-gît, Laura, une pauvre fille morte de chagrin, abandonnée sur le tapis de laine beige.

Contre toute attente, pendant que je m'imaginais fondre de chagrin, Thomas fit volte-face et sortit. Je sursautai en entendant la porte claquer, choquée par les mots que j'avais cru entendre au passage :

« Je ne te retiens pas ! Bon débarras ! »

Je soupirai à ce dernier souvenir.

Cette réflexion me réexpédia dans le moment présent et je réalisai que je fixais depuis longtemps la fenêtre de la chambre de Thomas. La lumière s'était éteinte depuis au moins dix minutes, mais j'étais toujours assise dans la neige à ressasser le déroulement de cette affreuse journée. Mes mains étaient engourdies par le froid et mes doigts avaient pris une couleur jaune blanchâtre, indéfinissable. La neige mouillait mon jean qui cartonnait déjà sur mes cuisses et cette sensation de glace me fit l'effet d'une brûlure.

De colère, j'avais vidé mes tiroirs sur le lit et rempli mon sac de sport de vêtements, trousse de toilette et quelques souvenirs.

Je n'avais jamais quitté Thomas. Il était mon repère, il était mon « chez-moi », mais la colère s'était muée en rage, une rage irréversible, saupoudrée de détresse infinie. Un cocktail explosif. Alors, j'avais fui avant que la raison ne réussisse à me faire changer d'avis.

Je poussai à nouveau un long soupir et pris une très grande décision, la plus importante de la soirée : celle de me lever. Je tapotai les pieds contre le trottoir pour faire tomber la neige de mes chaussures, essuyai les larmes de mes joues et attrapai mon sac pour partir sans me retourner.

Surtout ne pas se retourner.

J'avais pris soin de laisser une note en évidence :

« C'est allé trop loin…

Tu as toujours veillé sur moi, mais tu as besoin de ta liberté et moi aussi.

Pardon de ne pas être là pour maman.

Dis à Charly que je l'aime. Je t'aime aussi, Thomas.

Ta sœur, Laura. »

Il était temps de nous séparer, il était temps que j'arrête d'être le fil à la patte de Thomas l'empêchant d'agir à sa guise et de vivre pleinement sa vie.

Maintenant que c'était fait, une petite voix intérieure prétendait que je ne valais pas mieux que maman. D'une certaine façon, elle fuyait la réalité, elle aussi, tout autant que je fuyais la douleur et l'incompréhension.

Je serrai mon anorak sur ma poitrine, dégageai mes cheveux et basculai mon sac sur le dos. Pleurant doucement et refusant d'écouter ma conscience, je traversai le village ensommeillé sous la lueur des lampadaires en l'observant attentivement, consciente du fait que je ne remettrais plus jamais les pieds ici. Il n'y avait pas âme qui vive et je me sentais misérable, seule, mais toujours furieuse.

La colère et la fureur sont un étonnant carburant. J'aurais pu marcher jusqu'au bout du monde !

Le paysage commença à varier. La route se fit plus large, la neige plus abondante, l'air plus froid et le silence omniprésent. Seul le craquement de la neige sous mes pas brisait ma solitude.

Au bout d'une heure de marche, réajustant mon sac sur mon épaule endolorie, je tirai sur les bords de mon bonnet et en profitai pour souffler sur mes doigts glacés.

Malgré la nuit bien entamée, je n'avais pas d'autre choix que d'arrêter une voiture, une âme charitable prête à se faire complice de ma fugue et à m'emmener loin d'ici. Je marchai longtemps tout en maudissant Thomas puis, à l'horizon, une masse sombre s'approcha, me dévorant de ses gros yeux jaunes, pleins phares.

Un camion.

Mes pulsations s'accélérèrent.

Je lui fis de grands signes des deux bras. Le véhicule ralentit pour au final s'arrêter à ma hauteur dans un ronflement de moteur assourdissant.

Vêtu d'une chemise de laine à carreaux, le conducteur me fit immédiatement penser à un bûcheron canadien. Pendant une brève seconde, j'eus la vague impression que ni lui ni moi n'étions à notre place. Deux âmes perdues en quête d'un quelconque salut.

L'homme avait une quarantaine d'années. Son visage était carré, mangé par une barbe envahissante, et ses yeux me parurent fatigués. Il émanait de lui un certain charisme, une sagesse bienveillante. Je n'avais pas peur malgré l'image floue de Thomas qui venait d'apparaître devant mes yeux, m'ordonnant de ne pas faire confiance à un inconnu.

— Où tu vas, gamine ? commença le chauffeur canadien.

— Où est-ce que vous allez, vous ?

— Je monte à Paris.

— Alors moi aussi.

Il me toisa une seconde, un brin méfiant. Je comprenais son air dubitatif : était-ce bien raisonnable d'embarquer une gamine dans son camion en plein milieu de la nuit pour traverser la France ?

J'avais toujours une main sur la portière, je ne portais pas de gants, j'avais froid, aussi braquai-je résolument sur lui mon regard de cocker auquel personne ne résiste. Le visage de l'inconnu prit une expression « mi-figue, mi-raisin », puis son regard s'éclaira d'un éclat bienveillant.

— Monte, gamine.

De peur qu'il ne change d'avis, je grimpai et basculai mon sac derrière la cabine. Il attendit que ma ceinture soit bouclée pour engager la première vitesse. Un regard dans le rétroviseur, un clignotant, et le camion roulait déjà à vive allure vers mon avenir.

L'homme sembla me scruter pendant un moment. Feignant de ne rien remarquer, je l'observai moi aussi à la dérobée.

Un grand moment !

J'avais fait mon sac, quitté le nid sécurisant que mon frère m'avait bâti au fil des années, et je venais de grimper dans un camion avec un inconnu.

Qu'est-ce que tu dis de ça, Thomas ? Toute une éducation à refaire, hein ?

— Qu'est-ce que tu fuis comme ça ?

Je le dévisageai avant de persifler entre mes dents :

— Je ne fuis pas !

— Puisque tu le dis.

L'homme haussa les épaules. Il soupira bruyamment puis, le regard rivé sur la ligne d'horizon, il reporta son attention sur la route.

— Je m'appelle Sam.

D'un mouvement de tête accentué, j'opinai, sans plus de commentaire.

— Comment tu t'appelles, gamine ?

— Gamine, répondis-je d'un ton las.

Sam éclata de rire.

Un rire cristallin, franc. Un rire qui emplit l'habitacle. C'était étrange… après cette journée, le reste du monde ne s'était pas arrêté de tourner.

— Alors OK pour Gamine.

Il me fit un clin d'œil entendu, aussi esquissai-je un sourire qui pourtant n'atteignit pas mes yeux. Je me sentais submergée par toute cette tension. Ma conscience me dévorait et je me demandais si mon choix était judicieux.

Je sentais une migraine cogner sur le coin de mon crâne et chercher une brèche pour entrer.

Je pleurais en même temps que je me mordais l'intérieur de la joue pour ravaler mes larmes et remarquai à mon grand soulagement que Sam faisait semblant de ne rien voir. Je regardai tristement autour de moi : l'obscurité, les bandes blanches qui s'étiraient le long de la route, les quelques phares que nous croisions, les mains puissantes de Sam tenant fermement le volant et pianotant du pouce droit.

La radio diffusait une mélodie que je reconnus vaguement. L'heure clignotait au-dessus de la station. Il était 3 heures du matin, un certain 19 décembre.

Au fur et à mesure que les bandes blanches s'évanouissaient, la tête appuyée contre la vitre, je me blottis dans mon anorak et laissai libre cours aux larmes, en silence.

Je m'éloignais de mon village, de mon enfance, de ma vie. Alors, enfin, je pleurai pour la perte de maman, la perte de Thomas, mais aussi et surtout pour la perte de mon premier et unique amour : Charly.

Finalement… Thomas avait obtenu ce qu'il voulait.

Je repensai au suicide de maman, à sa lâcheté. Était-ce inscrit dans les gènes ? N'étais-je donc pas d'une certaine manière en train de fuir la réalité, tout comme elle ?

Une chanson de Sardou fit irruption dans mon esprit embrumé :

« Je ne m'enfuis pas… je vole… je vous aime, mais je vole… »

Je la fredonnai un instant puis mes forces m'abandonnèrent et je m'endormis.

2

Dix ans plus tard...

Le chemin conduisant à la vallée était étroit et sinueux. Charles en connaissait le moindre recoin ; malgré tout, de crainte de voir surgir un gibier apeuré devant ses phares, il restait vigilant et concentré sur la route.

Les récentes chutes de neige apportaient au village cet aspect apaisant que les touristes affectionnaient tant. Noël approchait à grands pas et les décorations illuminées lui donnaient une harmonie féerique.

N'ayant pas pris le temps d'enfiler sa parka, Charles appuya sur l'interrupteur pour augmenter le chauffage du pick-up et sourit en repensant au gamin qu'il avait rencontré le matin même. Non content d'avoir une entorse à la cheville, la seule chose qui l'intéressait était de savoir dans combien de jours il pourrait rechausser des skis. C'était chaque fois la même chose avec les touristes, ce qui annonçait, pour son associé et lui-même, des heures de travail et des journées interminables.

Il repensait au planning de la semaine en songeant qu'ils devraient se répartir les gardes au cabinet lorsque son téléphone portable se rappela à son bon souvenir.

— Allô, Doc ? C'est toi ?

Charles s'étonna. C'était une voix d'homme qu'il avait l'impression de connaître mais n'arrivait pas à resituer dans son contexte. De fait, ce tutoiement aurait dû le mettre sur la voie ainsi que l'emploi de ce surnom que seuls les habitants du village utilisaient.

— Oui. Charles Revel, j'écoute.

Un souffle puis un soupir de soulagement à l'autre bout de la ligne.

— Doc, c'est Jacky.

Charly ne releva pas, aussi l'homme crut-il bon de préciser :

— Jacky, le voisin de la famille Vallon.

Le rythme cardiaque de Charles s'accéléra immédiatement. Jacky n'avait aucune raison de l'appeler sauf pour une urgence médicale. Il pensa une fraction de seconde à Thomas puis à contrecœur à Laura.

Il déglutit et fit un effort surhumain pour articuler naturellement et ne pas céder à la panique.

— Jacky ! Qu'est-ce qui se passe ? Tu es blessé ? demanda-t-il avec une horrible pointe d'espoir.

— Non. Je vais bien, mais c'est Thomas.

Une goutte de sueur glacée coula entre les omoplates de Charles.

— Qu'est-ce qu'il a ? Il est blessé ?

— Je crois bien.

Il marqua une pause avant de reprendre :

— Je crois bien qu'il est mort.

Charles encaissa. Il ferma les yeux une seconde, serra les dents avant de poursuivre.

— Comment ça, tu crois qu'il est mort ? Tu n'as pas vérifié ?

— Non, Doc. Je passais le voir puisqu'y avait d'la lumière chez lui et, en m'approchant de la fenêtre, je l'ai vu là, étendu sur le sol, inerte.

— Il a probablement fait un malaise et s'est évanoui. Je ne suis qu'à cinq minutes de chez vous, j'arrive.

— Doc ?

Charles retint son souffle, s'attendant au pire.

— Oui ?

— J'ai peut-être regardé de loin avant de t'appeler, mais cette marque sur son front, c'est une… bref, je suis certain que ce n'est pas juste un évanouissement.

— Une quoi ? Quelle marque sur son front ?

— Une balle, Doc, une balle d'une arme à feu.

Charles fronça les sourcils, un mélange de surprise et d'incompréhension, avant de répondre par automatisme.

— Alors rentre chez toi, ne touche à rien, je suis là dans moins de trois minutes.

Il ferma le clapet de son téléphone, le lâcha dans le vide-poche de son tableau de bord et accéléra.

Thomas, mort? Une arme à feu?

Son cerveau n'arrivait pas à enregistrer l'information. Il y avait très longtemps qu'il n'avait pas parlé à Thomas et presque une décennie qu'il n'avait pas revu Laura. Cette nouvelle le projeta à une vitesse fulgurante dans un monde de souvenirs.

C'est alors que le démon de douleur qu'il avait volontairement arrêté de nourrir depuis quelques années se réveilla affamé et prêt à le dévorer de l'intérieur en se nourrissant de sa peur et de son cœur meurtri.

Charly prit le dernier virage et le chalet des Vallon apparut: colossal, hautain et méprisant dans la lueur de ses phares.

Il coupa le contact, enfonça son téléphone dans la poche de son jean et attrapa sa sacoche de premiers soins. La porte du pick-up claqua dans la nuit et il grimpa les quelques marches du perron. Le salon était toujours éclairé.

Sans attendre la moindre invitation, il poussa la porte d'entrée et s'immobilisa sur le seuil. La pièce était spacieuse, les murs portaient toujours cette couleur sable et le même grand canapé de cuir noir invitait à la détente devant la cheminée. Il y avait juste un élément qui n'aurait pas dû se trouver là: Thomas était inerte, allongé sur les franges du tapis, les yeux ouverts et fixant le plafond avec un regard encore figé par la surprise.

Les yeux de Charles se remplirent de larmes. Il n'eut pas besoin de s'accroupir et de prendre son pouls pour savoir qu'il était effectivement mort.

Charles regarda autour de lui dans la pièce pour se ressaisir avant de reporter son attention sur le corps étendu de celui qui avait été son meilleur ami, de celui qui avait été comme son frère. Il renifla puis prit une inspiration et s'approcha de lui.

Sa sacoche inutile à ses pieds, il s'appuya d'un genou sur le sol et posa son index et son majeur sur la jugulaire à côté de la carotide. La peau n'était pas totalement froide mais il n'y avait plus aucun souffle de vie, plus aucun espoir.

Il reporta son attention sur le visage de Thomas marqué en plein front d'un projectile provenant d'une arme à feu. Ses yeux noirs fixaient le plafond sans le voir. Était-ce la dernière chose qu'il avait vue avant de partir?

Le sang de Charles se glaça lorsqu'il réalisa qu'il serrait fermement dans sa main droite l'arme qui lui avait ôté la vie.

Ne supportant plus cet affreux spectacle, il posa son pouce et son index sur les paupières de Thomas et lui ferma les yeux pour toujours.

— Adieu, vieux frère.

Il se releva, recula de quelques pas, attrapa son téléphone portable et fouilla dans son répertoire avant de plaquer l'appareil contre son oreille. Il se retourna et fut surpris par une silhouette sur le pas de la porte.

Il fronça les sourcils avant de reconnaître Jacky.

— Il est mort?

Il opina lentement et vit les épaules de Jacky s'affaisser. L'homme mit les mains dans ses poches et, sans rien ajouter, pivota sur lui-même et repartit, aussi silencieux qu'il était arrivé.

Charles resta un moment à écouter la sonnerie du téléphone tout en contemplant le seuil vide avant d'être tiré de sa réflexion par une voix ferme.

— Allô? Vous êtes à la gendarmerie.

— Bonsoir. Charles Revel. Je veux parler au capitaine.

— Quel est le motif de votre appel, monsieur?

Il hésita une seconde avant de poursuivre.

— Dites-lui que nous avons un mort sur les bras.

— Quoooi?

Il n'eut pas besoin d'en dire plus et fut mis en attente sur la musique des *Quatre Saisons* de Vivaldi entrecoupée d'un message le remerciant de patienter. Son regard se posa sur le corps de son ami. À cet instant précis, il pensa que plus jamais de sa vie il n'aimerait cette musique.

— Charly ? Qu'est-ce que c'est que cette connerie ?

— Salut, Bouloule. J'aimerais effectivement que tout ça ne soit qu'une connerie mais ce n'est pas le cas. Il faut que tu viennes. Je suis chez Thomas et Laura. Thomas est mort, d'une balle en plein front.

— Putain ! Comment ? T'as touché à rien au moins ?

Charles arqua un sourcil, se remémorant ses moindres gestes depuis son arrivée sur les lieux.

— Non. Enfin, je ne crois pas.

— Bon sang ! Tu sors de là tout de suite et tu m'attends.

— J'appelle le légiste ?

— Tu le connais ?

— Oui. Nous sommes amis, nous avons fait nos études ensemble.

— OK, tu l'appelles mais avant, tu sors de là. On arrive.

Charles raccrocha d'une pression sur une touche et pianota de nouveau sur son téléphone. Il regarda une nouvelle fois le corps de son ami avant de prendre sa sacoche et retourner dans sa voiture.

Quitte à attendre, il n'avait pas envie de garder cette image de Thomas en mémoire et préférait se mettre à l'abri du froid dans le pick-up.

Il appela son collègue qui répondit d'une voix exténuée, et lui demanda une faveur. Cette fois, il expliqua que la victime était son ami ; il n'avait pas besoin d'en ajouter plus pour se faire comprendre du légiste qui lui promit d'arriver vite et de prendre soin de Thomas.

La tête renversée contre l'appui-tête, Charles ferma les yeux et pensa à la suite. Le plus difficile était à venir, il allait devoir l'annoncer à Laura. Il soupira de lassitude et jeta un œil mauvais sur son téléphone posé sur le tableau de bord.

Combien de personnes apprenaient-elles un décès en répondant à un appel ?

Il tourna le visage vers la droite et vit de la lumière dans la cuisine de Jacky. Que faisait le pauvre bougre ?

Il se massait les tempes et se frottait le visage avec lassitude lorsqu'il entendit une sirène rugir dans la nuit. Il regarda dans son rétroviseur et les lumières bleues et rouges se rapprochèrent jusqu'à s'immobiliser derrière son pick-up.

Il prit une profonde inspiration et sortit à leur rencontre. Bouboule était accompagné de deux autres gendarmes en uniforme qui transportaient des sacoches semblables à la sienne, mais il douta qu'elles aient le même contenu.

— T'as vu personne ?

— Non, pourquoi ?

Pour toute réponse, Bouboule posa son énorme main sur le torse de Charles et, sans ménagement, le poussa contre la portière de son véhicule.

— Tu restes là.

Charles grimaça et étouffa un juron sans pour autant le contredire. Inutile de réveiller les vieilles rancœurs !

Les trois hommes dégainèrent leur arme et pénétrèrent un à un dans le chalet pour en inspecter toutes les pièces.

Le dos appuyé contre la portière du pick-up, Charly alluma une cigarette et pompa avec nervosité sa dose de nicotine. Le bout incandescent s'illumina une dernière fois et il écrasa le mégot sous ses brodequins. Il finit par entendre des échanges de « RAS » avant de voir à travers la fenêtre que les trois hommes s'étaient regroupés dans le salon.

Il leva les yeux au ciel d'exaspération. Et pourquoi pas faire intervenir le GIGN pendant qu'on y était !

Pour la première fois, il s'interrogea sur l'aptitude de la gendarmerie à mener cette enquête. Ils vivaient dans un petit village où les seuls délits devaient être du braconnage ou une conduite en état d'ivresse.

Bouboule était-il capable de faire face à une blessure par balle ? En temps de chasse peut-être, mais là, le cas était très différent !

Il se rapprocha de l'entrée et, du coin de l'œil, observa Bouboule aboyer des ordres.

— Vous commencez par me faire le quadrillage et sécuriser la zone, et ensuite vous prenez les photos. Les OPJ ne vont pas tarder mais pour autant, quand le légiste aura emporté le corps, vous me ferez tous les deux le relevé d'empreintes et je veux que vous commenciez tout de suite par me fouiller toute la baraque.

Bouboule examina le corps étendu sur le sol. Ses yeux se posèrent à plusieurs reprises sur le front de Thomas ainsi que sur l'arme. Il fixait la marque de sang projetée sur le mur en penchant la tête légèrement sur le côté pour l'observer sous un autre angle lorsqu'il s'adressa à Charles.

— Raconte-moi tout.

Sur cette invitation, Charles pénétra alors dans la pièce et, intrigué par la fouille des gendarmes dans le salon, il commença à relater les derniers événements.

— Je partais du cabinet. Il devait être 21 heures environ et je rentrais à la maison lorsque Jacky, le voisin – précisa-t-il avec un mouvement de tête vers la maison d'en face – m'a appelé pour me demander de venir. Il m'a dit avoir vu de la lumière au chalet et au moment où il est arrivé sur le seuil, il a aperçu le corps de Thomas.

— Il est entré ?

— Non, je ne pense pas.

— Après ?

— Après, je suis arrivé sur les lieux. J'ai pris ma sacoche et suis entré. J'ai su tout de suite que je ne pourrais rien faire, mais j'ai vérifié en prenant son pouls.

— Tu t'es mis où ?

Charles fronça les sourcils.

— Eh bien là, observa-t-il en désignant l'endroit du doigt. Je me suis accroupi, j'ai pris son pouls au niveau de son cou et après…

— Et après ?

— Tu trouveras aussi mes empreintes sur ses paupières. Ses yeux étaient ouverts, fixés sur le plafond. Je lui ai fermé les yeux.

Bouboule se contenta d'acquiescer.

Son téléphone vibra et interrompit sa réflexion. Il décrocha à la première sonnerie.

— Capitaine Franck Leroux.

Bouboule hocha la tête à plusieurs reprises tout en marchant dans la pièce, grogna en lâchant le mot « ambiguïté » puis remercia son interlocuteur et mit fin à la conversation.

— J'ai deux officiers de police judiciaire qui vont arriver pour l'enquête.

— Ils arrivent d'où ?

— Toulouse.

— Ils vont mettre des heures, avec cette neige !

— Nan. Je les ai prévenus en partant de la gendarmerie. Ils viennent en hélico et sont déjà en vol. Y en a un qui va assister le légiste et l'autre va superviser les relevés d'indices de mes hommes.

Charly opina. Tout cela le dépassait, mais il espérait que ces gars-là savaient ce qu'ils avaient à faire.

L'un des deux gendarmes poussa la porte du bureau et s'approcha d'eux en agitant une feuille à l'intention de son chef.

— Qu'est-ce que c'est ?

— Une lettre écrite par la victime lui demandant de tout prendre en charge s'il lui arrivait quelque chose, annonça-t-il en désignant Charles d'un mouvement de tête. Elle n'était pas en évidence mais très facile à trouver dans le premier tiroir du bureau. Par contre, pour la date, c'est bizarre.

Bouboule enfila une paire de gants en latex et lui arracha la lettre des mains. Il se mit à la parcourir tout en jetant des regards suspicieux à l'encontre du médecin.

Charles était figé de surprise. Thomas et lui avaient été très liés par le passé, mais leur amitié n'avait pas résisté au départ de Laura. Ils en étaient devenus pratiquement des étrangers. Pourquoi le désigner lui ? Et pourquoi écrire ce genre de lettre ? Avait-il prévu de mettre fin à ses jours ?

— Montre ! lança-t-il en lisant par-dessus l'épaule de Bouboule.

La missive lui demandait effectivement de tout prendre en charge au moment de son décès, ainsi que les décisions qui s'imposaient. Thomas stipulait que le double de cette lettre avait été déposé chez Me Ledol, le notaire de la famille.

— T'étais au courant ?

Charles, hébété, secoua la tête à plusieurs reprises.

— Non. Pour être franc, j'étais loin de m'attendre à un truc comme ça !

— Ça fait combien de temps que tu ne l'avais pas vu ?

Charles hésita avant de répondre.

— Six à huit mois, peut-être plus. On ne se voyait plus.

— Ouais, j'avais cru comprendre !

Charles lui prit la lettre des mains et son sang se glaça lorsqu'il lut la date de la rédaction de la lettre. Bouboule grogna et lui reprit le document d'une main ferme.

Effectivement, la date était pour le moins incongrue. Thomas avait pris soin de formuler cette demande dix ans plus tôt, un jour bien particulier. Et ce jour-là, Charly n'était pas près de l'oublier, c'était le lendemain du décès de Martine Vallon et donc celui du départ de Laura.

Tout cela n'avait aucun sens ! Dix ans plus tôt, ils étaient comme deux frères inséparables mais tout avait basculé à partir de ce jour-là. Alors pourquoi Thomas l'avait-il désigné lui ? Et, après tout ce temps, pourquoi ne pas avoir modifié ses dernières volontés ?

Charles était toujours sous le choc de cette deuxième nouvelle et il sursauta lorsqu'un flash jaillit à côté de lui. L'un des hommes en uniforme mitraillait la scène de son appareil photo et Charles se sentit complètement dépassé par les événements.

Il venait de perdre son meilleur ami. Il venait de comprendre que, malgré les dix ans de silence entre eux, Thomas ne lui avait pas pour autant retiré sa confiance et son affection. Sinon, n'aurait-il pas rédigé un autre courrier révoquant celui-ci ? Il réalisa qu'avec la mort de Thomas, toutes ses questions concernant leur passé resteraient à jamais sans réponses.

Bouboule s'apprêtait à ouvrir à nouveau la bouche lorsque deux hommes pénétrèrent dans le chalet. Le légiste d'une quarantaine d'années, suivi d'un homme plus jeune qui avait tout juste l'âge d'effectuer sa première année de médecine.

L'homme plus âgé serra le bras de Charles avec affection et tendit la main à Bouboule.

— Capitaine. Je n'avais pas l'honneur de vous connaître. Édouard Simon.

— Bonjour, docteur.

Édouard s'accroupit près de la victime. Ses yeux observèrent chaque parcelle de son corps avant de s'attarder plus longuement sur son front. Il soupira, mit ses cheveux un peu trop longs derrière ses oreilles, ajusta ses lunettes rondes et enfila une paire de gants avant de manipuler la victime.

Se sentant observé, il se retourna et leva les yeux vers Charly et le capitaine Leroux.

— Alors ?

— Alors, je ne suis pas devin mais pas idiot non plus ! Blessure par balle ? hasarda-t-il avec une pointe d'ironie.

Bouboule leva les yeux au ciel tandis que Charles réprimait un sourire.

— Désolé, elle ne fait jamais rire, celle-là, reprit-il. Je veux un moment sur place et ensuite je l'emmène.

— Bien. Dans combien de temps vous pourrez me faire un rapport ?

— Quand est-ce que les autres vont arriver ?

— Dans moins d'une heure.

— Bien. Les premiers éléments vont tomber très vite et je vais demander une analyse de sang en urgence. Pour l'arme et le reste, on va voir avec la balistique. Quoi qu'il en soit, pour un rapport complet, je dirais demain soir ou après-demain.

Bouboule remercia le légiste qui, accroupi auprès du corps, avait déjà ouvert sa mallette et s'affairait auprès de Thomas.

Charles le regarda manipuler son ami et sentit son cœur battre anormalement vite. Un frisson glacé lui parcourut le dos. Il sursauta presque lorsqu'il sentit sur son épaule la pression de la main de Bouboule qui le poussait vers la sortie.

Une fois dehors, dans le froid de la nuit glaciale, Charles frissonna. Bouboule le fixa et devant sa pâleur soudaine, avec un semblant de pointe de compassion, il dit :

— Tu n'as plus besoin de rester ici.

— Tu n'as pas besoin de moi ?

Bouboule grimaça légèrement avant de reprendre.

— On va prendre tes empreintes tout de suite comme ça, ce sera fait.

— Et après ?

— Après ?

— Oui, après, c'est quoi la suite ? insista Charles.

— On va interroger Jacky, on finit tout ce qu'il y a à faire ici, et on attend le rapport du légiste. Il va y avoir une enquête. Mais dans un premier temps, il va aussi falloir que je prévienne la famille. Il faut que je prévienne Laura.

Charles se raidit.

— Je vais le faire. C'est mon rôle de prévenir Laura.

— Non, Charles. Parfois il est préférable de laisser cette charge aux autorités compétentes. Et puis, ça fait quoi… huit ans ? Dix ans qu'elle est partie ?

Charles fulminait. Depuis quand les autorités étaient-elles plus compétentes pour briser la vie de quelqu'un avec l'annonce d'un tel drame ? C'était à lui de l'appeler, et à personne d'autre. Et puis Thomas ne lui demandait-il pas de se charger de tout ? Pour éviter de rejeter son angoisse sur Bouboule, il serra ses maxillaires avant de poursuivre sur un ton ferme.

— Dix ans. Cela fait pratiquement dix ans qu'elle est partie et non, n'insiste pas, c'est à moi de la prévenir. Et quoi que tu dises, je le ferai ; c'est ce que Thomas aurait voulu !

Bouboule fixa le médecin avec une expression curieuse, puis finit par abdiquer.

Une heure plus tard, après qu'un gendarme eut pris ses empreintes, noté ses coordonnées et, après un dernier regard entendu avec Édouard, Charles se retrouva chez lui assis sur le sofa de son salon. Les flammes de la cheminée dansaient avec frénésie sans pour autant réussir à réchauffer son âme.

Il s'ébouriffa les cheveux d'un geste d'impuissance et fixa d'un air désolé son téléphone portable. Au moment où il avait réussi à réunir un semblant de courage, le téléphone de Laura sonnait constamment occupé.

Il jeta un œil en direction de la cuisine et son regard s'arrêta sur la pendule. 1 h 20. Avait-elle mal raccroché son téléphone ? Le coupait-elle pour dormir ? Non, sinon son répondeur aurait pris directement le relais. Ce n'était pas le cas ; un signal lui indiquait que la ligne était occupée. Un dérangement sur sa ligne ? Autant de questions, sans réelle importance, qui repoussaient l'échéance de cet appel.

Il sursauta lorsque son téléphone portable, posé devant lui sur la table, se mit à vibrer. Avait-elle décidé de rappeler son numéro en le trouvant trop insistant ?

Charles déglutit et prit l'appareil. C'était un SMS d'Édouard. Il appuya sur la touche et l'enveloppe s'ouvrit dévoilant son message :

POUR L'INSTANT, JE SITUE L'HEURE DE LA MORT VERS 18 H.

RÉSULTAT DE L'ANALYSE DE SANG DEMANDÉ EN URGENCE.

RAPPORT COMPLET DEMAIN SOIR SI TOUT VA BIEN AVEC LA BALISTIQUE.
AUCUNE TRACE DE LUTTE.
JE T'APPELLE AVANT L'AUTRE !

Charles hocha la tête avec gravité et remercia mentalement son ami de l'appeler avant l'autre, autrement dit : Bouboule.

Il se massa les tempes et relut plusieurs fois le message avant de le classer et de composer une nouvelle fois le numéro de téléphone de Laura.

Cette fois, l'opérateur annonça qu'il signalait un double appel, alors il attendit. Une sonnerie. Il sentit une boule d'angoisse s'emparer de son ventre et le monstre de douleur se réveiller en lui.

Deux sonneries. N'allait-il pas ouvrir la boîte de Pandore ?

Trois sonneries. Elle décrocha.

3

— Non, Ellie. Je ne suis pas d'accord sur ce coup-là. L'idée est bonne mais dans le style et la concordance de temps, on ne s'y retrouve pas vraiment. Sur ce passage-là, le personnage de Colin est encore dans le brouillard, ne l'oublie pas. Il faut être plus subtile. C'est le moment crucial où Colin comme le lecteur se fait manipuler, il n'a pas encore toutes les données ! argumentai-je avec conviction.

J'entendais la respiration de mon associée au téléphone. Une aspiration, puis une longue expiration... Elle fumait.

J'imaginai mon amie, une moue dubitative sur son visage séduisant, son éternelle cigarette scotchée à sa main droite, à croire qu'elle était sortie avec du ventre de sa mère.

Elle devait être appuyée contre le chambranle de la porte devant la baie vitrée de son loft au quatrième étage de la rue Bonne-Nouvelle, non loin du musée Grévin.

— Putain ! Tu fais vraiment chier, Laura !

C'était probablement pour ça que j'aimais Ellie. Pour son vocabulaire !

Une fois de plus, nous étions opposées sur quelques passages de la traduction du dernier roman d'Adam Hopps.

J'avais fait la connaissance d'Ellie sept ans plus tôt, au moment où nous passions notre examen de traductrice. Je pratiquais l'anglais et l'allemand couramment, tandis qu'Ellie avait opté pour l'anglais et le russe. Alors que tous les autres étudiants visaient fièrement un poste de haute administration comme une ambassade, un consulat ou même l'ONU, Ellie et moi avions un tempérament plus passionné et rêveur.

À l'issue de l'oral, nous avions pris un verre (j'avais arrêté de compter au cinquième) et refait le monde pour éviter de penser à l'angoisse des résultats. Nous n'étions en phase sur rien ! Ellie disait blanc, je disais noir ! Ellie buvait du vin blanc, je me délectais de vin rouge. Nous étions opposées sur tout. Tout, sauf sur la littérature. Un vaste monde en commun fait d'histoires lues et d'aventures à écrire, d'auteurs admirés ou détestés tant leur talent est percutant.

Pour résumer, aussi différentes que nous l'étions, après l'obtention dudit examen, nous avions créé ensemble notre société de traduction.

Le démarrage avait été difficile mais, après quelques années, la société avait à présent les reins solides et certains auteurs étrangers, des monstres sacrés tel Adam Hopps ne voyaient plus que par nous pour la traduction de leurs romans en France.

Notre méthode était toujours la même. Après avoir reçu le manuscrit sous pli scellé, avoir discuté avec l'auteur et convenu des délais avec sa maison d'édition, chacune de nous entamait sa propre traduction.

C'était un travail éreintant du fait des délais très courts, aussi, ne comptions-nous pas les heures de travail et, pour cela, nous étions dopées à la caféine. De plus, la parution d'un nouveau roman très attendu revêtait souvent un caractère confidentiel. Tout était sécurisé et parfois je virais carrément parano.

Après nos traductions respectives, nous échangions nos lectures pour enfin mettre en commun dans un ultime travail de correction. Notre vision était par moments différente, mais nous nous complétions à merveille pour choisir le mot juste, le sens exact de la phrase, le ressenti voulu par l'auteur. C'était ça le plus difficile, s'oublier soi-même pour voir avec les yeux de l'auteur et toujours respecter son travail. Nous en étions là…

Dans deux jours, tout devait être bouclé pour laisser la place à l'imprimeur de façon que *The last day*, titre original du dernier roman d'Adam Hopps, soit sur les étals de tous les libraires et des grandes chaînes de distribution trois semaines avant Noël.

Je jetai un œil sur la pendule-mappemonde fluorescente au-dessus du réfrigérateur pour la troisième fois dans la même minute.

1 h 20.

Je restai silencieuse. Je l'entendis tirer à nouveau sur sa cigarette et sus qu'elle méditait sur ce que je venais de lui exposer. Entre Ellie et moi, pour le travail, c'était un ping-pong permanent. La balle était dans son camp, alors j'attendais.

Nous devions impérativement terminer ce chapitre ce soir.

Mon regard dériva avec envie vers la nouvelle cafetière que Sam m'avait offerte. Au début, je voulais celle de Clooney, *What else ?* Mais il avait opté pour celle-ci : un véritable bijou, la Roll's de la cafetière ! Elle faisait absolument tout ! Même MacGiver pouvait aller se rhabiller, c'est pour dire…

Je m'accroupis en souriant, alertée par un faible miaulement et je chouchoutai affectueusement Pompom, le chat pépère qui depuis quelques jours venait me rendre visite. Pompom était très laid pour un chat mais je l'aimais bien. Ce n'était qu'un vulgaire félin de gouttière un peu vieux et amoché qui se faufilait depuis quelque temps par le Velux du bureau. Malgré son piteux état, lorsqu'il se mettait sur son séant, je le trouvais majestueux, et cette façon qu'il avait de cligner des yeux en inclinant la tête lui donnait un air presque aristocratique.

Pompom posa ses pattes avant sur mes genoux et, avec une lenteur infinie, il frotta amoureusement sa tête contre mon visage. Son pelage était doux et chaud. Il ronronnait. C'est beau la vie de matou ! Si tout pouvait être aussi simple pour nous, les « bipèdes »…

— Alors ? demandai-je dans un souffle tout en lissant les moustaches de Pompom.

— Minute ma Crotte, je cogite !

Je levai les yeux au ciel avec exaspération devant l'emploi de ce surnom plus qu'évocateur : « ma Crotte ». Ellie, qui avait une fâcheuse tendance à tout renommer, m'avait appelée ainsi dès le deuxième jour de notre rencontre. Parfois, dans la vie, mieux vaut ne pas chercher à comprendre et, qui plus est, je sentais que dans sa bouche, c'était une sorte de compliment. Un jour, il faudra que je pense à lui demander la raison de ce surnom. Je ne ressemble pas une crotte... enfin j'espère !

Nouvelle expulsion de fumée à l'autre bout de la ligne.

Je souris en pensant que nous avions chacune notre drogue en « ine » : Ellie la nicotine, moi la caféine.

Je regardai par la fenêtre du salon ; dehors, la nuit était vraiment noire, sans lune. La différence de chaleur entre mon salon et l'extérieur faisait apparaître quelques gouttes de condensation sur la vitre. Cet hiver était particulièrement rude. Il neigeait à gros flocons, et c'était la troisième fois depuis mi-novembre ; cela devenait la panique chez les Parisiens et en France en général, avec les problèmes de circulation sur les routes et dans les aéroports.

J'aimais regarder tomber la neige sous le halo des réverbères. Cela me rappelait mon enfance. Cela me rappelait mon village. À cette idée, mon cœur se serra. Je m'interdisais de penser à « avant ».

Il y avait un avant Sam et un après Sam, un point c'est tout.

Un « bip » désagréable résonna encore dans mon oreille.

— Attends, Ellie, j'ai un double appel. Cogite, ma belle, je te reprends après.

— Relax, Laura.

Je souris à cette réponse et pensai à la désinvolture de mon amie. Mon associée était unique en son genre et... Dieu merci !

Je décollai mon BlackBerry de l'oreille et jetai un œil suspicieux sur l'appel entrant. Un numéro qui n'était pas dans mon répertoire. Toujours le même, commençant par 06 et se terminant par 93.

C'était au moins la quatrième fois depuis le début de la soirée, et cela commençait à m'énerver ! Je ne connaissais pas, alors je ne décrochais pas. C'était aussi simple que ça : pas de bras, pas de chocolat !

— Laisse un message, andouille ! dis-je au téléphone à haute voix.

Je me laissai aller à sourire en réalisant qu'Ellie déteignait sur moi. Pourtant, une petite voix au fond de mon esprit me dérangeait. Et si c'était important ? Personne n'appelait aussi tard et n'insistait autant sans raison !

J'en eus des frissons sur la nuque. Pourquoi pensais-je toujours au pire ? Finalement, la raison l'emporta. À la troisième sonnerie, j'appuyai sur la touche verte et plaquai le portable sur mon oreille.

— Laura Vallon, j'écoute.

Silence.

À vrai dire, pas tout à fait.

Je distinguais très nettement une respiration à l'autre bout de la ligne. Elle était rapide, lourde. Je n'aimais pas ça ; malgré tout, j'insistai.

— Allô ?

Dans deux secondes, je raccroche !

— Laura ?

La voix était grave, chaude, lointaine. J'eus un doute. Je connaissais cette voix et pourtant…

Mon cerveau visualisa, tria, et enfin élimina toutes les possibilités à vitesse grand V.

Soudain, le choc. Un choc physique et mental. Ma vue se brouilla tandis que je marchais à l'aveuglette dans le salon. Je voulus m'asseoir sur le canapé, mais je le ratai de quelques centimètres. Je pris appui sur le guéridon que je déstabilisai et la lampe vacilla un moment avant de donner raison à la pesanteur et de s'écraser sur le sol.

La lampe vola en mille éclats sur le parquet au moment où j'atterrissais sur les fesses dans une position tout à fait humiliante.

Boum!

Le bruit fut fracassant et immédiatement suivi d'une violente douleur. Cela fit peur à Pompom. Il sursauta, s'ébouriffa et, pris de panique, s'enfuit dans le bureau, direction le Velux.

Une séquence digne de vidéo gag! Je n'étais pas près de le revoir de sitôt celui-là. Le «boum» avait dû s'entendre au téléphone car la voix s'inquiéta.

— Laura? Qu'est-ce qui se passe? C'est quoi ce bruit?

J'avais le cœur qui allait exploser. Mon corps fut parcouru de frissons. J'avais une douleur lancinante à la fesse mais, surtout, je ne savais pas comment réagir. Mon cerveau s'était fixé sur la personne à qui appartenait cette voix. Un homme.

Cet homme. Cette voix que je n'avais pas entendue depuis presque dix ans. Mon passé… Mon Charly.

— Charles? C'est toi?

Un silence, un raclement de gorge, puis un soupir.

— Oui, Laura. C'est moi.

Je me relevai lentement en m'appuyant sur l'accoudoir (on n'est jamais trop prudent dans la vie). Cette fois, je ne ratai pas le canapé et m'assis en boule, pieds nus sous les fesses. Mon esprit fonctionnait à cent à l'heure. J'avais le cœur au bord des yeux, le cœur au bord des lèvres.

Pendant que je réfléchissais, que mon esprit synthétisait, l'évidence fit son apparition: depuis que j'avais quitté mes montagnes, mon enfance, et que je vivais à Paris, je n'avais jamais repris contact avec mon ancienne vie. À ma connaissance, Thomas et Charles n'avaient pas essayé de renouer non plus.

J'étais passée par toutes les phases: la colère, l'envie, l'injustice, le désespoir, la culpabilité, la honte, le remords, la peine, la détresse, le désir, le manque… oui, pour Charly, c'était l'émotion qui convenait, et qui revenait inlassablement chaque fois que je pensais à lui : le manque et ce sevrage de tant d'années.

Je passai immédiatement en mode *warning* : personne ne rompait dix ans de silence sans une bonne raison. Ce n'était pas normal ! J'eus les larmes aux yeux. J'essayai d'avoir une voix claire mais reniflais déjà lorsque je l'interrogeai :

— Charly, qu'est-ce qui se passe ? C'est grave ?

— Laura, j'ai essayé de t'appeler plusieurs fois. Je ne voulais pas t'annoncer ça sur ton répondeur.

Cette fois, je pleurais à chaudes larmes. Je pleurais parce que je savais.

— C'est Thomas. Il est arrivé quelque chose. Il faut que tu… que tu viennes.

Sa voix à lui aussi se brisa. Ses intonations montèrent dans l'aigu. Il mit des silences à la place des mots. Le temps de pause s'allongea. Il chercha sa respiration.

Il pleurait.

Je l'imaginai se mordant la lèvre inférieure pour empêcher son tremblement, levant les yeux au ciel pour retenir ses larmes, se maudissant de devoir me faire subir ça.

Il y a des silences qui n'ont pas besoin de mots. Parfois, un silence, c'est juste une vérité.

— Il est gravement blessé ?

Je lançai ma bouée aussi loin que possible et priai pour que Charly la saisisse, mais je me mentais… c'était trop tard.

— Il y a eu un accident et, il est mort, Laura.

Les quatre derniers mots résonnèrent et rebondirent comme un boomerang contre la paroi de mon cerveau.

Encore et encore.

« Il est mort Laura, il est mort Laura, il est mort Laura… »

Mon Thomas, mon frère, mon idole, mon roc…

— Charly, ce n'est pas vrai ! Tu mens !

Le déni. Pourtant, je connaissais le processus. Je l'avais déjà trop vécu. Mon père, ma mère… maintenant Thomas. Tout commençait toujours par le déni.

Ma voix s'étrangla, je sanglotai, je pleurai.

—Je suis sincèrement désolé, Laura.

—Noooon!

La douleur était physique. J'en eus la nausée et la pièce se mit à virevolter autour de moi.

Je hurlai. Encore et encore.

Charly pleurait aussi. J'avais perdu un frère et lui avait perdu son meilleur ami.

—Laura, j'ai besoin de toi ici.

Charly reprit de l'assurance. Il se montrait fort. Oui, bien sûr, il avait raison. Je devais partir, me lever, mettre mon manteau, mes chaussures, et marcher.

Un pas après l'autre et rentrer chez moi. Au lieu de cela, je me remis à pleurer de plus belle lorsque je réalisai que Thomas avait toujours été mon «chez-moi». Je me sentis déracinée, seule.

La voix de Charly insista mais, pour autant, je ne bougeai pas du canapé. Je restai en boule, les genoux sous le menton, la vue brouillée par les larmes et regardai mon salon avec détachement.

J'avais l'impression que la pièce se rétrécissait et je dus faire un effort pour me concentrer sur la voix au bout du fil, mon seul lien avec Thomas, et il m'implorait de rentrer.

—Je sais que c'est dur.

—Charly…

J'entendis ma voix mais je ne la reconnus pas. C'était plus une plainte qu'autre chose.

—Il faut être forte, ma chérie, pour lui.

À ces derniers mots, je fis un saut de dix ans en arrière. Cette fois, je pleurai sur ces années perdues loin de Thomas, loin de Charly. La culpabilité revint frapper à ma porte comme un représentant que je congédiais régulièrement. L'inconvénient avec la culpabilité: elle était fidèle; de fait, elle reviendrait!

À nouveau le silence.

Nous restâmes au moins cinq minutes à pleurer ensemble, à partager notre peine, séparés l'un de l'autre par des centaines de kilomètres.

— Comment est-il mort ? Tu me parles d'un accident, c'était en voiture ? En montagne ?

Au fil du temps qui s'envolait, ma voix se fit moins chevrotante, plus posée. J'assimilais la nouvelle et, à présent, je voulais comprendre, j'avais besoin de réponses, de coupables à blâmer.

Charly et Thomas étaient des skieurs hors pair, d'ailleurs mon frère était guide en haute montagne, et quel guide : le meilleur de toute la région ! Toutefois, la montagne restait imprévisible et même aussi respectueux que pouvait l'être Thomas, les accidents dans ce genre de métier étaient malheureusement monnaie courante.

— En fait, ce n'est pas vraiment un accident, confia-t-il d'une voix douce.

— Quoi ?

— Je n'ai pas encore toutes les réponses pour l'instant, mais nous savons que c'est une blessure par balle.

— Quoi ? Ça n'a aucun sens ! Tu es en train de me dire que Thomas s'est fait assassiner ?

— Je n'ai pas dit ça Laura.

— Je ne comprends rien !

J'étais épuisée nerveusement. Je voulais à la fois tout savoir et en même temps c'était trop... irréel. Oui, c'était ça : ce n'était pas la réalité ! J'avais dû m'endormir sur le canapé et le manque de Thomas m'avait replongée avec nostalgie dans le passé et je me débattais dans un horrible cauchemar. J'allais bientôt me réveiller.

Je vous en prie, faites que ce ne soit qu'un cauchemar ! J'avais froid. J'avais des frissons. J'avais toujours la nausée.

Charles me parlait. Il était ma triste réalité.

— Je sais, ça fait beaucoup en peu de temps, on en saura plus demain. Ce dont je suis certain, c'est que c'est une blessure par balle. Maintenant, nous sommes face à deux possibilités. Soit c'est une blessure par balle accidentelle, soit effectivement c'est un assassinat.

— Mon Dieu ! Mais qu'est-ce qui s'est passé ?

— Je ne sais pas, Laura.

— Qui a trouvé Thomas ?

Il hésita une fraction de seconde.

— C'est moi.

Une partie de moi en fut soulagée. Il était avec son meilleur ami quand…

— Alors, tu étais avec lui ?

— Non. Je ne sais pas comment, ni exactement quand c'est arrivé. Votre voisin, Jacky, m'a prévenu. Apparemment, il prenait la direction de chez lui et, au dernier moment, il a bifurqué vers votre maison car cela faisait un moment qu'il n'avait pas vu Thomas. Il avait juste l'intention de discuter un peu avant de rentrer chez lui mais, du perron, il l'a aperçu étendu sur le sol, alors il m'a appelé.

— Il t'a appelé, toi, plutôt que les secours ?

Silence.

Soupir.

Un temps de pause que je ne compris pas. Qu'est-ce qui se passait ?

— Cela fait plus de dix ans que tu es partie et, depuis, il y a longtemps que j'ai terminé mes études. Je suis l'un des médecins du village, voilà pourquoi Jacky m'a appelé.

Une pointe de culpabilité m'envahit de nouveau. Des bribes de mon passé refirent immédiatement surface. Il y avait eu comme un soupçon de reproche dans sa voix. Comme je restais silencieuse, il poursuivit.

— J'ai accouru aussi vite que j'ai pu, mais j'ai vite constaté que je ne pouvais plus rien faire pour lui. Alors j'ai appelé la gendarmerie, le légiste de l'hôpital et…

— Un légiste ? Mais pourquoi un légiste ?

Je commençai à m'affoler. Pour moi, les seules fois où on entendait ce mot, c'était à la télévision dans des séries policières comme *Les Experts* ou encore dans les romans dont j'effectuais la traduction.

— Laura, c'est la procédure habituelle dans ce genre de cas.

— Je ne veux pas qu'on touche à Thomas !

— Tu n'as pas ton mot à dire !

Son ton fut sec, autoritaire, et je me raidis immédiatement. Charly dut le ressentir car il reprit d'une voix plus douce.

— Excuse-moi. C'est juste qu'il va y avoir une enquête. La balistique a besoin de la balle et nous d'une autopsie. Le légiste est un de mes amis, il prendra soin de Thomas.

— Mais il ne faut pas mon accord pour ça ?

— Lorsque la gendarmerie a pris possession des lieux, ils ont trouvé une lettre dans le bureau de Thomas qui me nommait comme celui qui devait prendre toutes les décisions, s'il lui arrivait quelque chose.

— Quoi ? Mais pourquoi a-t-il fait ça ?

— Je ne sais pas, Laura. Tu n'étais plus là, aussi j'ai respecté la volonté de Thomas et fait ce qu'il fallait.

Je comprenais. J'avais fui et n'avais donné aucune nouvelle à Thomas, et la vie s'était déroulée sans moi. Mon frère s'était tourné tout naturellement vers son meilleur ami.

— Je vois, soufflai-je, malgré tout un brin contrariée, alors qu'au final je ne voyais rien du tout.

— Ce n'est pas tout.

— Oui, je t'écoute.

— Il y a un truc que je n'arrive pas à comprendre.

— Quel truc ?

— Cette lettre, elle est ancienne.

Je me figeai à nouveau.

— Quand l'a-t-il écrite ?

— Elle est datée du 19 décembre, il y a dix ans.

Cette date, je ne la connaissais que trop bien : le lendemain du décès de maman, de l'horrible dispute avec Thomas.

Thomas avait donc pris cette décision après mon départ. Notre mère venait de mourir ; c'est naturel de penser à sa propre mort lorsqu'on était confronté à celle d'un proche, et il n'avait plus que son meilleur ami sous la main.

— Écoute, Charly, repris-je, cette nuit-là, c'était compliqué ! Compte tenu du contexte, c'est normal qu'il t'ait choisi pour ce genre de « mission ».

Silence de quelques secondes. Je l'entendis soupirer avant de reprendre.

— Laura, comment t'expliquer... Ce n'est pas tant la date ni le fait qu'il m'ait choisi ce jour-là précisément. C'est de ne pas savoir pourquoi il n'a rien modifié plus tard. Je ne sais pas ce qui a motivé ton départ mais, après ça, plus rien n'a été comme avant entre Thomas et moi. En fait, je ne l'ai vu que très rarement ces dix dernières années. Il... Il avait tiré un trait sur notre amitié.

— Quoi ? Mais vous étiez comme les deux doigts de la main !

— C'est la vérité. Le jour où tu es partie, je n'ai pas perdu que... ce jour-là, j'ai aussi perdu mon meilleur ami.

J'en fus complètement abasourdie, sonnée.

J'avais besoin de caféine ou, mieux, d'une intraveineuse de caféine ; encore mieux : d'un électrochoc ! Je me souviens avoir prononcé un banal « j'arrive » avant de raccrocher et de lâcher mon téléphone sur mes genoux.

Thomas n'était plus là, et pourtant j'avais des tonnes de questions à poser dont, malheureusement, lui seul détenait les réponses. Finalement, il ne manquait pas qu'une seule pièce au puzzle de ma vie.

Vu d'ici, assise sur le canapé, un coussin serré sur ma poitrine, à Paris au cœur du Quartier latin, et avec le recul des années, j'eus l'impression que ma vie n'était qu'une immense succession de vides, de non-dits, de mensonges.

Et tout avait commencé ce fameux jour, dix ans plus tôt. Thomas n'était plus là et une petite voix incontrôlable au fond de mon être ne cessait de me dire que sa disparition n'était pas un accident.

Adam,

Je couche les mots sur l'écran de mon ordinateur, heure après heure, et j'essaie de peindre les sentiments qui étaient les miens à cette époque. La douleur de la perte de Thomas est encore à ce jour indomptable, et je passe le plus clair de mon temps à combattre cette culpabilité qui ne me quitte plus. Le fameux «si seulement» revient me hanter chaque jour comme un compagnon amoureux assidu dont je ne peux repousser les avances.

Cela fait une semaine que je suis à New York, dans l'*Upper East Side*.

Contre toute attente, tu ne m'as pas livrée au premier groom d'un hôtel pittoresque à l'opposé de ton quartier, mais tu m'as accueillie chez toi avec sympathie et simplicité.

Le bureau de ta chambre d'amis est placé devant la baie vitrée et parfois, les doigts en suspension sur le clavier, je laisse mon regard se perdre dans la contemplation de la vie réelle qui se joue devant moi, au gré des allées et venues dans Central Park. Aujourd'hui, la neige s'est à nouveau emparée de la ville après quelques jours d'accalmie, et l'agitation qui habituellement règne dans l'avenue a cédé place au silence cotonneux.

Tu es devenu au fil des jours mon seul lien avec la réalité, la seule personne avec qui je parle dans la journée, et je me complais dans ce retranchement. Au fil d'une conversation sur le nouveau roman que tu prépares, tu m'as confié :

— Lorsqu'on écrit, il ne faut pas se perdre soi-même dans l'histoire des personnages. C'est étrange de dire cela, mais parfois, les protagonistes inventés sur le papier peuvent devenir plus accaparants et réels que la réalité elle-même. Il ne faut pas perdre pied… C'est pourquoi je te propose de sortir et d'aller faire du tourisme !

Tu as créé le personnage de Colin, un enquêteur qui traque son opposé, un psychopathe, roman après roman, mais tu ne pouvais pas savoir à l'époque combien mes protagonistes personnels sont bien vivants, qu'ils existent et que le manque me consume à petit feu.

Depuis, chaque jour, tu m'enlèves pour une promenade au cœur de Central Park. Je prends ton bras et tu me conduis à travers les allées enneigées tout en jouant à la perfection ton rôle de guide. Je t'écoute parler de cette fontaine qui, j'ai cru comprendre, a un lien avec Lennon ; de l'architecture de tous ces ponts si différents et majestueux que nous traversons quotidiennement, ainsi que d'autres anecdotes de ta vie ici.

Je suis tombée amoureuse du passage sous Bethesda Terrace et je reste souvent ébahie devant l'ange de la fontaine. La neige qui recouvre le parc lui donne une ambiance apaisante qui m'enivre chaque jour. Je parle peu et me contente parfois d'un sourire légèrement forcé ou d'un hochement de tête.

Jour après jour, pourtant, je m'habitue à ta présence, à ta bienveillance, et je remercie le ciel de ta gentillesse et de ton respect puisque tu ne me poses aucune question sur ma venue et mes intentions.

4

Malgré l'heure tardive, Charles attrapa sa parka, son téléphone, son trousseau de clefs et claqua la porte derrière lui. Le froid le saisit et, le temps de rejoindre le pick-up, il souffla à plusieurs reprises sur ses doigts pour les réchauffer.

Une fois à l'intérieur, il mit le contact et laissa tourner le moteur. Il regarda le pare-brise et mit en marche les essuie-glaces pour balayer la neige qui s'agglutinait. Tout en réfléchissant, il tendit la main vers son paquet de cigarettes et en alluma une. Le froid poison fit son effet et il expulsa une longue fumée contre le rétroviseur.

Il devait l'appeler.

Il opina avec conviction.

Oui, il allait devoir l'appeler et le prévenir qu'elle arrivait.

Pinçant sa cigarette entre ses lèvres, il baissa le frein à main et s'engagea sur le chemin reliant le hameau au cœur du village. L'auberge restait ouverte toute la nuit et, sachant qu'il ne pourrait fermer l'œil de toute façon, il songea qu'un remontant s'imposait.

Quelques kilomètres plus loin, il se gara devant les marches du perron et sourit en apercevant la lanterne éclairée d'une bougie surplombant la porte d'entrée. L'enseigne était un peu défraîchie et la façade avait besoin d'un coup de rajeunissement.

Il ne cessait de répéter à l'aubergiste que cette lanterne donnait au lieu un air de maison close. D'après elle, la bougie allumée était signe de chaleur, et tout visiteur savait ainsi qu'il pouvait être accueilli dans une maison aimante et qu'à l'intérieur il serait le bienvenu et en sécurité.

Il ferma la portière de sa voiture et avec agilité grimpa quatre à quatre les marches. Il se baissa en souriant pour passer sous la lanterne et, sans même prendre le temps de s'annoncer, il poussa la porte et entra.

Malgré la pénombre qui régnait dans la demeure, ses yeux s'acclimatèrent comme ceux d'un chat et il évolua à l'intérieur avec aisance. Il traversa le vaste salon et la première salle de réception, puis poussa la lourde porte battante le séparant de la cuisine. Une fois la porte refermée derrière lui, il s'autorisa à appuyer sur l'interrupteur pour éclairer la pièce.

Il se dirigea vers la cafetière et s'activa. Tandis que l'eau s'écoulait et que la saveur du café emplissait la cuisine, il prit une chaise, la tourna, et s'assit à califourchon. Le menton posé sur le dossier de la chaise, il allumait une nouvelle cigarette lorsque la porte s'ouvrit devant lui.

— C'est toi, chéri ?

La femme qui venait d'entrer était encore séduisante malgré son âge mûr et son embonpoint de cuisinière qui s'était installé au fil des années. Ses yeux vert clair et fatigués se posèrent sur lui avec inquiétude.

— Qu'est-ce qui ne va pas ?

Il leva un sourcil en tirant sur sa cigarette.

— Comment savez-vous que ça ne va pas, madame l'aubergiste ?

Il se leva, se dirigea vers la femme et la prit dans ses bras. Elle lui caressa la joue avec tendresse et l'invita à s'asseoir près d'elle.

— Une mère sait toujours ce genre de chose, confia-t-elle d'un ton taquin.

Il hocha la tête, reprit sa position sur sa chaise, et lui sourit tristement à travers sa fumée.

— Et puis, chaque fois que tu débarques en plein milieu de la nuit pour boire du café ici, c'est que tu as un problème. Je me trompe ?

Le visage de Charles se ferma. Sans un mot, il se leva, fouilla dans le meuble au-dessus de l'évier et attrapa deux tasses qu'il remplit. Il posa la première devant sa mère et se contenta de tenir la sienne dans le creux de sa paume.

— Charly ? Qu'est-ce qui te perturbe à ce point ?

Il fixa sa mère un instant, puis ferma les yeux avant de répondre.

— Thomas est mort, maman.

Elle ferma les yeux, elle aussi, le temps d'assimiler la nouvelle.

— C'est toi qu'on a contacté en tant que…

— En tant que médecin, oui. C'est Jacky, le voisin des Vallon, qui m'a alerté. J'ai appelé Bouboule et il s'occupe de la suite.

— Bouboule ? Le gendarme ?

Charles expulsa une dernière bouffée et écrasa sa cigarette avant d'acquiescer.

— Il avait une arme à la main, maman.

— Mon Dieu ! Ne me dis pas qu'il a fait comme sa…

— Je ne sais pas, on n'en sait pas plus pour l'instant. C'est Édouard qui est chargé de l'autopsie, il a promis de me tenir au courant.

Annie Revel avança sa main sur la nappe de toile cirée, attrapa celle de son fils et la serra dans la sienne.

— Quoi qu'il se soit passé il y a bien longtemps, sache qu'ils ont toujours fait partie de la famille. Tu as toujours été le lien entre nos deux familles, Charly. Je comprends ta peine et je la partage.

Charles opina, but une gorgée de café puis se lança et lui ouvrit son cœur. Ses doutes, ses peurs, le monstre de douleur et l'arrivée de Laura. Il lui raconta tout dans les moindres détails.

Près d'une demi-heure plus tard, la porte de la cuisine s'ouvrit à nouveau.

— Hé ! Je savais bien que j'avais entendu des voix !

L'homme qui venait d'entrer était le portait craché d'Annie Revel, le teint pâle, les mêmes yeux verts, mais il avait des mimiques et des gestes qui n'étaient pas sans rappeler le charisme de Charly.

— Salut, Antoine.

— Depuis quand mon frère débarque-t-il au beau milieu de la nuit pour se taper la causette devant une tasse de..., commença-t-il à plaisanter puis il s'arrêta devant le visage blême de sa mère.

Son regard pivota de Charly à sa mère.

— Qu'est-ce qui se passe ? demanda-t-il, soudain inquiet.

Plus tôt dans la soirée…

Exténué, les mains sur les hanches, le capitaine Franck Leroux fixait la tache de sang projetée sur le mur du salon. Il était préoccupé et n'arrivait pas à trancher la question : Meurtre ou suicide ?

Thomas avait été découvert étendu sur le sol avec une arme dans la main, et il était facile de penser au suicide sachant que la lettre qu'il avait écrite dix ans plus tôt et soigneusement rangée pour être découverte ne faisait que renforcer cette idée. Pourtant, il tiquait.

Il connaissait la famille Vallon depuis qu'il était enfant et savait parfaitement que la mère de Thomas et Laura avait, elle aussi, mis fin à ses jours bien des années plus tôt, en mélangeant alcool et médicaments.

Cette famille avait déjà vécu pas mal de drames mais, pour autant, il n'arrivait pas à se sentir affecté, n'ayant jamais porté Thomas Vallon ou Charles Revel dans son cœur. Il avait juste de la peine pour Laura. Il se souvenait d'une adolescente particulièrement jolie et vive malgré la situation, et il devait bien reconnaître que Thomas y était pour beaucoup.

Seulement voilà… là aussi, un événement était resté inexpliqué : la gamine avait disparu une nuit et n'avait jamais donné signe de vie, si ce n'était un courrier au notaire de famille pour faciliter la succession de sa mère.

À cette époque, lui-même n'était qu'un bleu et débutait dans le métier dans une autre région. Il n'avait pas vraiment suivi l'affaire. Il avait juste su que l'enquête avait très rapidement confirmé le suicide de Mme Vallon et que Laura n'était jamais revenue. De cette famille, il ne restait maintenant plus qu'elle. Une orpheline qui, pour une raison inconnue, avait choisi de quitter son village d'enfance et de ne plus y revenir.

Franck soupira et jeta un œil sur son équipe qui finissait les relevés d'empreintes. Son intuition de flic le mettait en garde : le suicide de Thomas était trop évident pour être vrai. De plus, il n'imaginait pas Thomas en finir sans une lettre pour la sœur qu'il avait élevée, ni retourner son arme sur lui-même, plein front.

Et merde !

Plus il y pensait, plus il pressentait que le légiste et les analystes du laboratoire confirmeraient que Thomas n'avait pas tiré. Il devait attendre. Il devait envisager le pire et fouiller dans la vie de Thomas.

Il devait donc commencer par répondre à une simple question : à qui profite le crime ?

Le capitaine regarda sa montre : 23 h 35.

— On est prêts, chef !

Franck Leroux opina.

— Alors on remballe, confirma-t-il à son équipe.

Au moment où ils allaient sortir, deux hommes en civil apparurent sur le seuil de la porte.

— Capitaine Leroux ?

— Oui.

Le premier, un grand sec, cheveux coupés court et légèrement grisonnants, tendit la main vers lui. Franck accepta la main tendue.

— Je me présente : Thierry Leduc, officier de police judiciaire. Et voici mon collègue Simon Dufour.

L'autre était plus rond, petit, chauve, et ne daigna pas ouvrir la bouche ni tendre la main.

— Content que vous soyez là, mais je vous attendais plus tôt.

— On a fait avec les moyens du bord. On va boucler cette enquête avec vous. Qu'est-ce qu'on a ?

Franck regarda autour de lui puis affirma :

— Un meurtre.

— C'est d'une telle évidence ?

— Non.

— J'avais cru comprendre tout à l'heure au téléphone qu'il y avait, comment avez-vous dit déjà, « ambiguïté » ?

— Comment pouvez-vous être si affirmatif ?

Pour la première fois Dufour venait d'ouvrir la bouche. Sa voix était caverneuse, trahissant des années de consommation intensive de cigares et un léger accent du Nord.

— Je le sens.

Franck les fixa tour à tour avec insistance avant de poursuivre.

— Je le sens et mon intuition me dit qu'il va falloir commencer par clarifier le passé pour élucider le présent !

Le feu crépitait dans la cheminée en face de lui, interrompant par moments le silence qui l'entourait. Les flammes projetèrent des ombres sur le pelage gris de Loupa qui, au pied du fauteuil, dormait paisiblement. Charly couva des yeux la chienne avec un demi-sourire avant de laisser dériver son regard vers la pendule de la cuisine.

2 h 30.

Il soupira. Depuis qu'il avait raccroché le téléphone et, par la même occasion brisé, la vie de Laura, il n'avait pu fermer l'œil. Il avait passé un long moment à l'auberge et ce temps passé en famille l'avait quelque peu réconforté.

Après son retour, il n'avait cessé de faire les cent pas dans le salon à réfléchir au passé et se laisser envahir par la culpabilité d'avoir abandonné son meilleur ami.

Dix ans que Thomas l'avait rejeté. Dix ans que Laura s'était choisi une vie sans lui. Dix ans de solitude à combattre le monstre de douleur qui se nourrissait de son incompréhension, de sa peur et de ses sentiments à vif.

Ce monstre de douleur s'était réveillé, parfaitement aux aguets, au son de la voix de Jacky quelques heures plus tôt, et le pire était à venir.

Il se frotta les cheveux des deux mains puis se racla la gorge. Loupa dressa une oreille et ouvrit un œil sur lui avant de soupirer d'aise et de se pelotonner contre le pied du fauteuil.

Charly pensa à Laura avec angoisse. Dans quelques heures, elle serait devant lui. Il allait devoir l'affronter et l'aider au mieux dans cette épreuve. Il le lui devait, pour Thomas et en mémoire du passé.

Dans quelques heures, il saurait enfin. Il aurait les réponses aux questions qu'il se posait depuis tant d'années : le rejet de Thomas, la fuite de Laura.

Il allongea les jambes, posa les pieds sur la table de salon et s'enfonça dans le fauteuil, la tête renversée en arrière. Du plus loin qu'il se souvenait, il avait toujours connu la famille Vallon. Ne trouvant pas sa place au sein de sa propre famille, il avait en quelque sorte été adopté par eux, tant son amitié avec Thomas les rendait indissociable. À cette époque, ils ne devaient pas avoir plus de six ans. Laura n'avait que quelques mois et Antoine, son propre frère, pas encore un an.

C'était l'arrivée d'Antoine dans sa famille qui l'avait poussé à passer pratiquement tout son temps chez les Vallon. Non pas que les pleurs d'un nouveau-né le dérangeaient, puisqu'il supportait ceux de Laura, mais plutôt le sentiment d'inutilité qu'il ressentait. Depuis que son père avait filé un matin sans espoir de retour, sa mère se tuait à la tâche chaque jour pour faire en sorte de remplir la pension de clients et garnir la table de nourriture.

Elle n'était pas du genre à vouloir un enfant dans ses jambes et ne cessait de l'envoyer aider sa sœur pour garder Antoine. Seulement voilà, Lucie qui avait un an de plus que lui à l'époque assurait à merveille le rôle d'une petite maman de sept ans.

Par la suite, Antoine et Lucie devinrent fusionnels en grandissant, laissant à Charly le loisir de passer encore plus de temps chez les Vallon.

Il avait eu une famille de sang. Il avait eu une famille de cœur. Une larme roula sur sa joue et il la chassa d'un geste de la main.

Aujourd'hui, Thomas était mort. Il avait vu son regard morne. Il avait vu l'arme dans sa main. Il avait lu la lettre qu'il avait écrite dix ans plus tôt.

Rien n'avait de sens. Rien n'avait de sens depuis le décès de Mme Vallon, à commencer par la réaction de Thomas. Ce jour-là, lorsqu'il était venu présenter ses condoléances, il avait senti la distance de son ami puis avait lu la panique dans ses yeux.

Thomas lui avait demandé de partir. Par respect, après un dernier baiser à Laura, il s'était exécuté.

Et voilà… tout s'arrêtait là.

À l'époque, il n'avait pas conscience que l'un comme l'autre allaient à jamais sortir de sa vie.

Thomas et lui qui, enfants, s'étaient juré par le sang une amitié à la vie, à la mort, étaient devenus depuis ce jour de parfaits étrangers l'un pour l'autre. Il ne comprenait pas ce choix. Comment avait-il bien pu en arriver là et préférer se donner la mort ?

Le monstre de douleur se manifesta, prêt à le terrasser.

Charly se leva, se dirigea vers la cuisine et ouvrit la porte du réfrigérateur. Il attrapa une bouteille de bière et en but quelques gorgées avant de retourner vers le salon. Il posa la bière sur la table et prit son téléphone portable.

Il composa un numéro. Le répondeur de son interlocuteur mit cinq sonneries avant de s'enclencher.

Charly s'éclaircit la voix avant de parler, et délivra son message.

— C'est Charly. Il faut que je te parle. C'est à propos de Laura. Je suppose que tu es au courant, pour Thomas ! Le moment que nous redoutions est arrivé. Elle revient. Appelle-moi quand tu auras ce message. Il va falloir qu'on soit au point.

Il raccrocha et, à nouveau, se laissa tomber sur le sofa. Il s'allongea et essaya de fermer les yeux.

5

Après avoir raccroché le téléphone, par automatisme, je me fis couler un bain. J'avais froid et je réfléchis toujours mieux dans un bain.

Pendant que l'eau coulait, je préparai mon départ : un rapide mail à Ellie pour lui relater la situation et lui demander de finir la traduction seule, ainsi qu'un autre message dédié à Sam.

De mon existence d'avant, je ne lui avais raconté qu'une histoire très décousue, remplie de trous à combler. Sam m'avait toujours considérée comme la fille qu'il n'avait jamais eue et j'avais pour lui tout l'amour que l'on donne à un père. Il était donc au courant de l'existence de Thomas et de Charly. Il savait que j'avais fui, mais il avait toujours respecté mon silence, ne cherchant pas à me pousser dans mes retranchements.

J'étais convaincue qu'il voudrait m'accompagner, aussi optai-je pour un mail plutôt qu'un appel téléphonique. Il était tard et c'était un retour aux sources que je devais entreprendre seule. Sur cette pensée, je me glissai dans la baignoire.

Je pleurai une nouvelle fois toutes les larmes de mon corps en songeant à la perte de mon frère, au désarroi palpable de Charly. J'étais terrorisée par la brutalité de la disparition de Thomas.

Blessure par balle ? C'était tellement irréel ! Ça n'arrivait pas, ces choses-là, dans la vraie vie !

Il allait falloir retourner là-bas et organiser la suite pour Thomas, les papiers, la maison… et surtout trouver pourquoi c'était arrivé !

J'allais devoir revoir Charly.

Putain… Était-il heureux ? Comblé avec une femme ? Avait-il des enfants ?

J'aimais Charly et je l'avais toujours aimé. C'était un fait, un constat. C'était pathétique.

Je suis pathétique.

Une vraie crotte pathétique.

Machinalement, j'enroulai mon collier autour de mon poignet et glissai l'anneau doré sur l'annulaire avant de le retirer et de l'observer attentivement.

Je n'avais pu me résoudre à m'en séparer. Du doigt, il était passé à une chaîne et l'anneau pendait chaque jour sur ma poitrine.

Je soupirai en pensant que j'avais pourtant vu défiler quelques hommes dans mon lit et dans ma vie. Un simple passage, un pansement sur une cicatrice, sur ma solitude. Le nez dépassant juste de la surface de l'eau, je secouai la tête.

Et merde !

J'avais toujours comparé ces hommes à Charly. Les pauvres, je ne leur avais laissé aucune chance !

Si Ellie était là, elle m'empoignerait par les épaules et me secouerait comme un prunier en me réexpliquant pour la énième fois sa théorie sur le syndrome des pommes. Une théorie fruitière puisant probablement sa source dans le jardin d'Éden.

Elle dirait : « Bouge ton cul, ma Crotte, arrête de t'apitoyer sur ton sort et vis ta vie ! »

Charly… Thomas… Je n'étais pas certaine d'avoir la force d'endurer tout cela. J'avais envie de rester toute ma vie dans cette baignoire, au chaud, en sécurité. À défaut, je restai dans l'eau jusqu'à ce qu'elle refroidisse, en espérant que les bulles de savon laveraient aussi ma souffrance.

Il n'en fut rien.

Pratiquement une heure plus tard, une fois mon corps vidé de larmes, plus détendue et les doigts creusés de sillons blanchâtres, je me sentis enfin prête à rentrer au chalet.

Je rassemblai quelques vêtements, mon ordinateur portable et remplis un sac de voyage. Toujours emmitouflée dans mon peignoir, je retournai dans la salle de bains. Les mains en appui sur le lavabo, je m'observai dans le miroir en soupirant.

— Pas brillant, tout ça ! annonçai-je à mon reflet en guise de conclusion.

Je séchai mes longues boucles brunes que je n'attachais pratiquement jamais et optai pour un rapide maquillage en évitant le mascara.

Une fois présentable malgré mes yeux gonflés, je sautai dans un jean, me cachai sous un long pull à col roulé beige et enfilai une paire de bottes à talons en daim assorties. Je refermai la porte du dressing en prenant mon long manteau noir en peau.

Je me rappelais les rudes hivers de mon enfance, et il faisait particulièrement froid cette année.

Mon regard dériva vers le Velux. Pompom était parti pour une virée nocturne et à cette pensée, je me frottai la fesse droite. J'étais bonne pour un bon bleu !

Avec un dernier regard pour l'appartement, j'attrapai mon sac et claquai la porte derrière moi. Le couloir de la résidence était silencieux. La musique d'attente dans l'ascenseur me donna envie de hurler ; pourtant, je n'y avais jamais prêté attention auparavant.

Dehors, tout était reposant comme dans un sanctuaire. Paris, la belle, dormait silencieusement tandis que, au loin, la tour Eiffel avait revêtu son manteau de lumière scintillant.

Je levai la tête vers le ciel et, un pâle sourire sur les lèvres, scrutai le ballet de quelques flocons qui venaient recouvrir le sol. C'était magnifique.

Il était plus de 3 heures du matin et je rentrais chez moi.

Une fois au parking, le sac dans le coffre de la Smart, je visualisai mentalement la route à prendre : traverser Paris, prendre l'autoroute direction Limoges. Première pause.

Ensuite direction Toulouse… et après les montagnes, le chalet et Thomas.

Mes mains gantées de cuir caressèrent doucement le volant. Ma voiture était idéale pour la vie parisienne, mais elle n'était pas adaptée pour les cols et les chemins abrupts. C'était un 4 × 4 qu'il me fallait ! Je mis néanmoins le contact et pris la route.

Je prenais la route vers mon passé. Mes mains tremblèrent légèrement.

Je pensai au fait que je n'avais rien avalé depuis le matin hormis plusieurs litres de café. J'avais travaillé sans relâche toute la journée sur cette traduction mais pourtant je ne ressentais aucune fatigue. Je me demandai si mes mains tremblaient en raison de la caféine ou bien à cause de la nouvelle que je venais d'encaisser. Je pensai pour la énième fois que je n'aurai pas la force d'affronter tout ça et je me mordis l'intérieur des joues pour ne pas craquer.

Je roulais à présent sur la Francilienne et m'orientais vers l'autoroute du Sud.

Tout était paisible, trop paisible, et j'appuyai sur le bouton de la radio pour me changer les idées.

3 h 30 : le moment d'un flash d'informations et un homme sur BFM annonça les dernières nouvelles économiques. La Bourse avait clôturé en hausse hier soir sur une semaine continue de hausse. Aux États-Unis, l'annonce des chiffres du chômage vendredi dernier laissait penser que la reprise gagnait du terrain.

Ouais ! À d'autres !

Je changeai de station plusieurs fois avant d'en trouver une qui, à cette heure de la nuit, ne passait pas que de la musique techno en boucle. Ce fut un vieux tube de Police qui arriva à me détendre. Je montai le volume et appuyai sur l'accélérateur.

Je roulais depuis près de deux heures lorsque la sonnerie de mon téléphone portable me fit sursauter. Deux petits bips, signe distinctif du largage d'un SMS. Je gardai un œil sur la route en même temps que ma main droite fourrageait dans mon sac à main sur le siège passager.

Cette fois, je reconnus le numéro. 93 à la fin, c'était celui de Charly. J'en profitai pour l'enregistrer dans mon répertoire puis appuyai sur la touche et l'enveloppe s'ouvrit :

VOITURE, TRAIN OU AVION ?

Je repensai à notre conversation et subitement réalisai que je lui avais pratiquement raccroché au nez quelques heures plus tôt. « J'arrive »... voilà ce que j'avais dit pour conclure.

Il ne dormait pas et, ignorant tout de ma vie et où je vivais depuis toutes ces années, il balayait toutes les hypothèses.

J'écrivis un rapide « suis en voiture » et renvoyai le message. C'est alors que je m'interrogeai pour la première fois : comment Charly avait-il trouvé mon numéro de portable ? Je n'étais pas dans l'annuaire.

Internet, peut-être ? Je n'étais pas très douée sur le sujet. Je savais faire des recherches basiques et me servir de ma boîte mail mais, pour le reste, je ne m'y étais jamais réellement intéressée.

Je sursautai encore. Un nouveau SMS venait d'arriver.

SEULE ? TU ES PARTIE QUAND ?

Je soupirai. Nous ne savions plus rien l'un sur l'autre ! De fait, je comprenais ses questions : personne ne devrait conduire après un choc pareil !

Je pianotai en alternant du regard : route, clavier, route, clavier.

SEULE. PARTIE DE PARIS. ARRIVÉE PRÉVUE 10 H CE MATIN.

Dès que je pensais à Charly, je sentais les papillons au creux de mon estomac se réveiller. Du calme, Laura.

Fais ce qu'il faut pour Thomas, il est ta seule priorité et, surtout, ne craque pas pour Charly !

Nouveau bip.

SOIS PRUDENTE. APPELLE-MOI EN ARRIVANT.

Je hochai la tête et, cette fois, les larmes s'échappèrent de nouveau.

Je regardai le compteur. 135 km/h. J'appuyai, pied au plancher. Tant pis pour les radars, au mieux, j'essaierai de sourire sur la photo. Quitte à être prise en flagrant délit, autant ne pas le faire à moitié et les éblouir de mon magnifique sourire.

Je roulais à présent depuis des heures ; le paysage camouflé dans la nuit et vu de l'autoroute était monotone et je commençais à être épuisée. Hormis la radio qui me donnait le sentiment d'une vague présence, autour de moi, la route était pratiquement déserte.

J'avais aperçu quelques camions, ici et là, stationnés pour la nuit, sur des aires de repos mais la nuit s'enfuyant au profit de l'aube, j'avais l'impression de pouvoir voler au-dessus du bitume. Le dernier panneau que j'avais repéré annonçait une aire d'autoroute à quelques kilomètres.

J'avais besoin d'une pause, d'un café, et de me remplir l'estomac. La Smart quant à elle avait besoin d'engloutir de l'essence. Échange de bons procédés, je décidai donc de faire une halte.

L'aube pointait timidement son nez sous un soleil rougeoyant, mais j'étais d'une humeur trop maussade pour apprécier la beauté de ce nouveau jour hivernal.

Je me garai devant la station, coupai le contact au moment où France Gall entamait le refrain « Évidemmeeeeeeent »...

Évidemment... C'est le moment, tiens !

Je sortis faire le plein d'essence puis me dirigeai vers la boutique. Je serrai la ceinture de mon manteau et rabattis la capuche sur mes cheveux. Le vent me glaça les os, aussi appréciai-je le silence et la chaleur qui régnaient à l'intérieur de la boutique et sentis immédiatement mes joues rougir avec la différence de température. Mis à part l'employé, occupé à lire une BD, j'étais la seule cliente. L'homme leva les yeux vers moi, me sourit, et lança un franc « B'jour » auquel je répondis poliment.

Je fis un tour rapide mais m'aperçus vite que rien ne me tentait. Mon estomac s'était presque soulevé à la vue des sandwichs empilés sur le comptoir. Je me contentai donc de ma dose de caféine et payai le gobelet sur un banal échange de politesses lié à l'heure matinale et à la météo, puis remontai dans la Smart.

Revenue à la voiture, au calme d'un bosquet, je sirotai mon café puis me calai au fond du siège pour fermer les yeux quelques secondes.

Oui… juste quelques secondes… dormir et oublier cet horrible cauchemar.

6

Les yeux grands ouverts dans la pénombre de la chambre, Nathan ne cessait de se maudire. Il se redressa avec précaution pour ne pas réveiller la jeune femme étendue à ses côtés et ajusta son oreiller pour s'adosser contre la tête de lit.

Il était rentré à la maison à une heure déjà très avancée de la nuit et Hélène était sortie de ses gonds, lui reprochant son détachement. Elle avait crié puis pleuré devant son indifférence avant d'aller se terrer dans la chambre en claquant la porte derrière elle.

Elle n'en était plus ressortie.

Lorsque Nathan l'avait rejointe une heure plus tard, il l'avait découverte étendue, forme frêle et gracile dissimulée sous le drap, retenant son souffle malgré tout un peu trop rapide, ce qui laissait supposer qu'elle faisait semblant de dormir.

Il en fut soulagé et se glissa à ses côtés en silence, n'étant vraiment pas d'humeur à la rassurer sur l'amour qu'il lui portait et qu'elle remettait sans cesse en cause.

Le pire, c'était qu'elle avait raison. Il n'était pas prêt. Pas prêt à s'engager dans une histoire à cœur perdu et sans retenue, pas prêt à fonder une famille malgré la quarantaine qui allait bientôt sonner.

Pourtant, il l'aimait.

Il soupira et son regard dériva vers l'horloge du radio-réveil : 3 h 45.

Hélène bougea légèrement à côté de lui et, dans un souffle de bien-être, elle se retourna laissant glisser le drap et dévoilant au passage la blancheur de son épaule nue.

Sa peau avait un grain très fin. Cette femme était la douceur et la beauté mêmes.

Il l'aimait à sa façon mais d'un amour qu'il savait insuffisant pour elle. Pourtant, Hélène était la seule femme qu'il avait aimée depuis Lucie.

Il ferma les yeux une seconde puis fixa à nouveau cette épaule douce, et se retint de la caresser.

Sachant qu'il ne pourrait plus fermer l'œil de la nuit, il repoussa le drap, se pencha sur l'épaule attirante et dans un souffle tiède déposa sur sa peau nue un tendre baiser. Sa peau avait la douceur de la soie et le goût de la vanille. Hélène bougea, tira le drap pour s'envelopper et se rendormit.

Nathan l'observa quelques secondes ; une vague de désir le submergea puis, tout en se maudissant, avec précaution pour ne pas la réveiller, il s'extirpa du lit.

Pieds nus, vêtu seulement d'un T-shirt et d'un caleçon, il referma la porte de la chambre derrière lui et pénétra dans le salon.

Il se dirigea vers le bar et sortit une bouteille de pur malt. Il avait besoin d'oublier, besoin de se réchauffer, et à quoi bon vouloir chercher un prétexte de toute façon ? Il avait envie de boire, tout simplement. Il ouvrit le réfrigérateur et déposa deux glaçons dans le verre rempli à moitié. Il fit tinter les glaçons tout en se dirigeant vers la fenêtre. Il s'attarda un instant, le lourd rideau rouge replié dans sa main gauche, à observer au loin la valse lente des dameuses sur les pistes. Un mois avant Noël, le va-et-vient des touristes avait commencé et, par chance, la neige était au rendez-vous.

Nathan porta le liquide apaisant à sa bouche et sentit les ravages du feu prendre naissance le long de son œsophage et le revigorer.

Il lâcha le rideau et alla s'asseoir dans le fauteuil près de la table de salon. Les pieds sur celle-ci et la tête renversée en arrière, il songea à Hélène qui dormait paisiblement dans la pièce voisine. Il s'en voulut de ne pas pouvoir lui offrir ce qu'elle désirait. Il ne s'abandonnerait pas tout simplement, pas encore, pas maintenant.

Depuis des années, depuis le drame, tout son être refusait d'avancer et restait insatiablement accroché au passé. Un passé qui le hanterait tant qu'il ne pourrait répondre à une simple question : pourquoi ?

Pourquoi lui avait-on arraché sa fiancée ?

Pourquoi elle ? Pourquoi comme ça ?

Pourquoi ?

Outre son besoin de vengeance, il avait surtout besoin de savoir pour enfin tourner la page, ce que tout le monde lui avait conseillé ou presque. Qu'est-ce qu'ils en savaient, de toute façon ?

Il ne voyait plus que très rarement son ancienne belle-famille ; d'ailleurs, ils n'avaient plus rien en commun, excepté ce manque, ce trou entre eux que représentait l'absence de Lucie.

Chacun avait géré le drame à sa manière puis, ne trouvant plus les mots reflétant son état de chagrin, pour eux et pour lui, Nathan avait choisi de prendre ses distances.

Il avait quitté le village pour s'installer dans l'effervescence de la ville touristique à quelques kilomètres de là où il n'avait trouvé ni réponses ni apaisement, mais un ange prénommé Hélène. Elle était serveuse dans un pub.

L'ange était venu vers lui en souriant pour prendre sa commande. Elle était belle, incroyablement vivante et, sans détours, elle lui avait fait un rentre-dedans hallucinant. Elle était une menace pour son équilibre taciturne, alors il l'avait repoussée.

Attirée, elle s'était accrochée, revenant à l'assaut encore et encore, prétextant en riant qu'elle avait un syndrome du héros et qu'il avait besoin d'aide. Elle croyait obstinément qu'elle arriverait à lui faire oublier, qu'elle arriverait à l'apaiser.

Dans un moment de faiblesse, en manque de contact physique et de tendresse, il l'avait laissée approcher trop près. Et voilà qu'il la contaminait.

Son chagrin, son besoin de vengeance et sa soif de savoir tuaient tout ce qu'il touchait comme une gangrène prenant ses aises. Les disputes devenaient de plus en plus fréquentes, les périodes de non-communication plus longues, le sexe une guerre de possession, ses rires et ses sourires espiègles disparaissaient, laissant place à un masque de souffrance et de douleur.

Oui, Nathan savait qu'il la contaminait, qu'elle se détruisait chaque jour un peu plus à son contact. Il ferma les yeux une seconde à cette pensée et but d'un trait le reste de son whisky.

Il se leva et se dirigea vers son bureau. Le sommeil ne voulant pas de lui, il songea qu'il valait mieux travailler et il avait plusieurs articles à terminer.

En attendant que le logo Google emplisse l'écran de son ordinateur portable, il ouvrit le tiroir à la recherche de son agenda pour vérifier les dernières dates de publication.

Il travaillait pour la section économique de la *Gazette du village-midi* depuis plus d'une dizaine d'années. Un travail souvent à domicile, un filet de sécurité lui permettant de passer du temps à peaufiner le thriller qui dormait dans le tiroir de son bureau et qu'il n'avait pas encore osé confier à une maison d'édition.

Ce thriller aussi faisait partie de son passé. Il l'avait commencé alors qu'il vivait avec Lucie. Elle l'avait encouragé et portait sur son travail un œil attentif, critique et motivant. Seulement voilà… Lucie n'était plus là, le roman n'était pas achevé non plus, lui aussi privé d'une fin adéquate.

Une idée saugrenue faisait régulièrement irruption dans l'esprit torturé de Nathan : s'il finissait ce roman, s'il lui donnait vie, tout serait alors terminé, tout ce qu'il avait commencé avec elle.

Elle qui lui avait inspiré le titre, elle qui avait souri en lisant la préface, elle qui ne serait pas là pour la mise au monde de son roman. Il voulait la maintenir en vie, alors il corrigeait inlassablement le manuscrit sans s'approcher de la fin.

Le bruit de la page d'accueil sur son ordinateur le sortit de ses souvenirs et il mit enfin la main sur son agenda.

Tournant les pages une par une pour arriver à celle qui l'intéressait, il en remarqua une plus épaisse que les autres, située au milieu du carnet.

Surpris, il la prit entre ses doigts et réalisa qu'il s'agissait d'une photo. D'abord étonné, il la retourna et, immédiatement, une goutte de sueur glacée se forma et roula le long de sa tempe.

C'était une photo qui remontait à dix ou onze ans.

Elle avait été prise par Annie Revel, la mère de Lucie pendant que tous les six, assis sur les marches du perron de l'auberge, souriaient avec insouciance en fixant l'objectif.

Sur la première marche, Laura était assise entre Charles et son frère Thomas. Sur la marche du dessous, lui Nathan, embrassait la tempe de Lucie tandis que celle-ci tournait le visage vers son frère Antoine en souriant.

Cela avait été une journée magnifique, pleine de joie de vivre.

Pourquoi ?

Il se leva d'un bond, essayant malgré lui de maîtriser la colère qui tentait de le submerger une nouvelle fois. Il lâcha la photo qui virevolta avant de se poser sur le seuil de l'entrée et, simultanément, sa chaise tomba à la renverse dans un fracas métallique.

Pourquoi ?

Il serra la mâchoire et, n'arrivant plus à se maîtriser, donna un coup de poing dans la cloison.

La douleur prit immédiatement le relais et fut apaisante pour son esprit. Revenant à lui, il regarda la matière qui venait de s'enfoncer dans le mur laissant apparaître un cratère dans la cloison.

Son regard étonné se porta ensuite sur sa main et il vit que ses phalanges étaient en sang. La douleur avait un effet anesthésiant. La douleur physique était toujours plus supportable que la douleur de l'âme.

Il parcourut le plancher des yeux à la recherche de la photographie et remarqua alors la présence d'Hélène sur le seuil. Elle se tenait pieds nus, immobile et incroyablement séduisante dans sa nuisette en coton blanc, les yeux rivés sur la photo dans sa main. Elle le fixa un instant avec une lueur d'incompréhension dans le regard puis, les yeux humides, laissa tomber le papier glacé et battit en retraite vers la chambre.

Nathan serra les poings lorsqu'il entendit la porte claquer derrière elle. Et alors seulement, la douleur se rappela à lui et il secoua sa main endolorie à plusieurs reprises.

Reprends-toi Nathan ! Tu es en train de sombrer ! Pourquoi n'y arrives-tu donc pas ? Pourquoi refuses-tu d'avancer !

Après un dernier regard pour la porte close de la chambre, il enfila un jean, un pull, ses Pataugas et s'enroula la main dans un linge avant de grimper en voiture.

7

Par le passé...

L'air était chaud et le taux d'humidité anormalement élevé en ce début juin. La chaleur avait fait irruption en seulement deux jours, laissant les villageois désemparés face à ce changement brutal. Le thermomètre affichait 33 °C, et il n'était que 11 heures du matin.

Profitant de ce dimanche saluant l'ouverture de l'été, nous avions décidé de nous rafraîchir et de passer la journée au lac où la famille Revel possédait une petite maison de campagne aménagée en refuge.

Elle se composait d'une grande pièce principale où s'alignaient plusieurs lits jumeaux pouvant ainsi loger quatre couples pour peu qu'ils n'aient pas peur de la promiscuité.

Je souris en observant Antoine qui s'était endormi d'un sommeil profond et réparateur sur le plaid. Son souffle était calme et régulier et je me surpris à l'envier. J'étais trop angoissée pour pouvoir me laisser aller à la détente. De fait, je tournai une nouvelle page de mon livre avec lassitude, essayant de mémoriser chaque mot, chaque idée, et d'imprégner mon cerveau de tout ce savoir.

— Viens, Laura, l'eau est bonne.

Je levai les yeux vers le lac en direction de la voix de mon frère.

— Et tu n'as plus besoin de réviser. Tu sais parfaitement que tu es fin prête ! ajouta Charly.

Je fronçai le nez et secouai négativement la tête. Dans trois semaines, je serai sur les bancs d'un lycée, dans un environnement inconnu, et jugée pour mes écrits relatifs aux dernières épreuves du bac. Une nouvelle page allait se tourner et je voulais réussir brillamment. Cela dit, l'un comme l'autre n'avait pas tort ; depuis un mois, je ne quittais plus ma chambre, prenant goût aux abus de caféine et au travail incessant.

— Allez, Laura, ne te fais pas prier. Pour une fois, lâche la pression et viens.

Je fixai Thomas qui me souriait puis cherchai Charly des yeux et finis par l'apercevoir qui traversait le lac à la nage et s'éloignait à grands mouvements de bras.

Après tout, pourquoi pas ? La chaleur était telle que je sentais ma nuque rougir, aussi abdiquai-je. J'ajustai mon maillot de bain et rejoignis mon frère.

En mettant le pied dans l'eau, je me crispai et fus au premier abord saisie par la différence de température, puis mon corps s'habitua et réclama cette fraîcheur enivrante.

Arrivée à la nage au niveau de Thomas, je fus immédiatement reçue par une tempête d'éclaboussements et de rires. Me lançant dans la bagarre, je pris rapidement le dessus en grimpant sur ses épaules pour le faire plonger.

Ce vacarme de cris et de chamailleries eut raison du sommeil d'Antoine. Le jeune homme se releva et chercha tout d'abord où il se trouvait en jetant un coup d'œil alentour, puis ses yeux se fixèrent sur ses amis, et il sourit.

Il plongea la main dans le panier et attrapa une pomme. Tout en croquant avec plaisir dans le fruit juteux, du regard, il chercha sa sœur et les autres, guettant des têtes à la surface de l'eau. D'un revers de la main, il essuya son visage couvert de sueur.

Près d'une cinquantaine de mètres devant, il vit les Vallon qui criaient et riaient, puis il repéra son frère Charly qui nageait dans la direction opposée, sans se retourner. Antoine poursuivit son repérage et ses yeux s'arrêtèrent sur Lucie et Nathan.

Dans les bras l'un de l'autre, flottant et disparaissant par moments sous la surface, ils s'embrassaient à pleine bouche, nullement préoccupés par les autres. Ils avaient annoncé depuis peu leurs fiançailles. Ils se fréquentaient depuis deux ans déjà, et Antoine était le premier à reconnaître que Lucie avait en la présence de Nathan des étoiles dans les yeux.

Les Vallon finirent par se calmer et discuter paisiblement avant que Thomas décide de ressortir de l'eau. Quelques instants plus tard, Lucie et Nathan rejoignirent les autres sur les serviettes et ouvrirent les paniers de pique-nique.

Je nageai lentement, profitant de la douceur et de la fraîcheur de l'eau sur ma peau. Je plissai des yeux à la recherche de Charly. Il nageait à présent dans ma direction et, par moments, disparaissait sous l'eau.

Si je me considérais comme une bonne nageuse, Charly excellait dans cette discipline. Je fouillai autour de moi. Il avait de nouveau disparu. Je scrutai la surface du lac et m'inquiétai lorsque je ne le vis pas refaire surface.

— Charly ? lançai-je mi-amusée, mi-inquiète.

Je nageai un peu, clignai des yeux sous la réverbération du soleil et lançai de nouveau un regard circulaire sur la surface étincelante.

— Charly ?

Quelque chose me frôla les jambes et je poussai un cri. Une seconde plus tard, je fus projetée en l'air, poussée avec force par les bras de Charly. J'éclatai de rire avant de me pincer le nez en retombant dans l'eau puis, lorsque je refis surface, je m'accrochai à lui pour reprendre mon souffle.

— Tu m'as fait peur, confiai-je en riant.

Je m'agrippai à son cou et lui plaquai ses mèches de cheveux dégoulinantes en arrière.

Charly me tenait toujours dans ses bras et riait.

— On va rejoindre les autres ? J'ai l'estomac qui crie famine.

Je lui souris et opinai brièvement.

Il était bronzé comme toujours et ses yeux brillaient d'amusement. Depuis quelques mois déjà, je sentais mon cœur s'emballer en sa présence et n'avais pas osé mettre un mot sur ces sentiments de plus en plus profonds.

Charly avait toujours fait partie de ma vie, tout autant que Thomas. Était-ce normal de nourrir pour lui ce genre de sentiment ? Et s'il n'éprouvait pas la même chose que moi ?

Toujours dans ses bras, les mains posées sur ses épaules, dans un moment de totale improvisation et d'abandon, je m'approchai plus près et pressai mes lèvres sur les siennes. Elles avaient le goût du lac, le goût du soleil, le goût de Charly.

Puis soudain, comme rattrapée par la réalité, je réalisai mon geste et écarquillai de grands yeux affolés avant de le lâcher brusquement et de m'enfuir à la nage vers la berge.

Mon Dieu ! Qu'est-ce que j'ai fait ? Je suis devenue folle ou quoi ? Comment allait-il réagir ?

Tout en continuant à nager, je risquai un mouvement de tête furtif en arrière pour capter son regard. Charly n'avait pas bougé. Il se contentait de me regarder m'enfuir, mi-amusé, mi-intrigué.

Pendant tout le déjeuner, je glissai régulièrement les yeux vers lui sans pour autant entrevoir dans sa façon d'être à mon égard un quelconque changement.

J'étais partagée entre l'idée d'en être soulagée et celle d'en être déçue. Je savais néanmoins que cette journée resterait gravée à jamais dans ma mémoire.

Lorsque nous rentrâmes, en fin d'après-midi, Annie insista pour immortaliser l'instant et conserver une photo de famille. Nous prîmes place tous les six assis sur les marches du perron de l'auberge Revel.

— Allez, allez… resserrez-vous un peu, dit-elle en mimant le geste de ses mains.

Au moment où elle appuya sur le déclencheur, j'étais assise entre Charly et Thomas, tandis que sur la marche du dessous, Nathan embrassait la tempe de sa fiancée qui elle-même tournait le visage vers Antoine.

8

Aujourd'hui...

La sonnerie de mon téléphone me tira d'un sommeil sans rêve. Je bondis et regardai l'heure : 7 h 40. Bon sang ! J'avais sombré deux heures ! Le téléphone sonnait toujours. Je fourrageai dans mon sac et l'attrapai.

— Sam ?

— Où es-tu ?

Il avait lu mon mail et allait droit au but ! Je regardai autour de moi en me frottant les yeux.

— Sur une aire d'autoroute. Pas loin de Limoges, heu... je crois.

Je l'entendis soupirer. Avec lassitude, je baissai la tête et massai mon cou endolori par une position inconfortable.

— Tu aurais dû m'attendre, Gamine.

C'était un reproche. Un reproche tellement paternel qu'il me fit plaisir.

— Ne t'inquiète pas pour moi. Je suis une grande fille.

— Je suis sincèrement désolé pour ton frère. Malgré votre, hum, éloignement, je sais que tu l'aimais infiniment.

Je fermai les yeux une seconde en entendant cette voix si familière.

— Écoute, Sam, commençai-je en pensant à mon arrivée, dans quelques heures je serai là-bas. Charly... tu te souviens de Charly ? Je t'en ai parlé, non ?

Je l'entendis s'éclaircir la voix. Il hésita, essayant certainement de se remémorer nos conversations passées, nos échanges, mais surtout mes silences.

— Oui, en effet.

— Bien. Charly viendra me chercher quand j'arriverai. Tu sais, je ne sais pas trop comment faire avec tout ça.

— Tu veux que je vienne ?

Je souris.

— Non, Sam. Ce n'est pas nécessaire.

— Préviens-moi au moins pour l'enterrement. Je tiens à être là.

J'eus une hésitation. Rien que le fait de penser à « ça », j'avais les larmes aux yeux. Oui, bien sûr, je voulais que Sam soit à mes côtés pour le dernier adieu à Thomas.

— Oui, je te remercie. Je te préviendrai quand j'en saurai plus. Pour l'instant, tout est tellement irréel, toute cette histoire…

Je secouai la tête.

— Je comprends.

— Je t'appellerai plus tard, en fonction de la suite des événements.

— Promis ?

— Croix de bois, croix de fer.

Un instant de silence.

Je regardai le flot de voitures rouler sur l'autoroute. J'entendais la respiration de Sam à l'autre bout du pays. J'eus envie de me lover dans ses bras, de prendre un petit déjeuner en parlant de tout et de rien, de l'écouter, de nier la vérité.

— Gamine ?

Je souris. Depuis notre première rencontre, c'était resté mon surnom.

— Oui ?

— Tu sais, ton ami Charly…

— Oui ?

— Repose-toi un peu sur lui. Il me paraît être quelqu'un de bien.

Je hochai la tête, légèrement émue d'entendre ces mots dans la bouche de Sam alors qu'il ne connaissait pas Charly.

— Oui, c'est quelqu'un de bien, ajoutai-je pensive. Merci d'avoir appelé, Sam.

— Contacte-moi dès que tu en as envie et prends soin de toi.

Je souris en raccrochant. Ce repos et le fait d'avoir discuté un instant avec Sam m'avaient soulagée. Tout en reprenant la route, je me laissai envahir par les souvenirs.

Dix ans plus tôt, après avoir effectué le trajet blottie sur le siège de son camion, je m'étais réveillée en fin de matinée dans sa chambre d'amis sans avoir eu le souvenir d'avoir été transportée du camion à un lit douillet. Il faut dire que j'étais exténuée et qu'une fois que je dormais du sommeil du juste, RIEN ne pouvait me réveiller.

Comme je n'avais pas d'argent, pas de projet, pas d'avenir, et le cœur en miettes, malgré mon fichu caractère, Sam m'avait invitée à rester. Mon arrivée dans sa vie avait brisé sa solitude et, malgré les vingt ans qui nous séparaient, il n'y avait jamais eu la moindre ambiguïté. Il me considérait comme sa fille, et il était pour moi un second père.

Il m'avait demandé de rester, alors j'avais accepté, d'abord pour une autre nuit, puis une semaine, puis un mois… et, sans m'en rendre compte, j'avais un nouveau « chez-moi ».

J'avais décidé de participer pour le gîte et le couvert, aussi je m'étais attribué une tâche : cuisiner pour deux chaque jour !

Au bout de plusieurs essais non concluants, nous étions très vite passés à la formule magique du : « Bonjour, je voudrais commander… »

Toutefois, si Sam gagnait correctement sa vie dans une société d'import-export, je ne voulais pas dépendre de lui financièrement.

Je me souvins de notre première et seule dispute, environ un mois après mon irruption dans sa vie. J'avais fièrement annoncé que j'avais décroché un travail de serveuse dans un troquet parisien, dans le Quartier latin, fief des étudiants.

Au premier abord, il avait plaisanté : « Quoi ? Toi avec un plateau dans les mains ? Tu vas tout renverser ! », mais au fur et à mesure de notre conversation, la plaisanterie avait vite cédé la place à la colère lorsqu'il avait compris que j'étais sérieuse. Il était devenu fou de rage. Il ne voulait pas que je travaille mais que je consacre mon temps à mes études.

À défaut d'une brillante entrée en fac de lettres en cours d'année, le diplôme de traductrice que je convoitais était au-dessus de mes moyens et je refusais que Sam participe aux frais de scolarité.

Nous étions restés campés sur nos positions, aussi têtus l'un que l'autre. Le matin suivant, Sam était reparti quelques jours en Espagne pour le travail et, à son retour, il était radieux. « L'argent est tombé du ciel », voilà ce qu'il avait dit.

Il me raconta qu'un soir, à l'hôtel où il avait séjourné, il avait parié aux courses et gagné une coquette somme d'argent, juste de quoi payer ma première année d'études !

Et après ? Une chose après l'autre.

Sur le moment, j'avais été sceptique, mais plus il racontait son histoire, plus il avait l'air d'être heureux. Au final, j'avais baissé ma garde et nous avions fêté l'événement par mon inscription dès le lendemain.

Alors que je roulais à 156 km/h, mon sourire s'élargit sur ce souvenir. J'avais passé trois ans de ma vie chez Sam. Trois ans de bons moments, avant de prendre mon envol et de m'associer avec Ellie. Nous étions restés très proches, et son appartement n'était qu'à cinq minutes à pied du mien.

La vie était faite de rencontres… c'était une certitude.

10 h 45.

Je me sentais seule et je pensais de plus en plus à ce qui m'attendait là-bas, au pays ; aussi, pour me divertir, je rallumai la radio.

Le thème d'Arthur de Christopher Cross m'accompagnait au moment où la Smart avalait péniblement les derniers kilomètres me séparant du village. C'était une vraie perte de temps.

Je roulais en première, 20 km/h au compteur. Autour de moi, tout était d'un blanc immaculé et les roues de la voiture patinaient de plus en plus. Sur ma droite, les falaises s'étendaient à perte de vue. Encore quelques mètres et je décidai finalement de me garer sur le bas-côté. Pourtant, j'avais appris à conduire en montagne. Thomas m'avait enseigné la conduite de la Jeep alors que je n'avais que quinze ans.

À cette époque-là, au fin fond de mon village natal, personne ne se souciait de la conduite accompagnée ! J'avais appris comme tous les gosses du coin : dans les chemins, en forêt, sur la route, sous les conseils et les éclats de rire moqueurs de Thomas. Nous n'avions pas vraiment le choix. Maman ne conduisant plus, Thomas avait décrété qu'en cas d'urgence, en son absence, je devais être capable de prendre la Jeep et d'emmener maman à l'hôpital… permis ou pas !

Je sortis de la voiture et observai les alentours avant de reporter mon attention sur la Smart.

— Quelle nouille ! murmurai-je.

J'étais devenue une vraie citadine : ni pneus neige ni chaînes. Ne trouvant aucune autre solution, je remontai en voiture et attrapai mon portable dans mon sac à main. J'éteignis la radio et composai un numéro de rappel automatique.

Mon cœur se mit à palpiter de façon étrange. À la première sonnerie, il décrocha comme s'il avait les yeux rivés sur le téléphone.

— Charly ?

— Oui, Laura.

Sa voix grave était posée. Calme. Une douceur pour mes tympans fatigués par le bruit réprobateur du moteur.

— Je ne suis qu'à six kilomètres de l'entrée du village. Je me sens bête, ma voiture n'est pas équipée pour aller plus loin et…

— Bouge pas, j'arrive.

Il raccrocha. De surprise, je regardai mon téléphone.

Charly et moi avions au moins une nouvelle chose en commun : « j'arrive » mettait fin à nos conversations téléphoniques.

9

Nathan attendait depuis dix minutes, les yeux rivés sur la double porte battante au fond du couloir. La douleur se propageait à présent dans toute sa main.

L'assistante à l'accueil lui avait demandé de patienter, l'informant que le médecin allait très vite le prendre en charge.

Nathan soupira et, ne voulant pas s'expliquer sur la douleur de sa main, pria pour que le médecin en question soit le vieux Géo-trouve-tout du village et non pas l'un des deux autres.

Il se trouvait dans une situation peu commune : Charles Revel était le frère de Lucie, tandis que Frédéric Connel était le frère d'Hélène, et ces deux-là étaient médecins, associés et les meilleurs amis du monde.

Il savait que le seul à en éprouver de la gêne c'était lui. Pourtant, voir Charly lui était toujours aussi douloureux tandis qu'il culpabilisait de ne pas réussir à rendre heureuse l'ange qui, il y a près d'un an, était entré dans sa vie.

— Nathan ?

Le journaliste pensait à tout ce gâchis lorsqu'il fut tiré de sa rêverie. Il tourna la tête vers la voix et son visage se ferma en apercevant Frédéric qui se dirigeait vers lui. La beauté était une marque de fabrique de la famille Connel. Châtain tout comme sa cadette, les yeux bruns brillant d'un éclat d'espièglerie et renvoyant la lumière vers les autres. Tout comme Hélène avant qu'il ne la contamine.

— Nathan ? Qu'est-ce qui se passe ?

Pour toute réponse, ce dernier se leva et montra le linge imbibé de sang autour de sa main.

— Un petit accident, rien de plus.

Frédéric fronça les sourcils et s'approcha de son beau-frère. Il prit le bandage de fortune dans ses mains et veilla à le dérouler en douceur.

Il manipula et examina la main sous toutes les coutures avant d'entraîner Nathan avec lui.

— Viens.

Passant devant lui, Frédéric longea le poste d'accueil, traversa le couloir d'entrée et poussa la porte d'une salle d'examen sur sa droite. Il actionna l'interrupteur et une lumière vive et blanchâtre illumina la pièce.

— Assieds-toi là, et pose ta main sur la table, ordonna Frédéric en désignant le tabouret.

Sans broncher, Nathan s'exécuta. Frédéric enfila des gants en latex, et ouvrit les placards pour garnir un plateau de pansements, pinces et autres instruments chirurgicaux. Il commença par nettoyer la plaie pour mieux voir l'étendue des dégâts.

— Alors, tu vas me raconter ou pas? lança-t-il en laissant tomber une compresse usagée sur un autre plateau.

— J'ai juste rencontré un mur, ironisa Nathan.

— Je vois.

— Les murs sont vraiment très dangereux...

Frédéric quitta la main des yeux et leva le menton vers son beau-frère en souriant.

— Mis à part ta main, est-ce que je peux te venir en aide?

— Non... merci.

Frédéric finit de nettoyer la plaie.

— Bon. Tu peux fermer le poing? Bouger tous les doigts? Te servir de la pince?

— La pince?

— Pouce et index, précisa-t-il en retirant ses gants maculés de sang.

Nathan s'exécuta sans broncher en imitant les exercices que son beau-frère faisait devant lui.

— Bien. Tu as mal ?

— Non.

— Mouais, à d'autres ! Il est possible que la blessure soit encore trop chaude pour que tu cibles la douleur réelle. Dans l'immédiat, je crois que tu as juste besoin de quelques points de suture sur le dos de la main mais, par précaution, tu vas quand même passer une radio.

— Si tu penses que c'est nécessaire…

— Tu sais, Nathan, tu es mon beau-frère et ma sœur t'aime alors ça me va. Mais l'amour c'est un échange.

Nathan leva les yeux vers lui.

— J'aime Hélène.

— Je le sais. C'est justement parce que tu l'aimes que je te préviens : tu vas la perdre. Hélène est ton présent et ton avenir. Ne te laisse pas anéantir par les regrets une seconde fois.

Au moment où Nathan allait répondre, la porte s'ouvrit et Charles pénétra dans la pièce.

— Fred ?

Il s'interrompit en réalisant qu'il connaissait le patient.

— Nathan, tout va bien ? lança-t-il avec une pointe d'inquiétude dans la voix.

Charly vint vers lui en souriant et, à la vue de sa main endolorie, il baissa la sienne en comprenant qu'il ne la lui serrerait pas.

— Oui, ça va bien, Charly. Un léger accident, c'est tout. Et toi ?

Charly opina tristement puis reporta son attention sur son associé.

— J'ai besoin de te parler. Tu veux bien sortir un instant dans le couloir ?

Frédéric fronça les sourcils. Il n'était pas dans les habitudes de son associé de débarquer dans une salle d'examen et de vouloir lui parler à l'écart d'un patient. Cela avait-il un rapport avec Nathan ?

Tout en s'interrogeant, Frédéric remarqua que son ami avait des cernes sous les yeux alors que, des deux médecins, c'était lui qui avait été de garde la nuit dernière.

Une fois qu'il l'eut rejoint dans le couloir, il vit Charly se masser le cuir chevelu, le regard dirigé vers le sol. Il connaissait son collègue depuis huit ans à présent et savait parfaitement que, chez lui, c'était un signe de grande nervosité.

— Comment va Nathan ? questionna Charly avec un signe de tête vers la salle d'examen.

— Un mur l'a attaqué !

— Encore ?

— Ouais, je sais, deux fois en un an. Mais, cette fois, ça me paraît moins moche et, tant qu'à faire, c'est pas la même main.

Charly opina et préféra ne pas faire de commentaire.

— Qu'est-ce qui se passe ? T'as une gueule de déterré, vieux !

— Merci.

— Pas de quoi.

— Tu te souviens de Thomas Vallon ?

— Oui. Je ne l'ai jamais rencontré, mais je me souviens qu'un jour tu m'as raconté qu'il avait été ton meilleur ami. Avant moi, bien sûr, parce que je l'ai envoyé au tapis depuis longtemps, fit-il en mimant un combat de boxe.

Charly esquissa un rapide sourire.

— Oui, c'est bien lui. Eh bien… il est mort la nuit dernière.

— Merde ! Comment est-ce arrivé ?

— Arme à feu. Pour tout te dire, j'ai cogité toute la nuit et je ne sais vraiment pas quoi en penser. Je suis persuadé que la gendarmerie hésite entre suicide et crime. C'est Édouard qui s'est chargé de Thomas et il doit m'appeler dès qu'il aura du nouveau.

Frédéric hocha la tête à plusieurs reprises avant de poser une main sur l'épaule de son associé.

— Je suis sincèrement désolé, vieux.

— J'ai prévenu sa sœur et elle vient d'arriver en ville. Je voulais que tu le saches parce qu'il va falloir qu'on s'organise. Je viendrai quand je le pourrai, mais je veux être présent à ses côtés au maximum pendant qu'elle sera ici.

Frédéric balaya l'explication d'un geste de la main.

— Inutile, mon lapin. Tu as mieux à faire pour l'instant. Fais ce qu'il faut et ne t'occupe pas du cabinet, je vais gérer !

— Merci, Fred. Quoi qu'il se passe, je ferai des sauts et on reste en contact. OK ?

Fred opina et observa son ami.

— Sa sœur, c'est bien Laura ? Celle dont tu m'as parlé ?

— Oui.

— Alors prends le temps qu'il te faudra. Un lourd passé, c'est pas facile à oublier et parfois il faut savoir tourner la page pour pouvoir avancer. Celui-là en connaît en rayon ! dit-il d'un mouvement de pouce vers la salle d'examen.

— Comment ça se passe avec Hélène ?

Pour toute réponse, son associé haussa les épaules en signe d'impuissance.

— Merci, Fred. Il faut que j'aille la chercher, maintenant. Et, s'il te plaît, ne dis rien à Nathan pour Thomas.

— Ils se connaissaient ?

— Oui. J'ai toujours été le maillon entre les Vallon et les Revel, et Nathan faisait partie de la famille puisqu'il allait épouser Lucie. À cette époque… avant Lucie et avant que Laura ne… bref, c'est de l'histoire ancienne tout ça !

— Courage, vieux. Et si tu as besoin, n'oublie pas que je ne bouge pas d'ici !

— Merci.

Charles serra un instant son associé dans ses bras puis, sa parka à la main, il courut dans le couloir en direction de la sortie.

Après s'être habillée, Hélène se maquilla légèrement pour atténuer les ombres qui depuis quelques jours cernaient ses yeux noisette. Après être rentré pratiquement au milieu de la nuit, Nathan était sorti à l'aube et n'était toujours pas revenu.

Elle était tombée sous le charme de son expression taciturne, de sa froide attirance. Elle avait cru qu'elle pouvait lui rendre le sourire, que sa volonté et son amour finiraient par apaiser sa douleur. Force était de constater qu'elle donnait à l'amour des vertus et un pouvoir qui n'existaient pas.

Elle ne doutait pas de l'amour de Nathan pour elle. Mais c'était un amour coupable, coupable de la peur d'oublier la jeune femme qu'il avait failli épouser.

Y en a marre ! pensa-t-elle en reposant son tube d'anticernes.

Elle était lasse d'attendre depuis bientôt un an, elle n'avait aucune envie de se flageller. Elle était épuisée d'avoir la sensation d'être en permanence comparée à ce rêve idyllique du « cela aurait pu être ».

Elle avait trente-quatre ans ! Elle voulait un mari, des enfants, de la passion… elle voulait qu'il se batte pour elle. Elle était vivante, elle !

Il savait mieux que personne que la vie pouvait être cruelle et courte, alors pourquoi ne pas la dévorer à pleines dents ?

Hélène se brossa les cheveux une dernière fois vigoureusement avant d'enfiler son manteau. Cette fois, y en a vraiment marre !

Elle jeta un œil sur le trou dans la cloison du bureau et, sans regret, posa la note sur la table du salon. Se baissant, elle tira la poignée de son trolley et claqua la porte derrière elle.

Dans l'ascenseur, tout en serrant les dents, elle ne cessa de penser à cette photo, à la beauté de Lucie, à tout ce que cette femme lui avait volé sans le savoir. Elle ne haïssait pas Lucie. Comment haïr un fantôme ? Elle avait de la peine pour elle. Par contre, elle haïssait la famille Vallon, elle haïssait la famille Revel. Elle aurait voulu qu'ils n'existent pas !

Il y avait un trop-plein d'amour, de joie de vivre, sur ce souvenir en papier glacé et elle ne connaîtrait jamais ce Nathan-là. Il avait cessé d'exister.

La porte de l'ascenseur s'ouvrit ; Hélène sortit d'un pas décidé et dégaina son téléphone portable. À la première sonnerie, elle tomba sur le répondeur.

— Fred ? C'est Hélène ! Salut, grand frère. Devine qui sera installée chez toi quand tu vas rentrer ce soir ?

Sur un demi-sourire noyé de larmes, elle raccrocha.

10

Je montai à l'arrière du 4 × 4 tandis que Charly et Thomas prenaient respectivement la place du conducteur et celle du mort. Une lueur étrange s'était installée depuis peu dans le regard de Charly. Une lueur que je ne connaissais pas et qui m'inquiétait autant que la mission qui nous attendait.

Je le sentais inquiet et ne pouvais pas l'en blâmer.

Toutes les conditions auraient dû être réunies pour que cet été soit inoubliable. La chaleur était au rendez-vous pour la saison, deux semaines plus tôt j'avais été brillamment reçue au bac, et, en septembre, j'allais faire mon entrée en fac de lettres.

J'avais des rêves plein la tête, un frère incroyable que je vénérais et, depuis que j'avais posé furtivement mes lèvres sur celles de Charly, je me savais secrètement amoureuse de lui depuis très longtemps et priais pour qu'il arrête de se comporter en ami et cesse de voir en moi la petite fille qu'il avait toujours connue !

Martine, notre mère, était dans une phase où son monde imaginaire s'ouvrait au nôtre et parfois même, le temps d'une journée entière, rien ne pouvait laisser entrevoir qu'elle avait complètement perdu pied. J'aurai dû me douter que trop de bonheur ne pouvait pas durer et que le pire était à venir.

Le pire était que, pour la première fois, le matin même, j'avais trouvé maman dans sa chambre en train de cuver.

Elle buvait. Thomas et moi le savions mais, par amour pour elle, nous pensions naïvement que la garder auprès de nous pouvait l'aider à ne pas sombrer totalement. Elle n'était dangereuse ni pour elle-même ni pour les autres. Refusant le décès de notre père cinq ans plus tôt, elle vivait dans un monde parallèle au nôtre où papa était toujours vivant. Elle lui parlait comme s'il n'était jamais parti, comme si, cinq ans plus tôt, la maladie ne l'avait pas emporté lui, et ne l'avait pas frappée, elle.

Toutefois, à plus de 9 h 30 du matin, ne la voyant pas descendre de sa chambre, j'étais allée la réveiller et l'avais découverte affalée sur le lit, toujours dans sa robe d'été qu'elle avait enfilée la veille, et refusant d'émerger. Paniquée, j'avais dévalé l'escalier en courant et crié à Thomas de venir m'aider.

Mon frère était sorti en trombe du bureau, surpris par mes cris.

— Qu'est-ce qu'il y a ?

— Viens ! Maman n'a pas l'air bien !

Thomas se rua dans la chambre. Je le vis pâlir lorsqu'il aperçut sur le sol quelques médicaments à côté d'une bouteille de vodka pratiquement vide. Ma lèvre inférieure tremblait d'une manière totalement incontrôlable.

— Thomas ?

Il ne me répondit pas et essaya de secouer maman pour la sortir de sa léthargie et l'asseoir sur le lit. Elle émit un grognement qui me fendit le cœur.

Thomas se retourna, me fixa de ses yeux noirs inquiets et parla très lentement en articulant chaque mot pour être certain que j'allais réagir.

— Je ne pense pas que ce soit très grave, mais il faut s'en assurer. Laura, descends et appelle Charly. Demande-lui de venir.

Il reporta son regard sur maman et se mit en devoir de lui tapoter les joues. Je la vis battre des paupières et l'entendis grogner de plus belle au moment où je dévalais l'escalier quatre à quatre.

Je restai quelques minutes au téléphone avec Charly et remontai auprès de mon frère. La chambre de Martine était vide.

— Thomas ?

Pas de réponse.

Je criai un peu plus fort.

— Thomas ?

— Dans la salle de bains, ma puce.

Je trouvai maman allongée dans la baignoire et pestant contre Thomas qui l'arrosait d'eau froide avec le pommeau de douche.

Il se retourna et la lueur d'amusement que je lus dans ses yeux me rassura.

— Je crois que j'ai paniqué pour rien.

— Moi aussi, j'ai eu peur.

Il soupira profondément avant de poursuivre.

— Elle s'en remettra, mais il va falloir qu'on soit plus vigilants.

J'opinai en m'agenouillant à côté de lui près de la baignoire. Martine avait maintenant les yeux grands ouverts et s'essuyait le visage de toute cette eau froide qui l'avait saisie.

Thomas ferma le robinet en soupirant. Il me regarda avec tendresse, mit son bras autour de mes épaules et m'attira à lui pour déposer un baiser sur ma chevelure. Nous restâmes quelques minutes à contempler en silence le fantôme de notre mère.

— On s'en sortira, Laura. Elle s'en sortira.

J'opinai une nouvelle fois, sans réelle conviction.

— Charly est sur la route ?

— Je crois qu'il y a un problème avec Charly aussi !

— Qu'est-ce qui se passe ?

— Je ne sais pas. Il m'a seulement dit qu'il arrivait dans les deux minutes et qu'il avait aussi besoin de nous. J'ai senti au son de sa voix qu'il était angoissé.

— Tu as raison. Je le suis, effectivement.

Nous nous retournâmes tous les deux pour découvrir Charly sur le seuil, tenant fermement une sacoche de premiers secours à la main. Son visage était si blême et ses yeux si éteints que mon sang ne fit qu'un tour. Je me redressai, me dirigeai vers lui et me hissai sur la pointe des pieds pour l'embrasser sur la joue. Comme à son habitude, il me prit dans ses bras, me serra contre lui et m'embrassa le haut du crâne d'une manière que je jugeais toujours trop fraternelle.

Pourtant, cette fois, il maintint son étreinte plus longtemps que nécessaire et son attitude me parut étrange.

— Comment va-t-elle ? demanda-t-il à Thomas tout en me maintenant contre lui.

— Salut, Charly. Je crois que ça va. Mais quand j'ai vu la bouteille et les médocs, j'ai eu peur.

— Vous avez bien fait de m'appeler.

Il s'avança vers la baignoire et s'accroupit à côté de Thomas.

— Comment ça va, madame Vallon ?

Martine le fixa d'abord avec méfiance puis son visage s'illumina d'un sourire.

— Ah, c'est toi mon petit Charly. Mon Dieu… Charly. Je suis tellement désolée, Charly… si je pouvais réparer… Je suis tellement désolée.

— N'y pensez plus, madame Vallon. Dans quelque temps vous serez de nouveau sur pied.

— Charly… mon bon Charly. Tu vas rester pour le dîner ?

— Non, je ne pense pas, madame Vallon, dit-il en souriant.

— Si, si et si. On va mettre un couvert de plus, tous les quatre et toi en plus. Je suis contente de te voir, mon petit. Si tu savais à quel point je suis désolée. Tu es le meilleur ami de mon fils, tu sais ?

Mon cœur se contracta comme chaque fois que maman parlait de nous quatre. Elle était de retour, bien réveillée, mais mon père était à nouveau à ses côtés.

— C'est aussi mon meilleur ami, madame.

Martine eut un petit rire avant de s'arrêter net et de regarder sa robe trempée.

— Mais, qu'est-ce qui s'est passé ? demanda-t-elle, ses grands yeux ahuris.

Thomas et Charly se levèrent et l'aidèrent à sortir de la baignoire. Elle était si fluette et si fragile qu'on avait immédiatement envie de la protéger. Dégoulinant d'eau sur le tapis de la salle de bains, Martine repoussa ses longs cheveux noirs trempés en arrière et sourit en m'apercevant, la tête posée contre le chambranle de porte.

— Laura, tu veux bien nous attendre en bas ? demanda Thomas en se tournant vers moi.

Je le fixai deux secondes avant d'interroger Charly du regard. Il me sourit à son tour et, avec un mouvement de tête, m'indiqua de descendre dans le salon.

Ils fermèrent la porte de la chambre derrière moi et je descendis les marches, le cœur battant.

Il n'était pas encore 10 heures du matin et pourtant la chaleur était déjà étouffante. Je sortis sur le perron et m'assis sur les marches pour les attendre.

Je portais une jupe longue kaki qui descendait un peu trop bas sur mes hanches ainsi qu'un T-shirt et des Pataugas beiges. Je remontai ma jupe pour exposer mes cuisses à la caresse du soleil, et renversai le visage en arrière pour profiter du ciel azur.

Je pensai à Charly et au fait qu'il entrait en cinquième année de médecine et que son aide était pour nous un don du ciel. Je songeai à mes parents et au fait que notre vie avait bien changé depuis cinq ans.

Je sursautai et me redressai en entendant des voix derrière moi.

— Alors ? demandai-je en me levant et en lissant les plis de ma jupe.

Thomas descendit les marches devant moi, fixa le soleil un instant puis ferma les yeux. Il semblait fatigué.

— Ne t'inquiète pas. Elle va probablement avoir mal à la tête mais en fait elle n'a pas pris de médicaments. Pour l'instant, elle s'est rendormie et c'est très bien. Par contre, elle avait bien attaqué la bouteille de vodka. Elle avait déjà exagéré à ce point ? questionna Charly n'en ayant pas le souvenir.

— Non.

Ce fut Thomas qui répondit à ma place.

— Non. Il va falloir qu'on soit plus vigilants.

Charly soupira et ajouta :

— Vous savez tous les deux ce que j'en pense. Ici, elle ne suit pas régulièrement son traitement. L'hôpital pourrait vraiment l'aider.

— Ou bien ça la tuerait.

Ils restèrent tous les deux à s'affronter du regard, puis Charly mit la main sur l'épaule de Thomas et l'étreignit.

— Quoi que vous décidiez tous les deux, je serai avec vous.

Thomas me regarda puis son visage s'illumina d'un sourire.

— Merci, Charly. Je sais.

Oubliant maman pendant une minute, je repensai à la première phrase de Charly en arrivant dans la salle de bains.

— Tu as dit que tu étais angoissé, tout à l'heure.

Je vis un voile passer sur son visage et ses yeux bleus se firent distants.

— Qu'est-ce qui se passe ? continuai-je, en redoutant un autre malheur.

Les yeux de Charly firent la navette entre Thomas et moi, puis il expliqua :

— J'ai aussi besoin de vous. On est à la recherche de Lucie, elle n'est pas rentrée hier soir et ce n'est pas son genre.

Thomas fronça les sourcils.

— Elle était peut-être chez Nathan ?

— Non. C'est justement ça qui nous inquiète. Elle avait prévu de passer la soirée avec des amies. Ne la voyant pas revenir, ce matin, Nathan a appelé à l'auberge parce qu'il était persuadé qu'elle y avait passé la nuit. Mais ce n'est pas le cas. Nathan a appelé ses amies. Lucie est partie hier soir très tard, mais elle aurait dû être rentrée depuis longtemps. Personne ne l'a vue la nuit dernière. Maman et Nathan sont angoissés, Antoine est hystérique, et moi, j'ai vraiment besoin de vous.

— Que peut-on faire pour t'aider ?

— Eh bien, au point où nous en sommes, j'ai l'intention de prendre la Jeep pour sillonner toutes les routes jusqu'à ce que je repère sa voiture.

— Parfait. On vient avec toi, trancha Thomas. Laisse-moi juste le temps de prévenir Jacky pour qu'il garde un œil sur maman.

Sans attendre de réponse, il partit en courant vers la maison d'en face où il entra sans même s'annoncer. Je restai seule avec Charly, le dévisageai et levai la main vers sa joue pour en effacer le masque de tristesse. Il baissa les yeux vers moi et, dans un élan d'affection, me prit dans ses bras, me serrant comme on s'accroche à une bouée de sauvetage.

— On va la retrouver, Charly.

Il me libéra et finit par acquiescer.

Thomas nous rejoignit et nous partîmes à la recherche de Lucie.

À l'arrière de la Jeep, j'observais les alentours en pensant à elle. Elle avait un an de plus que Charly et Thomas, soit vingt-cinq ans. Peut-être avait-elle réellement passé la nuit chez un autre ami et n'avait-elle pas vu le temps s'écouler ?

Tout en échafaudant des tonnes d'hypothèses, je captais par moments le regard de Charly dans le rétroviseur et pouvais y lire toute son inquiétude.

Le bras posé sur la portière, je sentais la chaleur du soleil me brûler la peau sous le souffle apaisant du vent. Nous fîmes le tour des grands axes sans succès et Charly finit par s'engager sur le chemin coupant la forêt pour atteindre le village.

Le fait de ne pas trouver sa voiture me réconfortait. Je pensais qu'à présent Lucie devait être rentrée lorsque le cri de Thomas me fit sursauter.

— Regardez ! C'est pas la voiture de Lucie, là-bas ?

11

J'attendais sagement Charly près de la Smart. Je resserrai la ceinture de mon manteau et rabattis la capuche sur mes cheveux en bataille pour me protéger du froid.

En contrebas de la falaise se dressait fièrement le village des touristes. C'était toujours ainsi que nous l'appelions. Des constructions massives et brutes, mastodontes de business, au pied des pistes et des remonte-pentes. L'air était frais mais agréable. Je levai la tête légèrement vers la cime des arbres et aperçus quelques silhouettes noires dansantes qui dévalaient ce doux manteau blanc, se complaisant dans la satisfaction de ce sacre annuel des vacances d'hiver.

Un frisson me parcourut les reins. Un plaisir que je n'avais pas éprouvé depuis longtemps. Je n'avais plus chaussé de skis depuis dix ans, et cela m'avait manqué.

Je fis quelques pas, me retournai et levai les yeux, une main en visière pour me protéger de la réverbération, vers le « vrai » village. Tout en haut, dominant la falaise, il était camouflé parmi les pins comme pour mieux préserver son authenticité.

À la sortie du village, la forêt s'étendait à perte de vue jusqu'à s'ouvrir à nouveau, de l'autre côté, versant espagnol. J'avais l'impression que mes émotions étaient décuplées et contradictoires.

J'étais effrayée et pourtant le fait d'être de nouveau ici me procurait un sentiment de bien-être. Ce sentiment ressenti lorsque l'on rentre chez soi après une longue absence, un sentiment de plénitude et de sécurité.

J'aimais Paris. J'aimais déambuler sur les grands boulevards, pleins d'étrangers en quête de la Ville lumière, et observer la beauté architecturale des bâtiments. J'appréciais particulièrement cette période de l'année où les enfants venaient au rendez-vous de la découverte des vitrines des majestueuses Galeries Lafayette. Néanmoins, avec un pincement au cœur, je réalisai que mon village m'avait cruellement manqué et que mon retour s'effectuait dans la tristesse et les remords.

Ma douleur était immense quand je pensais à Thomas et à ces dix années perdues. En même temps, mon cœur battait la chamade dans l'attente de l'arrivée de Charly. J'eus des frissons sur la nuque. Ce n'était pas le froid.

Des flashs de mon passé firent irruption dans mon esprit. Je me remémorai les souvenirs que j'avais refoulés.

Je me revis enfant, à l'époque de tous les bonheurs. Mon père n'était pas encore malade et Martine était radieuse. Je me rappelais les crises de rires, sous les chatouilles de Thomas et Charly lors d'une énième course-poursuite. Je ne devais pas avoir plus de six ans, ils en avaient douze. Charly était pour Thomas le frère qu'il n'avait pas et ils étaient inséparables, mais je faisais partie du lot, ils m'emmenaient partout comme une sorte de bonus !

Un autre souvenir émergea des profondeurs de ma mémoire.

Mon sac à dos sur l'épaule, je me faufilai par la grille entrouverte et pris la direction du chalet. La journée avait été éprouvante car elle s'était terminée par deux heures de cours de sport. Je détestais ce cours depuis que nous avions un nouveau professeur. L'homme passait son temps à hurler des ordres et considérait sa classe comme un apprentissage de la vie militaire.

Toutefois, aujourd'hui, je m'en étais tirée mieux que les autres en battant mon record de deux secondes pour grimper à cette corde qui me semblait tomber directement du ciel.

Nous détestions tous ce professeur qui dirigeait son cours comme un camp militaire pour juniors. Bon sang, nous n'avions que treize ans ! Autant nous habiller en treillis et nous siffler dans les oreilles pour aboyer les ordres. Tous les élèves de la classe redoutaient M. Frappon, que nous avions surnommé « le colonel ».

Enfin, cette détestable journée était arrivée à son terme et la sonnerie salvatrice avait signalé la fin de notre supplice. Mon sac à dos pesait lourd, aussi m'arrêtai-je pour l'ouvrir et réajuster les classeurs afin de mieux en répartir le poids.

Un sourire sur les lèvres, je répondis d'un geste de la main à quelques amis qui, comme moi, la tête rouge comme une tomate, appréciaient de rentrer à la maison... en vie. Me redressant, je repris la marche vers le chalet.

Je longeai les grilles du collège puis filai vers l'entrée du village. J'avais environ quatre kilomètres à parcourir à pied puisque Thomas m'avait annoncé qu'il ne pouvait pas venir me récupérer à la sortie de l'école. De légers coups de Klaxon retentirent derrière moi et, par curiosité, je me retournai. C'était Charly.

Il chevauchait sa première moto. Il se rapprocha de moi et s'arrêta à ma hauteur. Tout souriant, il me tendit un casque.

— Tu grimpes, ma puce ? Thomas m'a demandé de venir te chercher.

Il avait pour moi le même sourire que Thomas. Un sourire affectueux et protecteur. À cette époque-là, je le vénérais autant que mon frère. Thomas et moi étions de la même famille alors que le temps que Charly passait avec nous était un véritable choix d'amitié. J'ajustai mon casque et le regardai.

Les yeux de Charly... Comment les décrire ? Ils étaient aussi bleus que ceux de Thomas et les miens étaient noirs !

Thomas.

Mon cœur s'arrêta une fraction de seconde avant de reprendre son rythme et mon esprit reprit sa fouille dans la penderie à souvenirs. D'autres flashs, plus tard dans le temps, en vrac, puissants, changeants...

Le regard de Charly posé sur moi… cette façon, qui me faisait craquer, qu'il avait de pencher la tête sur le côté parfois ou de réussir à hausser un seul sourcil. Sa voix chaude et grave… ses baisers brûlants…

Mon cœur fit des bonds. J'eus chaud, tout à coup. Il fallait que j'arrête de penser au passé. Il avait une vie, sans moi, à présent. Il était sûrement en couple, sans doute même marié, heureux, et avait probablement des enfants.

— Tu n'es là que pour Thomas et pour savoir ce qui s'est passé, murmurai-je pour mieux m'en convaincre.

Oublier Charly était la chose la plus difficile que j'avais eue à faire ! Je me maudis en songeant que je me mentais : je n'avais jamais oublié Charly.

Je soupirai, puis me retournai, alertée par le bruit d'un moteur. Une voiture remontait doucement le chemin. Elle venait du village des touristes et prenait la direction de la forêt. C'était un pick-up noir, quelqu'un du coin incontestablement.

— Oh ! Sam, je ne vais pas y arriver ! dis-je à haute voix.

Le pick-up amorça le dernier virage, puis il s'arrêta devant moi. La portière du conducteur s'ouvrit et je sentis que j'allais défaillir. Charly descendit et referma la portière d'un coup de hanche.

J'avais les genoux qui jouaient des castagnettes et je me fis l'effet d'une poupée désarticulée. Je pensai au fait que je ne l'avais pas vu depuis dix ans ainsi qu'à l'immense vérité : je l'avais abandonné, une nuit, sans aucune explication, et j'étais partie sans me retourner. Je me rappelai les derniers mots que nous avions échangés :

— Tu le lui as dit ?

— Non. Je n'en ai pas eu le temps.

— Et ce n'est plus le moment approprié. Nous attendrons, d'accord ?

Ce souvenir m'étourdit pendant une seconde. Je finis par me ressaisir et fixai l'homme qui s'avançait. Il portait un jean, des brodequins, une parka fermée sur un pull à col roulé noir. Il était grand, très grand, beaucoup plus que

Thomas, plus que dans mon souvenir. Je me sentis, comme toujours, transpercée par la clarté de son regard.

Ses cheveux bruns étaient coupés court et il avait à présent les tempes légèrement grisonnantes. Son visage était soucieux, dépourvu de sourire. Il semblait fatigué. Je me souvins alors de nos échanges de SMS la nuit passée. Lui non plus n'avait pas dû dormir.

Il se planta devant moi, me dominant de toute sa hauteur.

— Salut, Laura.

Une esquisse de sourire. Son visage s'éclaira.

— Charly...

Je levai la main vers son visage. J'avais besoin de le toucher pour m'assurer que c'était bien lui. Je le trouvais si beau. Ses yeux prirent un éclat, une lueur que je ne connaissais pas.

Si, je l'avais déjà vue, mais je n'arrivais pas à me souvenir à quel moment.

Il attrapa ma main et m'attira contre lui. Je me blottis dans ses bras dans un moment d'abandon. Je sentis la légèreté de son parfum mélangé à l'odeur de cigarette, et mon cœur recommença à faire des siennes. Je fermai les yeux une seconde puis m'éloignai, consciente que mes yeux s'embuaient légèrement. Je relevai le menton vers lui et vis un voile passer sur ses prunelles bleues.

— On va y arriver, Laura.

Son regard suivit la trajectoire d'une de mes larmes qui roulait le long de ma joue. Il la chassa du plat du pouce puis m'observa d'un air soucieux. J'opinai en silence et tentai un minable sourire qui ne trompait personne.

— On est ensemble pour Thomas.

Je serrai sa main, celle qu'il avait posée sur mon épaule puis acquiesçai encore.

— Une chose après l'autre, d'accord ?

Je souris. C'était une chose que Sam aurait dite.

— D'accord. Merci, Charly.

Charly hocha la tête d'un air entendu puis son regard dériva vers ma voiture. Il recula de deux pas et, les mains sur les hanches, lança sur un ton amusé :

— C'est avec ça que tu avais l'intention de grimper ?

Ce fut tellement inattendu que je me tournai moi aussi vers la Smart puis pouffai comme une collégienne. La tension retomba d'un coup, sous nos rires qui résonnèrent contre la paroi de la falaise. Je commençais peu à peu à me détendre.

— Tu as raison ! Elle est adaptée à la vie parisienne mais ici je vais passer pour la pire touriste de l'année.

Charly s'ébouriffa les cheveux en fixant la voiture miniature.

— Bon. On n'a qu'à la laisser là pour l'instant. Je reviendrai plus tard avec des chaînes ou de quoi la remorquer jusqu'en haut.

— D'accord.

Il passa à côté de moi et immédiatement je retins mon souffle.

— Tes affaires sont dans le coffre ?

— Mmm.

J'ouvris la portière avant, me penchai pour attraper mon sac à main. Charly referma le coffre et déposa le sac de voyage à l'arrière sur le plateau du pick-up. Je montai en voiture.

Cette voiture était confortable, puissante, sécurisante. Je me laissai aller sur le siège et, la tête contre l'appui-tête, je fermai les yeux.

Il était presque 11 h 15 – la nuit avait été longue, sans parler de la journée d'avant.

— Ça va ?

Sa voix était chaude et agréable. Je me laissai bercer, les yeux clos.

— Oui. Je suis juste épuisée par le voyage.

— OK.

Il resta silencieux quelques secondes. Malgré mes paupières closes, je sentais ses yeux braqués sur moi.

— Dis-moi, j'espère que ça ne te dérangera pas, mais avec la saison touristique qui s'amorce, il n'y a pas de place à l'auberge ce soir. J'ai pensé que tu ne voudrais pas dormir au chalet, c'est là-bas que Thomas, enfin… – pause, silence complet hormis le ronronnement du moteur et le sourd craquement de la neige sous les roues. Le village des touristes est un peu loin, alors, je t'ai préparé la chambre d'amis chez moi.

Cette fois, j'ouvris les yeux et tournai la tête vers lui.

— Tu es certain que c'est ce que tu veux ? Je ne vais pas te déranger ?

Il quitta la route des yeux et me regarda.

— Non, tu ne vas pas nous déranger. Je n'avais pas envisagé les choses autrement.

Je hochai la tête et repris ma position, tête en arrière, paupières closes. J'espérais lui donner une image vaguement décontractée. En vérité, j'étais blessée et ressentais de la honte d'avoir ce comportement. « Tu ne vas pas NOUS déranger. »

C'était ridicule, bien entendu. Pourtant, je l'avais pris comme une claque en pleine figure et je sentais que j'en conserverais les marques un long moment. Je n'y arriverais jamais !

— Tu es sûre que tout va bien ?

J'avais dû blêmir malgré moi. Quelle poisse ! J'ouvris les yeux et constatai que les siens étaient de nouveau braqués dans ma direction.

— Oui, la fatigue, c'est tout.

Il me sourit et mon cœur se réchauffa. Je me réprimandai d'avoir eu cette pensée. Il avait toutes les raisons d'avoir poursuivi sa route sans moi et surtout de m'en vouloir. Tôt ou tard, nous aurions l'occasion de revenir sur cette fameuse nuit où je l'avais quitté.

Il voudrait savoir… Comment lui expliquer que Thomas m'avait chassée du chalet ? Comment lui dire qu'il m'avait reproché la mort de notre mère ? Et, surtout, comment lui dire que Thomas lui en voulait à lui, Charly, et que, pour je ne sais quelle obscure raison, il m'avait interdit de le revoir ?

— On est presque arrivés, annonça-t-il pour me sortir de ma rêverie.

Je me redressai et regardai avec attention autour de moi. Par chance, nous arrivions par la droite du village et n'emprunterions donc pas la route qui passait devant le chalet. J'avais besoin d'un peu de temps avant d'y aller, je n'étais pas encore prête.

Comme s'il avait lu dans mes pensées, Charly précisa :

— J'habite de l'autre côté de la vallée, une vieille maison un peu isolée à la sortie du village. C'est sur la route de la forêt, tu te souviens ?

J'acquiesçai en me remémorant vaguement le hameau. Nous pénétrâmes au cœur du village. Je regardai les maisons hautes, les balcons de bois, les tas de neige déblayée à la hâte chaque matin à la pelle. Charly mit son clignotant et contourna la place de l'église.

J'eus un flash en reconnaissant une façade et me redressai en désignant la bâtisse du doigt.

— Bouboule habite toujours ici ?

Charly me fixa une seconde avec un regard lourd.

Avais-je dit une bêtise ?

— Au village, oui... Dans cette maison-là, non.

Il soupira avant de reprendre.

— Ce qui ne nous arrange pas dans notre affaire !

— Pourquoi ?

— Bouboule a maintenant le commandement de la gendarmerie !

— Oh put... punaise !

— Comme tu dis, oui !

Bouboule était, comme son surnom l'indiquait, très enrobé. Le pauvre avait souvent subi les moqueries des gamins du coin, dont Thomas et Charly qui s'étaient nommés persécuteurs en chef. Les enfants étaient souvent cruels, cela faisait partie de l'apprentissage de la « sociabilité ». Mais Bouboule ne leur avait jamais pardonné et avait toujours eu à leur égard une haine profonde. Oui, effectivement, je voyais mal Bouboule se mettre en quatre pour élucider la disparition de Thomas.

Je déglutis avec difficulté.

— Tu l'as vu ?

— Oui, hier soir. C'est lui que j'ai appelé avant le légiste. Il m'a paru très professionnel, mais je reste méfiant. J'ai cru comprendre qu'aujourd'hui deux officiers de police judiciaire devaient arriver pour les aider.

Devant mon air interrogateur, il poursuivit :

— Tu sais, ici, à part quelques problèmes liés à la masse de touristes ou au pire des braconnages, Bouboule et son équipe ne sont pas très habitués à...

Sa voix s'éteignit, son visage se ferma subitement et, pour la première fois, je réalisai tout ce que Charly avait enduré à ma place : trouver Thomas, la gendarmerie, le légiste, mon absence...

— Merci.

Je lui étais reconnaissante pour tout ce qu'il avait entrepris, mais aussi et surtout de se comporter comme un ami fidèle envers Thomas alors que, d'après notre conversation téléphonique, je savais qu'ils ne se fréquentaient plus. Plus que tout, je lui étais reconnaissante de ne pas m'en vouloir et de me soutenir dans cette épreuve.

Charly freina lentement et s'arrêta au carrefour.

Il me dévisagea un long moment avec une expression étrange, puis son regard s'illumina d'un éclat que je connaissais bien.

— C'est normal. Tu aurais fait la même chose pour moi.

Nous roulâmes encore pendant un moment en silence et je réfléchis à ce qu'il venait de dire. C'était vrai. Si Charly m'avait appelée après dix ans de séparation en me lançant un simple « j'ai besoin de ton aide » alors oui, sans réfléchir, j'aurais tout plaqué pour le rejoindre, sans hésiter un seul instant.

Charly roula prudemment, mesurant et négociant chaque virage enneigé avant de s'engager sur un chemin étroit. Les maisons sur notre droite se firent plus rares jusqu'à n'en voir plus qu'une seule, dernière maison fière et insolente, marquant le début du chemin qui semblait s'évanouir dans la forêt.

— Voilà, nous y sommes !

Sa vieille maison était certes isolée mais je la trouvai magnifique. Le terme « longère » lui était plus approprié. Il se gara et descendit de voiture. Lentement, j'en descendis à mon tour.

Il allait bientôt me présenter à sa famille et je ressentais l'envie de disparaître sous terre. Charly contourna le véhicule par l'arrière et attrapa mon sac. J'étais tellement épuisée que je le laissai faire sans bouger. Je devais avoir une mine ahurie, parce qu'il me prit par le coude pour m'entraîner avec lui.

— Viens.

Son ton était doux mais directif.

Il poussa la porte et nous entrâmes dans un vaste salon. La pièce était lumineuse et je souris en voyant une grande cheminée. Cette transformation n'échappa pas à mon hôte. Il posa mon sac près de l'entrée.

— La maison est froide, observa-t-il en se frottant les mains. Je vais faire du feu, d'accord ?

— Oui, merci.

Il ressortit, me laissant seule. Je redoutais de me retrouver face à face avec une femme ou un enfant, mais il ne se produisit rien de la sorte. Curieuse, j'avançai dans la pièce et regardai autour de moi. Pas de jouets, pas de foulards, de sac à main ou tout autre accessoire laissant supposer une présence féminine.

Le canapé devant la cheminée avait l'air très confortable et était un appel à la sieste. Les meubles étaient en bois brut et dégageaient une odeur qui me rappelait le chalet, mon enfance.

Derrière moi, sur la gauche, la cuisine spacieuse était séparée du salon par un bar de couleur grenat. Entre la cuisine et le salon, une porte close annonçait une autre pièce. À ma droite, au fond du salon, il y avait trois autres portes dont une possédait une chatière. La taille de cette chatière était surprenante. Un chat mutant ?

Charly revint les bras chargés de bûches. Il referma la porte du pied et s'agenouilla près de la cheminée. Quelques minutes plus tard, j'entendis le crépitement du feu et les flammes se mirent à danser avec frénésie dans l'âtre.

— Tu es ici chez toi, dit-il en guise de préambule.

Je me mordis l'intérieur de la joue. Penaude. Idiote. Une crotte quoi !

— Ici, derrière la cuisine, c'est mon bureau et encore derrière, c'est la salle de bains.

Il marcha vers l'autre bout du salon et désigna deux portes closes :

— Là, c'est ma chambre et donc l'autre sera la tienne.

J'opinai et reportai mon attention sur la dernière porte.

— Là… le garage.

À ce moment précis, la chatière s'entrouvrit et un énorme loup fit une entrée majestueuse dans le salon. Je reculai instinctivement d'un pas puis me ravisai en souriant. Non. C'était un magnifique husky.

— Bravo !

Je détachai les yeux de la fourrure grise pour observer Charly.

— En général, les gens partent en courant et crient au loup… Cela dit… ce n'est pas un vrai husky ni un vrai loup. Ne t'inquiète pas, elle ne s'approchera pas de toi.

— Comment s'appelle-t-il ?

— Elle. Je l'ai appelée Loupa.

À la mention de son nom, l'animal s'approcha de lui et se mit à lui lécher la main. Charly répondit par quelques tapes amicales sur son flanc tout en se lançant dans une explication à mon intention.

— Je l'ai trouvée dans la forêt il y a deux ans. Elle n'était pas totalement sevrée et avait une patte arrière cassée. Comme je lui ai donné le biberon, je crois qu'elle me prend pour sa mère ! Elle est sauvage. Malheureusement, je pense qu'elle a du mal à savoir où est sa place.

Je fis un pas vers elle. L'animal se figea d'abord puis montra les crocs avec un sourd grognement avant de battre en retraite vers la chatière.

— Oh ! pardon, je lui ai fait peur !

Charly sourit.

— Eh ! je t'avais dit qu'elle était sauvage ! Je suis un des seuls qui arrive à l'approcher. Il est possible que tu ne la voies plus mais, dans le cas contraire, tu n'as rien à craindre de Loupa. Elle est moins féroce qu'il n'y paraît.

J'opinai avec lenteur tout en réfléchissant.

— Tu as dit « nous » tout à l'heure…

Il releva un sourcil.

— Tu as dit : « Tu ne vas pas *nous* déranger », insistai-je en comprenant que je m'enfonçais prodigieusement.

— Oh…

Il sourit et inclina doucement la tête sur le côté.

— Désolé. Tu t'attendais à autre chose ? Le « nous », c'est effectivement Loupa et moi ! J'habite seul dans cette maison.

Je soupirai de soulagement malgré moi.

— Rien que ça !

Cette fois, je sentis la chaleur monter et mon visage prendre la couleur d'une tomate trop mûre. Quelle poisse !

Charly éclata de rire devant mon embarras mais il pouvait se moquer, je n'en avais que faire. Son rire m'avait tant manqué !

Il prit mes affaires et traversa la pièce. Je le suivis dans la chambre et en profitai pour me débarrasser de mon manteau, mes gants, mon écharpe. J'étais ravie d'avoir enfilé ce jean moulant dans ces bottes ainsi que ce gros pull de laine. Avec l'altitude, la température avait encore chuté de quelques degrés. La chambre que j'allais occuper était lumineuse et spacieuse, mais je ne m'y attardai pas et retournai au salon.

Charly se tenait immobile devant l'âtre, perdu dans la contemplation des flammes, la main droite dans sa poche de jean, l'autre sur le montant de la cheminée.

À mon entrée, il leva les yeux et me détailla des pieds à la tête avec une telle lenteur que j'en fus gênée. Son regard prit à nouveau cette lueur que je n'arrivais pas à identifier, puis ses pupilles scintillèrent de leur éclat habituel.

— Bien ! enchaîna-t-il. Je crois qu'il est temps !

Devant mon air surpris, il poursuivit :

— Il est temps d'en parler, non ? Il y a dix ans que je cherche à comprendre sans succès.

Mon cœur meurtri cogna et les sonores « boum boum » résonnèrent avec force dans mes tempes. Je cherchai une échappatoire. J'avais des frissons et je sentis une goutte de sueur glacée descendre de ma nuque, entre mes omoplates.

Je le toisai un moment, immobile, tout en retenant ma respiration. J'avais l'impression de jouer à « Un, deux, trois… soleil ». Si je ne bougeais pas… peut-être que…

Il me fixait lui aussi ; il attendait. Cette lueur qui apparaissait parfois et qui assombrissait son regard, je venais de réussir à la définir, par un mot qui me semblait approprié. Ce mot devait être « douleur ».

12

Je finis par reprendre ma respiration. C'était le moment tant redouté. Autrement dit, j'étais mal barrée !

Je ne voulais pas l'affronter. Pas maintenant, pas comme ça. Je cherchai une alternative mais Charly ne bougea pas d'un millimètre. Mon regard dériva vers l'horloge de la cuisine : 12 h 05.

Tic-tac, tic-tac…

Le silence devint un ennemi redoutable. Charly voulait gagner la partie. Il était fort à « Un, deux, trois… soleil ! »

J'avançai et, sans oser lever les yeux vers lui, m'assis sur le canapé et glissai les mains sous mes cuisses. Je fixai les flammes en silence. L'atmosphère de la pièce s'était bien réchauffée et pourtant le « je crois qu'il est temps » avait jeté un froid. Je sentais ses yeux braqués sur moi, m'interdisant la moindre échappatoire. C'était foutu, il ne lâcherait pas !

— Laura…

Je levai tristement le nez vers lui avec déjà les larmes aux yeux. Quelle nouille !

Je vis le changement : il se raidit. J'entendis un long soupir, et ne sus le définir par de l'épuisement ou de l'exaspération. Il quitta la cheminée puis se dirigea vers moi. Attention : tous aux abris !

Il s'accroupit devant moi, posa les mains sur mes genoux et pencha la tête pour capter le regard que je plantais obstinément sur mon pull.

— Laura… j'ai le droit de savoir.

Je reniflai. Je cherchai quelque chose d'intelligent à dire. Sur le moment, je ne trouvai rien d'autre que bafouiller un simple «heu…» avant de refermer la bouche sur cette brillante élocution. Bravo ! Oui, bravo pour la recherche de vocabulaire ma fille, la brillante traductrice, l'amoureuse des mots.

Je pressentais le pire.

Le pouce de Charly caressait doucement mon genou et, sous cette simple attention, j'eus l'impression de ressentir une brûlure à l'endroit où ses mains s'étaient posées.

— J'ai besoin de savoir ! Tu te rends compte que du jour au lendemain tu es partie ? Sans explication ? Tu n'as pas pensé à moi ? À nous ?

Je constatai que sa voix était étonnamment calme, compte tenu de la situation. Malgré mon envie de glisser du canapé et de me lover contre lui, je ne fis rien.

— Que s'est-il passé cette nuit-là ?

« Tu le lui as dit ?

— Non. Je n'en ai pas eu le temps.

— Et ce n'est plus le moment approprié. Nous attendrons, d'accord ? »

Chassant cette pensée, je repensai aux paroles de Thomas.

À cette dispute. À ma fuite. À tout ce que Charly avait dû ressentir : l'incompréhension, l'abandon. Je me répétai une nouvelle fois qu'il encaissait plutôt bien. Charly était comme ça ! S'il y avait quelqu'un à qui on pouvait tout dire, c'était bien lui, même la pire horreur. D'ailleurs, je me demandai si…

— Laura ?

Je sursautai.

— Laura, reprit-il, je ne sais pas comment exprimer ça, mais, au fond de moi, j'ai vraiment l'impression que j'y suis pour quelque chose ! Comme si j'étais responsable de tout ça, ou tout au moins d'être un maillon de la chaîne qui s'est brisée. Tu sais, après ton départ, le comportement de Thomas était si différent à mon égard…

— Qu'est-ce qu'il a fait ?

Charly m'observa une seconde. Je pensai que je pourrais me noyer dans ses yeux d'océan. À cet instant précis, ses prunelles étaient limpides, claires et douces : aucune trace de colère. Il se redressa et s'installa sur le canapé à mes côtés.

Nous restâmes silencieux quelques instants. Il semblait absorbé par ses souvenirs. Sa mâchoire parfois se crispait. Lui aussi s'était découvert une passion pour le feu. À la lumière des flammes, les ombres de son visage se nuancèrent et je remarquai pour la première fois les ridules qui ornaient le coin de ses yeux. Des sillons d'une vie que je n'avais pas partagée avec lui, l'histoire de dix ans qu'il avait écrite sans moi.

Je l'avais toujours trouvé séduisant et je constatai avec inquiétude que sa beauté avait toujours autant d'impact sur moi.

Il reprit d'une voix hésitante.

— C'était bizarre… un cauchemar éveillé. Ta mère venait de mourir. Je voulais être avec vous, être présent tout simplement, alors le lendemain matin, je suis arrivé chez vous tôt, vers 9 heures. Je me doutais qu'il y aurait de quoi s'occuper avec la préparation de la cérémonie. Lorsque je suis arrivé, le visage de Thomas était crispé, fatigué, je me souviens parfaitement avoir pensé qu'il n'avait pas dû dormir de la nuit. Il m'a ensuite annoncé que tu étais partie et que tu ne reviendrais pas ! Je ne comprenais pas, alors je l'ai harcelé de questions. Je me suis retrouvé face à un mur. Il m'a dit que tu n'avais laissé aucun message à mon intention pour expliquer ton départ.

Il fit une pause avant de poursuivre :

— Puis, deux jours ont passé. J'ai fait le guet pas très loin de chez toi pour voir si tu revenais, j'ai même essayé de soudoyer Jacky pour avoir des informations. Mais il m'a confié qu'il était aussi surpris que moi par ta décision et par le comportement de Thomas à mon égard. Quant à ton frère, il m'évitait, il refusait de parler de toi, de nous, de tout en fait ! Et puis, le jour de l'enterrement, je me tenais un peu à l'écart, par respect et parce que du coup j'avais peur qu'il ne veuille pas de ma présence mais, contre toute attente…

Charly s'arrêta dans son récit et se frotta les tempes comme pour évacuer ce souvenir douloureux.

— À l'issue de la cérémonie, il est venu directement vers moi. Sans un mot, il m'a serré dans ses bras… ensuite, il m'a remercié d'avoir été son ami et m'a affirmé que c'était la dernière fois qu'on se voyait.

Il se tut.

Il avait raconté son souvenir dans un murmure. Après quelques secondes de silence, il se tourna vers moi et guetta ma réaction, une explication, un indice quelconque sur mon visage.

Ma réaction était apparente : j'étais sidérée. Jamais je n'avais envisagé les événements de cette façon. À Paris, ce qui m'avait fait tenir, c'était le fait de les imaginer ensemble, deux frères inséparables, deux amis ; et ce qui est bien avec les vrais amis, c'est que TOUT peut être pardonné.

Là, je ne comprenais rien ! Cette attitude de Thomas, c'était un choix délibéré. Pire, c'était un adieu.

— Rien de plus ?

— Non.

— Tu ne l'as jamais revu ?

— Si, bien sûr ; on s'est croisés en ville, mais juste croisés. Il y a bien eu une ou deux réunions pour les situations d'urgence et de sauvetage en montagne, mais rien comme avant. Après cette dernière conversation, j'étais tellement en colère, tellement peiné, qu'au final j'ai moi aussi pris mes distances et, malheureusement, au fur et à mesure du temps, une sorte d'accord tacite s'était installé entre nous !

— Jamais plus ? insistai-je une nouvelle fois.

Il fronça les sourcils.

— En fait si, une fois. Nous étions invités à une fête de fin de saison.

Il réfléchit, marqua une pause.

— C'était trois ou quatre mois après ton départ.

Je hochai la tête pour l'inviter à poursuivre, consciente d'afficher malgré tout un air boudeur. La culpabilité revenait encore sonner à ma porte ! Toujours prête à jeter du sel sur une cicatrice béante et se marrer devant le résultat !

— Thomas avait trop bu et par chance j'étais d'astreinte, donc complètement sobre. Lorsqu'il m'a vu arriver, l'alcool aidant, le passé a repris un peu le dessus. Il a avoué… que je lui manquais. Il a pleuré un peu dans mes bras.

Charly se dépeigna les cheveux en même temps qu'il racontait. À ce simple geste, j'eus une pointe au cœur.

Il y avait des gens qui se rongeaient les ongles, moi je me mordais l'intérieur des joues, Charly, lui, s'ébouriffait les cheveux lorsqu'il était nerveux. Il le faisait déjà lorsqu'il était enfant.

— Vu qu'il était ivre, continua-t-il, et qu'il ne me repoussait pas, je me suis dit que c'était une véritable aubaine pour lui tirer les vers du nez. Alors je l'ai bombardé de questions. Il a divagué en affirmant que je ne méritais pas un ami comme lui. Il m'a demandé pardon. Ensuite, il s'est fermé comme une forteresse imprenable. Il a plongé son nez dans son verre et n'a plus desserré les dents. En fin de soirée, je l'ai raccompagné chez lui. C'est tout ce que j'ai pu savoir ce soir-là.

Charly était à présent penché en avant.

— Rien n'avait de sens ! Je n'ai jamais compris pourquoi, du jour au lendemain, Thomas a dressé méthodiquement un mur entre nous alors que nous étions si proches ! On pouvait parler de tout mais là, il y a un événement qui m'a complètement dépassé. Je me suis torturé longtemps pour savoir si j'avais fait quelque chose de mal. Et si c'était le cas, pourquoi, lui, m'avait-il demandé pardon ? Quand on s'excuse, c'est qu'on a quelque chose à se reprocher, non ? Qu'avait-il bien pu faire de si grave pour qu'il décide un beau matin de renier notre amitié ?

Toujours penché en avant, les coudes posés sur les genoux, la tête basse et les sourcils froncés, il était perdu dans la contemplation du tapis.

Machinalement, ma main se leva et je lui caressai doucement l'épaule, le haut du dos. Il ferma les yeux. Ce fut sa seule réaction.

— Il t'a demandé pardon à cause de moi ; il s'est senti responsable de mon départ et donc…

Ma main s'attarda un peu sur sa nuque. Sa peau était chaude et j'aimais sentir ses cheveux coupés court, doux comme du velours, sous le bout de mes doigts.

— Tu sais, confiai-je à mon tour, pour moi aussi, il manque des pièces du puzzle.

J'enlevai ma main de sa nuque. Il rouvrit les yeux.

— Cette fameuse nuit, Thomas et moi avons eu la seule et unique dispute de toute notre vie. Elle a été violente !

Il risqua un coup d'œil vers moi et je le rassurai en secouant la tête avant de poursuivre.

— Non, verbalement. Cela va faire dix ans et moi non plus, je n'ai toujours pas compris ce qui s'est passé ! Thomas a eu un comportement étrange toute cette journée-là. Certes, il y avait beaucoup à gérer et il a fait front, comme toujours, mais, avec le recul, je le revois agité, effrayé, et je ne sais vraiment pas pourquoi ! J'ai mis ça sur le compte de la disparition de maman ; tu sais, il a pris en main la famille après papa : gérer la maladie de maman, être là pour moi… Alors je me suis dit que la mort de maman était le drame de trop. Je n'étais encore qu'une gosse quand papa est mort. Thomas est devenu à la fois mon père, ma mère, mon frère. Il a tellement encaissé toutes ces années sans jamais se plaindre, il a eu tellement de responsabilités en étant si jeune… Mais… ce jour-là, il n'était pas comme d'habitude, il était effrayé. Je crois que c'est le bon mot : il avait peur. Et ce soir-là, nous avons eu cette terrible dispute.

— À quel sujet ?

Je m'apprêtais à répondre mais je me figeai. Loupa venait de se faufiler comme une flèche derrière le canapé en direction de la cuisine. Cette irruption nous détendit un peu et je constatai que nous étions tous les deux sur les nerfs et sur la défensive.

Le salon s'était assombri. Dehors, tout était blanc, même le ciel. Il n'y avait plus de ligne d'horizon ; le ciel et la terre se confondaient dans une danse de neige à gros flocons.

Charly se redressa légèrement et s'adossa au canapé. Son bras gauche sous sa nuque, il renversa la tête légèrement en arrière, regarda les flocons atteindre le sol et ensuite se tourna vers moi. D'un coup d'œil, il réclama la suite de ma confession.

— À cause de toi.

Son visage devint plus pâle. Il était blessé.

— Il m'a carrément reproché d'avoir poussé maman à en finir. D'après lui, c'était le fait de nous savoir ensemble, toi et moi, qui l'avait poussée à commettre son suicide.

— Quoi ? Mais c'est complètement dingue ! Ne m'en veux pas, Laura, mais Martine, enfin ta mère, avait du mal à vivre dans la réalité depuis longtemps. Je ne pense pas que...

— Je sais et tu as raison, coupai-je. Notre dispute est allée très loin. Il m'a menacée, m'a interdit de te revoir et au final, vu que je lui tenais tête, il m'a dit que je n'avais plus rien à faire dans cette maison !

Je scrutai Charly et remarquai qu'il avait de nouveau cette lueur dans les yeux. Ses yeux se heurtèrent aux miens.

— Donc, c'est ce que tu as fait, trancha-t-il.

J'opinai en me mordant la lèvre inférieure. Les yeux de Charly quittèrent les miens pour se diriger vers ma bouche.

— Pourquoi tu n'es pas venue me voir ? Pourquoi tu n'es pas venue à la maison ? J'aurais fait ce qu'il fallait ! Nous aurions parlé à Thomas et trouvé le pourquoi de son comportement ! J'aurai tout arrangé !

Son ton était sec, presque cinglant. Ses reproches étaient fondés. La voilà enfin, la colère que je redoutais tant !

Sa respiration se fit saccadée. Il se leva et marcha de long en large devant la cheminée. Il y avait de la fureur dans ses mouvements.

— Je n'étais qu'une gosse, Charly !

— Pas pour moi !

Touchée…

— Je n'y comprends rien, Laura !

Il fit à nouveau des allées et venues devant moi puis il s'arrêta et, les mains sur les hanches, ajouta :

— Et après ?

Sur le moment, je fus déstabilisée par cette question et ne compris pas ce qu'il voulait savoir. Puis tout s'éclaircit. Charly ne savait rien de ma vie. Il avait dix ans de trou à combler, et il voulait des réponses. Autrement dit : c'était le jour du grand déballage !

— Après, continuai-je, je suis partie en plein milieu de la nuit. J'ai marché jusqu'à la route nationale et j'ai fait signe au premier camion que j'ai vu. Et par chance, c'était Sam. Un homme merveilleux qui m'a prise sous son aile.

Je m'interrompis une seconde. Son visage venait de changer et il affichait un masque tourmenté. Il baissa le menton vers moi, me fusillant du regard, et j'eus la sensation d'être toute petite sur ce canapé, sous ses yeux accusateurs. Néanmoins, je continuai :

— Je suis restée chez lui pendant pratiquement trois ans. À Paris, là où je vis toujours. Il m'a toujours considérée comme sa fille et je l'aime comme un père.

Il se prit la tête dans les mains.

— J'ai fait des études de lettres et langues et me suis très vite orientée vers la traduction. Je suis associée depuis six ans avec une amie, Ellie. Nous effectuons de la traduction de romans étrangers. Je vis seule et, tu le sais maintenant, je n'ai jamais reparlé avec Thomas depuis cette nuit-là.

Je baissai les yeux sur le tapis. Voilà comment résumer dix ans de ma vie en dix secondes ! Je suis douée, hein ?

À cet instant précis, j'étais anéantie. Je me sentais mal, je me sentais… comment dire, eh bien, non pas comme une crotte mais plutôt comme un gros tas !

Charly me tournait le dos. Les mains en appui sur le haut de la cheminée, il baissait la tête. Il avait l'air abattu, épuisé. Il n'y avait pourtant plus une trace de colère ou de reproche dans le ton de sa voix. Elle était à nouveau douce et posée lorsqu'il me demanda :

— Tu es heureuse, là-bas ?

Putain de question, Charly ! Je ne réfléchis pas et répondis en toute sincérité.

— Je suis heureuse d'avoir rencontré Sam et Ellie. J'aime passionnément mon métier mais, pour le reste, comment être heureuse alors que je t'ai perdu toi, et définitivement Thomas…

Il me tournait toujours le dos. Je réalisai l'amplitude des dégâts que ma décision de l'époque avait provoqués. Les larmes montèrent. Mes mains tremblèrent. Si seulement…

— Tu crois que je n'ai jamais eu de remords ? Jamais de doute, d'envie de revenir ? Tu crois que ça a été facile de vivre avec cette salope de culpabilité ? criai-je un peu trop fort pour ma défense.

À ces mots, Charly fit volte-face. Il avait lui aussi les yeux brillants de larmes. Il me fixa puis il partit.

Il passa derrière le canapé et, au moment où j'entendis un vague « besoin de prendre l'air », la porte d'entrée se ferma derrière lui. Loupa profita de l'aubaine et se faufila entre ses jambes pour ressortir.

Je restai seule à sangloter, refoulant une fois de plus les assauts de la culpabilité qui essayaient de me dévorer. Il y avait tellement de choses que je ne comprenais pas.

Qu'est-ce que Thomas avait eu soudainement contre Charly ?

Qu'est-ce qui avait pu justifier son comportement ?

Pourquoi le jour du décès de maman ? Y avait-il un rapport ?

Qu'est-ce que Thomas me cachait ?

Et ma pire crainte : Est-ce que Charly aussi me cachait quelque chose ? Est-ce qu'il m'avait tout dit ?

Un élément était maintenant évident : la mort de Thomas me ramenait à mon passé et, puisque j'étais revenue à mon point de départ, j'avais l'intention de déterrer tous les secrets même si je n'étais pas encore certaine de pouvoir y faire face.

12h25.

Dix minutes que Charly était dehors. Il n'était pas loin : juste devant la porte, comme pour faire un barrage. Peut-être avait-il peur que je ne prenne encore la fuite ?

Charly était droit, stoïque, les bras croisés sur le torse, dos à la porte d'entrée. Il ne portait que son pull. Il neigeait de plus en plus et la température devait flirter avec le zéro degré mais cela n'avait pas l'air de le déranger outre mesure.

Son immobilité et ce changement d'attitude me rendaient nerveuse. J'avais tellement besoin de lui pour affronter tout ça ! Je me trouvais égoïste, mais je voulais qu'il soit rassurant, qu'il soit l'épaule sur laquelle j'avais besoin de m'appuyer. Je ne pourrais jamais affronter ce drame seule.

Je m'approchai prudemment de la porte et, n'y tenant plus, l'entrouvris.

— Charly ?

Pas de réponse. Aucune réaction.

Plus qu'une solution : se mettre à terre !

— Pardonne-moi, Charly.

Il se retourna enfin, me contempla d'un air blessé avant de prendre la décision de rentrer. Il me poussa à l'intérieur et referma la porte derrière lui.

Il me dominait d'une tête et demie, et pourtant j'étais perchée sur une paire d'échasses : dix centimètres de talons. Je tremblais de froid ou d'appréhension. Il soupira en m'observant, comme s'il se demandait ce qu'il allait faire de moi, puis m'attrapa par la taille et m'attira contre lui.

Son pull était couvert de neige mais je m'en moquais. Je le serrai comme si ma vie en dépendait. Ma tête contre sa poitrine, j'entendais les battements de son cœur contre mon oreille. Ils étaient calmes et réguliers alors que mon cœur s'affolait. La neige fondait, son pull devenait humide.

Il soupira encore puis se pencha et je sentis la tiédeur d'un baiser sur le haut du front. Il s'écarta; j'eus envie de le retenir, mais je le laissai s'éloigner.

Il resta tout proche mais nos corps ne se touchaient plus.

— Écoute, j'ai réfléchi.

Je levai la tête vers lui avec inquiétude. Je n'aimais pas du tout, mais alors pas du tout, les «Écoute, j'ai réfléchi». Pourtant, ses yeux avaient repris cette lueur paisible à laquelle je ne résistais pas.

— Tu vas me trouver parano, mais j'ai vraiment l'impression qu'il faut creuser et en savoir plus sur Thomas.

Je hochai la tête avec approbation.

— Peut-être que sa mort n'a aucun lien avec ce qui s'est passé il y a dix ans, mais je n'y crois pas vraiment. Il y a tellement de questions restées sans réponses. Pourquoi Thomas a-t-il choisi de…

Il se rembrunit et ne termina pas sa phrase.

— Le fait de comprendre devrait nous aider au moins à tirer un trait sur le passé et à enfin l'accepter.

Je frissonnai. J'avais l'impression que nous allions violer l'intimité de mon frère mais, plus encore, j'avais des craintes quant à ce que nous pourrions découvrir.

Plus le temps passait et plus les secrets que je pourrais déterrer m'effrayaient. Je frissonnai encore. Charly me prit la main et m'entraîna vers la cheminée. Je perçus un changement dans son attitude.

Il s'agita. Quelque chose n'allait pas.

— Quoi? demandai-je d'une voix inquiète.

— Je n'ai pas été tout à fait franc avec toi. Il y a une chose que je ne t'ai pas dite. Enfin… je sais que tu n'as pas compris et je t'ai laissée volontairement faire fausse route.

— Quoi?

— La blessure par balle…

Je reculai vers le canapé.

Charly était inquiet. Il ne bougeait plus.

Je reculai encore, creusant de plus en plus l'espace qui nous séparait. Je présageais que cette révélation allait être ravageuse et je préférai m'adosser au canapé.

— Je t'ai dit que cela pouvait être accidentel... Par accident je voulais dire...

Je levai la main pour le stopper car j'avais compris et c'était un mot que je refusais d'entendre.

Non ! Pas par choix ! Pas comme ma mère !

Pas Thomas !

Ma vue se brouilla et une chaleur diffuse monta de mes pieds vers la tête. J'avais des bourdonnements dans les oreilles. Pourtant, j'entendis ma propre voix tremblante poser l'ultime question.

— Où ?

Ma vue devint de plus en plus trouble. J'avais les mains engourdies, la chaleur montait toujours, elle allait m'engloutir.

— Une balle en plein front.

Mes jambes se dérobèrent et une multitude de points noirs comme des papillons virevoltants vinrent danser devant mes yeux.

Je me souvins par la suite les avoir trouvés très beaux et avoir vaguement aperçu la silhouette de Charly qui se précipitait vers moi au moment où mes jambes me lâchèrent.

13

Édouard repoussa le chariot sur lequel reposait la victime et, après un dernier regard, remonta le drap pour la recouvrir intégralement. Après avoir travaillé pendant plusieurs heures sur la dépouille de Thomas Vallon, il la plaça dans la chambre froide, là où le corps allait être entreposé jusqu'aux funérailles.

Dufour, l'officier de police judiciaire pas très causant qui l'avait assisté, venait de partir avec les premiers éléments de ses conclusions, l'abandonnant à ses réflexions.

Édouard retira ses gants de latex.

Ce dossier s'annonçait obscur.

Si son travail à lui s'arrêtait là, il savait qu'il n'en serait pas de même pour l'enquête et la procédure qui allait suivre, d'autant plus qu'il allait devoir avertir Charly.

Il eut un rictus en poussant la porte battante d'un mouvement d'épaule. Fatigué, il s'approcha de l'évier et se nettoya soigneusement les mains et les avant-bras.

Il avait tout d'abord remarqué que la victime ne s'était pas physiquement défendue. Les résultats des analyses de sang et du contenu du bol alimentaire ne montraient aucune trace de drogue, d'alcool ou d'un quelconque poison.

Une analyse plus poussée de la main qui avait tenu l'arme avait confirmé que tout cela n'était qu'une vaine tentative pour faire croire à un suicide. Mais Thomas Vallon n'avait pas appuyé sur la détente. Sa paume de main présentait bien des traces de poudre, mais ce fut le seul endroit où il en releva. Si la victime avait elle-même tiré, son avant-bras, son pull en auraient été maculés. Or, ce n'était pas le cas. Cela ne pouvait signifier qu'une chose : on lui avait placé la crosse de l'arme ayant servi dans la main.

Le médecin avait ensuite retiré la balle du front de la victime et l'avait envoyée à la balistique pour analyse, ainsi que l'arme en question. Les tissus du front ne portaient pas de brûlure et il en avait conclu que le tir avait été effectué à distance : l'arme n'avait pas été directement posée sur la peau.

La balistique allait rendre ses résultats dans quelques heures, aussi Édouard décida-t-il qu'il serait opportun d'attendre le rapport complet avant d'appeler Charly puis le capitaine Franck Leroux.

Il s'essuya les mains en pensant aux conséquences de sa découverte. Un meurtre ?

Il avait trente-huit ans et n'avait encore jamais été confronté à une telle situation. Il soupira et, mentalement, remercia le ciel de ne pas avoir ce genre d'expérience.

Même s'il avait souvent pratiqué des autopsies, son travail n'avait encore jamais eu pour finalité de conclure à un meurtre.

Un meurtre ? pensa-t-il une nouvelle fois en attachant sa montre. Évacuant cette image de son esprit, il pensa avoir peut-être de la chance et arriver avant le départ de son épouse. Après la nuit qu'il venait de passer, il n'avait qu'une envie, la prendre dans ses bras, l'embrasser et se glisser sous la couette de son lit.

Annie Revel, droite et solide dans son manteau boutonné jusqu'au cou, son panier de courses au bras, posa sa main gantée sur le fer forgé et poussa la grille du cimetière qui s'ouvrit dans un déferlement de crissements aigus.

Elle repensait à la visite de son fils Charly la nuit dernière et se signa en songeant au pauvre Thomas et au malheur qui frappait cette famille lorsqu'elle vit une silhouette immobile devant la tombe de sa fille. D'abord surprise, elle plissa des yeux et regarda plus attentivement pour essayer de reconnaître l'homme en question.

Vêtu d'un long manteau sombre dont l'un des pans se soulevait avec le vent, l'homme semblait perdu dans la contemplation des lettres gravées dans le marbre. Une barbe de quelques jours et des cernes prononcés trahissaient un manque de sommeil. L'individu bougea, renifla et, de sa main droite, essuya son visage et son nez rougis par le froid.

Annie Revel sourit tristement en apercevant un bandage autour de sa main droite.

— Ta main a encore rencontré un mur ? questionna-t-elle en s'arrêtant à ses côtés.

— Bonjour, madame Revel.

— Fut un temps où tu m'appelais Annie…

Nathan haussa les épaules avec désinvolture.

— Il y a longtemps qu'on ne s'est pas vus.

— Tu es à l'auberge comme chez toi. Tu as toujours fait partie de la famille. Par conséquent, pour toi, je serai toujours « Annie » et tu seras toujours Nathan, mon fils par alliance.

Pour toute réponse, Nathan coula un regard de biais vers elle et opina devant son expression sincère.

— Tout va bien pour toi ? Es-tu heureux avec Hélène ?

Nathan soupira.

— Hélène m'a quitté.

Annie leva de grands yeux interrogateurs.

— Lorsque je suis rentré, ce matin, j'ai trouvé l'appartement vide et un simple mot en évidence sur la table de salon.

— Que disait-il ?

Nathan fixa son ex-belle-mère, un sourire aux lèvres – un sourire qui toutefois n'atteignit pas ses yeux.

— Juste « Y en a marre ».

Il haussa les épaules, remit ses mains dans ses poches avant de poursuivre dans un murmure :

— C'est peut-être mieux ainsi.

— Moi, je crois que tu as peur.

Nathan arqua un sourcil. Ses traits se durcirent.

— Peur de quoi ?

— Peur d'aimer et de perdre à nouveau.

— Foutaises !

— Peur d'être heureux ?

— Personne n'a peur d'être heureux. Tout le monde souhaite l'être.

— Tu te trompes. Il y a des gens qui sont doués pour le bonheur et d'autres pas. Ce ne sont pas des choses que l'on apprend, Nathan. Quand on a un cœur meurtri comme le tien, on mesure pleinement le bonheur et, par conséquent, on sait parfaitement ce que l'on a à perdre.

Nathan serra les dents et resta silencieux un moment.

— Vous pensez que je suis lâche, c'est ça ?

— Je pense qu'il y a une femme prénommée Hélène qui n'aspire qu'à être heureuse, et je sais que tu l'aimes.

— Mais j'aime toujours Lucie.

— Tu aimais ma fille et tu aimes votre souvenir. Mais, tu sais, je connais Lucie mieux que personne et je sais qu'elle ne souhaitait que ton bonheur. C'est même étonnant qu'elle ne vienne pas hanter tes nuits et te mettre des coups de savate dans l'arrière-train.

Nathan sourit et la fixa un instant avant d'ajouter :

— Cela lui ressemblerait assez de faire ça.

Elle étreignit son épaule quelques secondes, avant de poser son panier à ses pieds et, du plat de la main, commença à dégager la neige accumulée sur la stèle.

— Nathan, c'est toi qui as déposé cette rose blanche sur la tombe de Lucie ?

— Non. Elle était déjà là lorsque je suis arrivé. D'ailleurs les pétales sont figés par le froid. Cette rose doit être là depuis plusieurs jours. Pourquoi ?

Elle sourit et balaya la question d'un geste de la main.

— Oh ! pour rien, en fait ! Un mystère que je n'arrive pas à élucider.

— Quel mystère ?

— Eh bien… je viens régulièrement au cimetière et, depuis de nombreuses années, je remarque souvent qu'une personne dépose une rose blanche dans ce vase. J'ai d'abord cru que c'était Charly, mais il n'y a pas si longtemps, au cours d'une conversation, il m'a avoué qu'il n'avait pas pu se résoudre à remettre les pieds ici depuis qu'elle y repose.

— Alors vous avez pensé que c'était moi ?

L'aubergiste opina en souriant.

— Peut-être Antoine ? hasarda Nathan.

— Non. La rose est déposée de façon régulière, presque une fois par mois et ce depuis toutes ces années. Antoine n'est revenu des États-Unis que depuis trois semaines.

— Donc, nous avons un mystérieux individu qui sévit à coups de roses blanches ?

— Je sais, c'est stupide… C'est juste que j'aimerais savoir qui c'est, voilà tout.

Annie Revel continua le nettoyage de la stèle sous le regard assombri de Nathan. Il resserra son écharpe autour de son cou et son regard pivota vers le panier de courses.

Attiré par un encadré à la une du journal, il se baissa, le déplia et commença sa lecture. Au fur et à mesure qu'il avalait les lignes, ses pupilles se contractèrent et son visage devint blanc comme la neige qui les entourait.

— Annie ? Vous avez lu ça ? C'est dingue !

Il entendit le téléphone sonner et se hâta d'aller décrocher.

— Papé ?

Sam sourit à ce surnom. Une seule personne au monde l'appelait comme ça.

— Bonjour, Ellie. Je suis heureux de t'entendre, mais si tu m'appelles, c'est que tu es au courant, pas vrai ?

— J'ai travaillé pratiquement toute la nuit sur la fin de la traduction avant de m'écrouler sur le canapé, et je n'ai consulté mes mails qu'à l'instant. C'est horrible, cette histoire ! Papé, tu as plus de nouvelles ?

De sa main ferme et large, Sam se frotta la barbe avant de pincer les lèvres. Il connaissait bien Ellie et cette voix lourde de tension était inhabituelle chez elle.

— Oui. Comme tu peux t'en douter, elle est partie tel un conquérant sans attendre les troupes de renfort. Autrement dit, ma belle, elle nous a volontairement laissés sur la touche. Dès qu'elle a reçu cet appel, elle a pris la voiture et est rentrée dans son village. Lorsque je l'ai eue en ligne, je venais juste moi aussi de lire mes mails. Il devait être environ 7 heures ce matin, je ne sais plus trop. Elle avait fait halte du côté de Limoges pour se reposer. À présent, elle doit être arrivée ou sur le point de l'être. Tu vois, j'ai même bondi sur le téléphone en pensant que c'était elle.

— Comment est mort son frère ?

Sam souffla, ne sachant que répondre ; son regard se perdit sur la pile de dossiers qui couvrait son bureau.

— Laura a dit que c'était une blessure par balle.

S'il avait été en conversation avec n'importe qui d'autre, une avalanche de cris et de questions aurait suivi cette tirade. Mais l'associée de sa petite Laura n'était pas du genre à réagir comme tout le monde. « Blessure par balle » ne suscita aucune réaction.

— Tu le connaissais, son frère ?

En une nanoseconde, il eut l'impression que les murs se rapprochaient de lui. Son cœur se mit à battre la chamade et son esprit chercha quelque chose de cohérent à répondre sans pour autant livrer la vérité.

— Tu connais Laura aussi bien que moi, elle a toujours été secrète sur son passé.

Il entendit un « clic » à l'autre bout de la ligne. Dès qu'il identifia le bruit, il fronça les sourcils, l'air franchement désapprobateur. C'était le « clic » distinctif de son Zippo et, la seconde suivante, il entendit Ellie expulser avec lenteur la fumée pendant qu'elle réfléchissait.

— Ellie ? Depuis quand allumes-tu ta première clope avant même une douche ou un café ?

— Papé… depuis quand me mens-tu ?

Sam se raidit. Non seulement cette fille avait le chic pour ne pas répondre aux questions et retourner la situation à son avantage mais, pire, elle lisait dans l'esprit humain comme dans un livre.

Silence.

— Papé ?

— Oui. Je suis toujours là. Quand comptes-tu partir la rejoindre ?

Il n'entendit qu'une expulsion de fumée pour toute réponse.

Elle mit quelques secondes avant de lui donner satisfaction.

— Je boucle la traduction de ce cher Hopps ce soir et j'envoie le roman à la maison d'édition cette nuit. Pour être franche, je n'ai pas encore consulté la liste des vols ou des trains, mais j'avais l'intention de partir dès demain matin. Hors de question que je la laisse seule là-bas ! Et toi ?

Sam ferma les yeux et remercia le ciel du dévouement d'Ellie envers son amie. En effet, Laura avait besoin d'être soutenue. Il rouvrit les paupières et son regard se posa sur le bord de la fenêtre où un pigeon roucoulait doucement.

— Je dois attendre un peu, répondit-il sans donner plus de détails, mais je lui ai dit que je serais présent pour l'enterrement.

Dehors tout était gris et nuageux. Le pigeon voyagea de gauche à droite sur deux mètres avant de reprendre son envol.

— Bien. Bière et pizza chez toi à 22 heures ? trancha-t-elle avant une autre expulsion de fumée.

— Parfait, Ellie. Je t'attendrai.

— Papé ?

— Oui ?

— Cette fois, pas de mensonges. J'ai un étrange pressentiment et j'ai l'impression que notre petite Crotte va réellement être dedans, si tu vois ce que je veux dire. J'ai besoin de tout savoir !

— Oui. D'ailleurs, j'aurais peut-être dû le lui dire à elle aussi depuis longtemps.

— Il n'est jamais trop tard, Papé. Le moment est peut-être venu.

— Comme tu dis.

— À ce soir.

Ellie raccrocha. Elle écrasa sa cigarette dans son cendrier plein de mégots de la veille et se frotta les mains avant de se remettre au travail devant son ordinateur. À défaut d'être auprès de son amie, elle pouvait au moins se surpasser et travailler d'arrache-pied. Toutefois, elle commença une première recherche sur Google.

Vol Paris – Toulouse + location de voiture.

Le moteur de recherche fouilla puis une page Internet s'afficha. Ellie suivit les différentes lignes des yeux avant de sourire et d'en surligner une intéressante.

— J'arrive, ma Crotte, dit-elle en reprenant son téléphone pour effectuer une réservation.

14

— Eh! c'est pas la voiture de Lucie là-bas?

Charly appuya sur l'accélérateur et rejoignit très vite la Clio blanche garée sur le bas-côté. Il serra le frein à main, coupa le contact et sauta de la Jeep, très vite imité par Thomas et moi.

Je m'attendais presque à trouver Lucie endormie sur la banquette arrière, et mon cœur s'emballa lorsque la voix de Thomas me coupa dans mon élan.

— Elle n'est pas là.

J'accourus derrière eux et vis Charly faire le tour de la voiture puis ouvrir la portière avant et se glisser derrière le volant. Il sortit de sa poche le double de la clé et l'inséra dans le Neiman. Il essaya de démarrer mais la Clio se rebella, toussant à quatre reprises avant de déclarer forfait.

Accoudé sur la portière, Thomas essaya de récapituler les événements.

— Bon. On a un début d'explication. Elle est sur le chemin du retour et a choisi d'emprunter le raccourci qui traverse la forêt pour rentrer au village. Là… sa voiture fait des siennes et elle refuse d'aller plus loin. C'est pourquoi elle est mal garée sur le bas-côté.

— Ouais, souffla Charly.

— Elle n'a pas laissé de mot? demandai-je.

Charly regarda autour de lui puis répondit par la négative.

— Son sac à main est là? continuai-je.

Charly me fixa d'un drôle d'air avant d'avouer que non.

Je hochai la tête avant de leur livrer ma théorie.

— La Clio tousse et Lucie sent qu'elle n'ira pas plus loin. Elle décide de se garer du mieux qu'elle peut et de finir le chemin à pied.

— Quoi ? cria Thomas en me fusillant du regard. C'est ce que tu aurais fait ?

— Exactement.

— Bon sang, Laura ! Ne t'ai-je pas appris que la règle est de toujours rester sur place et d'attendre les secours ?

Je levai les yeux au ciel et tentai de m'expliquer davantage.

— Thomas, on n'est pas dans un refuge en pleine montagne ! On est sur le chemin du retour, c'est l'été, et les nuit sont claires. À la place de Lucie, dans cette situation, j'aurais ce qu'il faut dans mon sac à main pour laisser un mot et, plutôt que de passer la nuit seule dans cette foutue voiture à attendre, je serais rentrée à pied !

Charly sortit de la voiture et me fixa.

— Je suis assez d'accord. Elle n'est pas non plus du genre à attendre qu'on vienne la secourir. Toutefois, Lucie, elle, n'a pas pensé à laisser un mot.

Sans vraiment y croire, je fis le tour du véhicule et élargis le cercle de quelques mètres au fur et à mesure de mes recherches. Thomas et Charly comprirent et se mirent eux aussi à fouiller.

Quelques minutes plus tard, intriguée par un bout de papier abandonné dans l'herbe, je relevai ma jupe et enjambai le fossé pour m'accroupir et saisir le papier.

— Je l'ai !

Il s'agissait d'une page d'agenda de la semaine passée sur laquelle Lucie avait griffonné :

Voiture en panne. Je la ferai remorquer.
Rentre à pied.

— Elle a dû le coincer sous l'essuie-glace et un coup de vent l'aura emporté, dis-je en guise de commentaire.

Charly prit le mot puis son visage blêmit.

— On est à combien de kilomètres du village ? demanda-t-il.

Thomas se tourna vers le chemin avant de répondre.

— Je dirais dix à douze kilomètres.

J'opinai en comprenant l'inquiétude de Charly lorsqu'il reprit :

— Un marcheur moyen fait au moins cinq kilomètres par heure, non ?

— Moins en pleine nuit, précisai-je pour le rassurer.

— Quoi qu'il en soit, elle devrait être rentrée depuis des heures.

Je serrai les dents lorsque je compris à quelle conclusion il en était arrivé : Lucie avait fait une mauvaise rencontre sur le chemin du retour.

Il se frotta le visage, les cheveux, et nous regarda en silence. Sa détresse était si palpable que j'en restai sans réaction. Ce fut Thomas qui brisa le malaise.

— Allez ! Pas de panique. On grimpe en voiture et on suit le chemin qu'elle a dû prendre la nuit dernière.

Cette fois, ce fut Thomas qui s'installa derrière le volant tandis que je reprenais place à l'arrière. Charly était silencieux, fouillant du regard chaque côté de la route avec l'espoir inavoué de rien découvrir.

Je m'avançai vers le bord du siège pour me rapprocher d'eux et mis la main sur son épaule pour le réconforter. Je ressentis la chaleur de son corps à travers le tissu de sa chemise et les battements saccadés de son cœur sous le bout de mes doigts.

Sans détourner le regard des fossés, Charly glissa sa main droite sous la mienne, paume contre paume, puis resserra les doigts sur mon poignet.

Thomas roulait en seconde et le silence s'installa dans l'habitacle.

La Jeep suivit le virage sur la droite et, cinquante mètres plus loin, la main de Charly me lâcha au moment où Thomas freina brusquement.

Un objet de couleur rouge se trouvait en plein milieu du chemin : le sac à main de Lucie dont le contenu s'était éparpillé aux alentours sur une dizaine de mètres.

Thomas et Charly se précipitèrent hors du véhicule. Charly, désespéré, se mit à courir et crier le prénom de sa sœur.

J'étais quant à moi pétrifiée. J'avais les yeux rivés sur les objets abandonnés par terre : l'agenda de Lucie dont elle avait plus tôt déchiré une page, le petit miroir doré brisé, un bâton de rouge à lèvres.

Tout était tellement éparpillé que j'imaginai sans peine la violence de l'impact et la hauteur à laquelle le sac avait dû voler vers le ciel. J'imaginai la voiture ayant percuté Lucie qui avait fait le mauvais choix en décidant de rentrer à pied.

C'est à cet instant que je réalisai qu'il n'y avait même pas de trace de freinage. Je sortis à mon tour de la voiture et criai le prénom de Lucie à pleins poumons.

Je vis Charly se raidir puis sauter dans le fossé en hurlant.

— THOMAS !

Mon frère se précipita vers lui et je me figeai de terreur devant le spectacle que je découvris.

Le corps de Lucie reposait dans le fossé dans une position anormale. Je plaquai mes mains sur ma bouche pour éviter de crier. Ses cheveux emmêlés dissimulant une partie de son visage étaient couverts de sang coagulé et suintant. Des marques et auréoles bleues faisaient déjà leur apparition sur la majorité de sa peau découverte. Sa jambe droite était anormalement repliée vers l'avant et j'aperçus un os qui n'aurait pas dû se trouver là.

Au bout de quelques secondes, je compris que Charly évaluait les dégâts.

Ses yeux de glace se levèrent vers Thomas et j'y lus une lueur d'espoir lorsqu'il souffla :

— J'ai un pouls.

15

J'avais une violente douleur au crâne. Je n'ouvris pas les yeux de peur d'augmenter les picotements qui sévissaient derrière mes paupières.

Je me sentais au moins aussi bien qu'un chat que l'on aurait plongé dans une baignoire : paniquée et désespérée par cette sensation de noyade et de perdition ! De plus, il y avait un élément qui me dérangeait : une pression au bras. Ce n'était pas vraiment douloureux mais cela me compressait et cette sensation n'était pas agréable.

— Calme-toi, Laura, je prends juste ta tension !

— Sam ?

Au moment où je posai la question, tout me revint. Je gémis tout en me repassant mentalement le film et l'enchaînement.

Thomas, le téléphone, Charly, la route, la peur au ventre… et Charly qui envisageait que Thomas s'était suicidé. Finalement, à choisir, je préférais encore le matou dans la baignoire !

— Non, c'est moi, Charly.

J'ouvris les yeux. J'étais allongée sur le canapé. Il était assis à mes côtés, un stéthoscope autour du cou, et prenait ma tension – ou plutôt essayait de prendre ma tension. Son regard ne me quittait pas.

— Ta tension est basse. Tu te sens faible ?

— Je ne suis pas prête pour faire un marathon, si c'est ce que tu veux savoir.

Il fronça les sourcils, détacha le brassard, enleva le stéthoscope de ses oreilles mais le garda autour du cou.

Ses mains vinrent se poser autour de mon cou ; il pencha ma tête en arrière, la tourna à droite, à gauche, la toucha, et je fis de mon mieux pour me concentrer et oublier ses mains sur moi.

Ses doigts passèrent sur mon visage, mes yeux ; il sonda l'intérieur de mes paupières. Il soupira et s'intéressa à mon bras. Ses doigts s'enroulèrent autour de mon poignet puis il appuya son majeur et son index à la naissance de ma main. Les pulsations de mon cœur s'emballèrent sous la chaleur de sa peau, tant sa main était chaude, comme une caresse du soleil. Charly se ferma pendant quelques secondes avant de dire :

— Ton cœur bat toujours sacrément vite !

Je ne répondis pas et me concentrai pour essayer de ralentir mon rythme cardiaque.

Il reposa mon poignet.

— Qu'est-ce que tu as mangé depuis hier matin ?

Je fermai les yeux et visualisai ma nuit, la journée d'hier. J'avais travaillé pratiquement toute la journée, sans arrêt, sur la traduction des derniers chapitres. J'avais grignoté le matin, sauté le repas de midi, celui du soir aussi. La seule chose que j'avais engloutie en grande quantité c'était…

— Du café, dis-je à voix basse.

J'entendis un soupir qui n'était pas de lassitude celui-là : c'était un reproche.

— Ce n'est pas manger, ça ! C'est boire, en plus un excitant !

J'ouvris les yeux et me redressai sur les coudes. D'un seul coup, j'eus une douleur fulgurante au sommet du crâne. Je touchai ma tête en étouffant un cri silencieux et rencontrai un bout de tissu qui ne faisait pas partie de mon front.

— Je suis arrivé trop tard – son visage eut une moue amusée –, c'est ta tête qui a rencontré le sol en premier. Rassure-toi, ce n'est pas grave. La tête, ça saigne toujours beaucoup, mais tu es bonne pour une jolie bosse qui va prendre toutes les couleurs de l'arc-en-ciel !

Je souris malgré tout à cette image.

— Je t'ai mis une pommade qui devrait atténuer un peu la bosse, ainsi qu'un pansement.

— Merci.

— Comment te sens-tu ? Pas de douleur particulière ? Pas de nausée ?

Comment je me sentais ? Eh bien, comme une femme qui venait de se faire écraser par un 38 tonnes, sachant que le conducteur se serait acharné en passant plusieurs fois la marche arrière.

Au lieu de cela, je choisis de sourire et me contentai de répondre par la négative avec un simple mouvement de tête à ces trois questions.

— Ça t'arrive souvent de t'évanouir ?

Je fronçai les sourcils en secouant la tête.

— Je n'ai pas le souvenir que ça me soit déjà arrivé.

La main de Charly passa à nouveau sur mon visage. Il reprit mon poignet et resta un moment concentré et silencieux.

— C'est mieux, mais il bat toujours très vite.

Je ne répondis pas, accaparée par l'effort surhumain pour ralentir mon rythme cardiaque et masquer mon trouble.

— Bon, c'est probablement dû au stress et au fait que tu manques de « carburant ».

— Je pense aussi.

— Alors, recommandations du médecin : tu ne bouges pas du canapé pendant au moins une demi-heure et si tu pouvais dormir un peu aussi, ce serait bien.

C'est l'hôpital qui se fout de la charité ? pensai-je immédiatement.

— Toi aussi, avec tout ça tu n'as pas beaucoup dormi, tu dois être fatigué ! protestai-je en levant la main vers son visage.

— Moi, je ne tombe pas dans les pommes ! rétorqua-t-il en grimaçant.

Pendant une fraction de seconde le mot «pomme» me fit penser à Ellie, puis l'idée disparut aussi vite qu'elle m'avait traversé l'esprit.

Charly attrapa ma main et la reposa à plat sur mon ventre. À travers la laine de mon pull, mes doigts frôlèrent l'anneau qui reposait au bout de ma chaîne et cette rencontre me fit légèrement rougir.

— Tu te reposes, tu dors…

Il leva les yeux vers la cuisine.

— Il est bientôt 13 heures, je vais nous préparer à manger.

— D'accord.

Il se redressa et disparut de ma vue.

J'en profitai pour me pelotonner sur le canapé, ramenai les genoux pratiquement sous le menton, et fermai les yeux.

Il avait raison, je me rendais à l'évidence : j'étais exténuée.

Ces trente dernières heures, je n'avais fermé les yeux que deux heures, lors de ma halte sur l'autoroute. Au moment où je cherchais à quand remontaient mon dernier vrai repas et ma dernière vraie nuit de sommeil, je me sentis vaguement sombrer. Puis une sensation de chaleur diffuse m'envahit, et des bruits de pas s'éloignèrent : Charly m'avait couverte d'un plaid polaire. Un peu plus tard, avec un sentiment de sécurité, je m'endormis.

Une légère odeur d'épices avait envahi la maison. Elle titillait mes narines et m'appelait inlassablement comme une sirène son matelot. Mon estomac se contracta et réclama de la nourriture. J'avais dû dormir plus longtemps que je ne le prévoyais. Combien de temps ? Une demi-heure peut-être ?

Les yeux toujours fermés, je savourai ce sentiment de plénitude, puis fronçai les sourcils en distinguant une voix.

La voix de Charly était basse, presque un murmure, aussi supposai-je qu'il était au téléphone et qu'il s'efforçait de ne pas me réveiller.

J'ouvris les yeux lentement et, du regard, parcourus la pièce. Il n'était pas dans le salon. Je pris appui sur un coude pour me redresser et tournai la tête vers la cuisine d'où provenait cette délicieuse odeur, mais Charly n'était pas là non plus.

Mon regard fut attiré par un mouvement derrière la porte entrouverte de son bureau. La voix de Charly semblait venir de cette pièce. Je me concentrai et, par curiosité, essayai de comprendre ce qu'il disait :

— Oui... Non, je t'assure, elle va bien... Oui, pas depuis deux jours, écoute-moi...

Sa voix était entrecoupée des réponses de son interlocuteur. Par moments, les temps de pause étaient longs ; il ne parlait plus et se contentait d'écouter.

Je me redressai et, cette fois, m'assis sur le canapé, les pieds sous les fesses tout en restant sous la chaleur de la couverture à écouter la suite de sa conversation. Le feu dans la cheminée crépitait et, tournant la tête vers l'âtre, je constatai que Charly y avait ajouté des bûches.

Charly marcha et s'arrêta près de la porte de sorte que je pus l'apercevoir. Il tenait son téléphone portable de sa main gauche et, négligemment, s'appuya au chambranle de la porte. À présent, il me tournait le dos.

Était-il en train de parler de moi ?

— Non, je ne lui ai rien dit. Elle va m'en... Je sais, il faudra que je lui dise, mais... Écoute, je n'avais rien prévu de tout ça et le moment n'est pas vraiment approprié... OK... OK...

Je me statufiai avec une pointe au niveau du cœur.

Qu'est-ce que Charly ne m'avait pas encore dit ? Qu'est-ce qu'il n'avait pas prévu ? Et pour quoi le moment n'était-il pas approprié ?

J'avais eu plus tôt dans la matinée, au cours du « grand déballage », l'impression qu'il n'était pas totalement franc ou du moins qu'il me cachait quelque chose. Et si c'était vrai ?

— Parfait. Bien, d'accord... Oui, je te rappelle.

Il raccrocha. La porte s'ouvrit et Charly pénétra dans le salon. À un mètre de la cuisine, il stoppa et son regard se posa sur moi. Il fut d'abord surpris puis il sourit.

— Excuse-moi, je ne voulais pas te réveiller. C'est marrant, il y a des choses qui ne changent pas. Tu as toujours les cheveux qui se dressent sur ta tête lorsque tu te réveilles !

— Ben voyons ! lançai-je en levant les yeux au ciel.

Cela dit, consciente d'avoir une tête de déterrée, j'aplatis néanmoins mes boucles rebelles du mieux que je pus, tout en m'interrogeant sur Charly. Avec qui était-il au téléphone ?

— Tu parlais de moi ? demandai-je en minaudant légèrement.

Comprenant que j'avais entendu une partie de sa conversation, il pencha la tête sur le côté, s'ébouriffa les cheveux d'une main puis sourit.

— C'était ma mère.

— Oh…

C'est tout moi, ça : Laura, reine des onomatopées. Que m'arrivait-il ? Lorsque je me trouvais en sa présence, mon riche vocabulaire se limitait à des « oh », « heu » et parfois même la carpe s'emparait de mon cerveau.

— Je lui expliquais que tu étais arrivée. Elle s'est inquiétée quand je lui ai dit que tu t'étais évanouie. Je n'ai pas pu dire non, aussi, nous sommes invités demain soir pour dîner à l'auberge ! Cela ne te dérange pas ?

Le visage de Mme Revel apparut immédiatement devant moi. C'était une femme robuste, extrêmement joviale et qui avait le cœur sur la main. Son cœur et sa joie de vivre en avaient pris un sacré coup au décès de Lucie. En plus de la perte de sa fille, il avait fallu gérer la souffrance d'Antoine.

Je me souvins de la déchéance d'Antoine et de son refus de vivre après le décès de sa sœur. Son « internement » avait duré plusieurs mois et, en plongeant dans ma mémoire, je me rappelai qu'il y était encore au moment de mon départ.

Je réalisai alors que je n'avais pas demandé de nouvelles de sa famille à Charly et je me sentis fautive.

— Hé ho ?! Laura, t'es avec moi ?

Je sursautai. Une nouvelle fois, je m'étais égarée dans mes pensées.

— Excuse-moi, oui, pas de soucis, je serai ravie de revoir ta mère.

Je repensai à sa conversation téléphonique. Qu'est-ce que Charly ne m'avait pas dit ?

Puis, soudain, ce fut le flash-back… je le revis s'ébouriffer les cheveux lorsqu'il avait compris que j'avais entendu sa conversation. Il était nerveux. Je le fixai avec attention, essayant d'étudier son langage corporel. Il m'adressait un magnifique sourire et ce sourire-là méritait au moins le 10 sur 10, selon mes propres critères.

Non : ce n'était probablement rien. Il fallait que j'arrête d'être parano. J'avais toujours eu une confiance aveugle en Charly.

— Comment tu te sens ? Tu as faim ?

— Je me sens vraiment mieux. Qu'est-ce que tu nous as préparé ? Je ne te savais pas cuisinier ! Ça sent divinement bon.

— Il a bien fallu que j'apprenne à cuisiner ! Ce n'était pas ton fort, si j'ai bonne mémoire. Tu fais toujours tes spécialités hum… comment tu disais déjà : « à la carbonite » ?

Il faisait référence à une époque tout à fait révolue, où je me contentais de mélanger à peu près tout ce qui me tombait sous la main, de l'insérer dans le four et, la plupart du temps, de l'oublier.

Plus tard, j'avais récidivé avec les casseroles de Sam avant que nous décidions d'un commun accord de finalement opter pour toutes les versions « micro-ondables » de plats cuisinés.

Pour toute réponse, je fermai le poing, tendis le bras et levai le pouce en souriant :

— La cuisine : je maîtrise !

Charly toussota dans sa main pour se moquer. Je me levai en repoussant la couverture et, en chaussettes, me faufilai jusqu'à la cuisine. Je m'assis sur un tabouret et attendis avec impatience les deux assiettes que Charly finissait de préparer.

Je levai les yeux vers la pendule : 14 h 30.

— Je ne pensais pas avoir dormi autant !

— Tu en avais besoin.

Il déposa une assiette devant moi.

— J'ai fait avec les moyens du bord, il va falloir faire des courses et remplir le frigo. Un mélange omelette, épices, lardons et champignons. Tu aimes ?

— C'est parfait, dis-je, la bouche déjà pleine.

Et ce n'était pas un mensonge. C'était un vrai régal.

— Est-ce que tu t'es reposé aussi ? ajoutai-je en soufflant pour ne pas me brûler l'intérieur des joues.

Charly déposa entre nous une salade et remplit deux verres de vin rouge.

— Non. J'en ai profité pour passer quelques coups de fil et régler la gestion du cabinet avec Fred en mon absence. Je ne peux pas laisser mon associé travailler nuit et jour.

J'avalai une bouchée et ma fourchette s'arrêta à mi-chemin entre mon assiette et ma bouche. Je reposai ma main avec contrariété. J'étais égoïste et n'avais pas pensé à cela. Il était vrai que mon arrivée et les derniers événements ne faisaient que bousculer la vie et l'emploi du temps de Charly.

— Tu sais, je peux rester seule. Tu peux aller travailler, s'il le faut.

Charly reposa son verre et sourit.

— Je n'ai pas l'intention de te laisser seule.

— Où est ton cabinet ?

— Nous sommes installés chez les touristes.

— Le cabinet du Dr Dumont est fermé ?

Je repensai à Géo-trouve-tout qui devait être vieux, à présent. C'était le médecin qui avait suivi le traitement de mon père et, plus tard, avait déclaré son décès. Il s'était aussi occupé de maman, mais on ne pouvait pas soigner quelqu'un contre sa volonté, et ma mère voulait fuir la réalité.

— Non. Rien ne le fera lâcher ! Et c'est très bien. Nous nous sommes associés tous les trois. Mais Frédéric et moi sommes les trois quarts du temps chez les touristes. Lui reste au village, sauf lorsque nous sommes débordés. À trois, c'est beaucoup plus facile pour les gardes, et pour avoir un peu de congés.

— Tu as beaucoup de travail ?

Il soupira et un seul de ses sourcils se redressa. Mon cœur s'emballa devant cette simple expression : j'adorais quand il faisait ça, mais il n'en avait pas conscience.

— Oui, surtout à cette période de l'année. Les touristes sont surprenants ! Pas un poil de sport pendant toute une année et, d'un seul coup, ils dévalent les pistes, chrono en main comme s'ils devaient faire les JO, mais, bien entendu, sans le moindre échauffement. Heureusement, ce n'est souvent pas très grave, seulement des entorses la plupart du temps, quelques clavicules en vrac ou les ligaments du genou.

J'acquiesçai avec un sourire entendu. Je bus une gorgée de vin rouge, pensive, mon esprit prévoyant la suite des événements. Mon visage dut se rembrunir car la fourchette de Charly s'arrêta, elle aussi, en plein vol.

— Quoi ?

J'avais mangé comme un glouton la moitié de mon assiette mais, à présent, mon estomac boudait. Je posai mes couverts, poussai légèrement mon assiette, et cherchai du courage pour parler à Charly.

— Je suis là, maintenant, et il y a des choses à faire. Je ne sais pas trop par où commencer, à vrai dire…

Charly resta silencieux. Il attrapa sa serviette et s'essuya doucement la bouche. Il prit une gorgée de vin et attendit la suite.

— Je voudrais voir Thomas.

— NON.

Je serrai les dents. Ce « non » était sorti dans la seconde qui avait suivi comme s'il avait déjà prévu la réponse avant même que je ne pense à la question. C'était un « non » ferme. Il sonnait comme un ordre qui ne supporterait pas d'être contredit.

— Je VEUX voir Thomas !

Ma voix avait tonné dans la cuisine. Ce n'était pas ce que je voulais et je regrettai immédiatement ma brusquerie. Charly posa ses coudes sur la table et se frotta le visage dans ses mains. Il était exténué.

— Écoute, Laura…

— Je veux voir mon frère, insistai-je comme un disque rayé.

— Pour être franc, c'est pas beau à voir, et je préférerais que…

— Charly…

Un soupir.

Il avait à présent le visage qui reposait contre les phalanges de sa main gauche. Son pouce tapotait doucement près de son oreille, comme un tic qu'il ne pouvait arrêter.

Il resta comme ça quelques secondes, puis le mouvement du pouce s'arrêta et il leva les yeux sur moi.

— Très bien.

— Merci.

Il reporta son attention sur la pendule de sa cuisine.

— On ne peut pas y aller cet après-midi. C'est trop tard, mais je vais m'arranger pour qu'on puisse y aller demain matin.

J'opinai en avalant une autre gorgée de vin.

Et maintenant ? Maintenant, il y avait tout à faire…

Comme si Charly pouvait lire dans mes pensées, il proposa :

— Pour l'instant, enfin si tu le veux, si tu te sens prête…

— Oui ?

— La première chose à faire est de prévenir Bouboule que tu es arrivée. De cette façon, nous pourrons en profiter pour savoir où ils en sont et…

— Où il en est dans l'enquête ?

— Écoute, Laura, pour l'instant, il y a toujours deux hypothèses et…

Il s'interrompit et sembla hésiter.

— Vas-y Charly, autant que je sache tout !

— Très bien. Bon… Lorsque nous avons retrouvé Thomas, il était seul, bien évidemment. Il était étendu sur le sol, sur le dos, les jambes légèrement repliées, une balle au milieu du front.

J'eus envie de vomir mon omelette.

Mes doigts se mirent à labourer mon pull. Il fallait que j'en passe par là et je fus reconnaissante à Charly de ne pas m'épargner les détails.

— L'arme ayant servi se trouvait dans sa main.

J'essayai de faire abstraction du fait que c'était de Thomas que nous parlions. Je pensai aux romans d'Adam Hopps, à son héros fétiche Édouard Colin, le détective privé le plus déjanté que je connaissais, qui résolvait les énigmes. Je m'efforçai d'être logique, rationnelle et de penser comme lui.

— D'accord, mais ce n'est pas comme si on l'avait retrouvé assis devant son bureau, l'arme serrée dans la main et une lettre bien en évidence. Et pour un suicide par arme à feu, le front c'est bizarre, non ? Mieux vaut la tempe ou je sais pas moi, la bouche !

Je me dégoûtais d'avoir cette conversation.

— Je sais, Laura. C'est aussi ce que je pense, et les apparences ne reflètent pas toujours la vérité.

Je fus surprise de cette réponse : c'était une célèbre tirade d'Édouard Colin !

— Pour en revenir à la lettre bien en évidence, comme tu dis, j'ai appris récemment que moins de 10 % des personnes passant à l'acte donnent une explication de leur geste. C'est aussi pour ça que nous avons besoin du médecin légiste. Lui saura. Je ne sais pas si ça se passe comme dans les films. Je suppose qu'ils sauront s'il y a des traces de poudre, si l'arme était posée sur son front ou si le tir s'est effectué à distance.

Je pensai une fraction de seconde à ma mère. Elle non plus n'avait pas écrit de lettre avant de passer à l'acte.

— On saura ça quand, à ton avis ?

— Probablement cet après-midi. Vu que j'avais un lien avec Thomas, le légiste va rendre son rapport au plus tôt, il me l'a promis. Donc... Nous pouvons aller voir Bouboule ; je suppose quand même, s'il n'est pas trop borné, qu'il a au moins posé quelques questions dans le voisinage. Et puis, il m'a dit qu'il voulait te voir.

— Pourquoi ?

— Des questions de routine, sans doute.

— Hum.

— Il faut que tu saches que je me sens déjà dans son collimateur !

— Pourquoi ?

— Il voulait t'appeler lui-même. J'ai dû me battre pour t'avoir en ligne ! Je ne voulais pas que tu apprennes ça par...

Je mis une main sur la sienne. Il laissa sa phrase en suspens, me fixa, et j'eus une révélation : mais oui, c'était comme ça qu'il avait eu mon numéro de téléphone ! La police avait accès à tout ce qu'elle désirait, comme informations !

— Merci, Charly.

Il me sourit et je retirai ma main à contrecœur avec l'impression que ces dix ans de silence n'avaient rien effacé entre nous, au contraire. Chaque contact était une véritable torture, tant j'avais la sensation que ma main sur la sienne était à sa place.

— Tu n'as pas à me remercier. On va voir Bouboule ?

— OK, ensuite, on fait un passage au chalet.

— Oui. On va fouiller et voir si on peut trouver des informations sur Thomas qui nous aideraient !

— Bien.

— Bien.

Voilà. Nous avions notre organisation pour le reste de la journée et avoir quelque chose à faire me rendait plus sereine. J'avais l'impression de ne pas être inutile, et pendant un certain temps au moins, je ne penserais plus à l'image de Thomas avec une arme à la main.

— Laura ?

Je levai un sourcil interrogateur, du moins j'essayai de faire comme lui, bien que je fusse certaine que ma mimique devait plus ressembler à une grimace qu'autre chose.

— Ce Sam. Tu devrais l'appeler et lui dire que tu es arrivée. Si j'étais lui, je m'inquiéterais.

Je regardai Charly pendant que nous débarrassions les restes de notre déjeuner et je songeai une fois de plus que j'avais de la chance de l'avoir.

16

Alors qu'il finissait de faire la vaisselle, le regard de Jacky se porta vers la fenêtre de sa cuisine, d'où il pouvait voir la maison des Vallon. Il s'essuya les mains et se dirigea vers la fenêtre.

Les portes et volets du chalet étaient mi-clos depuis la nuit dernière. Le seul mouvement qu'il repéra était celui d'un chat qui longeait la façade, les pattes engluées par la neige, ce qui lui donnait une démarche amusante et désynchronisée.

Quelle tragédie ! Il culpabilisait en repensant au fait qu'il n'avait peut-être pas été assez présent pour le brave gamin d'en face. Après le décès de Martine, sa vie et celle de la petite avaient basculé du jour au lendemain. Cette famille s'était déchirée ; un amour et une amitié s'étaient brisés sous ses yeux sans qu'il puisse réagir, n'ayant été qu'un témoin impuissant.

Il eut une pensée pour Charly, Thomas et Laura.

Il les revit enfants, rieurs et chapardeurs. Il se souvint du dévouement des deux Vallon pour leur mère et de la présence bienveillante de Charly qui, à cette époque, n'était qu'étudiant en médecine.

Tout avait bien changé depuis. Il grimaça et reporta son attention de l'autre côté de la rue. Le chat disparut à l'angle du chalet pour se diriger vers les bois.

Ainsi fermée et inhabitée, cette demeure fichait la trouille. Il avait eu le loisir de lire la *Gazette du Village-midi* dès sa parution et, s'il avait eu le journaliste sous la main, le pauvre homme aurait passé un sale moment.

Jacky soupira, essayant de repousser une nouvelle fois les assauts de la culpabilité car, au fond de lui, depuis l'arrivée des gendarmes et tout ce remue-ménage, une petite voix ne cessait de le hanter en posant une simple question :

Et si tout cela était lié à ce qui était arrivé par le passé ?

Les années avaient défilé et Jacky s'était efforcé d'oublier ce qu'il savait, et ce à quoi il avait bien malencontreusement lui-même participé. Il haussa les épaules. Non, il ne devait s'inquiéter de rien. Personne ne savait, n'avait jamais su et personne ne devait jamais savoir. C'était mieux pour tout le monde.

Quoi qu'il se passe, cette fois, il ne s'en mêlerait pas.

Il avait regretté son silence par le passé puis, la décision de Thomas confirmant la sienne, il s'était efforcé d'oublier.

Pourtant, cette petite voix insista :

Et Laura, dans tout ça ? Est-elle en sécurité ?

Antoine traversa la rue d'un pas vif et décidé. Sa mère était partie très tôt dans la matinée vaquer à ses occupations et, après le départ de Charly, il n'avait pu trouver le sommeil, repensant sans cesse à la mort de Thomas.

Un gobelet de café à la main, il quitta le site touristique après avoir effectué ses réservations. Son voyage toucherait à sa fin juste après Noël, et il voulait profiter au maximum de la saison et skier autant qu'il le pouvait. Il aimait la Californie et son temps idyllique, mais les rudes hivers de son enfance, la neige, les randonnées avec Lucie lui manquaient.

À cette pensée, son cœur se serra. Il n'avait jamais pu oublier. Après sa mort, il avait voulu la rejoindre mais c'était comme si elle s'efforçait de le repousser vers la vie et, après de longs mois de souffrance, il avait fini par ouvrir les yeux et voir le chagrin qu'il causait à Charly et à sa mère.

Alors il leur avait souri. Alors il avait remis un pied devant l'autre et poursuivi son chemin sans pour autant repousser cette idée qui venait de naître dans son esprit tourmenté.

Malgré les années, la blessure était toujours présente et plus à vif que jamais, surtout depuis qu'il était rentré au pays. Aux États-Unis, son pays d'adoption, la vie avait une autre saveur et il avait l'impression que la peine de son cœur était en sommeil.

Pourtant… il l'avait fait. Il était revenu, pour elle.

Tout en buvant une gorgée de son café fumant, Antoine traversa la chaussée inondée de neige fondue en secouant ses chaussures, passa devant une boutique d'antiquités sans la voir, longea la façade d'un pub, le regard perdu, et poussa la porte du buraliste.

— Un paquet de Marlboro, s'il vous plaît, demanda-t-il au jeune homme.

Tandis qu'il cherchait sa monnaie dans la poche de son manteau, son regard fut attiré par la pile de quotidiens. S'approchant de plus près, il saisit le journal local et s'arrêta devant un encadré. Il commença sa lecture de l'article et ses yeux s'écarquillèrent.

Malgré la buée agglutinée sur les vitres l'empêchant de bien voir, Hélène fronça les sourcils en essayant de se remémorer l'endroit et le moment où elle avait bien pu croiser cet homme.

À l'intérieur du pub, la chaleur contrastait avec l'air extérieur et provoquait de la condensation sur les fenêtres. De plus, Robert, son boss, n'arrangeait pas la visibilité en fumant le cigare derrière le bar. Encouragés par le propriétaire des lieux, les clients ne se privaient pas de fumer et le pub était devenu un lieu de non-droit où tout semblait être autorisé.

Elle avait suivi l'homme des yeux jusqu'à ce qu'il disparaisse de sa vue.

Il était grand, brun, et venait de longer la vitrine du pub, le regard traînant légèrement sur les habitués sans y prêter une réelle attention.

À un moment donné, son regard avait heurté le sien et, Hélène en était certaine, elle connaissait ces yeux vert clair.

Mais qui était-il ? Où avait-elle bien pu le rencontrer ? Ça, elle n'en avait pas le moindre souvenir.

— Ben alors, vous me la déposez, cette bière, ou pas ?

Hélène baissa les yeux et regarda l'homme assis sur la banquette de similicuir rouge qui la fixait d'un air étonné.

— Pardon ?

— Ben oui quoi, je vous commande une bière, vous venez avec, mais vous vous arrêtez en cours de route et vous voulez pas la poser sur la table.

Hélène fronça les sourcils et remarqua qu'elle avait toujours la pinte commandée à la main. Avec un léger sourire, elle se reprit et la déposa sur la table.

— Voilà, monsieur.

— Vous avez vu un fantôme ou quoi ?

Sans répondre, elle fit non de la tête en lui souriant plus que nécessaire puis s'éloigna vers le comptoir. Robert, qui discutait avec un client de l'autre côté du bar, tourna la tête vers elle et, à travers la fumée de son cigare, la dévisagea d'un air réprobateur.

Hélène l'ignora et attrapa son téléphone portable. Il fallait qu'elle se ressaisisse. Depuis le début de son service, elle avait éclaboussé un client, littéralement renversé un café sur un autre et interverti au moins trois commandes de déjeuner.

Elle prit son téléphone portable et se rembrunit devant l'absence de contact et de message. Mais qu'est-ce qu'il fait ?

Nathan a dû rentrer, à présent ! Il ne va même pas m'appeler ? Tout en le maudissant encore plus, elle se figea, fixa à nouveau la vitrine, et la photographie apparut immédiatement devant ses yeux.

Antoine Revel ! Le frère de Lucie, l'ex-fiancée de Nathan.

Elle repensa à la photo qu'elle avait tenue dans ses mains quelques heures plus tôt, ce souvenir que Nathan chérissait comme un trésor, et à tout ce que cela représentait pour lui.

Elle haïssait ces deux familles. Cela n'arrêterait donc pas de la poursuivre ?

17

Une sonnerie…

Mon téléphone collé à l'oreille, je regardais distraitement Charly rabattre les vitres latérales pour fermer la cheminée. Tout en l'observant, je m'effrayai de constater que je reprenais très vite mes marques à son contact.

Deuxième sonnerie…

— Chérie, c'est toi ?

— Oui, Sam.

— Tu vas bien ?

Après tout ce temps à le côtoyer, je connaissais parfaitement toutes les intonations de sa voix. Et là, je distinguais très nettement un soupçon de crainte. Une angoisse qu'il ne tentait même pas de dissimuler.

— Oui, je vais bien. Je suis arrivée vers 11 heures environ. Comme prévu, Charly est venu me chercher et je suis chez lui actuellement.

— Tu as mangé, ce midi ?

La question me prit au dépourvu. Elle était d'une telle banalité qu'elle me fit presque fait rire.

— Oui, bien sûr. Mais pourquoi tu…

Je m'arrêtai en plein élan. Son ton angoissé, cette dernière question, c'était comme s'il était déjà au courant de mon malaise !

Je secouai la tête à cette pensée : c'était ridicule.

— Ne t'inquiète pas, Sam, je vais bien.

J'entendis un soupir de soulagement à l'autre bout de la ligne.

— Excuse-moi, Gamine, mais je n'ai pas aimé te savoir sur la route toute seule, cette nuit. J'imagine que tu n'as pas pris le temps de manger ce matin, alors je sais comment tu fonctionnes et vu que les circonstances ne sont pas faciles et que tu dois être stressée, bref… mais il faut que tu prennes soin de toi, d'accord ?

— Promis !

— Tant mieux. Vous avez des nouvelles ?

— Non, pas encore. D'ailleurs, désolée, mais je ne vais pas m'attarder, nous sommes sur le point de partir. Nous nous rendons à la gendarmerie pour glaner quelques informations.

— Ah… bon courage. Tu me raconteras. Tu m'appelles ce soir ou demain, d'accord ?

— Promis, Sam.

— Et n'oublie pas que je tiens à être là pour l'enterrement.

J'écoutais la voix douce et rassurante de mon vieil ami tout en couvant Charly du regard. Ici, j'étais confrontée à mon passé alors que Sam et Ellie représentaient tous les deux mon présent.

Charly n'était-il que mon passé ?

— T'es toujours là, Gamine ?

— Oui. Je te préviendrai. Je vais avoir besoin de toi et d'Ellie aussi.

— Bien, je suis heureux de l'entendre, nous serons là tous les deux. Je sais qu'Ellie est plutôt étonnante, mais je sais surtout que tu pourras aussi te reposer sur elle, dit-il en repensant à sa conversation avec l'associée de Laura.

Ellie avait toujours eu un effet du tonnerre sur les hommes.

C'était une femme très séduisante, voluptueuse, à la démarche aérienne agrémentée d'un déhanché balançant. Je comparais toujours son allure à la classe légendaire de Grace Kelly, tout en y ajoutant le côté félin d'Halle Berry.

Ellie était plus grande que moi (sans talons), soit proche d'un mètre quatre-vingts ! Elle était le fruit d'un amour entre une Brésilienne et un Français. Une métisse à la peau café au lait, aux cheveux bouclés blonds et aux yeux verts. Un mélange explosif ! Et son esprit était encore plus remarquable que son physique.

Les hommes, quant à eux, perdaient tout vocabulaire devant sa beauté et leur radar primitif n'envoyait qu'une expression à leur cerveau : « elle est bonne ».

Toutefois, lorsqu'il parlait d'« étonnante », je savais que Sam ne faisait pas référence à son physique mais plutôt à sa personnalité.

— J'ai hâte que vous soyez là !

— Merci, Gamine, c'est gentil.

Charly réapparut. Il avait enfilé un manteau : le départ avait sonné. Malgré ses traits tirés, lorsqu'il me regarda, un sourire s'afficha sur ses lèvres.

— Sam, il faut que je te laisse, on doit y aller. Je te rappelle plus tard.

— Bien… courage, ma puce.

Je n'eus pas le temps de répondre. Sam avait déjà raccroché.

— Tu es prête ?

Bien sûr que non, je n'étais pas prête !

Pour l'instant, malgré le voyage, malgré Charly, cette pseudo-réalité avait encore pour moi des saveurs acides et irréelles. Depuis mon évanouissement, je m'étais surprise à faire des pactes avec Dieu ou Lucifer pour qu'ils me rendent Thomas. C'était devenu presque une comptine, un mantra qui traînait dans un coin de ma tête.

Quelques instants plus tard, nous nous engageâmes en voiture sur le chemin enneigé. Nous n'avions pas parcouru vingt mètres qu'un bruit à l'arrière me fit sursauter. Je me retournai et vis Loupa qui venait de sauter sur le plateau du pick-up.

— Elle fait toujours ça quand elle décide de venir avec moi.

Sur le plateau, une grosse bâche recouvrait des pneus et un amas de bric-à-brac. Loupa tourna sur elle-même à plusieurs reprises puis se pelotonna sur ce couchage de fortune. Pendant un court instant, son regard croisa le mien et j'en eus des frissons. L'animal me toisa puis reposa son museau sur ses pattes et ferma les yeux pour s'assoupir.

— Elle ne va pas avoir froid ?

Depuis mon arrivée, la neige n'arrêtait pas de tomber, recouvrant tout autour de nous.

— Non, au contraire, elle est dans son élément.

Je reportai mon attention sur la route. J'aimais la neige. Elle rendait tous les sons feutrés et la vie prenait alors un autre rythme. Je regardai l'heure sur le tableau de bord du pick-up.

15 h 10.

Hier, à cet instant précis, je travaillais sur le roman, une tasse de café à la main.

Hier, à cet instant précis, je mâchouillais le capuchon d'un stylo Bic en hésitant sur un mot plutôt qu'un autre, une tournure de phrase ou un point de syntaxe.

Hier, à cet instant précis, je ne pensais ni à Charly ni à Thomas.

Hier, à cet instant précis, Thomas était encore vivant !

Je me laissai engloutir par le siège et, machinalement, la tête penchée sur le côté, j'observai le paysage paisible qui défilait avec lenteur sous mes yeux. Charly était habitué à ce temps, il roulait prudemment, ses virages étaient calculés et maîtrisés.

— Ça va ?

Je me tournai vers lui et affichai un sourire de circonstance.

— Tu sais, tu n'as pas besoin de jouer les braves avec moi.

— Je tiendrai le coup, Charly, ne t'inquiète pas.

— Ça, je le sais ! Tu es forte, Laura, beaucoup plus que tu ne le crois ! C'est la réaction de ton corps qui m'inquiète plus. Pas de sensation de faiblesse, pas de nausée ?

Oh non Charly, je ne suis pas forte !

J'avais envie de crier, envie de pleurer, envie de fuir…

— Non. Ça va mieux maintenant, murmurai-je dans un mensonge.

— Bien.

Il tourna légèrement sur la gauche et prit la direction du village. Dans mon souvenir, la gendarmerie était sur le versant nord, aussi m'apprêtai-je à l'interroger mais il me devança.

— Si ça ne te dérange pas, on va d'abord s'arrêter à l'épicerie pour faire le plein. À cette période de l'année, Yvette ferme tôt le soir.

— Incroyable ! C'est toujours Yvette, la gérante ?

L'épicerie en question était la seule supérette du village et, de fait, c'était aussi le seul commerce disponible. Malgré sa petite taille, c'était une vraie mine de trésors : épicerie fine, produits frais, pâtisserie, journaux…

« Ce que vous voulez, chez Yvette vous trouverez ! »

— Je n'arrive pas à croire que c'est encore elle qui s'occupe de la boutique !

— Elle fait partie des murs, j'en conviens. Cela dit, si elle partait, ce ne serait pas comme avant.

Je regardai Charly avec attention et un élan d'affection me parcourut le corps.

— Tu n'as jamais aimé le changement, dis-je doucement.

Il se concentra sur son créneau puis, une fois le pick-up garé, il se tourna complètement vers moi de sorte que son genou droit frôlait ma cuisse.

— C'est vrai. Je ne suis pas quelqu'un qui aime que les choses changent. J'aime les gens et les choses telles qu'elles sont. Pourquoi vouloir toujours plus ? Toujours autre chose ?

— Il y a tant de choses à découvrir dans le monde, Charly.

— Certes, la question n'est pas de vivre reclus ou d'ignorer ce qui se passe autour de nous, la question est… de…

Un voile passa devant ses yeux.

Ses iris affichèrent à nouveau cette lueur étrange.

Son visage prit le masque d'une tristesse infinie.

— De quoi, Charly ?

Il bougea encore et, cette fois, son genou resta collé à ma cuisse.

— La question est de vivre pleinement des moments de bonheur et de vouloir tout simplement les garder et les préserver pour toujours. Y a pas de mal à ça, non ?

Mon cœur se serra et je n'eus pas le temps de répondre. La portière claqua derrière lui et, au moment où il s'éloigna, j'entendis : « Bouge pas Loupa, tu restes là ! ».

Je sortis à mon tour.

La chienne émit de tristes glapissements en regardant son maître s'éloigner ; toutefois, elle obéit. Je serrai la ceinture de mon manteau et doucement, par crainte de l'effrayer, tendis la main vers elle, lui laissant le loisir de flairer mes doigts. L'animal ne protesta pas, alors j'accentuai le mouvement et lui caressai la tête avec douceur.

Charly avait raison : Loupa n'était pas si féroce que ça !

Tout en la caressant, je réalisai qu'une partie de moi n'aimait pas le changement non plus. J'aurais pu passer ma vie entière ici.

« Tu le lui as dit ?

— Non. Je n'en ai pas eu le temps.

— Et ce n'est plus le moment approprié. Nous attendrons, d'accord ? »

Et Thomas serait peut-être toujours vivant.

Je soupirai, jetai un dernier coup d'œil complice à Loupa que je laissai derrière moi et poussai la porte du magasin. La clochette s'activa à mon entrée et son tintement emplit l'antre d'Yvette. J'aperçus Charly qui venait de prendre un panier et s'était mis en devoir de le remplir. Je vis deux ou trois autres clients. Essentiellement des personnes âgées.

— Oh ! mon petit ! Tu es revenue ! Mon pauvre petit…

Je tournai la tête en fronçant les sourcils.

Naguère séduisante, Yvette restait élancée et sa taille de guêpe aurait fait verdir de jalousie n'importe quel top model. Ses yeux gris étaient expressifs et son sourire avenant, mais elle s'était flétrie avec les années.

Elle devait avoir dépassé les soixante-dix ans aujourd'hui. En voilà une qui ne se sentait pas concernée par les débats sur la retraite ! Son magasin, c'était sa vie.

Elle connaissait tout le monde au village et probablement aussi les secrets de toutes ces âmes. Elle m'avait connue bébé, m'avait vue grandir, et ses bonbons avaient contribué à mes premières caries.

— Bonjour, Yvette.

La gérante s'approcha de moi et, sans crier gare, m'empoigna et m'emprisonna dans ses bras. Elle me serra fort et m'embrassa avec hâte sur la joue. Sa peau était rêche, et j'eus cette désagréable impression que mes lèvres s'étaient écrasées sur un parpaing recouvert de papier de verre.

— On a tous appris, pour Thomas, je suis désolée, mon pauvre petit !

— Heu, merci.

Que dire d'autre ?

Je détestais ces moments et essayai de me dérober en cherchant Charly du regard. Pourquoi ne lui avais-je pas emboîté le pas ?

— Tu as notre soutien dans cette épreuve et, surtout, n'écoute pas ce que les gens disent.

Yvette s'était penchée vers moi et, une main sur mon épaule, avait dit cela sur le ton de la confidence.

— Quoi ? Qu'est-ce que les gens disent ?

Son visage blêmit, à croire que je venais de lui lancer une grenade dégoupillée avant de prendre mes jambes à mon cou ! Elle retira immédiatement sa main de mon épaule comme si le contact avec mon manteau l'avait brûlée.

— Les gens sont idiots, avides du qu'en-dira-t-on ! Ne t'occupe pas d'eux !

Je sentis mes joues chauffer et mon cœur donner des signes réels de tachycardie.

— Mais qu'est-ce qu'ils disent ? demandé-je d'une voix à peine audible.

Cette fois, Yvette baissa la tête et regarda sa montre qu'elle tapota doucement pour me faire comprendre d'une manière tout à fait subtile qu'elle était en retard. Elle tourna les talons avec art et fila comme une fusée à l'arrière de la boutique.

Consternée, j'avançai dans la première allée et, sans un regard pour les condiments, je cherchai avec inquiétude Charly dans les rayons. Je finis par l'apercevoir. Il était là… absorbé par la lecture du journal qu'il tenait à deux mains.

Son panier était rempli de nourriture et il l'avait posé à ses pieds. Au fur et à mesure que je me dirigeais vers lui, je remarquai la fureur et la colère dans ses yeux.

Il finit par sentir un mouvement ; il tourna la tête vers moi et son visage devint livide. Il reposa le journal, se baissa pour prendre le panier et, au passage, m'attrapa par le coude pour me contraindre à faire demi-tour et m'entraîner vers la caisse.

— Viens.

Je courais presque à côté de lui.

— Attends, Charly ! Tu me fais mal !

— Excuse-moi.

Il relâcha immédiatement son étreinte autour de mon bras.

Il fulminait. Je ne comprenais pas ce brusque changement de comportement.

— Qu'est-ce qui se passe ?

Sans répondre, il posa le contenu de son panier devant un jeune homme qui n'avait rien loupé de la scène. Le caissier était un gamin qui n'avait pas plus de dix-sept ans. Le genre boutonneux qui raconte des histoires graveleuses à la sortie de l'école et se gausse devant les copains. Il avait les cheveux longs et un piercing dans la narine droite. Il me détailla de la tête aux pieds en bavant comme si j'étais une pomme d'amour.

— Ça va, Doc ?

Je me retournai vers lui et déduisis qu'il s'adressait à Charly.

— On est pressés Martin, s'il te plaît.

Charly était nerveux, blême, et son comportement m'effraya.

Ledit Martin me regarda avec une interrogation dans le regard comme si je lui avais annoncé que Mickael Jackson n'était pas mort mais avait été kidnappé tout comme Elvis ! Puis, sans chercher à comprendre, avec la nonchalance qui caractérise les adolescents, il porta son regard sur la caisse enregistreuse, et mécaniquement, pianota sur le clavier en même temps qu'il passait les articles devant lui.

Je voulus à nouveau questionner Charly et lui parler des élucubrations d'Yvette quand soudain l'enchaînement me parut évident. L'humeur de Charly avait changé au moment où il avait lu ce journal !

Ignorant ledit Martin, je me plantai devant Charly pour lire la réponse sur son visage. Il me dévisagea et cette lueur triste dansa dans ses pupilles. Le journal !

D'un pas décidé, je tournai les talons et courus vers l'autre bout de la supérette.

— Non, Laura !

C'était trop tard… Je savais que j'avais raison.

Je voulais comprendre les dires d'Yvette et le brusque changement de comportement de Charly. J'entendis ses pas derrière moi, il me talonnait, puis finit par me devancer et s'interposa entre moi et la pile de journaux. Ses mains se posèrent sur mes épaules pour me maintenir à l'écart.

Il était plus grand, plus fort. Physiquement, je savais que je n'avais aucune chance d'avoir le dessus !

— Laisse-moi lire ce putain de journal !

Je serrai les dents. Charly me toisa une seconde puis, à contrecœur, il fit un pas sur le côté et effectua un signe d'abandon de la main en désignant les journaux.

Il soupira et, les bras croisés sur le torse, tout en me fixant, attendit. Le regardant avec amertume, je m'avançai d'un pas et attrapai un exemplaire de *La Gazette du Village-midi*.

« Nouveau drame au chalet de la famille Vallon.

Hier soir, Thomas Vallon, âgé de 34 ans, a été retrouvé mort chez lui.

De source non officielle, il semblerait qu'il se soit lui-même donné la mort, d'une balle dans la tête. Dix ans plus tôt, sa mère, Martine Vallon avait effectué le même geste, en mélangeant alcool et médicaments.

Devant ces faits préoccupants se pose la question de la prédisposition au suicide, dans cette famille.

Laura Vallon, 28 ans… se retrouve orpheline.

Quand va-t-elle passer à l'acte ?

Lire la suite page 4 »

Ma vue se brouilla. Mes mains tremblèrent. Je ne pris pas la peine d'aller consulter la suite de l'article.

— Comment peut-on écrire de telles horreurs ?

Charly me prit le journal des mains et le glissa dans la poche de son manteau.

— Ce n'est que pur mensonge ! C'est un article dans un torchon que personne ne prendra la peine de lire !

Je posai les yeux sur Charly puis regardai mes mains vides comme si je m'attendais à y trouver la fameuse grenade dégoupillée. Ce journaliste n'était peut-être pas très loin de la vérité, car si tel avait été le cas, à cet instant précis, j'aurais serré la grenade comme si elle avait été mon bien le plus cher et j'aurais attendu… attendu que la faucheuse vienne me chercher.

Il me fallut quelques secondes pour reprendre mes esprits et constater que mes mains étaient vides. J'étais assommée.

Contrairement à mon stoïcisme, les émotions de Charly étaient, elles, bien tranchées : la colère, la colère, la colère…

— Mais tout le monde va le lire ! réussis-je enfin à dire.

— Non, Laura, juste les abrutis qui ne nous connaissent pas. C'est pitoyable ce que les gens comme eux peuvent écrire comme conneries pour vendre ce torchon !

— Mais…

Mes yeux se portèrent encore sur la pile de journaux.

— Ils ont dit que c'était un suicide ? C'est vrai ? Eux… ils savent, eux ?

Charly se rapprocha et ses mains enserrèrent mon visage. Je ne pleurais pas. Je n'étais même pas en colère. J'étais stupéfaite, sidérée.

— Non, ma puce ! Ils font juste l'amalgame avec ta mère. Ne les laisse pas t'atteindre. On est au-dessus de ça !

J'opinai du chef, sans grande conviction, et baissai à nouveau les yeux vers la pile de journaux. Je restai hypnotisée par les lettres qui dansaient devant moi. Charly m'attrapa par la main et m'entraîna derrière lui jusqu'à la caisse. Le jeune Martin avait terminé son encaissement et deux sacs de courses nous attendaient.

— Ça fait 44 euros et 23 centimes.

Charly agita le journal sous son nez en disant : « J'ai pris ça aussi » et jeta un billet de 50 euros sur le tapis de caisse. Il prit les sacs dans ses bras, passa derrière moi, et une de ses mains me poussa dans le dos vers la sortie.

— Et votre monnaie, Doc ?

— Garde-la pour acheter du désinfectant pour tes piercings !

La porte se referma derrière nous et le tintement de clochette retentit une nouvelle fois. Charly posa les sacs à côté de Loupa, qui s'empressa d'aller en renifler le contenu mais se ravisa vite devant le regard de Charly.

— C'est un cauchemar, un véritable cauchemar…

Je n'arrivais toujours pas à réaliser ! Je secouai la tête. Charly serrait les dents. Il ne décolérait pas.

Le pick-up s'engagea sur la route principale et prit la direction de la gendarmerie. 15h40... J'avais le moral au plus bas. Il ne neigeait plus, l'atmosphère était lourde, la pénombre commençait déjà à s'installer. Le monde venait de s'écrouler une fois de plus.

Et si c'était vrai ? Et si Thomas s'était réellement suicidé ? Et si... si c'était effectivement dans les gènes ? Est-ce que j'allais finir comme ça ?

— N'y pense même pas, Laura ! C'est des conneries !

Je pivotai la tête vers lui. Charly me connaissait si bien que ça ? Au point de lire dans mes pensées ?

Mécaniquement, je lissai les plis de mon manteau sur mes cuisses. Je regardai mes bottes comme si je les voyais pour la première fois en me disant que finalement j'avais des goûts de chiottes. La neige était en train de dévorer le daim. J'avais les orteils humides.

Ma comptine changea subitement de disque.

« Je t'en prie, mon Dieu, fais que ça ne soit pas un choix, pas un suicide, s'il te plaît, pas un suicide... »

Charly desserra les dents une fraction de seconde, sa voix n'était qu'un murmure, comme s'il se parlait à lui-même. Toutefois, je saisis le sens général du propos : « Bouboule va entendre parler du pays ! »

18

La gendarmerie était fidèle à mon souvenir : vieille et mal entretenue. Nous abandonnâmes le pick-up sur le parking réservé aux visiteurs et traversâmes la rue pour accéder à l'entrée principale. Je suivais en silence, complètement absorbée par mes pensées.

Depuis un long moment, je n'avais plus prononcé le moindre mot, me contentant de secouer la tête comme un pantin, dans un sens ou dans l'autre, en fonction de ce que Charly me demandait. J'avais la gorge nouée, la bouche sèche et une furieuse envie de m'enfiler un whisky sec !

Ça aussi, c'était dans les gènes ?

Une fois entrée, j'entendis vaguement Charly s'adresser au jeune planton derrière le poste d'accueil et demander le capitaine Franck Leroux. Charly arpenta de long en large le hall, tandis que je restais immobile devant le gendarme en uniforme qui venait de décrocher son téléphone pour prévenir de notre arrivée.

Je ne bougeais plus, complètement statufiée. Quand je ne savais pas quoi faire, il faut dire que c'était ce que je faisais de mieux.

J'émergeai de mes pensées à la vue de Bouboule et réalisai que ce surnom ne lui allait plus du tout ! Il s'était affiné avec les années et, par vengeance contre son enfance, il avait sans doute pratiqué des heures de sport pour donner à son corps cette assurance musclée. Si son physique était sculpté, son visage en revanche était resté le même : une boule tondue au sommet de ses épaules, un cou pratiquement inexistant, un nez comme celui de

Monsieur Patate, agrémenté de deux yeux ronds qui s'agitaient dans tous les sens depuis qu'il nous avait vus.

— Bouboule ! Comment peux-tu tolérer ce genre de chose ?

Charly, sans cacher sa fureur, venait de lui jeter le journal en pleine figure. Si je n'avais pas été autant secouée, j'aurais trouvé la scène comique.

— Capitaine ? Tout va bien ?

Nous tournâmes tous les trois la tête et braquâmes des yeux furibonds sur le planton derrière son poste d'accueil. Fusillé sur place, il recula d'un pas et plongea la tête dans un dossier. Pas près de se manifester de nouveau, celui-là !

Bouboule était rouge de colère. Il n'appréciait pas le ton supérieur de Charly. Il n'aimait pas être traité comme ça devant ses hommes et encore moins que Charly l'appelle par ce surnom qu'il cherchait de toutes ses forces, jour après jour, à oublier.

J'envisageais une terrible riposte de sa part, mais il n'en fut rien. Il se baissa pour attraper le journal qui gisait à ses pieds et regarda vaguement l'encadré avant de poser ses petites billes rondes sur moi.

Ses traits se détendirent et son visage afficha une expression tourmentée. Il ne prit pas la peine de parcourir l'article, aussi en conclus-je qu'il le connaissait déjà.

Sans un regard pour Charly, il s'avança vers moi et, avec un « désolé, Laura », tendit la main pour me saluer. Je baissai les yeux sur ce bras tendu et par mécanisme je dus en faire autant car, la seconde suivante, ma main disparut dans ce qui me sembla être la bouche d'un monstre. La main du gendarme était si large et ferme que je m'inquiétai de ne jamais récupérer la mienne entière.

Bouboule poussa un soupir en me rendant la liberté, se racla la gorge et reprit :

— Pour Thomas... Je suis vraiment désolé – il reporta son attention sur l'article. Quant à ça, malheureusement, je ne peux pas empêcher les cons d'être cons !

Je fis à nouveau le pantin et ma tête bougea de haut en bas.

— Venez, ça tombe bien que tu sois là car j'ai du nouveau !

Je coulai un œil vers Charly ; cette dernière phrase avait suscité sa curiosité autant que la mienne.

Bouboule nous précéda et nous traversâmes plusieurs bureaux. Des hommes en uniforme s'activaient dans un brouhaha constructif.

Une fraction de seconde, leur agitation s'interrompit sur notre passage ; je me sentis dévisagée et pensai qu'à l'évidence, ils avaient tous lu l'article dans le journal. Puis, l'effervescence reprit de plus belle.

Bouboule ouvrit la porte d'un bureau et nous invita à entrer.

Deux personnes occupaient déjà les lieux. Contrairement à Bouboule et aux autres, ces deux-là étaient en civil.

— Laura, Charles, je vous présente Thierry Leduc et Simon Dufour, des officiers de police judiciaire.

Tout le monde se serra la main et j'entendis quelques « condoléances » auxquelles je ne prêtai pas attention.

Leduc était grand, longiligne, sec et légèrement voûté. Son regard était froid, presque vide de toute émotion. Son acolyte était beaucoup plus petit, plus rond aussi. Ils étaient tellement différents physiquement que leur association me fit aussitôt penser à Laurel et Hardy.

Bouboule ferma la porte derrière nous et proposa de nous asseoir. Charly et moi décidâmes sans nous consulter de rester debout. Je restai silencieuse, reprenant une position de statue, mais cette fois avec une variante, bras croisés sur la poitrine.

Je regardai Dufour puis Leduc… encore Dufour, puis Leduc… comme si leur présence était la réponse à toutes mes questions.

— Nous avons été appelés en renfort par le capitaine Leroux. Nous appartenons à l'Institut de recherche criminelle de la gendarmerie nationale.

Je risquai un coup d'œil vers Charly. Nous nous dévisageâmes un instant en silence, comprenant que nos transmissions de pensées si souvent avérées par le passé étaient toujours aussi efficaces.

— Criminelle ? répétai-je d'une voix atone.

— Oui, Laura, répondit Bouboule. Nous avons du nouveau et notamment le rapport du légiste. Il a situé l'heure de la mort à environ 18 heures hier soir. Toutes les preuves que nous avons confortent la thèse criminelle.

— Ce n'est donc pas un suicide ?

Bouboule regarda Charly et répliqua par la négative.

— Alors le journal ? Tout est faux !

Je déglutis avant de poursuivre :

— Quelles sont les preuves ?

Leduc fixa le capitaine comme pour chercher une autorisation dans son regard. Ce dernier opina du chef.

— Eh bien... à première vue, tout laissait croire à un suicide. Pas d'effraction, l'arme retrouvée dans sa main et, bien sûr, aucune empreinte sur l'arme, à part celles de votre frère.

— De quelle arme s'agit-il ?

Charly s'était adossé contre le mur, les bras croisés. Sa question s'adressait à Leduc.

— Un Beretta 92. Balles de 9 mm. C'est une arme italienne semi-automatique très maniable. Malheureusement pour nous, un classique dans son genre, une arme extrêmement répandue. D'ailleurs, c'est celle que nous utilisions avant.

Inconsciemment mes yeux pivotèrent vers l'arme que Bouboule portait contre sa hanche. Son holster m'empêcha de bien la voir et je n'aperçus qu'une crosse noire. C'était avec ça que Thomas avait été... Je sentis les poils se dresser sur mes avant-bras.

— Il y a toutefois des éléments qui ne collent pas. D'abord, votre frère n'a pas de port d'arme et n'en a déclaré ni acheté aucune. Ensuite, lors du relevé d'empreintes – Leduc accompagnait ses paroles de gestes en comptant sur ses doigts au fur et à mesure qu'il énonçait –, les balles sont trop petites pour relever la moindre empreinte dessus et faire des comparaisons, toutefois, il n'y avait rien ! Rien du tout, même pas une empreinte partielle ! Cela veut dire que les balles ont été minutieusement nettoyées avant d'être insérées dans le chargeur. Pour un suicide, c'est plutôt incohérent, votre frère ne se serait pas donné cette peine. L'arme a été entièrement nettoyée mais le plus flagrant, ce sont les traces de poudre. Si votre frère avait tiré, nous aurions dû en prélever un peu partout sur lui mais il n'en avait que sur la paume de sa main, preuve qu'on lui a placé l'arme dans la main après s'en être servi.

J'écoutais tous ces éléments avec attention.

Aussi déplacé que cela puisse être, je fus soulagée que Thomas ne se soit finalement pas donné la mort. Mais à présent, une fois ce premier fait avéré, il me fallait admettre le second : le meurtre !

Dufour prit pour la première fois la parole. Sa voix était grave, en décalage avec son petit gabarit.

— Tout ça, dit-il, c'est la balistique qui nous l'a appris et l'examen du légiste confirme cette théorie. Premièrement, ce n'est pas votre frère qui a tiré. Deuxièmement, la pénétration de la balle montre une distance de tir d'au moins trois à quatre mètres.

Les quatre hommes me fixèrent au même instant.

N'y tenant plus, je venais de me laisser tomber comme une vulgaire poupée de chiffon sur le siège derrière moi. Charly s'approcha et posa ses mains sur mes épaules.

— Donc, c'est réellement un assassinat ?

La voix de Charly avait exprimé ma pensée. Laurel et Hardy opinèrent en même temps.

— C'est même pire. Une balle en plein front, c'est une exécution.

— À partir de maintenant, tout le monde est suspect !

— Vous avez une idée de qui a pu faire ça ?

Bouboule m'étudia des yeux, puis je suivis son regard et le vis monter et s'arrêter au-dessus de moi. Il fixait Charly avec une expression curieuse.

— Pour l'instant, je vais être franc avec toi, Laura. Nous avons perquisitionné le chalet, et posé quelques questions. Personne n'a rien vu, rien entendu. Mes gars vont fouiller ses derniers appels téléphoniques, ses comptes bancaires, et on finira par trouver un lien, il y a forcément un mobile.

Il releva à nouveau les yeux vers Charly et sa question me fit l'effet d'un coup de poignard.

— Où étais-tu hier soir vers 18 heures ?

— Quoi ? Tu déconnes, Bouboule ! Tu crois quand même pas que j'ai le moindre rapport avec…

— Où étais-tu ?

Je me raidis. Les mains de Charly quittèrent mes épaules et je ressentis le froid à la place de ses doigts tièdes.

— J'étais dans mon bureau au cabinet en train de finir de la paperasse jusqu'à ce que Jacky m'appelle au sujet de Thomas !

— Tu étais seul ?

— Oui, j'étais seul ! Frédéric commençait sa garde, ce qui m'a permis de m'isoler dans un bureau pour finir des dossiers. Nous ne nous sommes pas croisés dans la soirée et j'avoue que je suis parti directement sans passer devant le bureau d'accueil. Putain, Bouboule, perds pas ton temps avec moi, trouve ce salaud et…

— En ce qui me concerne tu es mon principal suspect !

— Quoi ? Arrête tes conneries… J'AIMAIS Thomas !

Je fusillai Bouboule du regard. Comment pouvait-il avoir de tels soupçons ?

Effectivement, ses rancœurs à l'encontre de Charly obscurcissaient complètement son jugement. Je fixai avec angoisse Dufour et Leduc, lesquels n'avaient rien manqué de la scène et observaient les réactions de chacun en silence. Je me mordis l'intérieur des joues avec une furieuse impression d'avoir été projetée dans un monde parallèle, dans la « quatrième dimension ».

— Arrête, Charles ! Je ne suis pas né de la dernière pluie. Qu'est-ce qui s'est passé il y a dix ans ? Ta copine se casse et Thomas et toi êtes devenus du jour au lendemain des étrangers ! Je suis vraiment curieux sur ce sujet.

Totalement désemparée, je me félicitai d'être assise, comme quoi dans ce bas monde, finalement, les petits bonheurs… J'avais des frissons, mes jambes ne me soutenaient plus. Je nourrissais une envie de hurler pour qu'ils se taisent, mais aucun son ne semblait vouloir sortir de ma bouche.

Bouboule voulait un coupable, il voulait sa revanche, il voulait faire payer Charly.

— Alors ? Qu'est-ce qui s'est passé il y a dix ans ? Entre toi et Thomas, qui étiez comme cul et chemise et d'un seul coup NADA… pardon, je reformule, pas des étrangers mais probablement des ennemis !

Charly se mit à rire. Un rire nerveux qui sonnait faux.

— Tiens donc, c'est tout ce que tu as trouvé ? Je me dispute effectivement avec Thomas mais vois-tu, je suis tellement con que j'attends dix ans pour me venger ?

— Pourquoi pas ? J'ai vu des tueurs plus patients que ça ! Pour ma part, j'ai une sacrée envie de te coller en garde à vue.

— Ne sois pas ridicule Bouboule, et tu ferais mieux…

— ÇA SUFFIT !

J'étais certaine que mon hurlement avait résonné dans toute la vallée. Leduc sursauta et Charly s'arrêta en plein milieu de sa phrase, laissant Bouboule la bouche encore ouverte pour la réplique qu'il n'avait pas eu le temps de prononcer.

Je me levai lentement pour ne pas fléchir et serrai les poings pour contenir ma fureur.

— Bouboule…

Il tiqua et je compris qu'il n'aimait pas entendre ce mot dans ma bouche, aussi je me repris.

— Franck, Charly a raison. Ce qui s'est passé entre Thomas, Charly et moi, il y a dix ans, ne regarde que nous et n'a aucun rapport avec ce qui s'est passé hier ! glissai-je tout en sachant que ce n'était que pur mensonge.

J'avais l'étrange certitude que tout était lié mais, pour l'instant, le plus important était de ne pas laisser Bouboule et ses deux acolytes perdre de temps sur de fausses pistes et s'en prendre à Charly.

Ils avaient des moyens et des techniques pour trouver le coupable. L'aspect «émotionnel» et «personnel» de l'histoire, c'était une tâche pour Charly et moi!

— Nous devons tout envisager, Laura...

— Ne laisse pas ta rancœur contre Charly ternir ton professionnalisme. Au fond de toi, tu sais très bien que ce n'est pas lui.

Bouboule baissa la tête une seconde.

— Maintenant, vous savez que quelqu'un en voulait à mon frère. Votre boulot, c'est de trouver qui et de l'enfermer avant que je ne m'en charge moi-même!

Je me tournai vers Dufour et Leduc.

— Je veux être au courant de tout et dès la moindre nouvelle.

— Où est-ce qu'on peut te joindre?

Tout en posant la question, Bouboule attrapa un crayon. Je fus prise au dépourvu puisque j'en étais arrivée à la conclusion que c'était la police qui avait fourni mon numéro de téléphone à Charly, mais je m'apprêtais néanmoins à énoncer mon numéro de portable lorsque Charly me devança.

— Laura va loger chez moi.

— Ben voyons!

Je fusillai Bouboule du regard. Ses deux billes s'agitèrent avant de se poser fixement sur les miennes. Son expression sembla lancer un avertissement du genre «fais attention».

— Viens, Charly, on y va.

En sortant, nos réactions s'étaient inversées. J'étais furieuse tandis que Charly avait l'air terrassé. Je n'avais aucun doute sur l'affection qu'il portait à Thomas, même malgré ce silence partagé ces dix dernières années. Il était impensable d'imaginer une seule seconde qu'il puisse être mêlé de près ou de loin à sa disparition.

Charly sortit son téléphone de sa poche et écouta sa messagerie.

— Mon ami le légiste. Il a probablement appelé quand nous étions dans la voiture et je n'ai pas entendu. Il m'explique qu'effectivement, tout confirme que c'est un meurtre, entre l'arme et l'analyse de sang qui était parfaitement clean.

Sans s'étendre sur le sujet, il lança son téléphone sur le tableau de bord et démarra. Pendant tout le trajet de la gendarmerie au chalet, je ne pus m'empêcher de penser à autre chose qu'à cet horrible mot : exécution.

Qui pouvait bien en vouloir à Thomas ? Avait-il des ennemis ? Des ennuis ? Une histoire d'argent, peut-être ?

Je fixai un point à travers le pare-brise puis fourrageai dans mon sac à main à la recherche de mon BlackBerry. Nous allions avoir besoin d'aide, de beaucoup d'aide, aussi, par réflexe, pianotai-je un rapide SMS à Ellie. Simple, court, précis :

ÇA SE COMPLIQUE. BESOIN D'AIDE. RAPPLIQUE !

Charly se gara devant le chalet de mon enfance et coupa le moteur. Loupa sauta du pick-up et d'un léger petit trot s'enfonça dans le bois à l'arrière de la maison. Charly garda les mains sur le volant en arborant une mine pitoyable. Nous n'avions pas échangé un mot depuis qu'il avait jeté son téléphone.

— Tu sais, Laura, pour ce qu'il a dit…

Je pivotai vers lui. Charly était inquiet au sujet de la scène qui venait de se dérouler. Comment pouvait-il penser une seule seconde que j'avais pu donner du crédit au dire de Bouboule ?

— T'inquiète pas Charly, tu avais raison, Bouboule t'a dans le collimateur…

— J'aimais Thomas. Malgré son rejet, je l'aimais toujours comme un frère.

Ses yeux clairs prirent à nouveau cette lueur qui me brisait le cœur.

— Toi et moi, nous le savons, et c'est le plus important. Il a une rancœur contre toi mais il va vite comprendre que tout ça le dépasse et que nous avons réellement un meurtrier dans la nature. De plus, les deux autres…

— Mouais… Laurel et Hardy. Ils me paraissent assez pro.

Je souris à Charly à l'évocation de ce surnom – une autre transmission de pensée – et cette idée complice me réconforta. De ma main gantée, j'attrapai son menton pour tourner son visage vers moi. Je ne voulais pas qu'il flanche. Ce n'était pas le moment, j'avais besoin de lui !

— N'oublie pas ! On connaissait Thomas mieux que personne. On peut trouver qui a fait ça.

Les yeux de Charly brillèrent de larmes. Il sourit tristement. Ses mains se collèrent sur mon visage et il se rapprocha dangereusement. Mon cœur s'emballa tandis que je regardai ses lèvres rougies par le froid arriver vers moi et en conclus qu'il allait m'embrasser. Inconsciemment, j'attendis et fermai les yeux. Je sentis son souffle chaud, son visage tout près du mien, mais il se contenta de déposer un léger baiser sur mon front et plaqua son front contre le mien.

— Oui, Laura… on va trouver ce salaud !

Charly s'éloigna et reporta son attention sur le chalet. Il fallait que je me ressaisisse. Le plus important, c'était Thomas.

— Ça commence mal !

Je tournai la tête vers lui, puis orientai mon regard vers ce qu'il fixait.

— Quelle poisse ! glissai-je en pestant.

Charly soupira. La porte d'entrée était lardée d'étiquettes jaunes et les lettres noires « Gendarmerie nationale – Zone interdite » nous mettaient au défi d'entrer.

Adam,

Cela fait un mois déjà que tu m'as recueillie, que je partage ton quotidien, et que je continue d'écrire comme tu me l'as conseillé.

Nos journées se ressemblent. J'évacue mon passé tandis que tes héros reprennent du service pour la sixième fois.

Parfois, lorsque tu ne le remarques pas, je t'étudie pendant que tu travailles et j'admire la bulle dans laquelle tu t'isoles avec passion, comme si le monde extérieur n'existait plus. Par moments, tes yeux brillent lorsque tu me surprends à t'observer et tu t'autorises un drôle de sourire.

J'en ai conclu que tu as créé un personnage qui me ressemble et cela m'amuse. Tu affirmes que l'écriture est une thérapie.

Force est de reconnaître que plus je raconte mon passé, plus les jours passent, et plus je prends du recul sur les événements. L'écriture me force à analyser la situation avec des points de vue différents et je sens que le processus de guérison est en marche.

Pourtant, au moment où j'ai appris que mon frère avait été assassiné, outre l'horreur de cette nouvelle, je dois me résoudre à accepter que j'ai préféré de loin cette issue plutôt que celle que le tueur a voulu laisser croire. Jamais je ne m'étais sentie aussi seule, malgré la présence de Charly à mes côtés. En songeant à lui, j'ai les mains qui tremblent, les lèvres qui s'assèchent, les yeux qui s'humidifient et le pouls qui accélère.

À cette époque, je ne savais encore rien de ce qui nous attendait, rien de ce terrible secret qui patientait pour être révélé et nous détruire.

Un mois que je suis là. Un mois que j'ai fui pour la seconde fois. Si seulement j'avais su ! Si seulement je n'étais pas revenue !

Tu entres dans ma chambre, ton irruption me fait sursauter et je suis éjectée du passé à la réalité.

— Il est l'heure d'aller au parc ? dis-je en réalisant que c'était ma seule sortie de la journée et que j'attendais désormais ce moment avec impatience.

— Non.

Tu me tends mon manteau et mes gants.

— Où va-t-on ?

— Pour commencer : Cinquième avenue, Broadway, Time Square, Empire State, Staten Island... j'en passe ! Je me suis dit qu'un break de quelques jours nous ferait à tous les deux le plus grand bien !

— Je vois... tu es en panne d'inspiration ?

— Touché !

— Et quand cela arrive, tu déambules dans les rues ?

— Oui... J'avoue avoir besoin de longs moments d'isolement, mais ils sont généralement suivis d'une frénésie boulimique de foule et d'agitation.

— Où es-tu coincé ?

— Colin vient d'être blessé pour la première fois et c'est grave.

— Mon Dieu ! Tu ne vas pas le tuer et mettre fin à la série, j'espère ?

— Que veux-tu, Laura... ce n'est pas moi qui décide, ce sont les personnages qui avancent. Je me contente d'écrire ce qu'ils me susurrent à l'oreille.

— Tu sais que tu es au moins aussi bizarre que moi !

— J'accepte le compliment. On y va ?

Après un dernier regard à mon ordinateur portable, je te souris et t'emboîte le pas.

19

— Nous devons absolument entrer !
— Je sais Laura.
— Je suis chez moi, après tout !
— Tu as des clefs ?
— Non… – soupir. Et toi ?
Charly secoua lentement la tête.
— On peut retourner demander les clefs à Bouboule ?
Il éclata de rire.
— Mouais ! Eh bien ça, on va dire que ce sera le plan B !
Il sortit de la voiture et s'avança vers le chalet. Les mains sur les hanches, il arpenta les marches, toucha la porte, poussa les fenêtres et chercha une faille pour nous permettre d'entrer.
Bip bip.
Mon téléphone se manifesta. Je l'attrapai et ouvris l'enveloppe.

BOUCLAGE DU ROMAN CE SOIR, DÉPÔT DÈS LA PREMIÈRE HEURE.
QUOI QU'IL SE PASSE NE FAIS PAS DE BÊTISE !
J'ARRIVE.

Le fait de savoir qu'Ellie allait me rejoindre me rassura.
Si Ellie était excellente dans son domaine, il fallait avouer qu'elle avait probablement raté une vocation. Elle

aurait fait un flic du tonnerre, ou plutôt, elle aurait fait un cambrioleur du tonnerre. Ses capacités d'observation étaient impressionnantes, rien ne lui échappait!

Et compte tenu de ce que nous venions d'encaisser, le renfort de mon associée serait le bienvenu.

Je claquai la portière derrière moi et rejoignis Charly sur le perron.

La maison me sembla plus petite que dans mon souvenir.

Les éclats de rire de Thomas résonnèrent derrière moi. Je repoussai la porte de la cuisine en toute hâte et me faufilai derrière le canapé, les yeux agrandis par la crainte.

Thomas poussa la porte nous séparant avec vigueur et celle-ci claqua contre le mur du salon. Il se rapprocha de moi d'un pas lent et lourd, les bras levés au-dessus de sa tête, les yeux légèrement révulsés et cria d'une voix grave, tel un monstre affamé.

— Tu as volé quelque chose qui m'appartient… tu vas mourir, fillette!

Avec un cri mélangé de terreur et d'amusement, je serrai le CD que je lui avais volé une semaine plus tôt en tournant autour du canapé pour esquiver les tentatives de Thomas de m'attraper.

Se lassant de tourner autour du sofa après moi, il bondit sur les coussins pour l'enjamber.

Avec un cri de terreur, je m'enfuis vers l'escalier.

La poursuite se termina en haut des marches lorsque je sentis une main s'enrouler autour de ma cheville. J'essayai de me dérober en repoussant l'assaut de mes pieds, mais il était plus fort. Je finis par m'effondrer en riant sur le tapis du palier, à deux pas de ma chambre où je me serais retrouvée en sécurité.

Le nez sur le tapis, j'étais prisonnière de mon frère. Il s'assit sur mon bassin pour me maîtriser, enserra mon bras qu'il maintint en clef derrière mon dos murmura: «Alors, c'est qui le plus fort?»

Je souris à ce souvenir.

Oui, Thomas, c'est toi le plus fort.

Charly continua son inspection, se rapprocha de la fenêtre du salon et colla son nez à la vitre.

— Alors, c'est quoi le plan A ?

— Je pourrais prendre de l'élan et défoncer la porte ; j'ai toujours rêvé de faire ça !

J'éclatai de rire devant son air enfantin. Mis à part le bruit du vent dans les sapins, tout était silencieux et mon rire sonna comme un écho.

Tout en fronçant le nez pour me moquer de lui, je m'approchai de la porte et, sans grande conviction, appuyai fermement sur la poignée. La porte s'ouvrit.

— Ou alors, on peut juste pousser la porte.

Charly me regarda et rit aussi.

— Je n'y aurais même pas pensé ! Les bandes jaunes sont tellement dissuasives.

— Tu sais ce qu'on dit avec les apparences, rétorquai-je en pensant à Édouard Colin et à Adam Hopps.

Charly se baissa, passa sous les bandes jaunes et pénétra dans le salon. Je le suivis et refermai la porte derrière nous. La maison était sombre et je remarquai pour la première fois que certains volets étaient fermés.

Par réflexe, je tendis les doigts vers le mur et activai l'interrupteur. La lumière envahit le salon et, en une fraction de seconde, mon cœur se fêla en milles morceaux. Rien n'avait changé, c'était comme si j'étais partie la veille ! Les mêmes meubles, les mêmes tapisseries, tout était resté à la même place, n'attendant que mon retour.

— Rien n'a changé.

— Il faut croire que Thomas n'aimait pas le changement non plus.

— Oui, mais c'était sa maison. Je ne sais pas, moi… j'aurais fait des travaux, agrandi le salon, balancé toutes ces vieilleries, c'est comme si…

— Comme si cette maison attendait ton retour.

Charly sourit puis reporta son attention autour de lui.

— Il a juste enlevé le grand tapis qui était là,

Au moment où je terminais ma remarque, le doigt pointé à la place vide, Charly stoppa net. Mon regard se posa immédiatement sur le mur blanc recouvert d'éclaboussures de sang.

Je me mordis l'intérieur de la joue au point d'avoir quelques gouttes de sang dans la bouche : le sang, réalité, preuve que j'étais vivante. Le sang, les traces encore visibles sur le mur.

Je baissai les yeux sur le tapis qui avait disparu, comme Thomas, et mon cerveau enregistra directement une tache noire sous la tête de mon frère… une tache de sang sur le tapis beige manquant qui s'agrandissait, se faufilait, lui enlevait toute vie.

— Désolé, Laura.

Je coulai un regard de biais vers lui et opinai sans rien ajouter.

— Bon. Qu'est-ce qu'on cherche ? demanda-t-il haut et fort pour créer une diversion.

— Excellente question, mon cher Watson !

J'y avais mis tout mon cœur, mais le fait est que le ton n'y était pas vraiment. Je fis quelques pas et souris lorsque la lame de parquet rebelle se manifesta. Son grincement était tellement familier qu'il en fut presque rassurant. Je poursuivis mon inventaire des yeux puis observai Charly.

Ses yeux brillaient. Il parcourut la pièce du regard puis ses pupilles se figèrent sur une photographie qui ornait la cheminée. Il s'avança et prit le cadre dans ses mains. Il semblait ému, emporté dans un monde de souvenirs. Je m'approchai derrière lui pour regarder l'image.

Elle avait été prise il y a longtemps. Je m'en souvenais parfaitement, j'avais toujours su que je garderais cette journée gravée dans ma mémoire. C'était mi-juin, avant mon bac, avant le décès de Lucie. La mère de Charly avait insisté pour immortaliser l'instant et nous avions pris place sur les marches de l'auberge, tout sourire et les yeux rivés sur l'objectif.

C'était ce fameux pique-nique au lac où, dans un élan de totale spontanéité, j'avais pressé mes lèvres sur celles de Charly. Quelques semaines plus tard, le chauffard, le drame, et chacun avait réagi comme il avait pu. Antoine avait perdu les pédales, Charly et moi nous ne nous étions plus jamais quittés. Enfin, presque.

Dans un mouvement involontaire, je tâtai la surface de mon pull à la recherche de mon collier pour sentir l'anneau. Je le touchai, le caressai à travers l'étoffe et soufflai :

— J'ai aimé cette journée.

— Moi aussi, répondit Charly en s'éclaircissant la voix, j'ai la même photo à la maison. Je ne savais pas que Thomas l'avait conservée.

— Tu l'as dit toi-même : capturer les moments de bonheur pour qu'ils ne s'envolent pas !

Charly reposa la photo sur la cheminée.

— Comment va Antoine ?

Il se retourna vers moi, sachant parfaitement à quoi je faisais référence : la dépression, le refus de s'alimenter, les mois d'internement.

— Ils étaient tellement proches ces deux-là… – il sourit à ce souvenir. J'ai fait de mon mieux pour l'aider mais, quoi que j'aie pu tenter, je savais que je ne pouvais pas remplacer Lucie. Quoi qu'il en soit, il s'en est remis mais je pense qu'il restera toujours fragile. D'ailleurs, nous avons refusé qu'il vienne à l'enterrement de ta mère. Maman était restée avec lui, je crois que la mort de Martine avait ravivé sa colère et le deuil de Lucie qu'il n'arrivait pas à faire. Peu de temps après, sa dépression a empiré, alors maman a finalement accepté l'aide d'Alex.

— Alex ?

— Mon oncle qui vit aux USA…

— Celui de LA ?

— Oui. Nous avons pensé que ça pourrait lui faire du bien de changer d'air, de pays, de l'éloigner des souvenirs de Lucie.

— Donc, il est parti vivre aux États-Unis ?

— Oui. Là-bas, il a suivi les meilleurs traitements, quelques rechutes, quelques hospitalisations, mais à présent, il va très bien. Le plus dur a été pendant les trois premières années mais aujourd'hui tout ça est du passé, Dieu merci. Il vit toujours aux États-Unis et semble parfaitement heureux.

J'avais les mains autour du bras de Charly, la tête posée contre son épaule et je l'écoutais avec attention tout en fixant la photo jaunie par le temps.

— Mais je suis idiot. Tu le verras demain soir, au dîner à l'auberge. Il est en vacances pour passer les fêtes de Noël ici. Il est arrivé le mois dernier et ne repartira que mi-janvier.

Je souris à cette annonce. Antoine et moi n'avions jamais été très proches, mais je gardais le souvenir d'un garçon fragile, doux, gentil, affectueux, et extrêmement souriant.

— Ça va me faire plaisir de revoir ta famille, c'est une bonne nouvelle.

Charly recula de quelques pas et regarda autour de lui, ne sachant par où commencer, mais ne voulant manifestement pas s'attarder dans nos souvenirs.

— Je prends le bas et tu prends le haut ?

En bas : le salon, la cuisine, le bureau, le garage.

En haut : la salle de bains, ma chambre, celle de Thomas, celle de Martine.

Il me laissait la partie la plus « privée » et je lui en fus reconnaissante.

J'acquiesçai d'un signe de tête et me dirigeai vers l'escalier.

Au milieu des marches, je me retournai en souriant, les yeux grands ouverts sur un souvenir.

Le chalet était rempli de musique : un CD de U2. La lumière de juin pénétrait avec force dans le salon. Les fenêtres étaient ouvertes, laissant la chaleur et la senteur des fleurs d'été envahir la maison. Je descendais l'escalier d'un pas léger. J'avais seize ans et portais une robe fleurie à bretelles. C'était une de mes préférées.

J'aperçus maman. Elle était assise sur une chaise longue devant l'entrée et profitait d'un bain de soleil pour feuilleter des magazines dont elle tournait les pages une à une sans les regarder. Elle était dans une phase plus « présente ».

Thomas avait garé la Jeep devant le chalet. Il portait un vieux jean déchiré et était torse nu. La Jeep était couverte de mousse. Il attrapa le tuyau d'arrosage pour finir de la laver et commença le rinçage. Je sortis de la maison en sifflotant et le regardai en souriant.

— Tu veux un coup de main ?

Sans attendre de réponse, je m'accroupis et attrapai une éponge dans le seau posé non loin de maman. Je captai son regard. Ce regard était important… il y avait une complicité dans leurs yeux, un échange que nous n'avions pas eu depuis longtemps avec elle. Puis elle me fixa et me sourit avec tendresse.

Profitant du fait que je ne le regardais pas, Thomas dirigea le jet d'eau vers moi en riant. Je criai. Nous courûmes autour de la voiture en hurlant de rire, conscients du fait que maman nous observait, elle aussi, en riant.

Thomas et moi avions l'impression d'être une famille normale. Alors, profitant de cette accalmie, nous exagérions les rires et les cris.

Ma main glissa avec lenteur sur la rampe de l'escalier et le souvenir se dissipa. Au rez-de-chaussée, j'entendis les tiroirs de la commode s'ouvrir et se refermer, m'annonçant que Charly s'était mis au travail.

J'avais le souffle court et faisais mon possible pour me « détacher ». Il y avait longtemps que je n'avais pas mis les pieds dans cette maison et je me sentais comme une étrangère entre ces murs.

J'ouvris la première porte et pénétrai dans mon ancienne chambre. Ici non plus, rien n'avait changé. Je caressai avec une vague nostalgie quelques objets, quelques photos avant de ressortir. Je longeai le couloir en passant devant la chambre de Thomas et me dirigeai directement vers celle de maman.

Là, surprise. Pas de lit, pas d'armoire, juste des tas de cartons sur lesquels je reconnus l'écriture de Thomas. Il avait mis la vie de notre mère en cartons ; pourtant, il n'avait pas touché à ma chambre.

Je tentai de retenir les larmes qui envahissaient mes yeux.

Thomas attendait-il toujours mon retour ?

J'inspectai les cartons, passai ceux dont l'inscription était banale « vêtements », « draps »... Je touchai du doigt quelques boîtes, en ouvris certaines pour les refermer aussitôt.

Puis je m'immobilisai devant un carton en particulier. Il était plus petit, un peu à l'écart.

La main de Thomas avait écrit : « Pour Laura. »

20

Trois jours plus tard, nous ne pouvions rien faire d'autre que prier et attendre un miracle. Après avoir découvert Lucie, j'étais restée aux côtés de Charly tandis que Thomas était allé chercher les secours.

Lucie avait été transportée dans la vallée aux urgences de l'hôpital. La famille Revel passait son temps à son chevet depuis que le mot « coma » avait été prononcé.

Les médecins, précautionneux sur le choix du vocabulaire, établirent que, dans cet état, elle ne souffrait pas. Si cela m'avait rassurée, je savais à quoi m'en tenir après avoir surpris une conversation à demi-mot entre Thomas et Charly.

La porte d'entrée du chalet s'était ouverte et j'étais dans ma chambre à l'étage. N'entendant que des murmures, je sortis sur le palier et, apercevant Charly, je m'apprêtais à descendre lorsque le timbre de sa voix me glaça. Je stoppai net et restai immobile dans l'ombre de l'escalier.

— Comment va ta mère ? demanda-t-il.

Thomas eut un rictus.

— On va dire que ce n'est pas une bonne semaine. Je suis sincèrement désolé, Charly, mais nous ne pouvons pas demander à Jacky de toujours avoir un œil sur elle. Laura et moi, nous passons notre temps à nous relayer à la maison, ce qui explique que je ne suis pas aussi souvent que je le souhaiterais au chevet de Lucie. Je ne sais vraiment pas ce qui se passe avec maman…

on peut dire qu'elle a vraiment choisi sa semaine pour être au plus mal.

Charly secoua la tête avant de s'effondrer sur le sofa. Je vis ses maxillaires se serrer à plusieurs reprises. Son visage était anormalement pâle. D'une main, il se frotta les yeux avec lassitude.

—Je sais tout ça mieux que personne. Ne t'inquiète pas pour ça et restez auprès de Martine. Toi et Laura, vous avez toujours été ma deuxième famille. Et, malheureusement pour Lucie, on ne peut plus rien faire et elle ne se rend pas compte de notre présence.

La main posée sur le mur, sans un bruit, je pliai les genoux, et m'assis sur la première marche de l'escalier. Le timbre de voix de Charly était atone et froid.

—Comment va-t-elle ? Des changements ?

—L'un des médecins m'a confié que son cœur ne tiendrait pas et qu'il s'attendait au pire.

Il marqua une pause avant d'ajouter :

—Je ne leur ai pas dit.

Sans attendre de commentaire, il se leva et poursuivit.

—Il faut que j'y retourne. Maman est solide, mais elle ne peut pas veiller à la fois sur Lucie et sur Antoine.

—Pas de changement en ce qui le concerne ?

Assise sur la marche à épier cette conversation, je pensai à ce garçon enjoué et souriant qui avait mon âge. Lucie avait pratiquement élevé Antoine comme Thomas l'avait fait pour moi depuis cinq ans. Ces deux-là étaient unis et, depuis l'accident de Lucie, Antoine n'avait pas prononcé le moindre mot et refusait de s'alimenter.

—Non. Et si… si Lucie… j'ai vraiment peur de sa réaction.

Les yeux de Charly se perdirent dans ceux de Thomas tandis qu'une larme roulait sur ma joue. J'évitai de renifler de peur de révéler ma présence.

Les deux hommes se serrèrent dans les bras l'un de l'autre avec affection puis Charly prit la direction de la sortie. La main sur la poignée, il se retourna vers Thomas.

—Tu peux dire à Laura…

— Que veux-tu que je lui dise ?

— Dis-lui que… dis-lui…

Mon cœur s'affola et si je n'arrivais pas rapidement à le maîtriser, d'en bas, ils allaient entendre son sourd grondement. Je retins mon souffle dans l'attente de la suite, mais Charly resta muet.

Thomas posa une main sur son épaule.

— Tu lui diras toi-même, hein ?

Charly hocha la tête avec un demi-sourire et sortit.

Je relâchai enfin ma respiration et posai le menton sur mes genoux.

Mon frère sortit sur le perron, couva du regard Charly jusqu'à ce qu'il ne disparaisse de sa vue et revint dans le salon.

— Laura ?

Sa voix était calme et douce. Ce n'était pas le genre de question lancée dans le vide du chalet pour savoir dans quelle pièce je me trouvais. Je devinai donc qu'il savait parfaitement que j'étais tapie dans l'escalier et que je n'avais rien manqué de leur conversation.

— Oui.

— Tu sais ce que ça veut dire, pour Lucie ? reprit-il, le regard plongé dans l'ombre de l'escalier.

— Oui, soufflai-je en me redressant et en descendant les marches une par une. Ça veut dire que Charly va avoir besoin de notre soutien.

Ma voix était claire. Je ne pleurais plus.

Thomas me sourit tristement et opina.

Nous continuâmes à nous relayer entre l'hôpital et maman qui perdait totalement pied, passant en un instant de la folie colérique à l'abandon et à la dépression insurmontable.

Ce fut deux jours plus tard que le téléphone sonna. Le cœur de Lucie avait cessé de battre, elle avait lâché prise. J'appris par la suite qu'Antoine, qui n'avait toujours pas mangé ni prononcé le moindre mot, avait été lui-même hospitalisé suite à un malaise.

Mme Revel pleurait sa fille et s'angoissait pour sauver son deuxième fils. Nathan était dévasté.

Thomas m'informa que Charly était rentré chez lui pour rassembler quelques affaires pour Antoine et préparer la suite pour Lucie. Je levai un regard implorant vers mon frère sans oser lui parler.

— Vas-y. Dis-lui que je passerai plus tard.

J'opinai, enfourchai mon vélo sur le perron et pédalai à vive allure jusqu'à l'auberge des Revel. La pension n'était qu'à dix minutes, mais l'adrénaline me fit battre des records de vitesse.

Arrivée en bas du dernier virage, j'aperçus sa silhouette.

Je découvris Charly assis sur la balancelle sur le perron, en haut des marches de l'auberge. Il affichait un air perdu que je ne lui avais jamais vu auparavant et ses yeux luisaient d'une lueur étrange qui ne m'était pas familière.

Je me rapprochai et laissai tomber le vélo dans un fracas assourdissant.

Malgré la chaleur du mois de juillet, son corps était parcouru de frissons. J'avais perdu mon père et je ne connaissais que trop bien ce vide qui prenait possession de votre être, et cette peur immense de réaliser que peut-être le désespoir avait pris place sur le bonheur et cela… à jamais.

À ce moment-là, j'eus le cœur en mille morceaux pour lui. Il y a des sensations que l'on ressent mais qui sont difficiles à exprimer parce que personne n'a encore inventé de vocabulaire assez fort pour exprimer une telle détresse.

J'aimais Charly et je voulais apaiser sa douleur mais, devant tant de détresse, je me trouvai désemparée et démunie, ne sachant quels mots prononcer ni quels gestes faire.

Alors, simplement, je m'assis à côté de lui et amplifiai le mouvement de balançoire en poussant sur mes pieds. Je pris sa main et nos doigts s'entrelacèrent comme s'ils avaient enfin trouvé une place naturelle. Il serra ma main dans la sienne. Et, en silence, sans desserrer cette étreinte, nous restâmes plantés là pendant trois heures, une seconde ou une éternité.

Plus tard, Charly se leva et m'entraîna avec lui. Devant lui, je levai très haut la tête pour le regarder dans les yeux. Il mit un moment avant d'entourer mon visage de ses mains puis dit dans un murmure :

— Ne fais pas comme Lucie. La règle, Laura… La règle sera toujours de rester sur place et d'attendre que je vienne te chercher.

Je hochai la tête. Du bout des doigts, il leva mon menton vers lui et posa ses lèvres sur les miennes, y goûta la douceur avec tâtonnement, puis ses lèvres s'entrouvrirent et nous nous embrassâmes pour la première fois.

21

L'assassin regardait les skieurs dévaler les pentes enneigées avec détachement. L'air frais de cet après-midi de décembre lui cinglait le visage et, penchant la tête en arrière, il offrit son cou à la morsure du froid. Le ciel était d'un bleu azur, aucune trace de nuage ne semblait vouloir obscurcir cette couleur immaculée.

Baissant de nouveau la tête, il porta son verre de vin chaud à sa bouche. La chaleur et l'acidité du breuvage le revigorèrent et, avec un soupir de bien-être, il savoura sa victoire.

Il l'avait fait.

Thomas n'était plus, et il était fier de lui. Fier de ce qu'il avait accompli jusqu'ici. Oh ! certes... il n'avait pas aimé tuer Thomas ! Il ne l'avait pas fait par plaisir, mais par nécessité.

Toutes ces années, la peur au ventre, toutes ces années à les maudire et à préparer un plan sans faille.

Thomas trimballait cet air triste depuis tellement longtemps que, finalement, c'était presque lui rendre service !

L'assassin se souvint du regard de Thomas quand il avait sorti son arme. Il n'avait pas été surpris. Il avait juste dit : « Toi ? ».

Lui s'était contenté de répondre un « oui » avant de viser et d'appuyer sur la détente. C'était comme s'il s'y attendait.

Il n'avait pas pleuré, il n'avait pas reculé, n'avait pas levé les bras, n'avait pas protesté ni supplié. Il l'avait juste regardé, avait posé sa question et attendu qu'il en finisse.

Mais avant d'en arriver là, il avait fallu se préparer. Alors, il avait réfléchi, élaboré des plans, une stratégie. Le plus dur avait été de trouver une arme. Enfin, deux armes. Tout cela lui était étranger, il n'était pas un meurtrier ! Il n'était pas comme eux !

Il ne savait pas comment s'y prendre ! Alors, il était allé au village des touristes. Il avait traîné dans les bars, dans les endroits où la drogue circule. La drogue chic, comme ils disent, là où allaient les gens friqués. Après quelques verres, quelques soirs, il avait commencé à poser des questions et il avait atterri dans d'autres bars, rencontré des gens beaucoup moins fréquentables… puis, il avait obtenu un nom.

Il avait donc payé et dégoté deux Beretta. Ensuite, il avait fait comme dans les films et les polars : il avait nettoyé soigneusement la première arme, même les balles. Il s'était préparé avec attention, avec plaisir.

Ce qu'il voulait, c'était tuer Thomas, mais surtout laisser planer quelque temps le doute entre meurtre et suicide pour la traumatiser, elle.

Il faisait extrêmement froid cet hiver, alors il avait toujours porté des gants. Personne ne l'avait vu entrer ni ressortir, personne ne pouvait remonter jusqu'à lui et encore moins comprendre pourquoi il faisait ça.

Il pouvait donc finir le travail : la sœur, à présent. Ce qu'il n'avait pas prévu, c'était l'article dans le journal !

Un grand moment, presque jouissif. Les journalistes avaient travaillé pour lui sans le savoir. S'il avait écrit l'article lui-même, il n'aurait pas été aussi bon ! Il avait avec plaisir imaginé la réaction de Laura quand elle le lirait. Rien de tel pour péter un câble ! Elle avait dû être prise de doute, en pleine confusion. Elle ne devait plus savoir que penser.

Mais elle était responsable, elle aussi. Il ne pouvait plus s'arrêter en si bon chemin, il devait s'occuper d'elle, à présent.

Il esquissa un sourire entendu et reporta son attention sur la terrasse autour de lui.

Dans un élan de panique insurmontable, après avoir lâché le journal, elle avait téléphoné au refuge et ses collègues et amis lui avaient confirmé l'impensable : Thomas était mort.

Elle avait reposé le combiné, les mains tremblantes, le cœur battant anormalement vite, les joues inondées de larmes douloureuses.

Thomas était mort.

Marilyne ne l'avait pas vu la veille au soir, mais elle ne s'était pas inquiétée outre mesure, sachant qu'elle le verrait le matin même pour une expédition qu'ils avaient préparée ensemble.

Elle s'était enfin sentie revivre, ces cinq derniers mois, et voilà que le sort s'acharnait encore sur elle. Elle avait l'impression qu'une main de glace serrait son cœur et eut envie de mourir, elle aussi. Thomas s'était-il réellement suicidé ?

Non, impossible.

Elle plongea dans ses souvenirs, et se remémora une conversation une semaine plus tôt.

— Tu es sûre que tout va bien ? demanda Thomas en repensant à son étourdissement quelques instants plus tôt.

— Je vais bien, ne t'inquiète pas, répondit-elle en soulevant les couvertures pour se blottir tout contre lui.

Thomas leva le bras pour lui permettre de se lover contre lui et resserra son étreinte en lui embrassant la tempe.

— On est bien, non ? minauda-t-elle.

Glissant sa main droite dans la blondeur de sa chevelure, il lissa quelques mèches derrière son oreille et la dévora des yeux. Sa peau avait la douceur du satin, ses lèvres roses et charnues étaient un appel au baiser. Tout en la fixant, il fronça les sourcils et dit :

— Je suis vraiment désolé.

— De quoi ?

— D'avoir perdu tout ce temps, tant d'années, de t'avoir repoussée il y a si longtemps.

C'était la première fois depuis qu'ils s'étaient remis en couple qu'il abordait ce sujet, aussi, Marilyne se redressa-t-elle doucement pour planter ses yeux gris dans les siens et l'inviter à poursuivre.

— À cette époque, je pensais que…

— Oui ?

— Je pensais que le mieux était de rester seul, pour protéger tout le monde.

— Tu parles comme si une menace planait sur toi. Je ne comprends pas, tu avais fait le vide autour de toi, mais…

Il la coupa en posant son index sur sa bouche.

— Mais je me suis trompé, et nous avons une autre chance à présent.

— Alors profitons-en, dit-elle en l'attirant à lui et en glissant délibérément sous le drap, entraînant avec elle l'homme à la chevelure argentée.

Lui aussi faisait des projets à demi-mot ; il commençait enfin à parler d'avenir bien que leur relation ne fût pas encore révélée au grand jour.

Se laissant tomber à genoux, Marilyne pleura en silence jusqu'à ce que les larmes se tarissent. Pourquoi m'as-tu abandonnée Thomas ? Pas maintenant… si tu avais su…

Le pas lourd et la démarche volontaire, Olivier Ledol traversa le bureau d'accueil pour se diriger vers son bureau. Depuis qu'il avait appris le décès de Thomas Vallon, il n'avait cessé de repenser à cette histoire où, bien des années plus tôt, le jeune homme était venu le trouver avec cette lueur intrigante dans les yeux.

— Bonsoir, Thomas. Tu sais, toute cette histoire de testament et l'ouverture de la succession de ta mère peuvent attendre. J'imagine que Laura et toi avez beaucoup à faire, à commencer par panser vos blessures, dit le notaire d'une voix douce en l'invitant à s'asseoir d'un geste de la main, désignant le fauteuil.

— Je ne viens pas pour ça.

Le vieil ami de la famille fronça les sourcils et prit place derrière son bureau. En face de lui, le jeune homme affichait un air déterminé, même si la pâleur de son visage ne présageait rien de bon. Il émanait de lui une angoisse qui fit frissonner le notaire.

— Qu'est-ce que je peux faire pour toi, Thomas ?

— Je suis inquiet.

Ledol pinça les lèvres et chercha une réponse dans les yeux du jeune homme. Ce dernier ouvrit la poche intérieure de son manteau et en sortit une enveloppe qu'il garda serrée entre ses mains.

— À quel sujet ? Puis-je t'aider ?

Thomas leva les yeux vers lui. Ses prunelles noires se pigmentèrent d'une lueur d'une infinie tristesse.

— Je m'inquiète pour Laura.

Ledol acquiesça en fermant les yeux avant d'argumenter.

— Je sais que votre vie n'a pas été facile depuis le décès de Georges et la… la faiblesse de ta mère. Mais tu as toujours été présent pour Laura et, crois-moi, ta sœur est une jeune femme épanouie et incroyablement forte. Je sais que c'est une banalité et que tu n'as pas envie de l'entendre, mais c'est pourtant vrai, le chagrin s'effacera avec les années et Laura et toi…

— Il ne s'agit pas de ça, coupa Thomas, en proie à une soudaine profonde lassitude.

Posant l'enveloppe sur le bord du bureau, il se leva et commença à s'agiter, marchant de long en large.

— De quoi s'agit-il ? Je ne peux pas t'aider si tu ne me parles pas.

Les pupilles de Thomas se rétrécirent jusqu'à devenir des fentes et son regard scruta celui de l'homme de loi, fidèle ami de la famille.

— Puis-je vous faire confiance ?

Ledol se raidit et se redressa sur son siège.

— J'entends par là : pouvons-nous avoir une conversation qui restera confidentielle ?

— Thomas, tout ce que tu me confieras, que ce soit aujourd'hui entre ces quatre murs ou bien ailleurs, restera entre nous, si c'est ce que tu me demandes.

— Et si j'avais franchi les limites de la légalité ?

Ledol accusa le choc. Son visage se rembrunit et, à son tour il se leva.

— Tu peux compter sur moi. Mais bon sang, qu'est-ce qui se passe ? Qu'est-ce que tu as fait ? De quoi as-tu peur ?

Thomas s'immobilisa et, d'un geste de la main, tenta d'apaiser et de minimiser les craintes du notaire.

— Rassurez-vous, mon intention n'est pas de vous mettre dans une situation compromettante. Je voulais juste avoir la certitude que je pouvais compter sur vous.

Il fixa le notaire avec attention puis se rassit en face de lui, sa main droite glissant l'enveloppe de l'autre côté du bureau.

Ledol se rassit à son tour.

— Je veux juste vous confier cette enveloppe.

Tout en la prenant et en la retournant entre ses doigts, le notaire leva un sourcil interrogateur.

— Que contient-elle ?

— Une sorte de confession.

Ledol opina.

— Laura est partie.

— Partie ?

— Elle a fait son sac et est partie. J'espère qu'elle ne reviendra pas.

— Quoi ? Mais qu'est-ce que c'est que cette histoire ?

Thomas leva la main pour le stopper.

— C'est une longue histoire que je n'ai pas l'intention de vous raconter. Cette enveloppe est pour Laura.

— Dois-je la considérer comme une missive sous pli scellé ?

— Autrement dit, vous me demandez si vous pouvez la lire ?

Le notaire opina.

— Non. Ce qu'elle contient ne doit jamais être révélé sauf à Laura et seulement s'il devait m'arriver quelque chose.

— Pourquoi est-ce à moi que tu la confies ? Pourquoi pas à ton meilleur ami ? Charly ?

Un voile passa dans les yeux de Thomas.

— Je ne peux pas. Toutefois, en ce qui le concerne, lui, je vous déposerai un testament très prochainement. S'il devait m'arriver quelque chose, je veux que ce soit lui qui gère tout et pas Laura.

Ledol fronça les sourcils et s'apprêta à ouvrir la bouche, mais Thomas le coupa.

— Je sais que je dois vous angoisser et passer pour un fou. J'ai confiance en vous. Ne cherchez pas à comprendre, tout ce que je vous demande c'est de remettre cette lettre à ma sœur et à personne d'autre s'il devait m'arriver quelque chose. Vous le ferez ?

L'homme, bien que surpris par cette conversation surréaliste, rassura le jeune homme, vraisemblablement sous le choc du décès de sa mère.

— Je le ferai Thomas, tu peux compter sur moi.

Le jeune homme parut enfin se détendre et hocha à plusieurs reprises la tête lorsqu'il vit le notaire allumer une bougie, laisser couler la cire rouge avant d'apposer son sceau et de sceller l'enveloppe.

Il prit sa plume, retourna la lettre et inscrivit « Laura Vallon » avant de relever les yeux vers le jeune homme.

— Merci.

Sans rien ajouter, le jeune Thomas Vallon se leva, serra la main du notaire dans les siennes et sortit sans se retourner.

Le fait est que le notaire avait ensuite rangé cette lettre dans le dossier de famille des Vallon ainsi que le testament qu'il avait reçu quelques jours plus tard et, les années passant, il avait même complètement oublié son existence et cette improbable conversation.

Pourtant Thomas avait eu raison. La petite Vallon avait bel et bien quitté le village et n'y avait jamais remis les pieds, ou alors pas à sa connaissance. Très tôt dans la matinée, la gendarmerie l'avait appelé pour confirmer l'authenticité d'un courrier retrouvé chez Thomas, désignant son ami Charly pour la prise en charge de toutes décisions.

Choqué par le décès du jeune homme, le notaire confirma qu'il avait le double de ladite lettre dans son étude.

Avec angoisse, Olivier Ledol ouvrit le classeur et sortit le dossier Vallon qu'il posa sur son bureau. Il le feuilleta jusqu'à tomber sur l'enveloppe destinée à Laura. Il prit le document dans ses mains et son visage se rembrunit.

Thomas ? Que contient-elle ? Qu'as-tu fait ?

Il posa l'enveloppe devant lui et soupira.

Il ne savait pas si cette histoire était toujours d'actualité mais, malgré tout, il avait l'intention d'honorer sa promesse.

22

Je posai les mains sur ma poitrine. Les larmes s'échappèrent et roulèrent sur mes joues. L'une d'elles tomba sur un carton et je regardai l'auréole prendre forme et s'agrandir comme une fleur qui s'ouvre dans un souffle de vie. Je pleurais et regardais le carton sans bouger, comme si le moindre mouvement allait le faire exploser.

Ce n'était pas tant ce qu'il pouvait contenir, mais le fait que Thomas ait pris le soin de trier les affaires de notre mère et de mettre de côté ce qu'il voulait conserver pour moi. Je dus rester immobile pendant une bonne minute. Au rez-de-chaussée, la porte du bureau s'ouvrit : Charly avait fini son inspection du salon.

Je reniflai bruyamment, m'essuyai le nez d'un revers de main, puis m'approchai du carton. Agenouillée sur le sol, je le caressai doucement comme s'il s'agissait d'un bien précieux et, avec une infinie délicatesse, je me résignai à l'ouvrir. Mon cœur s'affola. Je sentis les pulsations battre contre mes tempes… la peur, l'excitation, une profonde reconnaissance envers Thomas.

Je souris. Des dessins ! Des dessins que j'avais dû faire à la maternelle. Je les dépliai un à un. Un amas de lignes sans réelles formes, ma petite main de couleur bleue, les premières lettres de mon prénom tracées maladroitement. Cette fois, je ris à travers les larmes. Puis, un poème, maladroit encore, n'ayant aucun rythme ni aucune rime mais que maman avait pourtant conservé pendant toutes ces années comme s'il s'agissait d'un précieux trésor.

Je repensai à cette enfance où le mot insouciance faisait encore partie de notre vocabulaire.

Maman reposa son livre et tourna la tête vers moi. Je m'étais approchée d'elle avec une tristesse infinie dans le regard. Je me balançais d'un pied sur l'autre, n'osant dire ce que j'étais venue annoncer.

Un sourire sur les lèvres, posant ses lunettes de lecture, elle se tourna complètement et me dévora des yeux, moi, sa petite fille de quatre ans.

— Qu'est-ce qui se passe, ma chérie ? Pourquoi tu affiches cet air si triste ?

— C'est la coccocinelle…

Maman fronça les sourcils.

— La coccinelle ? Tu parles de ton joli costume ?

Je hochai la tête. Elle vit mon menton tressaillir et, la seconde suivante, je me mis à pleurer tout le chagrin qu'un enfant de mon âge était capable d'encaisser.

— Viens, mon trésor. Calme-toi.

Mes petites mains s'accrochèrent à son cou et je nichai ma tête dans le creux de son épaule.

— Calme-toi, Laura. Raconte-moi, qu'est-ce qui se passe ?

— La coccocinelle est cassée.

— La coccinelle, hum… je vois. Tu veux bien me montrer ?

Je me dérobai à sa chaleur et sortis de la pièce puis revins en serrant contre moi des morceaux d'étoffe noirs et rouges. Maman m'avait confectionné ce costume pour la traditionnelle kermesse du village qui sonnait la fin de l'année scolaire.

— J'ai voulu voler comme la coccocinelle et j'ai tombé de l'arbre.

— Mon Dieu, chérie, tu ne t'es pas fait mal ? répondit maman, oubliant par la même occasion de me corriger sur mon erreur de langage.

Boudant et ayant peur de me faire réprimander, je me mordis l'intérieur des joues et secouai la tête très rapidement.

— Ne t'inquiète pas… Va dormir et, demain matin, tu auras un costume tout neuf pour la fête du village.

Je me jetai dans les bras de maman en souriant et m'exécutai.

Je souris en pensant que, cette nuit-là, maman avait dû découper et coudre toute la nuit pour que le costume soit fin prêt.

À cette époque-là, ma mère était capable de véritables miracles.

Par la suite, devant son abandon et son renoncement, j'avais en grande partie reporté mon amour sur mon frère… lui qui avait promis qu'il ne m'abandonnerait jamais. Cette promesse, il l'avait faite peu après le jour de mes quatorze ans, alors que j'avais été choquée par le comportement de notre mère. Rentrée à la maison après une journée d'école, pendant une fraction de seconde, j'avais bien vu que maman ne m'avait pas reconnue. Alors Thomas m'avait rassurée et calmement avait pris la situation en main. Il m'avait expliqué que c'était à présent notre rôle de veiller sur notre mère. Qu'elle buvait trop pour oublier et noyer son chagrin. Que c'était un mauvais moment à passer, que tout irait bien.

Il avait promis qu'il serait toujours là pour moi et que lui ne nous abandonnerait jamais. Mon Dieu ! Thomas… pourquoi m'as-tu abandonnée, toi aussi ?

À travers mes larmes, je continuai mon inspection : quelques foulards que ma mère aimait. J'en caressai le tissu et portai un carré de soie à mon nez, regrettant que le parfum ne fût plus là.

Une petite boîte… Intriguée, je l'ouvris : son alliance, sa bague de fiançailles, les pendentifs en diamant de grand-mère. Mamie disait qu'elle les avait hérités elle-même de sa grand-mère. Thomas les avait soigneusement conservés pour moi, pour ne pas rompre la chaîne. Je les caressai du plat du pouce puis enfilai la bague de fiançailles de maman sur mon annulaire gauche.

Je tendis les doigts, admirai l'effet de la pierre sur ma main et, en soupirant, voulus la retirer mais la bague résista. Plus je tirais, plus elle coinçait. Plus je m'énervais et plus les larmes devenaient incontrôlables. Je finis à genoux, assise les talons sous les fesses, et cette fois, le torrent se déversa.

Je n'avais pas entendu Charly monter et pénétrer dans la pièce.

Je me sentis ridicule.

Il resta silencieux, ne sachant pas comment m'apaiser, avant de prendre la décision de faire quelques pas dans ma direction.

Je vis apparaître le bas de son pantalon et ses chaussures sous mes yeux. Je levai tristement la tête vers lui… vu d'ici, c'était un géant ! Un géant qui me souriait et me tendait la main. Je la saisis, la serrai, et il tira pour m'aider à me relever.

Me retrouvant debout plantée devant lui, je reniflai et constatai qu'il souriait.

— Elle est jolie, cette bague.

Je baissai les yeux vers ma main, je souris aussi, puis me mordis la lèvre inférieure avant de lâcher dans un hoquet de sanglots : « J'arrive pas à la retirer ».

Charly souriait. Il tenait toujours ma main dans la sienne et, du bout du pouce, jouait avec la pierre. Il fit tourner l'anneau.

— Pourquoi veux-tu la retirer ?

Sans attendre de réponse, il m'attira à lui et me serra dans ses bras.

— Il fallait bien que ça sorte à un moment ou un autre. À force de vouloir jouer les braves, tu allais te transformer en Cocotte-Minute !

— Je ne joue pas les braves.

— Si.

— Non.

— Si.

— Non.

— Eh, t'as fini ?

Il avait enlevé son manteau et son pull était chaud et doux, confortable. J'arrêtai de le contredire et m'apaisai au fil des minutes, savourant la sécurité de ses bras, et je finis par soupirer de bien-être.

Mon Dieu, faites que je reste dans les bras de Charly, jusqu'à la fin de ma vie…

— C'est quoi tout ça ? dit-il en rompant le charme et en s'écartant pour regarder autour de lui.

— Les affaires de maman… Thomas a fait un carton pour moi.

— Tout à fait le style de ton frère. Allez, prends ton carton, il faut qu'on continue.

Je refermai la boîte à bijoux et la replaçai dans le carton que j'emportai sous mon bras.

— Tu as trouvé quelque chose, en bas ?

Charly me devança et du doigt désigna la chambre de Thomas. J'approuvai en poussant la porte.

— Non, rien d'intéressant. La maison de Monsieur-Tout-le-monde. Je pensais trouver les factures de France Télécom ou de son portable, ses relevés bancaires… et rien !

— Tu crois que les gendarmes ont déjà tout embarqué ?

— Non. À mon avis, ils s'adressent directement à la banque mais je n'y connais pas grand-chose, en matière d'enquêtes.

Nous pénétrâmes dans la chambre de Thomas. Si j'hésitais à violer son intimité, ça n'avait pas l'air de déranger Charly qui ouvrait déjà les tiroirs du bureau. Préférant le laisser faire, je m'assis sur le lit, le carton sur les genoux, et regardai d'un air absent Charly prendre des papiers, les lire, les reposer, et passer aux suivants.

Délaissant Charly du regard, je me perdis dans la contemplation de la bague que je n'avais pu retirer.

— Tu n'as pas l'intention de m'aider ?

— Ben…

— Ça y est !

— Quoi ?

— Une facture d'Orange. Bah, non ! Ce n'est pas une facture détaillée !

— Et le montant ?

— 39 euros. On ne peut pas dire qu'il pétait les scores d'appels !

— Hum...

Charly reprit ses investigations, remit les factures à leur place et ouvrit un nouveau tiroir.

— Les relevés de comptes bancaires... Attends, hum... au moins les six derniers mois.

Il resta silencieux. Ses yeux parcoururent les feuilles une à une.

— Alors ? demandai-je avec intérêt au bout d'un moment.

— Toujours rien ! Chèques, relevés de carte mais des montants insignifiants, remises de chèques, virements sur son livret, PEL, rien de super excitant !

J'étais songeuse au moment où Charly s'assit à côté de moi et me tendit les relevés. Je les examinai à mon tour avant de reconnaître qu'ils ne nous apprenaient rien.

— Si Thomas était un Monsieur-Tout-le-monde, pourquoi l'a-t-on assassiné ?

— Excellente question !

— Il avait quelqu'un dans sa vie ?

Je vis un masque apparaître sur son visage et ses traits se durcirent l'espace de quelques secondes avant de redevenir plus posés.

— Pas que je sache, mais je suis mal placé pour savoir.

J'avais une curieuse sensation. Charly me disait-il tout ce qu'il savait ?

— Il va falloir aussi creuser au niveau de ses collègues ! reprit-il.

— Oui, soufflai-je encore troublée par cette sensation qui ne me quittait pas.

Thomas était ce qu'on appelle ici un « saisonnier » et il était sacrément bon. Mon frère connaissait la montagne, chaque vallée, chaque recoin, et tous ses dangers. L'hiver, il était guide en haute montagne pour des sorties périlleuses. Ils partaient à deux avec un groupe de six à huit touristes en cordée. Lorsque la saison se terminait, ils les emmenaient pour des randonnées dans toute la contrée, de bivouac en bivouac. Il disait qu'il « se la jouait comme Davy Crockett », et cela m'avait toujours fait rire. Lorsque je vivais encore avec lui, il espaçait les sorties pour passer beaucoup de temps à la maison avec maman et moi. J'imaginais qu'après mon départ, il avait dû signer pour surcharger son carnet d'excursions.

— Thomas était le meilleur, souffla Charly.

Je coulai un regard oblique vers lui. Il était perdu dans ses pensées et avait dit cela presque pour lui-même.

— Thomas était le meilleur, tu sais. Même si on ne se voyait plus, j'avais toujours un œil attentif sur lui.

Il soupira avant de reprendre :

— Il y a trois ou quatre ans, il y a eu un groupe de touristes qui était parti vers les glaciers avec Alfonse. Tu te souviens de lui ?

J'acquiesçai.

Alfonse était ce qu'on appelle ici un « vétéran ». La montagne n'avait pas de secret pour lui, le meilleur guide que le village pouvait offrir.

— Il y a eu une tempête. Ils ne sont pas revenus et ne donnaient plus aucun signe de vie. Tu connais le processus : la gendarmerie, les sauveteurs et bien sûr nos réunions.

Je le fixai tout en pensant à ces réunions d'urgence. Elles n'étaient pas fréquentes mais quand ce genre de situation arrivait, les enfants du pays (la plupart d'entre eux connaissaient la montagne comme leur poche) donnaient systématiquement un coup de main aux recherches.

— Les secours avaient décidé de faire débarquer l'hélico au plus proche pour pouvoir les rejoindre par le versant nord, et je me souviens que Thomas s'y est opposé. Il affirmait que c'était trop long et qu'il fallait y aller de front. Tu ne te souviens pas de ça ? Cette histoire a fait la une du journal de 20 heures.

Je secouai la tête.

— Et que s'est-il passé ensuite ?

— Thomas avait raison. Sa stratégie était plus osée, plus périlleuse mais avait plus de chances de réussite que par le versant nord. J'ai appuyé ton frère, mais personne ne nous a écoutés. Les secours sont partis et Thomas a constitué une équipe avec Marilyne et les jumeaux Torres.

Je serrai les dents en pensant à Marilyne. Je n'aimais pas cette fille qui avait une façon provocante de se comporter et de se coller à Thomas et Charly. Réagissant à cette pointe de jalousie, je me maudis et reportai attention sur le récit de Charly.

— Au final, ils ont ramené les six touristes sains et saufs, mais Alfonse avait été emporté dans une crevasse. Il est mort, et de la façon qu'il avait prédite. Tu te souviens, il affirmait toujours qu'il mourrait au cœur de la montagne, bercé par sa froideur et son immensité.

J'opinai à ce souvenir.

— Et les secours ?

— Ils sont revenus. Mais ils ont perdu un homme sur le glacier.

— Oh…

— S'ils avaient écouté Thomas dès le départ, ça ne serait jamais arrivé. Ces hommes étaient tous les meilleurs, mais aucun d'eux ne ressentait la montagne comme Thomas.

Nous restâmes quelques minutes en silence à penser à cette histoire. Charly s'allongea sur le lit, les mains sous la tête, et observa le plafond.

Posant les relevés de banque sur le carton, je l'imitai et fixai le plafond comme si la réponse y était inscrite. Je cherchais un indice, une révélation.

Charly tourna la tête vers moi et nos fronts se cognèrent.

— Pardon.

— Pas grave.

Je le sentis bouger contre moi et glisser ses bras le long de son corps.

— Et si…

— Oui ? dis-je en tournant la tête vers lui, pleine d'espoir.

— Et s'il avait été tout simplement au mauvais endroit au mauvais moment ?

— Ça fait très mafia, ce que tu dis là.

— Ouais, désolé. J'essaie de tout envisager.

J'attrapai sa main et la serrai dans la mienne. Une façon à moi de le remercier de sa présence. Charly ne se déroba pas. Nous restâmes tous les deux allongés, les yeux rivés au plafond, les doigts entrelacés, par habitude, par nécessité, une pâle imitation d'un passé commun qui me bouleversait à son contact.

Je tournai de nouveau la tête vers lui.

— Tu sais, c'est idiot de dire ça, mais depuis que Bouboule a émis l'hypothèse d'une exécution, je n'arrête pas de me dire que c'était une vengeance, que c'était personnel et parfaitement planifié !

— Il faut être sacrément tordu pour faire ça ! Et, surtout, faut avoir une sacrée bonne raison !

— Qui pourrait en avoir voulu à Thomas au point de l'abattre froidement ?

Charly tourna la tête pour me regarder et son visage ne fut qu'à quelques centimètres du mien. Par réflexe et par respect pour le « ne craque pas pour Charly », je reculai légèrement.

— Bouboule a bien dit qu'il n'y avait pas eu effraction ? Thomas a forcément ouvert la porte à une personne qu'il connaissait, non ?

— Oui. Et si, réellement, tout cela avait un rapport avec ce qui s'est passé il y a dix ans ?

— Ça voudrait dire qu'il y a un rapport avec moi. Il a tiré un trait sur notre amitié, il m'a éjecté de sa vie. Et je ne sais toujours pas ce que j'ai bien pu faire pour mériter ça !

— Je sais…

Nouveaux soupirs d'exaspération. Nous restâmes un long moment, main dans la main à élaborer des tonnes de scénarios plus imaginatifs les uns que les autres, puis Charly finit par changer de sujet :

— Tu veux toujours aller voir Thomas demain matin ?
— Oui.
— Je préférais que tu n'y ailles pas.
— Je sais.
— Mais tu veux quand même y aller, n'est-ce pas ?
— Oui.
— T'as vraiment un fichu caractère ! dit-il en me serrant plus fermement les doigts.
— Qui se ressemble s'assemble…
— Très spirituel, compte tenu du fait que tu t'es enfuie à l'autre bout du pays sans donner la moindre nouvelle.
— Oups… Charly, il y a quelque chose que tu ne me dis pas, pour Thomas ?
Il lâcha ma main, se redressa sur les coudes et fixa l'armoire en face de lui. Il finit par s'asseoir complètement, les coudes sur les genoux, la tête dans les mains.
Je pris appui sur un coude pour me redresser moi aussi, consciente que je venais enfin de le pousser dans ses retranchements.
— Qu'est-ce qui se passe ?
Il me toisa avec une tristesse infinie, et cela me fit peur. Je n'aimais pas les « écoute, j'ai réfléchi » et je n'aimais pas cette lueur dans ses yeux.
— Il y a effectivement un détail dont je ne t'ai pas parlé.
J'eus un mouvement de recul, malgré moi.
— Après ton départ et le décès de ta mère, les cheveux de Thomas…
— Quoi ?
J'imaginai le pire : Thomas qui avait disjoncté, s'était tondu la tête, s'était décoloré en blond platine. Il était malade ? C'est ça. Il perdait ses cheveux ? Oh ! mon Dieu !
Charly se tourna vers moi.
— Je ne sais pas ce qui lui a foutu une trouille pareille mais, en l'espace de deux semaines, ses cheveux ont blanchi. Il avait les cheveux tout blancs depuis dix ans !
Bouche bée, je restai sans voix, mon cerveau s'efforçant de trouver dans ma mémoire un cas similaire et, à force

de chercher, je finis par en trouver un. Autant dire que ce n'était pas réaliste puisqu'il s'agissait d'une histoire dans un roman ! L'un des personnages était confronté à une peur bleue et ses cheveux étaient passés du noir de jais au blanc en une seule nuit.

Mais ce n'était pas réel, c'était une fiction. Ça n'arrive pas dans la vraie vie. Si ?

— Mais c'est possible ça ?

— Je ne sais pas quoi en penser, Laura, mais il existe ce vieil adage qui dit que nos cheveux blanchissent avec les soucis, le stress, et pas seulement avec l'âge. De plus, il y a aussi l'aspect génétique mais… en si peu de temps ! En deux semaines, je n'avais jamais vu un truc pareil !

— Il a pu se les teindre, non ?

— Non. Je l'ai vu à l'enterrement de ta mère, le phénomène était déjà en marche.

— C'est… surprenant !

— À l'époque, je me suis penché sur le sujet. D'un point de vue médical, il n'y a aucune explication rationnelle. C'est la mélanine qui colore les cheveux. J'ai tout d'abord pensé qu'après un choc, le corps n'était plus en mesure de trouver l'équilibre et qu'il ne pouvait plus en fabriquer assez mais, pour être franc, je ne sais pas vraiment. J'ai fouillé sur Internet, et j'ai découvert des tas de sites, de forums où des gens expliquent qu'ils ont vu ce phénomène. Chacun y allant de ses propres expériences, j'ai pu lire des centaines de cas similaires, ou presque, à celui de Thomas. Chaque fois, le commencement du processus est lié à un grand stress, un choc émotionnel, une peur bleue. Cela dit, médicalement parlant, ça ne tient pas vraiment.

— Mais tu y crois, n'est-ce pas ? Tu crois à ces événements qu'on a pu lire dans des romans ? Le fait qu'une peur terrible puisse…

— Oui. Avec ce qui s'est passé, je me demande même si…

Cette fois, je me levai d'un bond et commençai à arpenter la chambre. Surpris, Charly s'interrompit et m'observa. Je réfléchissais, je marchais, je réfléchissais.

— Je t'ai dit que Thomas était agité après le décès de maman. Il m'a interdit de te revoir et m'a carrément fichue à la porte de la maison. Son comportement n'était pas normal ni rationnel, d'autant plus qu'il s'agissait de toi et moi.

Charly aussi se leva et, immobile devant le lit, les mains sur les hanches, il me regarda faire le va-et-vient devant lui.

— Et s'il avait vu ou appris quelque chose qui aurait provoqué en lui une peur bleue ? Quelque chose de si énorme qu'il n'aurait pas su comment réagir, pas su comment le gérer ?

— Oui, mais il ne faut pas oublier le décès de maman et mon départ. Tout ça la même journée : il y a de quoi flipper !

— Tout a commencé au décès de ta mère, non ?

— Oui.

Charly hésita, de crainte que je ne sois pas prête à entendre la suite. Je le fixai avec insistance.

— Il y a eu une enquête de routine au décès de ta mère, non ? Il faut qu'on demande à voir le rapport !

— Maman s'est suicidée, Charly. Il n'y a aucun doute là-dessus.

Charly passait frénétiquement sa main dans ses cheveux.

— Il n'y a vraiment plus de doute : tout remonte à cette journée, au décès de ta mère… et…

— Et ?

— Je ne sais pas ce qui lui a fichu une telle frousse mais, pour une raison que nous ignorons encore, il y a un rapport avec moi. Il voulait nous séparer, non ?

— Oui.

— OK. Reprenons. Il a méticuleusement creusé un fossé entre lui et moi mais, pour autant, il ne m'a pas retiré sa confiance, sans quoi il n'aurait pas écrit cette lettre dès le lendemain pour que je me charge de tout après son décès. D'ailleurs, personne n'écrit ce genre de lettre sauf si on se sent menacé ou en danger. Aussi, je commence à me dire que…

Je me rapprochai de lui et le regardai tandis qu'il baissait ses yeux iceberg vers moi.

— Je crois que Thomas ne se serait jamais séparé de toi volontairement. Il n'a jamais pris contact avec toi, n'a jamais cherché à te retrouver ?

— Pas que je sache.

— Alors c'est sûrement ça !

— Quoi ?

— Thomas a fait ce qu'il fallait pour que tu t'enfuies. Et si, contrairement à ce que tu penses, il avait voulu te protéger ?

— Mais me protéger de quoi ? De toi ?

— Je ne sais pas Laura... peut-être...

— C'est ridicule !

— Écoute cet enchaînement.

Il mit ses mains sur mes épaules pour m'immobiliser.

— Pour résumer : le jour du décès de ta mère, Thomas a vu ou a été témoin de quelque chose qui lui a fichu une trouille monstre. Il a tellement peur qu'il se croit peut-être en danger et, immédiatement, il se dit qu'il faut te protéger et t'éloigner à jamais d'ici. Mais, quoi que ce soit, pour je ne sais quelle obscure raison, il tient à ce que cet événement reste secret. Il y réfléchit toute la journée et prend les décisions qui s'imposent. Premièrement, lorsque je suis arrivé dans l'après-midi, très vite, il m'a demandé de partir comme si ma présence le terrorisait. Deuxièmement, le soir venu, il provoque une violente dispute entre vous. Il te connaît mieux que personne – presque autant que moi –, ajouta-t-il en souriant. Il sait que tu es une vraie tête de mule.

— Hé ! T'as fini, oui ?

— Donc, il fait son maximum pour te faire sortir de tes gonds et surtout il sait comment te blesser et te pousser à partir au point de ne plus revenir. En ce qui me concerne, j'ai quelque chose à voir avec cette histoire. Toutefois, malgré son rejet, il a toujours confiance en moi. C'est pourquoi, puisqu'il se sent menacé, il décide d'écrire une lettre me désignant pour prendre les décisions adéquates.

Je le regardai, hébétée, mais réalisant malgré tout que, mis à part quelques trous à combler, le puzzle prenait forme lentement.

— Tu crois que – je déglutis avec peine – ce qu'il a vu ou cet événement dont il a été témoin il y a dix ans vient de refaire surface et qu'on l'aurait assassiné pour ça ?

— Je ne le crois pas, ma belle. J'en suis convaincu !

23

Le poing de Leduc s'abattit à trois reprises sur le bois de la porte. Il regarda autour de lui et reporta son attention sur la porte lorsque celle-ci s'ouvrit.

— Oui ? Qu'est-ce que vous voulez encore ?

L'homme d'une soixantaine d'années était maigrelet et son visage était marqué par le manque de sommeil. Il semblait contrarié par cette visite. Leduc sortit une carte de sa poche et la lui présenta.

— Bonjour, monsieur Gautier. Vous vous souvenez de nous ?

Jacky opina en fronçant les sourcils.

— Vous me prenez pour un sénile prêt pour la gériatrie ou quoi ? Vous êtes venus me déranger ce matin et me poser tout un tas de questions ! Si vous ne vous en souvenez pas, il est pour vous le ticket d'entrée au parc des seniors !

— Nous avons encore quelques questions à vous poser concernant la famille Vallon.

— Concernant la mort de Thomas ? Vous ne pouvez pas le laisser un peu tranquille ?

Leduc opina du chef

— Pouvons-nous entrer ? demanda Dufour en soufflant dans ses mains.

Sans répondre, Jacky s'effaça et les deux hommes pénétrèrent dans la cuisine. Jacky ferma la porte et attendit, immobile dans une posture que ne leur parut pas très coopérative.

— Comment avez-vous découvert le corps ?

Le petit homme haussa les épaules comme si l'événement n'avait aucune importance en soi.

— Je vous ai déjà expliqué ce matin.

— Nous avons un ou deux trous à combler, monsieur Gautier.

Jacky soupira et essaya de se rappeler ce qu'il leur avait raconté quelques heures plus tôt.

— Il y avait au moins deux bonnes semaines que je n'avais pas vu Thomas. La moitié du bois derrière la maison est divisée en deux parcelles que nous nous partageons. J'allais faire le plein pour la cheminée et, pour ça, j'utilise le droit de passage sur le côté du chalet. J'ai vu de la lumière et je me suis dit que j'allais dire bonjour en passant.

— Et c'est là que vous avez vu le corps ?

— En effet.

— Qu'avez-vous fait ?

— J'ai appelé Charles au téléphone pour qu'il vienne.

— Pourquoi ?

Jacky fixa le deuxième homme, le plus petit des deux, qui ouvrait la bouche pour la seconde fois.

— Parce qu'il est médecin et que j'ai bien vu que le petit était mal en point ! Pardi, vous en avez de ces questions !

Dufour fixa Leduc avec une lueur d'amusement dans les yeux.

— Oui, mais pourquoi Charles Revel ? Il y a deux autres médecins, d'après ce que nous avons compris. Alors pourquoi lui ?

— Parce que ce môme, je l'ai connu haut comme trois pommes ! Parce que ce môme était le meilleur ami d'enfance de Thomas et de Laura, et parce que des liens comme ça… ça se respecte. Vous faut d'autres raisons ?

— *Était* le meilleur ami ?

Jacky ne releva pas.

— Ils ne se voyaient plus, n'est-ce pas ?

— Non, en effet.

— Pourquoi ?

— Je ne sais pas. Demandez-le à Charly !

— Nous le ferons, mais qu'en pensez-vous ?

L'homme haussa de nouveau les épaules comme si cette question était parfaitement idiote.

— OK. Bon. Vous vous souvenez de l'heure à laquelle vous avez découvert Thomas ?

Jacky soupira, se déplaça de quelques pas et s'adossa à l'évier derrière les deux hommes. Il regarda d'un air soupçonneux le grand sec qui ne cessait de griffonner dans un carnet.

— Pas exactement. Il devait être environ 21 heures, peut-être 20 h 30.

— Vous n'avez rien entendu aux alentours de 18 heures ?

— Comme quoi ?

— Une dispute ? Des éclats de voix, un coup de feu ?

— Non, je n'étais pas à la maison à cette heure-là. C'est en rentrant ma voiture dans le garage que j'ai vu de la lumière chez lui et que j'ai décidé d'aller m'approvisionner en bois.

Leduc opina avant de poursuivre.

— Quelles étaient vos relations avec Thomas ?

— De bon voisinage, tout simplement.

— Vous étiez ami avec la famille ?

Leduc crut voir sa lèvre inférieure frémir, mais la voix de l'homme était claire et posée lorsqu'il reprit.

— Nous étions de bons voisins, nous nous rendions de petits services de temps à autre, mais chacun avait sa vie et Thomas n'était pas souvent là.

— Guide en haute montagne, c'est ça ?

— Non. Le meilleur guide en haute montagne de toute la vallée.

Leduc hocha la tête lentement.

Dufour toussa dans son poing et son acolyte haussa les sourcils.

— Avait-il une femme dans sa vie ?

Jacky baissa les yeux puis sembla hésiter avant d'affirmer.

— Je ne sais pas.

— Vous êtes certain que vous ne savez pas ?

Jacky plissa les yeux et serra les lèvres avant de répondre.

— Oui, je ne sais pas.

Leduc l'observa puis son sourire s'élargit. Il referma son carnet qu'il rangea dans la poche intérieure de son manteau.

— Bien. Nous vous sommes très reconnaissants d'avoir bien voulu répondre à ces quelques questions.

Jacky opina et se dirigea vers la porte qu'il ouvrit. Il les suivit du regard derrière sa fenêtre puis, lorsqu'ils disparurent à l'angle de la maison, il rabaissa le rideau en soupirant.

Leduc réajusta son pardessus en marchant et serra son écharpe autour de son cou. Ses chaussures de ville étaient pleines de neige et ses pieds trempés et froids.

— Tu as remarqué ? questionna-t-il en regardant son acolyte qui restait silencieux.

— Oui.

Leduc haussa les épaules avec exaspération.

— Pourrais-tu avoir la gentillesse de faire une phrase complète avec un verbe, un sujet et un complément pour répondre à ma question ?

Dufour leva les yeux au ciel.

— Le gamin avait une femme dans sa vie.

— Bravo.

— Merci.

— De rien. Je sais que c'était un effort surhumain pour toi. Tu as raison. C'est plutôt surprenant... Bien que légèrement grincheux, le voisin essaie de répondre franchement à toutes nos questions en donnant des détails comme s'il défendait un vieil ami et, en ce qui concerne la question « avait-il quelqu'un dans sa vie ? », il se contente par deux fois d'un simple « je ne sais pas ».

— Oui.

— De plus, tu as remarqué comme il a évité de répondre à la question sur la relation entre Charly et Thomas ?

— Oui.

— Il fait en sorte de rester à l'écart, mais je peux te garantir que celui-là en sait plus qu'il ne le dit.

— Possible, répondit Dufour, toujours aussi laconique.

— Pour en revenir à la fille, c'est plutôt curieux… Donc, j'en conclus que le « je ne sais pas » est un putain de « oui ».

— OK, mais il y a un hic.

— Je sais. Pourquoi ne s'est-elle pas encore manifestée ?

— Exactement.

— Exactement. Peut-être avons-nous un numéro deux en ce qui concerne les suspects. Allez, c'était le dernier sur la liste à revoir. Y a plus qu'à trouver cette femme !

Les coudes posés sur le bureau, les poings soutenant son visage, Franck Leroux poursuivait sa lecture d'un rapport vieux de dix ans. Il avait passé quelques coups de téléphone, aboyé quelques ordres et recommandations et le rapport du légiste de l'époque était sur le point d'arriver. En attendant, il s'efforçait de feuilleter les quelques éléments sur le suicide de Martine Vallon qu'il avait déjà en sa possession. Il s'imprégna du dossier et, à contrecœur, il devait bien admettre qu'il n'y trouvait rien de compromettant.

Inconsciemment, il s'attendait presque à trouver une anomalie, une preuve manquante ou mal exploitée par ses collègues dix ans plus tôt qui aurait pu laisser croire que ce n'était pas un suicide. Le capitaine en était convaincu, toute cette histoire prenait sa source dix ans plus tôt. Les coïncidences étaient trop évidentes pour les laisser de côté et ne pas s'en préoccuper.

Premièrement : le suicide de Martine Vallon.

Deuxième fait troublant : la fuite de Laura Vallon ce même jour.

Troisième élément : Charles et Thomas deviennent du jour au lendemain des étrangers l'un pour l'autre, et comme l'amour est proche de la haine… autant dire des ennemis.

Il y avait manifestement un élément qu'il n'avait pas encore identifié et qui pourrait relier ces trois faits avec l'assassinat de Thomas Vallon.

Une rivalité entre les deux hommes ? Une histoire d'argent ? De femme ? Leroux était toujours plongé dans ses pensées lorsque quelqu'un frappa à la porte de son bureau.

— Oui ? grogna-t-il.

— Le dossier que vous avez réclamé.

Le capitaine se saisit du document et grimaça au vu de sa faible épaisseur.

— C'est tout ce que vous avez pu réunir ?

— Pour l'instant, oui.

— Continuez ! Je veux tout savoir de sa vie.

— Bien.

L'homme ressortit, laissant le capitaine seul avec sa mauvaise humeur. Leroux se frotta un instant les tempes et fixa le maigre dossier posé sur son bureau.

— Charles Revel… qu'est-ce que tu caches ? murmura-t-il en ouvrant le dossier.

24

Lorsque nous redescendîmes, après quelques pas dans l'escalier je me figeai.

Un homme était dans le salon.

— Désolé d'être entré sans y avoir été invité, dit-il en guise de préambule. J'ai vu la voiture du Doc et j'ai pensé que tu devais être revenue, compte tenu des circonstances.

Sa voix m'était familière. Malgré tout, je ne le reconnus pas tout de suite. Cette dernière décennie n'avait pas été flatteuse pour lui. Les rides s'étaient accentuées, les épaules s'étaient affaissées, la moustache avait blanchi.

— Jacky ?

— Bonsoir, Laura.

Il enleva son chapeau avec nervosité. Sa main droite ne cessait d'en lisser le bord et je remarquai alors que ses cheveux aussi s'étaient clairsemés. Charly, qui m'avait devancée, lui donna une franche poignée de main, tandis que je me rapprochais et acceptais de me blottir dans les bras qu'il avait ouverts.

Jacky était plus qu'un voisin, c'était un ami dévoué. Il s'était fait une petite place dans notre famille après le décès de papa. J'avais toujours pensé qu'il était secrètement amoureux de notre mère et que c'était sa façon à lui de nous le montrer, de prouver son attachement. Par exemple, il nous envoyait le ramoneur une fois qu'il avait terminé chez lui, il réparait la balustrade sans nous en informer parce qu'il savait que Thomas avait déjà suffisamment à faire.

Voilà. C'est ainsi qu'était Jacky : un être bienveillant et attentionné, prêt à rendre service.

— Bonsoir, Jacky. Ça me fait plaisir de te revoir.

— À moi aussi.

Il me dévisagea avec attention, puis son regard dériva vers Charly.

— Tu ne trouves pas qu'elle est encore plus jolie ? Hein, Charles ?

— Sans aucun doute. Malheureusement, toujours le même caractère ! dit-il en riant.

Je lui donnai un rapide coup de poing sur l'épaule et ne fis aucun commentaire.

— Je suis désolé pour Thomas. Si je peux t'être utile, surtout n'hésite pas. D'accord ?

J'opinai. Charly se rapprocha et, une main sur l'épaule de Jacky, il l'invita à sortir tout en parlant.

— Nous avons besoin d'aide, effectivement, à commencer par essayer de comprendre. Lorsque tu m'as appelé hier soir, il était près de 20 h 30. Le légiste a fixé l'heure de la mort aux alentours de 18 heures. Tu n'as rien remarqué ? Du bruit ? Une voiture ? Des éclats de voix ?

Nous nous baissâmes les uns après les autres pour nous glisser sous les bandes jaunes de la gendarmerie et je fermai la porte derrière nous.

Je tournai frénétiquement la bague de maman sur mon annulaire.

— Non. Désolé... Il y a deux hommes de la gendarmerie qui m'ont déjà posé toutes ces questions. Malheureusement, je vais te dire la même chose qu'à eux, je n'ai rien remarqué d'inhabituel et surtout, à cette heure-là, je n'étais pas encore rentré.

L'obscurité nous enveloppait presque totalement et même si nous étions proches les uns des autres, je distinguais tout juste le visage de Jacky.

— Comment se fait-il alors que tu aies trouvé Thomas ?

Je lançai à Charly un regard plein de reproche, mais il ne le remarqua pas.

— Par hasard, en fait. Je venais d'arriver et de rentrer la voiture au garage. Les volets de votre maison n'étaient pas fermés et cela faisait un bon moment que je n'avais pas vu Thomas. Alors, puisque j'avais besoin de ramasser du bois, j'ai décidé de venir faire un saut, juste pour échanger trois ou quatre mots, m'assurer que tout allait bien, après quoi je serais reparti; mais, en approchant, j'ai vu par la fenêtre le corps de Thomas étendu sur le sol et je t'ai appelé directement.

Charly s'immobilisa devant le pick-up.

— Je vois.

— Est-ce que la gendarmerie a une piste?

Charly me fixa et, sans réponse de ma part, il poursuivit:

— On sait maintenant que ce n'était pas un suicide.

Les yeux de Jacky s'écarquillèrent puis il opina du chef avec lenteur, le temps d'assimiler la nouvelle. Il gonfla ses poumons d'air puis expira.

— Je comprends mieux toutes ces questions, maintenant.

Charly ouvrit la portière du pick-up et se mit au volant tandis que Jacky m'embrassait sur la joue en réitérant ses recommandations.

— Si je peux aider, surtout appelle-moi. Tu es à l'auberge?

— Non, chez Charly. Merci, à bientôt.

— Oui, à bientôt.

Je fis le tour de la voiture et le regardai s'éloigner. Il semblait fatigué. Il regagna sa maison en marchant lentement, les mains dans les poches, sa tête dodelinant légèrement à chacun de ses pas.

Le moteur était en marche. Charly avait mis le chauffage, mais il ne démarra pas aussitôt. Il tourna la tête vers moi dès que je refermai la portière.

— Tu ne trouves pas ça bizarre?

— Si. Mais en ce qui me concerne, je suis complètement parano. Tu as pensé à la même chose que moi?

— Tu vois quelqu'un allongé par terre depuis la rue, quel est ton premier réflexe?

— Porter secours!

— Alors, on pense à la même chose! En tant que médecin, je l'ai souvent constaté: le premier réflexe, même devant une personne que tu ne connais pas, est de vérifier la respiration, et ensuite d'appeler les secours.

— Je sais. Cela dit, il a peut-être vu l'arme et envisagé le pire.

Charly soupira.

— Peut-être, en effet.

— Tu ne trouves pas qu'on est dingues ? Jacky a toujours été adorable avec nous. Il n'avait aucune raison de faire le moindre mal à Thomas.

— Ça, on n'en sait rien du tout. C'est vrai que ce n'est pas un mauvais bougre mais moi, je me souviens aussi que Thomas le trouvait envahissant.

— Il n'était pas envahissant ! Il nous a toujours apporté son aide, souviens-toi le nombre de fois où nous lui avons demandé de veiller sur maman. Il cherche juste à se rendre utile.

— Oui, mais aucun de nous trois ne le connaît réellement. Un voisin amical, certes, mais tu connais sa famille ? Tu connais ses amis ?

— Ça ne fait pas de lui un meurtrier ! dis-je en criant.

— T'énerve pas. C'est une supposition comme une autre.

— Je ne m'énerve pas.

— Si, tu cries.

— Non, je ne crie pas.

— Et c'est reparti !

Je coulai un regard oblique vers lui et fis une moue qui eut pour résultat de le faire rire.

— Non, on est ridicule, Charly. Ça ne peut pas être Jacky : il est notre ami !

— Eh bien justement ! Quand une femme est retrouvée morte, qui est le premier suspect ?

— Son mari, répondis-je dans un souffle en mordillant ma lèvre inférieure.

— Plus il y a de liens affectifs, plus c'est possible ! Bouboule pense bien que ça pourrait être moi ! Et puis, je ne suis pas expert mais je crois à la première règle dans une enquête.

— Quelle première règle ?

Son sourire s'élargit jusqu'aux oreilles lorsqu'il me regarda.

— Le premier témoin est aussi le premier suspect !

Nous regagnâmes la maison en silence, lui absorbé par la conduite sur la route légèrement verglacée en cette nuit tombante, moi ruminant et boudant en réfléchissant à son hypothèse.

Lorsque nous arrivâmes, j'étais convaincue que cette piste n'était qu'un leurre. Jacky en savait peut-être plus qu'il ne le prétendait, mais il n'était pas notre coupable. J'avais au moins autant confiance en lui que j'avais confiance en Charly.

J'étais exténuée par toute cette angoisse, par la perte de Thomas, par le froid, par tous ces visages surgis du passé qui ressuscitaient les uns après les autres, sans me laisser de répit.

J'avais envie de m'étendre et de ne plus penser à rien. Une petite voix pourtant ne cessait de me rappeler à l'ordre : « De quoi donc Thomas a-t-il eu si peur ? »

Je supposai que Charly cogitait aussi car, pendant tout le trajet, il avait gardé les sourcils froncés et une barre de concentration avait orné son front.

Machinalement, je m'emparai d'un sac de course tandis que Charly prenait l'autre. Loupa n'avait pas réapparu. La maison était chaude, aussi enlevai-je mon manteau et mes bottes dans l'entrée.

Charly rangea les courses et se planta devant moi.

— Laura, si ça ne t'ennuie pas, je vais te laisser seule. Je vais m'occuper de faire remorquer ta voiture jusqu'ici et en profiter pour filer un moment au cabinet. Je viens de me rendre compte que je n'ai même pas pris le temps d'appeler Frédéric de la journée.

— Ne t'inquiète pas pour moi. De toute façon, Ellie a dû m'expédier ses corrections à présent, alors moi aussi, je vais travailler un peu. Ça me changera les idées.

Charly approuva d'un signe de tête tout en mettant une écharpe.

— Est-ce que je peux utiliser ta salle de bains ?

— Fais comme chez toi et si je rentre tard, ne t'inquiète pas et mange ce que tu veux. Il y a une pizza à réchauffer si tu en as envie. Aïe !

— Quoi ?

— J'ai oublié de t'apprendre à te servir du micro-ondes. Tu crois que tu sauras appuyer sur un bouton sans faire exploser ma cuisine ?

Je fronçai le nez et lui lançai à la figure le premier coussin que j'attrapai. Il esquiva le projectile du bras et éclata de rire en se dirigeant vers la sortie. Il enfila sa veste et tourna la poignée de la porte. Toutefois, avant de disparaître, il se retourna vers moi.

— Je suis content que tu sois là.

Il me fit un clin d'œil et s'éclipsa. Je ramassai le coussin que j'avais lancé en souriant et eus l'impression que ces années d'absence n'avaient pas eu d'emprise sur nous.

La maison redevint silencieuse, hormis le crépitement du feu qui léchait doucement les vitres de la cheminée. Comme je l'aurais fait chez moi, je fis un tour dans pratiquement toutes les pièces pour allumer les lampes sans pour autant oser m'aventurer dans la chambre de Charly.

La nuit était tombée, le vent soufflait par rafales, et les bourrasques me faisaient frissonner.

Je cherchai de la musique et finis par découvrir un meuble avec télévision et chaîne stéréo. Je fus tentée d'allumer la télévision pour regarder le journal de Claire Chazal mais décidai que j'avais déjà assez de mes propres malheurs à porter sans porter ceux du monde entier.

J'appuyai sur le bouton lecture des CD et la voix sensuelle de Nora Jones remplit la pièce tandis que je traversais le bureau de Charly pour rejoindre la salle de bains.

Après m'être délassée dans un bain chaud, je dus passer la main sur le miroir pour essuyer la buée et apercevoir mon visage. Mes traits étaient tirés, une légère bosse poussait comme un champignon sur le haut de mon front, et les cernes sous mes yeux étaient la cerise sur le gâteau. De plus, j'avais un énorme bleu à la fesse depuis ma chute de la veille.

Pas brillant, tout ça, ma pauvre Laura ! C'est pas encore aujourd'hui que tu vas te taper Brad Pitt ! pensai-je en m'examinant.

J'hésitai à me rhabiller pour être présentable au retour de Charly puis décrétai qu'il m'avait vue nue, m'avait vue au réveil avec les cheveux hirsutes, alors une décennie plus tard, il pouvait bien tolérer de me voir en pyjama. Je revins donc dans le salon, pieds nus, pantalon de pyjama et top à bretelles.

Tout en plaçant une pizza dans le micro-ondes – croquettes pour bipède, ça, je savais faire, pensai-je en me remémorant les moqueries de Charly –, j'allumai mon ordinateur portable et me connectai à mes mails.

La Bohême d'Aznavour me tenait compagnie. Je supprimai quelques mails publicitaires sans y jeter un œil puis ouvris celui d'Ellie.

Je dévorai la moitié de la pizza tout en approuvant la traduction de mon associée. Elle s'était surpassée ! Dans quelques semaines, *The Last Day* serait partout en vente et nous pourrions nous atteler à un autre projet.

Je refermai ma boîte mail, éteignis mon ordinateur et débarrassai mon dîner.

22 h 40. Je tournais en rond dans le salon.

Loupa n'était pas là, pourtant je la cherchais du regard avec cette curieuse sensation au creux de l'estomac d'être observée, d'être épiée. Je chassai cette idée de ma tête tout en scrutant, au cas où, la maison autour de moi.

Chris Isaak entamait son légendaire *Blue Hotel*. Je décidai de m'allonger sur le canapé près du feu et d'attendre le retour de Charly.

L'image d'un Thomas aux cheveux blancs ne cessait d'envahir mes cauchemars. Je me retournai plusieurs fois, les larmes roulant sur les joues, afin de me dérober aux griffes du sommeil. Je finis par m'agiter et, le cœur serré, réprimant un cri, je me réveillai en sursaut.

Autour de moi, les lumières s'étaient tamisées. Où était Charly ?

D'un revers de la main, j'essuyai mes larmes et me tournai vers la cuisine.

2 h 45.

Pour la première fois, je remarquai qu'une couverture avait été déposée sur moi et que la musique s'était tue. Le cœur battant au souvenir de cet affreux cauchemar, je me faufilai pieds nus vers la chambre de Charly et entrouvris la porte. La luminosité du feu jeta un rai de lumière sur son lit. La lueur vacillait sur lui au même rythme que dansaient les flammes.

Le drap dévoilait son torse nu. Il semblait dormir à poings fermés, avec un souffle régulier et paisible. Je l'observai quelques secondes et, à regret, m'apprêtais à rebrousser chemin lorsque j'entendis sa voix.

— Viens.

Charly n'avait pas ouvert les yeux mais, contrairement à moi, il avait toujours eu le sommeil léger. Indécise, je le fixai en évaluant les deux opportunités qui s'offraient à moi : retourner sur le canapé ou aller dormir près de Charly.

— Sois pas sotte, viens.

Il ouvrit les yeux et me dévisagea avec une expression étrange dans le regard, une certaine tranquillité dans les yeux. Il se poussa à l'extrémité du lit et tapota la place à côté de lui.

N'attendant pas d'autre invitation, je me faufilai entre les draps, position sur le côté en chien de fusil. Charly se rapprocha de moi et encastra son corps dans le mien, son torse épousant mon dos. Son bras droit passa sur ma taille et il me tira pour me serrer contre lui.

Je soupirai et fermai les yeux.

Je bougeai légèrement la tête en arrière et collai mon nez contre son cou. Il émanait de lui une odeur agréable, un subtil mélange de parfum et de cigarette. J'aimais cette odeur chez lui. Quelques instants plus tard, j'entendis son souffle calme et régulier contre ma nuque. Il s'était rendormi.

Je pensai à lui, je pensai à mon frère, puis rouvris les yeux.

Thomas… Qu'est-ce qui avait bien pu te flanquer les jetons à ce point ?

25

L'assassin était là, assis dans sa voiture à observer. Il ne bougeait pas. Il épiait, il traquait. Il était arrivé au moment où la nuit tombait. Il fallait se rendre à l'évidence, sa position camouflée dans les sapins, dans la pénombre, n'était pas le point d'observation idéal mais, parfois, il fallait savoir se contenter de ce qu'on avait.

Il avait coupé le moteur depuis longtemps parce qu'il ne voulait pas attirer l'attention sur lui, et la voiture s'était refroidie. Tout en observant la maison, il gratta une allumette prise à l'auberge Revel et alluma sa cigarette. Au moment où la flamme illuminait son visage, ses traits apparurent, froids et tendus. L'angoisse, l'envie de réussir se lisaient sur son visage. Il serra les mâchoires et pensa pour la centième fois qu'il n'avait pas le choix.

Cela faisait un long moment qu'il était là et qu'il observait ce qu'elle faisait, une fois seule. Après la gendarmerie, le chalet, il pouvait enfin souffler, se reposer et observer sans crainte d'être repéré. Il soupira en se disant qu'il avait de la chance. Laura avait tout laissé tomber et était rentrée au pays directement en apprenant la nouvelle. Il n'en demandait pas tant.

Mais voilà, il avait commencé le travail et, il le savait, il ne pouvait pas s'arrêter en si bon chemin. Il ne s'arrêterait qu'après sa mort à elle. Alors, il aurait rendu justice, oui, et tout irait mieux, tout rentrerait dans l'ordre et il pourrait enfin passer à autre chose.

À présent qu'il observait la maison, il pensa que Laura était devenue belle, même très belle. Il se raidit, s'immobilisa et retint sa respiration en la voyant revenir de la salle de bains. Elle portait un bas de pyjama et un haut à bretelles. Toutes les lumières de la demeure étaient allumées ; elle lui facilitait la tâche.

Il songea qu'elle n'avait pas conscience de sa beauté et de l'effet qu'elle pouvait avoir sur les gens. Elle était séduisante, avec ses cheveux encore mouillés. Il la trouvait vraiment magnifique. Elle semblait fragile, exténuée. Elle lui semblait plus mince qu'avant…

Elle était assez grande pour une fille, enfin une femme à présent. Elle avait vingt-huit ans. Son teint était toujours aussi pâle. De loin, ses yeux étaient luisants comme deux pierres noires. Son regard était triste, perdu, apeuré. Ses cheveux bouclés étaient plus longs qu'autrefois. Ils lui arrivaient à la taille, à présent.

Il soupira, se concentra sur ce qu'il avait à faire. Il tira avec avidité sur sa cigarette et expulsa la fumée par le nez. Dans la nuit, on ne distinguait que le point rouge incandescent de sa cigarette.

Il se redressa sur son siège, regarda autour de lui avant de reporter son attention sur la maison. Après avoir dîné et refermé son ordinateur, elle s'était allongée sur le canapé. Cela faisait au moins une demi-heure qu'elle n'avait plus bougé, et il en déduisit qu'elle s'était endormie. Il devait rentrer lui aussi et se reposer. Il était exténué et il savait qu'il devait garder la tête froide. Il ne devait penser qu'à son plan et agir le moment venu.

Surtout se maîtriser et ne penser qu'à la raison pour laquelle il devait la tuer. Sa vengeance avait besoin d'être assouvie, et après, oui après, il serait enfin en paix.

Il aspira une dernière bouffée de son funeste poison, prit sa cigarette entre le pouce et l'index et l'écrasa. Après un dernier coup d'œil vers la maison, il mit le contact et démarra.

Sam fixa Ellie avec lassitude. La jeune femme avait retiré ses bottes et, les jambes repliées en tailleur sur le canapé, elle n'avait pas dit le moindre mot, eu le moindre hochement de tête, émis le moindre grognement pendant son récit. Elle s'était contentée de le fixer à travers le nuage formé par sa fumée de cigarette, le regard et le visage impassibles, ne trahissant aucune émotion particulière.

Sam se leva, se dirigea vers la fenêtre et plongea les yeux vers le boulevard en contrebas. Malgré l'heure tardive, il vit dans la lumière d'un lampadaire un couple enlacé descendre la rue. Le rire de la femme résonna dans le silence de la nuit et le couple s'arrêta un instant pour s'embrasser. Les vitrines des magasins parisiens avaient revêtu leur manteau de fête pour célébrer Noël. Son regard fut attiré par un autre mouvement de l'autre côté du boulevard. Un groupe de jeunes gens venait de sortir d'un bar, et discutait probablement du programme du reste de la soirée.

Se tournant légèrement vers Ellie, les mains dans les poches, il demanda :

— Alors ?

— Elle n'est vraiment au courant de rien ?

Sam se désintéressa du groupe de jeunes gens pour revenir vers Ellie et s'installa sur le canapé en face d'elle.

— Non.

Pour toute réponse, Ellie éclata de rire.

— Si seulement elle pouvait avoir la même réaction que toi ! souffla-t-il légèrement angoissé en y pensant.

— N'exagère pas. Ça partait d'une bonne intention.

— Tu crois que c'est ce qu'elle pensera ?

— Non. C'est sûr que non ! fit la jeune femme, les épaules encore secouées de rire.

— Hum.

— Arrête, Papé, tu te mines pour rien. Laura ne t'en voudra pas ou, au pire, elle te pardonnera vite, c'est certain. Par contre, lui… il va morfler sévère !

Sur ces derniers mots, le visage de Sam se rembrunit légèrement.

26

Le vent soulevait mes cheveux au rythme des accélérations et me faisait un peu larmoyer. Je clignai des paupières à plusieurs reprises pour éclaircir ma vision et collai mon corps contre le dos de Charly. J'avais glissé les mains à l'intérieur de son blouson, ayant pris l'habitude de sentir battre son cœur contre ma paume et de caler le mien au rythme de ses pulsations. Je me sentais vivante.

Charly pencha la moto pour amorcer le dernier virage avant de s'engager sur la route nationale, s'éloignant du village des touristes. Autant par envie qu'à cause de la force centrifuge, mon buste épousa le sien pour ne faire plus qu'un et suivre le mouvement. J'évitai adroitement un coup de casque lorsqu'il accéléra sur la ligne droite et posai mon menton sur le haut de son épaule pour admirer le paysage qui s'étalait devant mes yeux.

Nous nous étions embrassés pour la première fois deux mois plus tôt sur le perron de l'auberge et, malgré nos souffrances familiales, nous nous évertuions à créer un cocon de bonheur, une bulle commune en dehors du temps.

J'avais fait mon entrée à la fac de lettres tandis que Charly poursuivait ses études de médecine, mais j'avais toujours cette curieuse sensation au creux de l'estomac, cette peur d'envisager l'avenir de crainte que le doux rêve se brise.

J'avais deux hommes dans ma vie : un frère admirable et dévoué et Charly que j'aimais plus que tout. Rien n'aurait pu dissiper mon bonheur.

La moto pencha à nouveau sur la droite et je ressentis la décélération progressive. Je vis Charly lever la tête et se retourner à plusieurs reprises pour scruter le ciel avant de m'apercevoir qu'il fouillait l'intérieur de son blouson à la recherche de mes mains. Il posa son gant droit sur mes mains pour capter mon attention, ouvrit sa visière et attendit que j'en fasse autant.

— Le temps se gâte. On ne va pas y échapper ! Accroche-toi.

Charly accéléra et essaya de gagner de précieuses minutes sur les nuages noirs qui nous poursuivaient mais quelques instants plus tard la pluie s'abattit avec force sur nous, nous laissant sans défense et trempés jusqu'aux os.

Le dos trempé, tout comme les jambes de mon jean, je me collai contre Charly en tremblant. Celui-ci redoubla de prudence malgré la vitesse et, enfin, la moto tourna sur le chemin et j'aperçus le lac dans ma ligne de mire. La pluie tressautait et rebondissait sur la surface de l'eau. La différence de température entre la pluie froide et la tiède étendue du lac provoquait une légère brume qui s'étirait sur toute la surface de l'eau.

J'écarquillai les yeux devant un spectacle d'une telle beauté. Nous laissâmes la moto dans la grange et, en vitesse, nous nous précipitâmes dans la maison.

Le ciel d'encre s'assombrissait plus encore au fur et à mesure que la pluie redoublait d'intensité.

Charly ôta son casque et défit son blouson qu'il posa sur la table avant de m'aider à faire de même. Il retourna vers l'entrée et actionna l'interrupteur. L'unique ampoule s'éclaira et le bruit distinctif du filament qui lâche se fit entendre avant de replonger la pièce dans l'obscurité.

— Tu sais où il y a d'autres ampoules ? demandai-je pour me rendre utile.

Charly glissa un œil vers moi. Immobile au milieu du salon, je tenais les bras serrés contre moi et luttais pour ne pas trembler de froid. Mon jean était trempé et mon T-shirt dégoulinait sur le sol.

— Mais qu'est-ce que c'est que ce temps ? On ne se croirait pas mi-septembre ! grinça-t-il en louchant vers la fenêtre au passage tandis qu'il ouvrait la porte de la salle de bains.

Il revint vers moi avec des serviettes sèches qu'il me tendit. J'acceptai avec un sourire et m'empressai de m'essuyer le visage et de sécher mes cheveux dégoulinants de pluie tandis que Charly ressortait pour aller dans la grange. Il revint les bras chargés de sarments et de bûches et s'activa près de la cheminée. J'en profitai pour ouvrir plusieurs tiroirs et dénichai des bougies que j'allumai et disposai aux quatre coins de la pièce. Quelques instants plus tard, les flammes montèrent dans l'âtre et la chaleur commença à se répandre dans la maison.

— Ça va ? demanda-t-il en voyant mes lèvres légèrement bleuies par le froid.

J'opinai, me dirigeai vers lui, me lovai contre lui en nichant ma tête dans le creux de son cou.

— Et moi qui t'avais promis de piquer une tête dans le lac avant le changement de saison ! Je crois qu'on est arrivés trop tard, hein ? dit-il en souriant.

Je levai la tête vers lui et mon sourire illumina mes yeux avant qu'un léger voile ne vienne atténuer cette intensité et assombrir mon regard.

— Oh non, Laura. Hors de question, murmura-t-il doucement. On oublie tout. Ta famille, la mienne. Aujourd'hui, c'est rien que nous deux et tout doit rester derrière nous.

— Oui, on oublie tout.

— Alors, commence par me sourire.

— J'ai mieux que ça en réserve.

— Ah oui ?

— Oui, soufflai-je en me hissant sur la pointe des pieds pour l'embrasser.

Nous nous embrassâmes avec lenteur, savourant cet instant de répit avant que Charly ne m'écarte doucement de lui.

— Qu'est-ce qui se passe ?

— Je suis trempé, répondit-il en enlevant son T-shirt qu'il étendit sur la chaise près du feu.

Lorsqu'il posa les yeux à nouveau sur moi, je souriais d'un sourire inhabituel.

— Quoi ?

— Je suis trempée aussi, affirmai-je en me collant contre lui et en levant les bras.

Charly m'enleva mon T-shirt doucement avant de passer au reste de mes vêtements. Tous deux nus devant la cheminée, je *le regardais en caressant son visage avant de dire presque pour moi-même :*

— Toi et moi.

Charly m'embrassa, s'allongea contre moi et confirma pour la première fois :

— Rien que toi et moi, ensemble.

Ce fut cet après-midi de septembre, sous un ciel d'encre et une pluie battante, que nous devînmes amants.

27

Je dormis longtemps, d'un sommeil profond et réparateur. Je m'étirai comme Pompom aurait pu le faire et, d'une main, tâtai le lit à côté de moi. Je clignai des yeux plusieurs fois pour m'acclimater à la lumière du jour. Charly n'était plus là. Je m'étais très vite endormie, bercée par le rythme de sa respiration. Les années avaient passé et j'avais oublié l'effet que cela faisait de dormir avec lui.

Je me levai et, le pas lourd, me traînai jusqu'au salon.

— Charly ?

Pas de réponse.

Tout en appuyant sur ma crinière pour essayer de la lisser, je continuai mon inspection et me dirigeai vers le bureau.

— Charly ?

Soudain, je la vis : une note à mon intention, posée sur le bar.

Tu dormais si bien que je n'ai pas eu le courage de te réveiller.

J'ai appelé le légiste, il nous attend en fin de matinée. Sauf si tu changes d'avis...

Je fais un saut au cabinet, et repasse te prendre vers 10 h 30.

Charly.

Je reposai la note et regardai l'horloge. 9 h 00.

Inutile de se presser. L'odeur du café frais me titillait les narines et je me dirigeai vers elle. Je fronçai les sourcils en apercevant un Post-it collé sur la cafetière.

Je le décollai et lus :

Interdiction ➡➡➡➡➡,
C'est pas bon pour ce que tu as

Intriguée, je suivis les flèches du regard et découvris un autre papier accroché sur la porte du réfrigérateur.

Ouvre-moi…

Je m'exécutai en souriant. Bien en évidence, au milieu de la première étagère : une bouteille de lait et une bouteille de jus d'orange me tendaient les bras ainsi que des fruits et du pain de mie.

Ça c'est mieux !!!

Je ris de bon cœur mais, malgré toute cette peine, sans la moindre hésitation, je refermai la porte du réfrigérateur, attrapai une tasse suspendue sous le placard et, avec envie, saisis la poignée de la cafetière. C'est mal me connaître, Charly !

Au moment où je me servais une grande tasse, j'aperçus un autre mot de couleur de l'autre côté de la cafetière. Je la reposai et tirai sur le papier jaune pour le décoller.

Je savais que tu ne m'écouterais pas !!!

J'éclatai de rire. Si, finalement, Charly me connaissait bien…

Après avoir bu deux grandes tasses de café, je me préparai. J'enfilai une longue robe pull noire, chaussai mes bottes et pris une courte veste de cuir. Je me maquillai très légèrement et, pour une fois, fus satisfaite de ne plus avoir de cernes sous les yeux.

Je revins au salon et, jetant un œil par la fenêtre, je constatai que ma Smart était garée devant la maison.

Tout en remerciant mentalement Charly, j'attrapai mon téléphone portable dans mon sac. J'écoutais mon répondeur au moment où Charly fit irruption dans le salon.

J'avais trois messages. Un de Sam qui réclamait des nouvelles et annonçait son arrivée pour le lendemain, puis un autre d'Ellie qui me confirmait que *The Last Day* était envoyé à l'éditeur. Elle ajoutait qu'elle avait pris le premier vol et me contacterait en arrivant.

Le troisième émanait de Me Ledol, notre notaire, qui me présentait ses condoléances et demandait que je le rappelle. Je l'enregistrai pour conserver son numéro de téléphone.

— Ça va, ce matin ? demanda Charly en me voyant reposer mon téléphone.

— Ça va. Tu as bien dormi ?

— Très bien. J'avais oublié à quel point tu pouvais avoir le sommeil profond. Je me demande si un tremblement de terre suffirait à te réveiller !

— Merci pour hier soir.

Il ne releva pas et questionna :

— Tu n'as pas changé d'avis ?

— Non.

Charly opina, regarda l'horloge de la cuisine et attendit en se tournant vers la porte qu'il avait laissée ouverte. Il portait un jean bleu délavé qui tombait sur ses brodequins ainsi qu'un gros pull irlandais noir.

Je le trouvais séduisant et, au moment où je passais près de lui, tout en attrapant mon bonnet et mon manteau, l'effluve d'un mélange d'après-rasage et de cigarette m'enivra et je fermai les yeux une seconde pour me ressaisir.

Charly avait dû fumer dans le pick-up car cette vague odeur de cigarette flottait parfois autour de moi. Il me parlait de son travail, d'une anecdote amusante avec un touriste et je me contentais de sourire, sachant parfaitement qu'il s'employait à détourner mon attention et me faire oublier que nous nous dirigions vers la morgue.

— Je ne savais pas que tu avais gardé l'anneau.

N'ayant pas réellement écouté, je remarquai néanmoins que cette phrase était incongrue entre « fracture – gamin –, piste et urgence » et je fronçai les sourcils.

— Lorsque tu dormais, ce matin, j'ai vu que tu portais ma bague en pendentif.

Mon visage dut se rembrunir. Je baissai la tête par réflexe en direction de l'anneau puis me perdis dans la contemplation du paysage à travers la vitre, avant d'ajouter :

— Je n'ai pu me résoudre à m'en séparer.

Charly eut un drôle de sourire puis changea de sujet.

— Je ne pourrai pas être avec toi cet après-midi. Il faut que je remplace Frédéric. Il sera à nouveau de garde cette nuit alors je préfère qu'il se repose cet après-midi.

— Je vais probablement devoir aller voir le prêtre et…

— Tu veux que je t'accompagne ?

— Non, merci, Charly, ce n'est pas nécessaire.

— Oui mais, il n'empêche, tu ne devrais pas y aller seule.

Je ne voulais pas qu'il abandonne tout à cause de moi.

— Je viens d'avoir un message de mon associée. Elle est sur la route et ne va pas tarder à arriver. Ellie m'accompagnera.

Charly tiqua en cherchant un moyen de pouvoir m'accompagner puis, devant mon air déterminé, il approuva.

Devant nous se dressa bientôt le bâtiment de l'hôpital de l'Hôtel-Dieu. Ce nom était parfaitement crétin pensai-je. Ce n'était ni un hôtel ni la demeure de Dieu ! À moins que ne soient dites ici plus de prières que dans une église ?

Charly contourna l'entrée principale réservée aux urgences et gara le pick-up au sous-sol. Je le suivis en jetant des regards circulaires autour de nous. Nous prîmes l'ascenseur, plusieurs couloirs de couleur jaune pâle puis finalement, en passant deux portes battantes, nous arrivâmes dans une salle d'attente où s'agglutinaient des patients.

Charly s'assit, alors je l'imitai. À côté de nous, une jeune femme essayait de calmer son enfant en le berçant et lui chuchotait des mots affectueux avec tendresse. Je lui souris puis reportai mon attention devant moi où un couple de personnes âgées murmurait.

Charly me regarda et je vis l'expression de son visage changer. Je me détournai pour voir ce qui avait provoqué ce changement. Un médecin aux cheveux un peu trop longs serrait la main d'une jeune femme en guise d'au revoir puis il referma la porte derrière elle et s'avança vers nous.

— Bonjour, Charles. Mademoiselle Vallon.

— Laura, je te présente Édouard Simon. C'est Édouard qui s'est occupé de Thomas.

Je lui serrai la main. L'homme devait avoir une petite quarantaine d'années, il portait une barbe de trois jours, des lunettes rondes dissimulant des yeux fatigués. Il nous indiqua un autre couloir dans lequel nous nous engageâmes.

— Il n'est pas médecin légiste ? murmurai-je à l'intention de Charly.

J'étais surprise de le voir effectuer des consultations avec « des vivants ». Charly opina pour confirmer. Nous suivîmes le médecin sur plusieurs mètres, puis restâmes à sa demande dans une autre salle d'attente.

Une fois seuls, Charly se tourna vers moi.

— Il est médecin légiste, mais médecin avant tout. Les autopsies occupent environ 20 % de son temps, et encore… La plupart du temps, il s'occupe de patients comme toi et moi.

Le moment crucial sur le point de se produire, je dus reconnaître que j'étais terrifiée.

— Comment ça se passe ?

Le regard de Charly s'adoucit. Il savait par expérience que ce n'était pas une situation facile et tenta de m'expliquer avec des mots simples.

— Eh bien, il nous a demandé d'attendre pendant qu'il prépare Thomas. Hum, Thomas sera sur une table et recouvert d'un drap, environ jusqu'aux épaules. Je lui ai demandé de faire ce qu'il pouvait pour atténuer le…

Il n'avait pas prononcé de mot, mais son doigt s'était mécaniquement levé pour désigner son front.

— Si tu te sens mal, si tu changes d'avis, tu n'auras qu'à me le dire, d'accord ?

— Tu viens avec moi ?

— Oui. Sauf si tu ne veux pas, bien entendu.

— Je veux que tu viennes, dis-je en m'accrochant à son bras.

Charly s'apprêtait à répondre lorsque le légiste refit irruption.

— Venez.

Je m'avançai, Charly sur mes talons. Le médecin nous fit pénétrer dans une petite salle aménagée en salon et je stoppai en apercevant Thomas.

Il était allongé là, au milieu, paisible, attendant notre visite. La main chaude de Charly se glissa dans la mienne et je la serrai avant de la lâcher et de m'approcher de mon frère. Thomas semblait en paix. Un drap recouvrait son corps jusque sur le haut des épaules, comme pour le protéger du froid qui semblait omniprésent dans cette pièce.

Je frissonnai puis remarquai qu'il n'avait pas beaucoup vieilli. Ses cheveux étaient coupés court et je songeai que cette couleur blanc argenté lui convenait bien, lui donnant un air sexy. Conformément aux consignes de Charly, son front était bandé ; rien ne pouvait laisser supposer sa blessure et j'en fus extrêmement soulagée.

Une larme roula sur ma joue mais je ne tentai rien pour la retenir. La fossette sur la joue gauche de Thomas était toujours là. Je l'admirai et, inconsciemment, priai pour qu'il se redresse.

Le fameux pacte était de retour.

Je me tournai vers Charly et contemplai un instant son regard brillant de larmes. Je fermai les yeux un long moment puis la main de Charly m'étreignit l'épaule. Je hochai la tête et nous sortîmes.

Je déambulai dans le couloir, guidée par la main de Charly, lorsqu'une voix nous interpella.

— Mademoiselle Vallon ?

— Oui ?

Il s'agissait du légiste. Il marchait vers nous d'un pas pressé, un paquet dans les mains.

— Ce sont les affaires personnelles de votre frère, enfin, les bijoux et choses de ce genre que j'ai conservés pour vous.

Il me tendit le paquet mais comme je restais inerte, telle une statue, une fois de plus, Charly me devança.

— Merci, Édouard, dit-il en prenant le paquet.

Le médecin opina puis se détourna. Je regardai sa silhouette disparaître, les pans de sa blouse blanche dansant de droite à gauche à chacun de ses pas.

Je sentis à nouveau Charly m'attraper par le bras et m'entraîner avec lui.

— Viens…, ordonna-t-il.

Je le suivis, comme un automate, et nous nous arrêtâmes au bout du couloir, face à la baie vitrée, devant une banquette en tissu gris clair. Je m'installai tout en observant le paquet que Charly avait posé sur mes genoux. Lui, resta debout et sembla chercher quelque chose ou quelqu'un du regard.

— Je te laisse seule un instant. Je crois que, cette fois, tu as besoin d'un remontant. Il doit bien y avoir une machine à café dans le coin.

J'opinai puis le regardai s'éloigner avant de reporter mon attention sur le paquet que j'ouvris. Il contenait deux objets emballés dans des sacs individuels transparents.

Je plongeai la main à l'intérieur. Le premier contenait le portefeuille de Thomas. Je le mis de côté pour m'intéresser à l'autre paquet : sa montre. Elle était en métal avec un cadran rouge. Je la touchai, la caressai du bout des doigts, écoutai le tic-tac régulier et l'enfilai. Je dus la resserrer au maximum et, malgré cela, elle ballottait légèrement sur mon frêle poignet.

J'ouvris le deuxième sachet et pris délicatement le portefeuille de Thomas. J'y trouvai une carte grise, son permis de conduire, des cartes de crédit et je soupirai en songeant qu'il fallait aussi que je m'occupe de ça : aller à la banque, obtenir un certificat de décès et tout le reste.

Je continuai mon inspection et découvris dans la poche intérieure plusieurs photos. Je souris en regardant la première : un simple Photomaton pas très flatteur, passé et jauni par le temps. J'étais assise sur les genoux de Thomas et ne devais pas être âgée de plus de onze ans ; lui en avait dix-sept. J'avais la tête penchée en arrière par mes éclats de rire parce que Thomas me mangeait l'intérieur du cou, mimant un vampire assoiffé de sang. Je ris à ce souvenir avec tendresse. J'observai longtemps ses traits, sa jeunesse, ses yeux rieurs essayant de capter l'objectif malgré la pose.

Je finis par la glisser derrière et observai la deuxième photo. Mon cœur se mit à palpiter de plus en plus vite. Nous étions tous les trois, Thomas, Charly et moi. Celle-ci avait été prise à notre insu par Lucie quelques mois avant son décès, à l'époque où Charly et moi n'étions pas encore en couple. Ce devait être en avril ou mai, et nous étions attablés à une terrasse de café chez les touristes. Thomas est de profil, le nez plongé dans le journal local. Il a les cheveux un peu trop longs, un peu hirsutes. À côté de lui, mes deux mains enserrent ma tasse de café et je souris en le regardant. De l'autre côté de la table ronde, Charly est adossé à sa chaise, les jambes tendues, les pieds croisés. Ses yeux de glace sont masqués par des lunettes de soleil. Il tient une cigarette à la main.

Je pensai à sa manière de fumer, en tenant sa cigarette de la main droite entre le pouce et l'index, à la façon de Gainsbourg ou de James Dean, comme un mauvais garçon.

Nous étions si jeunes ! C'était avant Lucie, avant maman, avant tous les drames et avant que Charly…

« Tu le lui as dit ?

— Non. Je n'en ai pas eu le temps.

— Et ce n'est plus le moment approprié. Nous attendrons, d'accord ?»

Je levai les yeux vers l'autre bout du couloir pour guetter son retour. Je pris la troisième photographie et serrai immédiatement les dents. Marilyne…

Décidément, je ne l'aimais pas !

La photo paraissait plus récente et, sur celle-ci, Thomas avait les cheveux blancs. Malgré l'objectif qui devait être braqué sur eux, il ne souriait pas. Ses yeux noirs étaient inexpressifs, son regard distant. À côté de lui, Marilyne se cramponnait à son bras et affichait un magnifique sourire. Sa blondeur faisait ressortir le gris de ses yeux. Elle était belle.

Je vis vaguement une ombre se rapprocher sur ma gauche. Je ne levai pas les yeux et, instinctivement, je rangeai la dernière photo à sa place dans le portefeuille de Thomas.

— Ça va mieux ? demanda Charly, en me tendant un gobelet de café.

— Oui… Il y a son portefeuille et sa montre.

Sur ce, je levai le bras en l'air et la montre glissa sur mon avant-bras.

Charly sourit puis s'assit à mes côtés. Je bus une gorgée de café et lui montrai les deux photos que je tenais toujours. Il regarda la première et des rides se formèrent aussitôt au coin de ses yeux et son sourire s'élargit. Il contempla longtemps la dernière avant de soupirer et de me les rendre.

Il y a certains souvenirs qui font rire, d'autres qui nous rendent nostalgiques. Nous restâmes un moment silencieux à siroter le dieu Caféine lorsqu'un bip-bip me fit sursauter. Je vidai pratiquement le contenu de mon sac sur la banquette pour pouvoir mettre la main sur mon BlackBerry. Je lus le SMS et me tournai vers Charly.

— Les renforts sont arrivés ! dis-je en souriant.

28

L'assassin était dans la voiture à observer. Il la regarda s'éloigner. Laura monta dans cette voiture avec cette femme qu'il ne connaissait pas encore. Il avait de plus en plus de mal à se contenir car il savait que, tôt ou tard, il allait faire un faux pas.

Il savait qu'elle allait finir par comprendre, qu'elle allait se méfier. Si c'était le cas, sa tâche serait plus difficile, aussi avait-il décidé qu'il ne fallait plus trop attendre.

Elle devait mourir. Elle devait payer et, ainsi, il pourrait atténuer sa souffrance.

Il resta là longtemps, à observer. Elle parla d'abord avec cette autre femme puis elles se serrèrent l'une contre l'autre, longtemps, comme on serre un ami cher.

La beauté de cette nouvelle venue était à couper le souffle. Elle portait des bottes hautes sur un jean ainsi qu'un blouson blanc matelassé lui arrivant à la taille. Un rêve, une damnation sur Terre. Sa peau métissée était exquise, mais le plus frappant était ses longues boucles blondes et la clarté de son regard. Vu d'ici, il ne sut pas dire si ses yeux étaient verts, gris ou bleus.

À un moment, son regard avait croisé le sien, et il avait eu l'impression qu'il se vidait de son énergie, happé par la beauté de cette femme.

Elles avaient discuté un long moment à l'extérieur puis s'étaient engouffrées dans une Jeep grise. Avant leur départ, il avait eu peur. Laura s'était retournée d'un bloc, sans aucune raison apparente, et avait regardé autour d'elle. Par réflexe, il s'était baissé. Il était presque certain qu'elle ne l'avait pas vu, mais il lui fallait redoubler de vigilance.

La Jeep avait maintenant disparu de sa vue.

Pourtant, il resta à son poste, légèrement accoudé contre la portière, à réfléchir. Il tira sur sa cigarette avec lenteur, s'emplissant les poumons de la douceur de son poison. Il se rendit compte que sa main tremblait légèrement. Il baissa les yeux vers sa cigarette, la regarda d'un air absent, puis tira une nouvelle bouffée avec une extrême lenteur.

Il réfléchissait.

Nous étions mercredi. Demain, il passerait à l'action, peut-être… au pire, vendredi.

Une chose était certaine, il fallait désormais agir vite ! Elle devait mourir, et le plus tôt serait le mieux.

Il expulsa de la fumée par la bouche en formant de tout petits cercles. Il tenta de les agrandir avec son doigt avant de les balayer de la main. Il prit sa cigarette dans ses doigts et, en soupirant, l'écrasa avec violence dans le cendrier.

Il soupira encore, regarda autour de lui et s'engagea dans la circulation.

Après le SMS de mon associée, je la contactai et lui communiquai les indications pour nous rejoindre. Charly s'excusa de ne pas faire sa connaissance dès à présent mais, puisque Ellie disposait d'une voiture, il préférait rester ici, prendre quelques dossiers et ensuite aller rejoindre son collègue au cabinet.

Il eut la délicatesse d'inviter Ellie à se joindre à nous pour le dîner à l'auberge, et cette attention me rendit heureuse.

Je regardai une dernière fois le bâtiment de l'hôpital derrière moi et m'avançai vers Ellie. Elle était adossée à ce qui devait être une voiture de location, car elle ne possédait pas de Jeep. Elle portait des bottes en peau sur un pantalon moulant noir ainsi qu'une courte doudoune blanche. La tête renversée en arrière pour observer les nuages, elle tirait avec lenteur sur sa cigarette.

J'étais ravie qu'elle soit là et savais que son aide serait précieuse.

Ellie finit par baisser les yeux, jeta sa cigarette, et s'empressa de l'écraser. J'arrivai vers elle et remarquai qu'elle ne m'avait pas encore repérée.

— T'as tué un lapin pour avoir des bottes de Davy Crockett comme ça? dis-je en désignant ses pieds.

Elle se retourna et son visage s'illumina d'un sourire. Malgré le voyage, elle n'avait pas l'air fatiguée.

— Ouais, plutôt deux fois qu'une et j'ai même trucidé son petit frère en guise de foulard, lança-t-elle en baissant la fermeture Éclair de sa doudoune pour montrer son écharpe.

Je souris.

— Je suis heureuse que tu sois venue. Où tu as trouvé ça? demandai-je en désignant la Jeep.

— Je voulais faire vite alors j'ai pris le premier vol pour Toulouse et j'ai chopé une voiture de location à l'aéroport. Quand j'ai dit au type que j'allais en montagne, il m'a préparé cette voiture, et je t'avoue qu'avec toute cette neige, Léontine et moi, on fait la paire.

— Je suis vraiment contente que tu sois là, avouai-je avec reconnaissance.

Le visage d'Ellie changea, son sourire s'estompa.

— Comment tu vas, ma Crotte?

Je ne répondis rien et me contentai de la serrer dans mes bras. Elle m'enlaça à son tour et nous restâmes quelques secondes en silence dans les bras l'une de l'autre.

J'eus soudain une curieuse sensation. La même sensation que la veille chez Charly, comme si quelqu'un me surveillait. M'éloignant d'Ellie, je pivotai et lançai un regard circulaire autour de moi. La place devant l'entrée de l'hôpital, la rue, le parking en face, le café sur l'angle de la rue.

— Qu'est-ce qui se passe? questionna Ellie en fronçant les sourcils.

— Oh… rien… j'ai l'impression… Non, c'est rien.

— Quelle impression?

— L'impression d'être épiée. Je sais, c'est con.

Ellie ralluma une cigarette avant de porter son regard vers le parking.

— Non. Pas forcément. Il faut que tu me racontes, maintenant.

— Oui, mais pas ici, rétorquai-je en enfonçant plus profondément mon bonnet sur ma tête.

— Attends un peu, c'est quoi, ça?

Ellie souleva le bonnet d'un côté et me regarda avec un drôle de sourire.

— Oh! rien! Je me suis évanouie et suis tombée la tête la première.

Ellie arqua à nouveau les sourcils mais ne posa pas de questions.

— Viens, grimpe, j'ai repéré un café sympa sur la route un peu plus loin. Léontine va nous y emmener et, là-bas, c'est confesse, ma fille!

Nous montâmes dans la Jeep et Ellie mit cap au sud, vers le village des touristes. Dix minutes plus tard, nous étions attablées dans un bar au pied des pistes, heureuses d'être au chaud et de regarder les skieurs parés pour défier la montagne.

J'eus à peine le temps de humer mon moka que mon associée ordonna:

— Crache ta Valda.

Alors, je m'exécutai. Je lui racontai mon enfance, la maladie de mon père, l'abandon, la désorientation et l'alcoolisme de maman après le décès de notre père. Je décrivis Charly et Thomas avec tendresse, avec lenteur, avec chagrin. Ma voix se voila légèrement lors du récit de notre unique dispute, ma dernière soirée… ma fuite.

Je sautai volontairement le passage de ma vie à Paris à laquelle elle prenait part chaque jour, aussi j'en vins directement à l'appel de Charly qui, ce soir-là, nous avait coupées au beau milieu des derniers chapitres des aventures d'Édouard Colin.

Je pleurai un peu au fur et à mesure que je lui livrais mes secrets. Ellie me tendit un mouchoir en silence et attendit la suite. Je poursuivis avec mon arrivée, mes retrouvailles avec Charly, mon évanouissement, et lui fis part de notre conversation avec Jacky, avec Bouboule, ainsi que de la cruelle vérité : l'assassinat.

Quatre mokas, onze cigarettes et une heure plus tard, mon associée avait un parfait résumé de ma vie et connaissait la raison de sa présence.

Fidèle à elle-même, elle n'avait pas cillé une seule fois, ne m'avait pas interrompue. Ce ne fut qu'à la fin de mon récit qu'elle posa sa première question :

— Et donc, ta Pomme et toi êtes persuadés que cela à un rapport avec le jour où tu t'es enfuie, le jour où ta mère s'est suicidée ?

J'eus un rapide rictus sur le surnom qu'elle avait attribué à Charly le désignant au centre de sa théorie fruitière : « C'est parce que tu as goûté à plusieurs pommes que tu sais quelle variété est la plus savoureuse pour toi et que tu ne veux plus goûter aux autres. » J'avais toujours pensé qu'Ellie voulait sa vengeance sur cette fameuse Ève, encore une qui avait semé la pagaille !

— Oui, mais nous n'avons encore rien découvert qui puisse étayer notre théorie.

— Rien non plus sur ce qui aurait pu lui faire peur au point de faire blanchir ses cheveux ?

— Non, confirmai-je, mais je sens, je sais que tout ça est lié.

— Et qu'en pense la gendarmerie ?

— Eh bien, jusqu'à présent, pour eux, il y a deux hypothèses. Bouboule n'aime pas Charly. Aussi, je sais parfaitement que s'il trouvait un lien avec ce qui a séparé Charly de mon frère alors, il tiendrait son mobile. Il cherche donc au même endroit que nous sans le reconnaître. La deuxième hypothèse serait plus un événement d'aujourd'hui qui nous échappe encore… un ennemi, une femme, des collègues… Tu vois, ils n'ont rien de concret et tout le monde est suspect.

Je pris mon visage entre mes mains et fermai les yeux une seconde. Lorsque je les rouvris, le regard d'Ellie dérivait de ma bague à la montre de Thomas trop grande pour mon poignet.

— Le fameux carton ?

— Oui, et notre visite à l'hôpital, ajoutai-je en regardant le portefeuille de Thomas dans l'ouverture de mon sac à main.

— Bien. Écoute, ma Crotte, je ferai ce que je peux pour t'aider mais, pour l'instant, je suppose que nous avons du pain sur la planche pour cet après-midi, non ?

— Je dois aller à l'église pour prévoir la cérémonie et faire les préparatifs.

— OK. On y va !

Elle laissa de l'argent sur la table et se leva pour sortir. Le café n'était pas bondé, toutefois, je vis quelques hommes, quelques pommes selon mon associée, loucher sur le passage d'Ellie. À côté d'elle, j'avais au moins l'avantage de ne pas attirer le regard, ce qui m'allait très bien car je ne voulais pas qu'une quelconque vieille connaissance puisse se rappeler à mon souvenir.

J'indiquai le chemin du village à Ellie et lui désignai au passage l'auberge de la famille Revel où nous étions toutes deux invitées le soir même.

— Je peux voir avec Mme Revel si elle a une chambre de libre pour ce soir, si tu veux ?

— Non, ne t'occupe pas de moi, j'ai déjà fait une réservation chez « les touristes » comme tu dis. Et puis, le fait de passer un peu de temps où tu m'as dit que ton frère travaillait peut nous être utile.

— Tu as l'intention d'aller poser des questions ?

— Je ne sais pas encore, mais très probablement.

— On peut se retrouver en ville après le dîner et voir ça ensemble ?

Tout en tournant pour prendre la direction du centre, Ellie m'adressa un regard plein de reproche.

— Non. J'irai seule.

— Mais…

— Non ! Premièrement, parce que c'est beaucoup plus facile de poser des questions quand personne ne vous connaît et quand l'émotion n'interfère pas dans les réponses. Deuxièmement, parce que toi, tu dois t'occuper de ta Pomme, et tu dois faire le tri dans tes émotions avant de dire un véritable adieu à ton frère.

Je croisai les bras en signe de protestation et me laissai glisser sur mon siège en reportant mon attention sur le paysage à ma droite.

— Arrête de bouder !

— Tu n'as plus qu'à dire que j'ai mauvais caractère et comme ça tu seras à égalité avec Charly.

— Tu n'as pas mauvais caractère, tu es juste très soupe au lait !

— C'est ridicule !

— Comme ça, il trouve que tu as un mauvais caractère ?

— Un fichu caractère, pour nuancer.

Ellie sourit et, pour changer de sujet, me raconta son dîner avec Sam en omettant qu'il lui avait fait des confidences.

Un déjeuner rapide et quatre heures plus tard, nous étions passées aux pompes funèbres et la cérémonie avait été entièrement préparée avec l'aide du père Jacques.

Curieusement, ces préparatifs que je redoutais ne furent pas si pénibles que ça. J'eus l'impression d'être active et au moins, pendant ce temps-là, je devais bien reconnaître que je n'élaborais pas de scénarios pour retrouver l'assassin de Thomas et ne pleurais pas sur mon triste sort.

La cérémonie fut donc programmée pour le surlendemain, vendredi matin à 10 heures. Tout en remontant en voiture, Ellie lorgna ma montre ballottante.

— Ma Crotte, je te propose de te déposer chez ta Pomme. Cela va me laisser un peu de temps pour repérer les lieux, et me refaire une beauté avant de te retrouver à l'auberge.

— Parfait. Je te remercie, vraiment... pour cet après-midi et pour le reste.

— On est associées pour la vie, pas vrai ?

Je regardai ses yeux limpides et opinai en souriant. Ellie prit le chemin de la tanière de Charly et m'y déposa. Charly était rentré et mon cœur se mit à battre à un rythme plus saccadé.

J'avais hâte de le voir. J'avais hâte de lui présenter mon associée. J'avais hâte de passer à autre chose et j'espérais que cette blessure au cœur que je ressentais depuis la disparition de Thomas allait s'atténuer peu à peu.

Tout en poussant le portillon pour entrer dans la cour, je pensai une nouvelle fois à Adam Hopps et à Édouard Colin. Comme beaucoup d'auteurs à succès, Hopps avait choisi deux voies. Parfois, il écrivait un roman où de nouveaux personnages prenaient vie, parfois, il récidivait dans les aventures de Colin. C'était un détective auquel il avait consacré jusqu'à présent cinq romans. Une série où le personnage principal évoluait et grandissait en même temps que le lecteur.

Chaque fois qu'Édouard Colin était chargé de mener une enquête, il y avait toujours un moment où, voulant apporter un peu de réconfort à un autre personnage, il avait ce regard langoureux et la main sur l'épaule, et murmurait : « Ça aussi, ça passera… »

Je pensai à Édouard Colin et l'imaginai posant sa main sur mon épaule et j'espérai que, pour moi aussi, la douleur allait s'apaiser.

29

L'auberge était restée pittoresque malgré les assauts du temps : accueillante et dégageant un envoûtant parfum de cuisine. Mme Revel me serra dans ses bras, un peu trop fort à mon goût, un peu trop longtemps aussi.

— Ma petite Laura. Tu es tellement belle !

— Merci, madame Revel. Vous n'avez pas changé.

Pfffff… menteuse ! En vérité, l'ovale de son visage s'était un peu affaissé avec les années, sa silhouette s'était aussi alourdie. Je pensai alors aux multiples plats qu'elle devait goûter et cuisiner pour ses convives à longueur de jours, à longueur de mois, à longueur d'années. Elle avait le même regard de glace que son fils et ses iris pétillèrent au moment où elle desserra son étreinte.

— Je suis heureuse de te voir, malgré les circonstances.

J'opinai et Charly embrassa sa mère sur la joue.

— J'espère que tu nous as mitonné un bon dîner. Laura a besoin de se remplumer !

J'arquai un sourcil de protestation vers lui.

— C'est vrai ça, t'es toute maigrichonne ! renchérit Annie.

— Je te remercie, elle va vouloir me gaver comme une oie, murmurai-je en toussant dans ma main à l'intention de Charly.

J'ôtai mon manteau et mon bonnet.

— Mais c'est quoi cette marque ? s'empressa de questionner Annie.

Surprise, je portai les doigts sur le haut de son front et me souvins.

— Oh… c'est rien ! Je suis tombée la tête la première lorsque je me suis évanouie, hier !

— Tu t'es évanouie ? Mon Dieu, mais qu'est-ce qui s'est passé ?

— Laura n'a rien, maman. Tu comprends, il y a eu le choc, la fatigue, et le besoin de manger : c'est d'ailleurs pour cela que je comptais sur toi pour nous régaler ce soir !

J'esquissai un timide sourire tout en refusant de voir une multitude de voyants rouges qui s'étaient mis à clignoter au fond de son cerveau pour m'annoncer en guise de banderole : « Charly a menti. »

Je repensai à sa conversation téléphonique de la veille. Ne m'avait-il pas dit que sa mère s'était inquiétée lorsqu'il lui avait fait part de mon évanouissement ?

— Laura ??? Hé ho, tu es avec nous ?

Je sursautai puis, pour masquer mon trouble, j'affichai sur commande un sourire digne d'une pub pour dentifrice.

— Excusez-moi, j'étais perdue dans mes pensées.

— Salut, la rêveuse !

Je me retournai vers cette voix familière. Ellie avait pris place dans un fauteuil en cuir du salon. Elle portait une courte robe noire dévoilant ses bras nus ainsi qu'une paire de bottes de sept lieues, façon Petit Poucet, lui arrivant au-dessus des genoux. Une cigarette à la main, un verre de vin blanc dans l'autre, elle semblait s'être approprié les lieux avec aisance. En face d'elle, un homme se leva et se dirigea vers moi.

Au premier abord, je fus étonnée puis je reconnus ce plissement d'yeux, cette démarche sautillante et ce timide sourire.

— Antoine ?

Il avait grandi, mûri, s'était élargi. Je réalisai que la dernière fois que nous nous étions vus, lui et moi n'étions que des gosses tout juste majeurs, tout juste sortis de l'enfance. Aujourd'hui, nous approchions à grands pas de la fameuse trentaine déstabilisante.

Antoine s'approcha de moi et, en riant, me souleva dans ses bras pour me faire tournoyer en l'air. Je sentis la puissance de son torse, de ses bras. Je ris aussi, sincèrement heureuse de le revoir.

Par certaines mimiques de son visage, il ressemblait à Charly, mais ses yeux... Ses yeux étaient exactement les mêmes que ceux de Lucie, d'un vert émeraude profond.

Il me reposa sur le sol et m'embrassa sur la joue. Ma main caressa doucement son visage.

— Bon sang... tu as grandi !

— Je te retourne le compliment.

— La dernière fois que je t'ai vu...

— On n'était que des mômes, pas vrai ?

— Ouais.

— Hum hum... je ne vous dérange pas ?

Nous nous retournâmes vers Charly qui affichait un air faussement boudeur, masquant une expression de sérénité. Je le savais heureux de nous voir ensemble, heureux d'avoir retrouvé son frère qui ne passait que peu de temps en France, heureux parce que, pendant quelques minutes, la tristesse s'était échappée.

— Antoine, je vois que tu as déjà fait la connaissance d'Ellie.

— Et comment ! Je constate qu'ils sont tous aussi craquants dans ton village.

Je pivotai vers mon associée qui, la bouche entrouverte, passait délicatement sa langue sur sa lèvre supérieure.

Charly haussa les sourcils avec amusement et Antoine rougit légèrement devant son intérêt.

— Alors, ma Crotte, tu ne me présentes pas à ta Pomme ?

Charly la dévisagea puis se tourna vers moi.

— « Ma Crotte » ?

— Cherche pas à comprendre ! Charly, je te présente mon associée. Ellie je te présente Charly.

Mon cœur s'emballa une seconde, lorsque je pris conscience du fait que je présentais l'une à l'autre les deux personnes les plus importantes de ma vie, Sam mis à part.

La main soigneusement manucurée d'Ellie disparut dans celle de Charly.

— Juteuse et savoureuse, cette Pomme!

— Pardon?

— Laisse tomber, Charly... Tu n'as pas encore le décodeur avec Ellie.

Antoine nous invita à nous détendre au salon pour poursuivre l'apéritif. Annie ne cessait de faire des allées et venues pour participer à notre conversation sans délaisser ses pensionnaires qui dînaient dans le salon de réception. J'acceptai un verre de bordeaux, tandis qu'eux trois sirotaient du sancerre. La conversation débuta immédiatement sur des souvenirs d'enfance, les rires succédèrent aux anecdotes. Ellie aidant, le salon se transforma en fumoir et je constatai avec fierté que j'étais la seule à ne pas avoir ce vice.

Je trouvais de plus en plus de ressemblance entre Antoine et son frère. Pas physiques, mais dans des attitudes, dans des gestes. Ils tenaient tous les deux leur cigarette entre le pouce et l'index, et cela me fit sourire.

Charly se rapprocha de moi et murmura:

— Tu peux m'expliquer pourquoi elle n'arrête pas de parler de fruits en parlant de moi?

J'éclatai de rire et, le troisième verre de vin aidant, je dus même rougir profondément. Je haussai les épaules et replongeai avec intérêt le nez dans mon verre de vin.

Je me laissai emporter par la nostalgie et repensai à ma période «butinage» qu'Ellie avait surnommée «5 fruits et légumes par jour». Ce fut une période qui dura moins d'un an où, m'efforçant d'oublier mon passé, je m'étais jetée dans une collection d'aventures sans lendemain avant de conclure que je n'étais pas faite pour ça. À l'époque, Ellie ne connaissait rien de mon passé, rien de mon village, de ma fuite, rien de Charly, mais je me souvins qu'elle s'était contentée de sourire et de dire: «Toi... y a longtemps que tu sais qui est ta Pomme! Le problème, ma Crotte, c'est que tu en as encore le goût dans la bouche.»

Cette nuit-là, en rentrant chez moi, seule dans mon appartement, j'avais composé pour la seule et unique fois le numéro de téléphone de l'auberge. Lorsque j'avais entendu la voix de Mme Revel, lâchement, j'avais raccroché.

Je bus une nouvelle gorgée de vin et levai les yeux vers Ellie qui me souriait à travers la fumée de sa cigarette. Quelques instants plus tard, Annie vint nous sommer de passer à table afin de savourer son festin.

Malgré les circonstances, le dîner fut joyeux et animé. Je me retrouvai assise à côté de Mme Revel et d'Antoine, laissant ainsi Ellie et Charly faire plus ample connaissance.

À plusieurs reprises, je surpris sur moi le regard perçant de Charly. Lorsque je le regardais en retour, il me souriait ou penchait légèrement la tête sur le côté en levant son verre dans ma direction.

Je ne sus pas si c'était l'alcool ou bien cette torride impression d'avoir basculé dix ans en arrière, mais j'eus une envie irrationnelle de le plaquer contre le mur et de l'embrasser. Chose que je fis, il faut bien l'avouer, une bonne centaine de fois en pensée au cours de ce dîner.

— Hé ho ? Laura, t'es toujours là ?

Je rougis comme une pivoine et reportai mon attention sur Antoine.

Il était toujours aussi charmant et souriant que par le passé. Toutefois, au fond de ses yeux vert émeraude, une teinte de tristesse et de chagrin brillait en permanence. Je me remémorais ce que Charly m'avait confié la veille. Il pensait que son frère était fragilisé pour toujours, et mon cœur se serra en songeant à Thomas.

— Pardon, tu disais ?

— Je m'excusais pour le fait de ne pas être allé à l'enterrement de ta mère, à l'époque.

Je me figeai et sentis une multitude de frissons me parcourir la nuque et descendre le long de mon dos.

— Tu comprends, lorsque c'est arrivé, j'étais encore dans cette clinique et même si j'en suis sorti la veille de son enterrement, c'était encore trop pénible.

Sa main droite jouait avec sa fourchette et son pouce prenait la marque de cinq points bien alignés.

Je soupirai et posai une main sur la sienne. Le mouvement de la fourchette s'arrêta et Antoine se raidit légèrement. J'eus la désagréable sensation d'avoir effectué un geste malheureux.

Antoine me toisa quelques secondes puis son regard se radoucit sur un sourire.

— Je sais que c'était pénible pour toi et que ça l'est encore aujourd'hui, dis-je avec douceur.

Ses yeux cherchèrent à nouveau les miens et je me demandai si mon regard reflétait aussi cet immense chagrin.

Antoine soupira, ses yeux verts se posèrent sur la nappe blanche et il fit une tentative pour changer de sujet.

— Charly m'a dit que ton appartement est au cœur du Quartier latin ? C'est sympa comme quartier, tu te plais là-bas ?

Je sentis une vague de chaleur me monter des pieds à la tête. Je vis ses lèvres bouger mais plus aucun son n'en sortait. Je tournai les yeux vers Charly. Mon cœur palpitait d'une façon étrange.

— Laura, tu ne te sens pas bien ?

— Si, si…

30

Nous regagnâmes la maison en silence. Je me mordais l'intérieur des joues pour ne pas exploser, n'arrêtant pas de repenser à Antoine lorsqu'il m'avait dit en souriant pour changer de conversation : « Charly nous a dit que tu vivais dans le Quartier latin, est-ce que tu t'y plais ? »

J'avais envie de hurler ! Je sentais le mensonge, je sentais le complot et, pire que tout, je perdais confiance. Charly n'avait même pas fini d'immobiliser la voiture que je sautai pratiquement en marche.

— Bon sang ! Qu'est-ce qui se passe, enfin ? lança-t-il sans masquer son agacement.

Il avait remarqué la distance que j'avais mise entre lui et moi, dans mes gestes, dans mon attitude. Il me talonnait et me rattrapa dans l'entrée, laissant la porte claquer derrière lui.

— Tu veux bien arrêter de m'ignorer et me dire ce qui s'est passé ?

— Ce qui s'est passé ? Putain, Charly ! Tu m'as menti !

Je me débarrassai de mon bonnet et de mon manteau que je jetai négligemment sur le canapé en même temps que mon sac.

J'avais une migraine qui commençait à s'installer et j'avais trop bu, ce qui n'arrangeait pas les choses. Mécaniquement, je posai les mains sur mes tempes et entrepris un massage.

Charly se figea un instant puis, avec lenteur, il ôta son manteau tout en réfléchissant.

— Tu vois, Charly, depuis que je suis arrivée, il y a une question, une banale question qui n'arrête pas de refaire surface et dont je n'arrive pas à obtenir la réponse. Comment as-tu su où me joindre ?

En une seconde, son visage blêmit. Je distinguais parfaitement son expression : il réfléchissait, non pas à la manière de s'en sortir ; il réfléchissait à l'erreur qu'il avait bien pu commettre.

— Je ne t'ai jamais dit que je vivais au Quartier latin ! Tu peux m'expliquer alors pourquoi c'est ce que tu as dit à ton frère ?

Charly soupira. Son regard se fit distant puis il me fixa avec une certaine tranquillité presque insolente.

— J'ai eu ton numéro par Sam.

Il me scruta pour attendre ma réaction. J'en fus estomaquée ; je ne comprenais pas, ils ne se connaissaient pas. C'était incohérent comme réponse.

— Mais vous ne vous connaissez pas !

Je vis son visage blêmir plus profondément, ses maxillaires se contracter. Il s'ébouriffa les cheveux en regardant le sol.

Soudain, tout me revint en bloc. Les mots murmurés au téléphone : « *Je ne lui ai encore rien dit.* » Il avait prétendu être au téléphone avec sa mère alors que plus tôt dans la soirée, elle n'avait pas semblé être au courant de mon évanouissement. « *Tu sais ce Sam, tu devrais l'appeler…* ». Et je m'étais exécutée.

Quelle conne ! Sam m'avait paru inquiet mais je n'en avais pas compris la raison ! En réalité, c'était avec Sam que Charly était en ligne et non avec sa mère.

— Dis-moi que vous ne vous connaissez pas !

— Ce serait mentir…

— Depuis quand ça te dérange ? Tu n'as fait que ça depuis que je suis arrivée ! hurlai-je d'une voix chevrotante.

Charly se raidit puis la fureur commença à le gagner aussi et il s'approcha de moi, l'air menaçant. Je battis en retraite et le fusillai du regard.

Je fulminais de rage mais plus encore de déception. Ce qui, pour moi, était le pire. Tout ce temps, Charly avait su où je vivais ? J'avais l'impression d'avoir été dupée par Sam, trompée par Charly.

— Bon sang, Laura, réfléchis une seconde ! Sam s'arrête, te prend en stop et t'emmène à Paris. Tu ne trouves pas logique qu'il cherche à en savoir plus ? Qu'il se renseigne sur toi et veuille savoir pourquoi tu fuyais tout le monde en plein milieu de la nuit ? Mais bon sang, tu n'étais qu'une gosse !

— Ah ça, c'est trop facile ! C'est vraiment quand ça t'arrange !

— Ne joue pas sur les mots.

Il était tout près de moi et laissait libre cours à sa colère.

— Il est revenu quelque temps plus tard, a enquêté dans le village. Il posait des questions, il ne connaissait qu'un prénom, il cherchait quelqu'un qui s'appelait Charly : il m'a trouvé !

— Mais pourquoi ?

— Parce qu'il voulait te protéger !

Je reculai encore.

— Nous avons fait connaissance, reprit-il. Je ne comprenais rien à ce qui se passait ! Ton départ, le rejet de Thomas... Mais je me suis calmé au fur et à mesure que j'ai appris à le connaître ; je savais que tu étais en de bonnes mains avec Sam. Il m'a paru quelqu'un de confiance !

— Il l'est !

Charly avait les mains sur les hanches. Il soupira, reprit sa respiration pour contrôler son énervement et garder son calme.

— Con-ti-nue, articulai-je en détachant les syllabes.

Je fixai Charly de mes yeux ronds. Sa colère était retombée, il semblait blessé.

— Lorsque Sam allait en Espagne, il passait toujours une ou deux nuits chez moi ou à l'auberge. Chaque fois, je lui demandais si tu parlais de moi. La plupart du temps la réponse était « non ». Alors, j'ai respecté ton choix, j'ai respecté ta liberté ! Je n'ai jamais cherché à te joindre, même si je savais comment le faire et où te trouver.

Je n'en revenais pas. J'étais à la fois surprise, blessée et en colère. Je m'empressai de répéter ce mot, mécaniquement, parce qu'il exprimait ma volonté.

— Continue.

Il me fixa avec un drôle d'air avant de lâcher :

— Tu ne vas pas aimer.

— C'est à moi d'en juger. Continue !

— Tu voulais faire cette école de traduction, mais tu refusais son argent pour l'inscription. Tu ne voulais pas toucher à la succession de ta mère pour en laisser la jouissance à Thomas, alors…

Tout s'emboîtait parfaitement. J'eus le souvenir fugace de Sam revenant d'Espagne : « L'argent est tombé du ciel », avait-il dit en riant.

— Alors, tu as imaginé un petit stratagème pour que j'accepte, que je me montre docile ?

— Je voulais juste que tu fasses tes études sereinement, sans avoir à te tuer au travail comme je l'ai fait, que tu sois heureuse.

— Alors tu as payé mes années d'études ? C'est ça ?

Cette fois, ma voix était plus posée. J'étais tellement abasourdie que les mots mettaient du temps à atteindre mon cerveau.

Charly acquiesça.

— Mais pourquoi ?

Il haussa les épaules avec désinvolture comme si la réponse n'avait aucune importance. Il resta sans voix puis secoua la tête dans un mouvement d'impuissance.

Il réalisait que de mon point de vue, il m'avait menti pendant dix ans. Sam et lui avaient menti. Même si je devais reconnaître que cela partait d'une bonne intention, je ne pouvais toutefois m'empêcher de me sentir trahie, humiliée, et surtout trompée.

Je perdais confiance. Je perdais pied. Je perdais mes repères et mon monde se fissurait.

Si j'avais su, oui, je serais revenue vers Charly, sans aucun doute ! Pourquoi tant de non-dits, tant de mensonges ?

Il voulut faire un pas vers moi. Instinctivement, je reculai. Je croisai les bras sur la poitrine et reculai encore. J'eus l'impression que la pièce se rétrécissait.

Je devais partir, ne pas rester dans la même pièce que lui. Aussi, je bafouillai un vague « besoin d'air » et pris la direction de la porte. Au moment où je passais devant lui, je crus qu'il allait s'interposer mais il ne fit rien pour tenter de m'arrêter.

J'avais la main sur la poignée et m'apprêtais à sortir lorsqu'il poursuivit.

— Parce que je t'aime, tout simplement.

La douceur de sa voix me déstabilisa. Je me retournai vers lui. Il me regardait, les yeux brillants.

Mon cœur s'arrêta quelques secondes puis, rassemblant tout mon courage, j'appuyai sur la poignée, détournai le regard et sortis.

Je n'avais pas fait dix mètres que je réalisai mon imprudence. Je n'avais pas pris de manteau et le froid me saisit immédiatement. Je remontai la fermeture Éclair de ma – décidément trop – courte veste de cuir et en relevai le col. Le ciel était sans lune mais les étoiles éclairaient légèrement mes pas.

— Punaise ! On se gèle le cul !

Le vent me glaçait les os et je ne voyais pas où je mettais les pieds.

L'air froid me fit du bien, et je sentis que cela me dégrisait. J'avais besoin de marcher, besoin de me vider la tête.

Je trébuchai sur une motte de neige plus ferme que les autres et manquai de tomber.

Charly ne m'avait jamais dit qu'il m'aimait, pas avec ces mots-là. Nous avions notre parade, née de cette journée sous la pluie où nous avions fait l'amour pour la première fois. Je repensai à la maison du lac, à tant de souvenirs qui rendaient mon cœur si lourd à porter et, tout en marchant pour m'éloigner de lui, je pleurai.

Je me sentais tellement perdue. Et Sam qui arrivait demain ! La cerise sur le gâteau ! Je pensai à lui et cette fois ris à travers mes larmes. Tout va bien dans la vraie vie de Laura !

J'avais pleinement conscience de ne plus être objective, plus certaine de rien. Depuis que j'étais revenue, mon passé n'arrêtait pas de resurgir de ma mémoire. J'avais encore beaucoup de mal à admettre la mort de Thomas, ce meurtre. J'avais l'impression d'avoir été projetée dans un programme de télé-réalité et que, après tout ce cauchemar, quelqu'un allait venir vers moi et m'annoncer que tout cela n'était qu'un trucage... Que, finalement, j'étais une candidate exemplaire, comme dans ce livre *L'œil de Caine* de Bauwen.

Je soupirai et continuai de marcher sans but en maugréant.

La seule chose qui était une évidence pour moi c'était Charly. Je l'aimais ou plutôt je n'avais jamais cessé de l'aimer. C'est vrai que j'avais un fichu caractère, mais il n'était pas mieux que moi. Malgré les derniers mensonges, malgré mon attitude laissant supposer le contraire, je l'aimais encore plus pour ça.

Je trébuchai... et criai en manquant de me tordre la cheville. J'avais de plus en plus froid et ne voyais pas où je mettais les pieds. Je commençais à claquer des dents. Ce n'était pas prudent de m'aventurer plus loin, la nuit m'enveloppait de plus en plus. Je savais que j'aurai mieux fait de rebrousser chemin, mais j'avançais toujours comme la tête de mule que j'étais.

J'entendis un bruit derrière moi, me retournai légèrement et m'immobilisai en apercevant deux yeux luisants non loin de moi. Les yeux s'arrêtèrent en même temps que moi. Mon cœur s'accéléra comme je pensais au pire.

Je continuai tout en guettant furtivement par-dessus mon épaule. Les yeux reprirent eux aussi la route.

D'un seul coup, je compris.

— Loupa ? C'est toi ?

Un glapissement me répondit.

— Ne me dis pas qu'il t'a envoyée pour me surveiller ? lui demandai-je, mi en colère, mi-amusée.

Les yeux luisants me quittèrent et se retournèrent pour regarder la route derrière nous. Son attitude changea. Loupa sortit les crocs et gronda. Soudain, elle se mit à aboyer avec férocité. Une fois, deux fois.

Une forte lumière m'éblouit et un moteur démarra en trombe.

Instinctivement, je levai la main vers mon visage pour masquer cette lumière aveuglante. La voiture fonça alors vers moi. Loupa se figea, mais elle continua d'aboyer de plus en plus.

Je réalisai avec horreur que cette voiture n'était pas en train de foncer vers moi mais SUR moi. Par réflexe, dans une détente, je m'élançai vers le bas-côté de la route, dans le fossé.

Je sentis le froid de la neige m'engloutir et, malgré tout, amortir le choc. Ma tête cogna contre quelque chose de dur. J'essayai de garder un œil ouvert et aperçus le bolide faire une embardée puis s'éloigner.

Il fallait que je me relève… j'avais mal partout, j'avais si froid.

Je sombrais et n'avais plus de force. Une douleur lancinante me parcourait le corps. Je crus sentir quelque chose d'humide et de chaud sur mon visage puis réalisai qu'il s'agissait de la langue de Loupa.

Je n'arrivais plus à garder les yeux ouverts. Je sentis mes forces m'abandonner.

« Ne fais pas comme Lucie. La règle, Laura… la règle sera toujours de rester sur place et d'attendre que je vienne te chercher. »

Je plongeais dans le néant.

— Charly…

Je fermai les yeux.

Trou noir.

31

Noël approchait à grands pas, la neige était au rendez-vous et les premiers touristes débarquaient par wagons entiers pour envahir notre paisible contrée, annonçant les prémices d'une saison hivernale lucrative. Le carnet de commandes d'excursions de Thomas ne désemplissait pas, tout comme la table d'hôte de la pension Revel.

Je venais de terminer mes derniers partiels et passais le plus clair de mon temps en compagnie de maman, essayant jour après jour de recréer un lien pour parvenir à entrer dans son monde, le temps d'un sourire. Depuis l'été dernier, son état ne s'était guère amélioré, les accès de folie succédant à la dépression la plus profonde sans nous laisser le moindre répit.

Quelques jours plus tôt, Thomas avait abordé le sujet douloureux de son placement en maison de convalescence. Même si aucun de nous n'arrivait à admettre la vérité, nous allions devoir prendre la décision de remettre sa santé aux mains de spécialistes, et cette idée me glaçait les os.

Je repensais à ces derniers événements lorsque le début du feu d'artifice annonçant l'ouverture des pistes nocturnes me fit sursauter.

— À quoi pensais-tu ?

Je me retournai vers Charly et, avec un sourire, j'en profitai pour me nicher encore plus près au creux de son cou. En lisière de forêt, surplombant le village des touristes et les pistes, nous avions modelé des sièges de neige et de feuilles et, emmitouflés dans des couvertures, serrés l'un contre l'autre, nous profitions amoureusement du spectacle. Un long sifflement de pétards retentit puis le ciel s'illumina de multiples couleurs chatoyantes.

— À rien de vraiment important.

— Menteuse.

— Tiens donc !

— Lorsque tu es préoccupée, tu as une petite ligne qui se dessine ici.

Charly posa son index entre mes sourcils et caressa l'endroit.

— Non... ce n'est qu'une sale petite ride.

Me lovant contre lui, et minaudant légèrement, je lui demandai :

— Tu m'aimeras toujours lorsque je serais vieille, grosse et laide ?

— Nan.

— Eh !

— Aïe !

Charly se frotta faussement l'épaule et m'embrassa dans le cou.

— Par contre...

— Par contre ?

— Si tu as toujours ce caractère de chien, je ne promets rien !

Cette réplique fut directement suivie par un autre « aïe ! » puis par le rire sonore de Charly.

Nous restâmes silencieux quelques instants à contempler le ciel qui s'embrasait comme un gigantesque sapin de Noël scintillant. À travers mes vêtements, je sentais le cœur de Charly battre contre mon dos et la chaleur de son corps me réchauffer. Malgré l'air froid de cette nuit de décembre qui faisait rougir mes joues et certainement le bout de mon nez, assise dans la neige et dans les bras de Charly, j'étais ivre de bonheur.

— Laura...

— Hum.

— J'ai les jambes engourdies, tu veux bien glisser ta main dans la poche de mon jean ?

— Tu as des envies ? demandai-je sur un ton volontairement aguicheur.

— C'est pas l'envie qui manque, mais en fait, je veux juste te montrer quelque chose.

— Gauche ou droite ?

— Droite.

Le ciel se pigmenta d'étoiles vertes qui disparurent l'espace d'une seconde pour réapparaître revêtues d'or. Après un dernier regard aux illuminations, je me contorsionnai entre les cuisses de Charly pour essayer d'atteindre l'intérieur de sa poche tout en agrippant fermement la couverture de mon autre main.

— C'est pas la poche.

— Oups, dis-je en poursuivant mon investigation.

Mes doigts se faufilèrent et soulevèrent délicatement le tissu.

— Y a rien.

— Si.

— T'es sûr ?

— Oui. Un objet infiniment petit pour une chose infiniment grande.

Levant les yeux vers le feu d'artifice, j'enfonçai la main entière dans sa poche de pantalon et mon index finit par frôler une surface lisse et creuse.

— Qu'est-ce que…

Je m'arrêtai le cœur battant, explorant du doigt le contour lisse et rond. Avais-je bien reconnu la forme ? Un anneau s'était inséré naturellement sur la pointe de mon index. Avec lenteur pour ne pas le laisser s'échapper, je retirai ma main pour examiner le trésor.

Laissant choir la couverture qui cette fois m'encombrait, je fis tomber la bague dans le creux de ma paume et, sous le ciel d'artifice, me servant de ma lampe torche, je dévorai des yeux l'anneau ciselé.

— Il y a une inscription à l'intérieur.

Sur cette indication, je tournai l'anneau entre mes doigts et lus la gravure à haute voix.

— Toi et moi… ensemble.

Je me retournai d'un bloc vers Charly.

— Est-ce que cela répond à ta question de tout à l'heure ?

32

Nathan passa une partie de sa journée à errer dans les rues comme une âme en peine. Sa rencontre avec Mme Revel l'avait laissé songeur et, une idée en entraînant une autre, sa culpabilité s'était décuplée.

Réajustant son écharpe autour de son cou, il tira avec lenteur sur sa cigarette. Il expulsa la fumée et reporta son attention sur l'intérieur du pub de l'autre côté de la rue. L'endroit était bondé de touristes et, chaque fois que la porte s'entrouvrait, Nathan entendait des éclats de rire, des bribes de conversations animées, couvertes par le vacarme de la musique dont le volume était survolté. Après avoir déambulé sans but précis, il s'était posté, tapi dans l'ombre d'un porche aux odeurs nauséabondes, et guettait depuis bientôt une heure la silhouette d'Hélène qu'il distinguait se faufilant avec grâce entre les clients.

Le seul fait de la contempler lui suffisait. Il n'allait pas traverser la rue et n'allait pas ouvrir cette porte. C'était mieux ainsi.

Il avait vécu plus de huit ans seul avec son chagrin avant son arrivée et pouvait bien vivre le reste de sa vie de la même façon. Il serra le poing avec force puis grimaça de douleur. L'effet dura quelques secondes et se propagea dans toute la main pour remonter jusqu'au poignet. Il regarda sa main bandée et grimaça encore.

De l'autre côté de la rue, Hélène discutait en souriant avec un groupe d'hommes qui accaparaient son temps plus longtemps que nécessaire. Nathan ressentit une pointe au cœur.

Qu'était-ce ? Une pointe de jalousie ?

Il soupira et, en jetant sa cigarette d'une chiquenaude sur le trottoir, sortit son téléphone de sa poche, fit défiler son répertoire et s'arrêta sur son prénom. Au moment d'appuyer, il suspendit son geste, hésita, puis referma le téléphone.

Il sortit une nouvelle cigarette de son paquet et l'alluma. Il repensa à sa visite au cimetière et son cœur se réchauffa en pensant à sa conversation avec Annie Revel. Ainsi, quelqu'un fleurissait chaque mois la tombe de Lucie d'une rose blanche.

Qui cela pouvait-il bien être ? Tout en cherchant un responsable, il fronça les sourcils et fixa plus attentivement un groupe de personnes à l'intérieur du pub. Une fille qu'il n'avait pas l'impression de connaître était à présent debout sur une table et semblait lever son verre vers l'assistance.

— Qui est-ce ?

— C'est rien, chérie, rendors-toi !

Agnès Leroux fixa son mari d'un regard embrumé par le sommeil puis tira sur la couverture et se recroquevilla sur le côté opposé tandis que Bouboule s'extirpait du lit.

Seulement vêtu d'un caleçon, le téléphone vissé à l'oreille, il ne s'autorisa à parler que lorsque la porte de la chambre fut fermée derrière lui.

— Alors, vous avez du nouveau ?

— Nous l'avons trouvé !

Arrivé en bas de l'escalier, il actionna l'interrupteur, longea le canapé dans le salon pour se rendre à la cuisine. Avant d'entrer, il jeta un œil à l'étage, craignant d'y trouver sa fille en pyjama le fixant de ses grands yeux apeurés. Âgée de quatre ans, Lisa avait le plus grand mal à s'endormir, prétextant qu'un nouveau monstre vivait sous son lit.

Il fut soulagé de ne pas l'apercevoir.

— Et ça ne pouvait pas attendre le lever du jour plutôt que de foutre en l'air mon sommeil en plein milieu de la nuit ?

Il poussa la porte de la cuisine et referma derrière lui avec lenteur.

— Non.

— Quelle heure est-il, d'ailleurs ?

— 1 heure du mat', pourquoi ?

— Pourquoi ? Putain, Leduc, vous ne dormez donc jamais !

— Arrêtez de râler ! Vous allez voir que vous n'allez pas le regretter ! Et pour tout vous dire, on vient seulement d'arriver à l'hôtel.

Bouboule caressa doucement sa barbe naissante et entreprit de se verser une tasse de café.

— Donc Thomas avait bien une femme dans sa vie. Alors, qui est-ce ?

— Si je vous dis que vous la connaissez ?

— Vous vous foutez de ma gueule ? Bordel, vous allez jouer aux devinettes encore longtemps ?

— Papa, c'est quoi bordel ?

— Oh ! putain !

— Eh ! attendez ! Je vous ai encore rien dit.

— C'est pas à vous que je m'adressais. Leduc, restez en ligne, je reviens.

Bouboule posa le téléphone sur la table de la cuisine et se tourna vers l'enfant qui le fixait en serrant son lapin contre sa joue.

— Qu'est-ce que tu fais debout, toi ?

— C'est Poppy qui veut pas dormir.

— Et pourquoi Poppy ne veut pas dormir ?

— Y a un monstre dans ma chambre.

La fillette agrippa la jambe de son père, les épaules déjà soulevées par les sanglots rien qu'à l'évocation du monstre. Bouboule baissa les yeux vers elle et, de sa grosse main, caressa doucement les cheveux de sa fille dont la tête dépassait tout juste la hauteur de son propre genou.

Il soupira et saisit de nouveau le combiné.

— Leduc ?

— Oui.

— C'est qui cette femme ?

— Marilyne Lemoine.

Le capitaine respira. Il n'avait pas réalisé qu'il avait retenu sa respiration.

— Leduc, restez en ligne. Il faut qu'on parle, mais j'ai un problème à régler avec Poppy d'abord !

— Qui est Poppy ?

— Un emmerdeur !

Bouboule reposa le téléphone et s'agenouilla devant sa fille.

— Viens, mon trésor. Toi et moi on va prouver à Poppy qu'il n'y a pas de monstre. Après, il n'aura plus peur, pas vrai ?

Lisa tordit sa bouche dans une moue tout à fait adorable et s'essuya les yeux avec les oreilles du lapin. Après quelques secondes de réflexion, elle hocha la tête et tendit les mains vers son père qui la souleva dans ses bras, embrassa à plusieurs reprises son visage encore chaud de sommeil, et prit la direction de la chambre hantée. Après avoir regardé sous le lit, sous l'armoire et ouvert tous les placards, le capitaine déposa l'enfant sous sa couette et lui caressa la joue.

— Tu vois bien qu'il n'y a rien. Tiens, prends Poppy avec toi et à présent vous allez vous rendormir tous les deux. D'accord ?

La fillette opina en esquissant une tentative de sourire.

— On peut laisser la lumière ?

— OK, si tu veux, mais tu fermes les yeux.

La fillette le regarda en souriant.

— Maintenant.

Lisa obtempéra et ferma les paupières.

Bouboule resta à son chevet quelques minutes puis, se rappelant que Leduc était toujours au téléphone, il se leva et se dirigea vers la sortie.

— Papa, c'est quoi un emmerdeur ?

Bouboule s'immobilisa et se retourna vers sa fille.

— Heu, c'est une sorte de lapin. Pourquoi ?

La fillette parut satisfaite de la réponse et, serrant sa peluche contre elle, elle referma les yeux.

Bouboule repoussa la porte en imaginant la tête de sa femme si par malheur sa fille décidait de renommer son lapin et de lui donner à tout va des « emmerdeur ». Il haussa les épaules, redescendit, et reprit sa communication là où il l'avait laissée.

Une fois qu'il eut raccroché, il resta songeur pendant de longues minutes avant d'annoncer à haute voix :

— Cette fois, Charles, t'es mal barré !

Ellie balaya l'assistance du regard et d'un geste de la main réclama le silence pour poursuivre son discours. Une fois le dîner chez les Revel achevé, comme elle l'avait promis à Laura, elle avait fini par trouver la tanière et le point de ralliement des anciens collègues de Thomas. L'endroit n'était autre qu'un pub irlandais sur la place principale du village des touristes, non loin des pistes et fort heureusement à deux pas de son hôtel. Après avoir écouté les conversations environnantes, elle avait vite ciblé le groupe qui l'intéressait. Elle s'était dirigée vers eux et s'était présentée comme une amie de la sœur de Thomas. Les huit hommes s'étaient présentés un à un, ravis de pouvoir discuter et partager leur peine avec quelqu'un proche de la famille.

Sans en avoir l'air, elle s'était intéressée à eux et avait posé beaucoup de questions relatives à leur travail au quotidien, leur relation avec Thomas, et elle commençait à bien cerner la personnalité du frère de Laura : un être passionné par son métier, méfiant à l'égard des gens et profondément solitaire et taciturne. Chacun avait levé son verre et porté un toast en mémoire du meilleur guide de la région. Ellie passait la dernière et, supportée par ses nouveaux amis qui la firent grimper sur la table, elle leva à son tour son neuvième verre de vodka, tout en se félicitant qu'ils soient servis dans des verres pour fillettes.

— Oui… et outre le fait qu'il fut un véritable trappeur de montagne, il était pour Laura un frère aimant et dévoué.

La vie les a séparés, mais rien ne peut détruire une famille, rien ne peut détruire l'amour qui les unissait ! À Thomas !

Des murmures d'approbation se répandirent autour d'elle, chacun y ajoutant son commentaire et ses convictions. Ellie opina puis porta son verre à sa bouche et, renversant la tête en arrière, but la vodka cul sec.

— À Thomas ! Et à Marilyne…

Ellie tourna la tête et fronça les sourcils vers celui qui s'appelait Henri, le quadra du groupe.

— Qui est Marilyne ?

— Notre collègue.

— Je croyais qu'il n'y avait que vous ! dit-elle en sautant de la table pour se diriger vers lui.

— Non. Nous étions dix cette année. Tous les huit, Thomas et Marilyne.

Henri s'arrêta dans son explication, eut un rictus, puis but avec lenteur sa vodka. Voilà un élément nouveau qui promettait d'être intéressant.

— Elle ne voulait pas venir avec vous ce soir ?

— Tu sais, Ellie, c'est pas facile pour elle.

Il se rapprocha de la jeune femme et continua sur le ton de la confidence :

— Ils faisaient en sorte que ça reste secret mais personne du groupe n'était dupe, ils étaient amoureux l'un de l'autre, ces deux-là.

— Oh ! je comprends mieux ! Où est-elle ?

— Chez elle. Enfin je pense. Elle s'y est terrée dès qu'elle a appris la nouvelle. On a fait en sorte de passer la voir cet après-midi ; la pauvre est terrassée par le chagrin. Être une femme dans notre métier, ce n'est déjà pas facile tous les jours… je commence à la connaître la petite, elle ne refera surface que lorsqu'elle pourra donner le change. Quoi qu'elle puisse en penser, ici, on l'adore tous et elle aura toujours notre soutien. Marilyne, c'est un peu notre mascotte, alors quand on a deviné pour tous les deux, on était tous ravis. J'avoue ne pas avoir bien saisi pourquoi ils ont tenu à garder leur relation secrète… Bah… on ne le saura jamais.

— Henri, tu peux me dire où habite Marilyne ?

— Pourquoi ?

— Eh bien, elle est en quelque sorte la belle-sœur de Laura. Je pense qu'elles vont avoir besoin de se rencontrer, et puis, entre filles, c'est parfois plus simple de se confier.

— Tu as raison. File-moi un papier, je te note son adresse.

Adam,

Les jours s'écoulent à une vitesse folle et déjà le mois de mars vient d'offrir les prémices d'un printemps précoce. La neige a fondu depuis longtemps, laissant place aux premiers bourgeons téméraires, et les écureuils de Central Park font preuve d'une sociabilité que je n'aurais pas imaginée.

À tes côtés, je me reconstruis et réapprends à vivre. Je prends conscience que lorsque j'ai débarqué à Kennedy Airport il y a trois mois, je n'étais plus qu'une coquille vide tout juste activée en mode « survie ».

Notre rencontre m'aura permis de découvrir le brillant auteur que tu es, mais aussi ta force tranquille et rassurante, ta vision de la vie réinventée et ton amitié sans équivoque et sans limite.

J'ai énormément de chance.

La vie avait déjà mis sur mon chemin Ellie et Sam. Elle continue de me faire des cadeaux, symbole de renaissance, au moment où je m'y attends le moins, au moment où je pense toucher le fond du gouffre.

À cet instant précis de mon histoire, je ne comprenais pas encore que ma vie était réellement menacée. Je ne savais pas encore que je me débattais dans une toile tissée des années auparavant, faite de mensonges, de secrets et de besoin de vengeance.

J'étais revenue au point de départ, au berceau de ma vie, au côté de Charly qui m'avait ouvert son cœur et avoué ses sentiments, comme on se libère d'un fardeau que l'on porte depuis trop longtemps.

Charly, mon cœur…

Si j'avais su ce que notre amour avait encore à endurer… Si j'avais su que la mort rôderait encore tant qu'elle n'aurait pas fini sa funeste besogne…

Pardonne-moi, Charly.

33

Je ressentais une douleur indescriptible. Ma tête me semblait lourde à porter et mon corps était secoué. J'entendais des bruits de pas, une course, une respiration saccadée, haletante.

Je gémis. J'avais froid et sentais de l'air s'abattre contre mon visage, s'insinuer dans mon cou. J'avais si froid.

— T'inquiète pas, ma puce, on arrive.

Charly ?! C'était la voix de Charly !

Je tentai d'ouvrir les yeux. J'avais la tête en arrière et je n'aperçus que les étoiles.

Je fis un effort surhumain pour parvenir à me redresser. Mon cou avait du mal à soutenir ma tête qui me semblait lourde comme du plomb. J'identifiai néanmoins ce ballottement, et sentis une pression sur mon corps.

J'étais dans les bras de Charly et il me transportait. Un bras sous mes cuisses, un autre sous mes épaules, ma tête nichée contre son torse. Mon corps entier était endolori. Ma main droite s'agrippa à son pull et, de l'autre main, je touchai ma chevelure. Je sentis quelque chose de chaud et poisseux sur la base de mon crâne. Je regardai mes doigts sans comprendre. Ils étaient tachés de noir. La matière était presque visqueuse… du sang.

— Je saigne, Charly !

Il ne répondit pas. Il reprit sa respiration, continua sa course. J'entendais ses foulées s'abattre avec rythme sur la neige. Sa respiration était haletante.

Je voulus me redresser mais j'avais un étau qui m'enserrait le crâne.

Ce mal de tête… Nouveau trou noir.

Autour de moi, tout n'était que bruit et agitation. Par moments, je me sentais aveuglée et des sons de sirène sonnaient dans mon cerveau. Des lumières, une sirène. Je connaissais cette sirène, c'était la caserne des pompiers non loin de mon appartement.

Des voix. Des secousses.

Je n'arrivais pas à ouvrir les yeux. J'essayais, mais j'avais l'impression que mes paupières pesaient une tonne.

— Frédéric ? Tu m'entends ? Oui. On est là dans cinq minutes. Je veux que tu me prépares l'appareil… Non, je ne pense pas, mais tu contrôles… OK. Merci.

J'entendis un bruit sec et l'identifiai : un clapet qui se ferme. Charly avait raccroché son téléphone.

— Eh, Doc, elle reprend conscience.

— Laura ?

Je gémis.

— Laura, ne te force pas à ouvrir les yeux, reste calme, tu es dans le camion des pompiers, on arrive au cabinet.

Je voulus hocher la tête mais quelque chose me bloquait le cou. Je ne parvenais pas à comprendre ce qui m'emprisonnait. Je levai une main vers mon visage et rencontrai quelque chose de rigide.

— C'est une minerve, Laura. J'ai fait un rapide examen avant de décider de te bouger, je ne crois pas que ce soit très sérieux mais c'est juste une précaution.

Mon autre main était dans la sienne. Il leva mon bras, la montre de Thomas glissa, il guida ma main à son visage et je sentis ses lèvres sur mes doigts. C'était chaud et agréable. Cette fois, j'ouvris complètement les yeux. Ceux de Charly plongèrent sur moi, reflétant une lueur inquiète.

Je le regardai, sans identifier ce qui se passait, ce que je faisais là et pourquoi il affichait cet air si tourmenté, puis je fronçai les sourcils et me souvins.

— Comment tu te sens ?

Je regardai autour de moi. Tout ce qui était à portée de mes yeux. L'intérieur du camion. La lumière. Charly était assis à côté de moi, sur ma gauche. J'étais allongée sur une sorte de brancard au milieu. Légèrement sur ma droite, un homme que je ne connaissais pas avait une main sur le brancard et une autre collée au plafond du camion pour éviter d'être déstabilisé par le tangage de la route. Il portait un pull bleu marine avec des bandes rouges.

Je fixai à nouveau Charly.

— Cabossée.

Le mot le fit sourire.

— Alors on va te réparer.

— Charly ?

— Oui ?

— Je ne suis pas tombée toute seule. J'ai dû plonger dans le fossé pour éviter une voiture qui m'a délibérément foncé dessus. Au début, je n'ai rien entendu ni vu. Elle… elle… s'est approchée tous feux éteints puis elle m'a foncé dessus ! Si Loupa n'avait pas un flair extraordinaire… C'est elle qui a senti le danger, j'ai fait confiance à son instinct et me suis jetée sur le bas-côté.

Charly me regarda sans émotion particulière. Je cherchai une réaction sur son visage. Rien… Si, cette lueur dangereuse se mit à danser dans ses yeux : la colère. Il orienta le visage vers le pompier.

— Cyril, appelle Bouboule. C'est urgent.

— Bouboule ?

— Le capitaine Franck Leroux. Appelle chez lui et insiste jusqu'à le réveiller s'il le faut. Dis-lui que c'est moi qui le demande. Je veux qu'il me rejoigne au cabinet de toute urgence. Dis-lui qu'on a voulu tuer Laura.

Je regardai le dénommé Cyril. Il écarquilla les yeux, mais porta la main à sa hanche et attrapa une sorte de talkie-walkie. Je n'entendis pas ce qu'il dit, la sirène se remit en marche et le camion commença à ralentir.

Charly se redressa, passa légèrement au-dessus de moi et regarda par le pare-brise. Son visage était au-dessus du mien.

— On est arrivés.

Le camion s'immobilisa.

Peu après, j'entendis les deux portières avant s'ouvrir et se refermer. Cyril me sourit puis il se dirigea vers l'arrière et aida ses collègues à ouvrir. Charly me contourna pour pousser le brancard.

Bientôt le froid, toujours aussi sec, glacial. Le bruit du bitume sous les roues du chariot.

Deux portes battantes s'ouvrirent. À nouveau, la chaleur, la lumière. Devant moi, deux pompiers en uniforme dont je n'apercevais que le dos, et toujours le visage tendu de Charly au-dessus du mien.

Nous traversâmes un long couloir. J'aperçus une vaste salle d'accueil légèrement sur ma droite, puis nous empruntâmes un autre passage. Une nouvelle porte s'ouvrit et je découvris une salle d'examen où le chariot s'immobilisa.

— Bonjour, Laura.

Je tentai de tourner la tête vers cette nouvelle voix mais j'étais toujours maintenue par cette abominable minerve. L'homme passa alors dans mon champ de vision. Il avait un visage rassurant. Blond avec des yeux bruns. Quelques rides accentuées par son sourire. Il devait avoir à peu près l'âge de Charly.

— Vous êtes le collègue de Charly?

— En chair et en os! Je m'appelle Frédéric Connel. J'ai beaucoup entendu parler de vous, il va falloir qu'on cause, vous et moi!

— Ne l'écoute pas et surtout ne fais pas confiance à son air angélique, c'est un incorrigible dragueur!

— Moi? Moi? Balivernes, monsieur l'innocent. Tu as peur que je te fasse de l'ombre, avoue!

Frédéric me dévisagea et me fit un clin d'œil.

— Charly?

— Oui?

— Tu peux m'enlever ce truc, maintenant?

— Moi, je crois qu'il veut vous retenir prisonnière...

— La ferme, Fred, aide-moi plutôt.

Le ton de Charly était faussement taquin. Pendant que Frédéric calait les roues du brancard, Charly commença à desserrer les sangles qui me retenaient immobile. Une fois libérée, je me sentis mieux et je décidai de me lever.

— Holà... pas si vite !

Frédéric me maintint en appuyant ses mains sur mes épaules.

— Attends, Laura, Frédéric va te faire un rapide examen. Il est préférable que tu restes allongée.

— Mais pourquoi ? Je t'assure que je me sens juste courbaturée.

— C'est juste une précaution. Vous êtes quand même restée inconsciente.

— Je vois, boudai-je.

— Je vous laisse. Je vais remplir les papiers avec les gars.

Je n'eus pas le temps de tourner la tête que Charly avait déjà disparu.

— Ne vous inquiétez pas, il n'est pas loin. Et puis, c'est moi le médecin de garde ce soir ! Vous verrez, je suis nettement mieux que lui : plus beau et inévitablement beaucoup plus drôle.

Je fis donc plus ample connaissance avec Frédéric. Il était charmant, amusant. Après toute une série d'examens, du style tension, mouvements et réflexe, il finit par me faire une radio des cervicales.

J'étais à présent assise sur une chaise devant son bureau, et attendais patiemment son verdict. Frédéric ressortit du bureau derrière la salle d'examen, un cliché à la main qu'il agita avec amusement devant moi.

— Wonder Woman !

Je souris.

— Trêve de plaisanterie. Plus de peur que de mal : pas de bobos sérieux. Vous allez probablement ressentir un peu de courbatures ces prochains jours, mais c'est tout à fait normal, ça finira par passer. Le corps réagit toujours aux situations de stress et, dans votre cas, il y a l'environnement

« mental » avec tous ces événements, et la tension physique de ce soir aggrave un peu le processus.

— Merci, Frédéric.

— De plus, je constate que vous êtes déjà habituée aux bleus et aux bosses. La mauvaise nouvelle, c'est que vous avez une bosse de plus sur le crâne. Il fallait bien équilibrer !

Il prit une chaise, la tourna et s'installa à califourchon en face de moi. Les coudes sur le dossier de la chaise, le visage dans ses paumes, il affichait un sourire radieux et ses yeux noisette se mirent à scintiller.

— Quoi ?

— Bon, alors, racontez-moi !

— Que voulez vous savoir ?

Nous fûmes interrompus par des éclats de voix provenant de l'autre côté de la cloison, dans le couloir. Frédéric se redressa immédiatement puis courut vers la porte qu'il ouvrit à la volée.

— Eh ! Monsieur Propre ! On se calme. On est dans un centre de soin, ici.

Frédéric désignait Bouboule du doigt. Ce nouveau surnom me fit sourire mais j'étais trop en retrait pour apercevoir la réaction de Bouboule. Charly desserra les dents et je vis qu'il tentait de dissimuler un sourire.

— Qui êtes-vous ? C'est un pote à toi, Charly ?

— Frédéric, je te présente Franck Leroux, capitaine de la gendarmerie.

— OK. Gradé ou pas, ici, vous êtes chez nous. Alors, môssieur le capitaine, on baisse d'un ton.

Cette fois, je me levai et me dirigeai vers eux. Tous les trois se tournèrent vers moi. Malgré le froid, Bouboule portait un jean et un T-shirt noir dont les manches courtes étaient tendues sur le volume de ses biceps. Son T-shirt était tellement collé à sa poitrine et bombé par les muscles de son torse que, sur le moment, je pensai qu'il avait dû l'enfiler avec un chausse-pied ! Enfin… un chausse-torse ?

— Comment ça va ? me demanda-t-il.

Charly pivota vers Frédéric et attendit la réponse de son collègue.

— Elle va bien, répondit-il en me souriant, puis il se tourna vers Charly. Tu connais la chanson, tu ne la laisses pas une seule minute sans surveillance au cas où.

Ce qui eut pour effet de faire sourire Charly.

— Bon, on peut entrer là-dedans et parler?

Le pouce de Bouboule désignait la salle d'examen.

J'approuvai, rebroussai chemin et me réinstallai sur la chaise, jambes croisées, mains sur les genoux. Frédéric referma la porte derrière nous. Il s'appuya avec nonchalance contre le mur du fond et nous observa.

— Charles, tu n'as pas besoin de rester là.

La voix de Bouboule était sèche et pleine de reproche, aussi je repensai à ces cris dans le couloir quelques secondes plus tôt et cherchai sans la trouver la raison de leur dispute.

Frédéric répondit à la place de son associé.

— Je viens de lui demander de ne pas la laisser sans surveillance une seule seconde, vous écoutez, parfois?

Bouboule leva les yeux au ciel.

— Et vous, alors? Vous n'êtes pas médecin? Qu'est-ce que vous foutez là?

Charly s'assit sur le bureau, croisa les bras sur son torse et examina d'un œil attentif son collègue en inclinant la tête sur le côté.

— Moi? répondit Frédéric en appuyant sa main à plat sur son torse et en prenant un air offensé. Moi, eh bien, je suis juste très curieux.

Je souris en regardant Bouboule qui se contenta de soupirer en dégainant son carnet.

— Charly? demanda-t-il d'une voix qui trahissait son agacement.

— Il reste, je reste!

— Bon, reprit Bouboule en plantant ses deux billes de chat sur moi, raconte-moi tout dans le moindre détail. Charles m'a dit qu'une voiture t'a foncé dessus?

J'opinai tristement puis haussai les épaules.

— J'étais sortie pour prendre l'air – j'évitai de croiser le regard de Charly –, je marchais sur le chemin traversant la forêt et au début je n'ai pas vu qu'une voiture me suivait. Elle devait rouler très lentement et tous feux éteints car je n'ai rien remarqué. Loupa était avec moi.

— Loupa ?

— Mon chien !

— Ah oui, cette espèce de loup sauvage...

— C'est pas un loup !

— Rien à battre ! Il est vacciné, ce loup ?

Frédéric enfonça son pouce et son index dans sa bouche et émit un long sifflement strident.

— Hé ! les gars ! Vous vous calmez ou maman va se mettre en colère ! On peut poursuivre l'interrogatoire ? ajouta-t-il après avoir obtenu le silence.

Ils se turent mais la tension entre Charly et Bouboule restait palpable. Je me demandais pourquoi et m'interrogeai encore sur la raison de leur dispute dans le couloir. Tout en réfléchissant, j'essayai néanmoins de répondre à sa question.

— Elle a dû sentir le danger car elle s'est mise à grogner et à aboyer. Les phares de la voiture se sont allumés et elle a foncé sur moi. Franchement... si je n'avais pas plongé dans le fossé, je suis sûre qu'elle m'aurait percutée.

Bouboule grimaça légèrement.

— Tu peux m'en dire plus sur cette voiture ?

— Comme quoi ?

— La marque ? Le modèle ? La couleur ? Un bruit dans le moteur ?

Je me suis sentie idiote. Je n'avais aucun élément, aucune preuve de ce que j'avançais. En guise de réponse, je secouai la tête en gonflant les joues puis les dégonflai comme un ballon de baudruche.

— Nan, désolée. Il faisait nuit.

— Qu'est-ce que vous faisiez toute seule à marcher en pleine nuit ? s'enquit le médecin.

Instinctivement, je regardai Charly. Il me sourit et haussa les épaules.

— J'avais juste besoin de prendre l'air.

— Eh bien, à partir de maintenant, interdiction de prendre l'air toute seule.

Bouboule se massa les tempes avec lassitude. Ses mains étaient impressionnantes par leur taille. Les muscles de ses bras se contractèrent. Mon regard en profita pour scruter le cadran de sa montre qui était entré dans mon champ de vision.

2h45.

— Je suis forcé de le reconnaître Charles, tu as raison : ça complique considérablement notre affaire.

Charly et Bouboule se jaugèrent. Un affrontement silencieux ; un affrontement néanmoins.

— Qu'est-ce que ça veut dire ?

Charly évita de me regarder et je vis une lueur briller dans ses pupilles que j'identifiai comme de l'angoisse.

— Ça veut dire que le meurtrier de Thomas n'a pas fini. La disparition de ton frère n'était qu'un début : tu es aussi sur sa liste.

Bouboule termina sa brillante déduction en claquant sa langue contre son palais, puis reprit :

— La question est de savoir pourquoi ? Et qui peut bien en vouloir à ta famille ?

J'étais estomaquée. Je n'avais rien fait de mal ! Thomas non plus !

— Mais on n'a rien fait !

Bouboule approuva en opinant du chef.

— Tu n'en as peut-être pas encore conscience, mais il y a forcément un lien.

— Ouais, et vu que tu viens d'arriver, ce lien, c'est dix ans en arrière qu'il faut le chercher. Je crois que nous sommes sur la bonne voie.

Charly se redressa, fit quelques pas et s'arrêta près de Bouboule.

— Tu as ressorti le dossier que je t'ai demandé ?

Bouboule lança un œil furtif vers moi mais j'avais compris. Charly et moi avions évoqué cette hypothèse à laquelle je n'adhérais pas. Il devait certainement faire allusion au décès de maman.

— Il y avait eu une autopsie, à l'époque ?

Bouboule serra les dents.

— Effectivement. Le contenu du bol alimentaire a démontré une très grosse quantité d'alcool et de médicaments. J'avoue que j'espérais presque trouver un élément qui aurait échappé à mes collègues de l'époque, mais rien ne laissait planer un quelconque doute ; la thèse du suicide a très vite été confirmée.

J'avais les larmes aux yeux. Je me mordis la lèvre pour m'empêcher de pleurer. Mais qu'est-ce qui ne va pas dans cette famille ?

Pourquoi quelqu'un voulait-il nous punir, Thomas et moi ?

— Laura, à partir de maintenant, tu ne te promènes plus toute seule. Demain, tu te reposes et on verra bien vendredi. L'enterrement de Thomas est bien prévu pour vendredi ?

— Oui... à 10 heures.

— Qu'est-ce qu'on verra vendredi ? s'empressa de questionner Charly.

— Si on n'a pas de nouveau d'ici là, on verra bien qui va se pointer à l'enterrement ! répondit Frédéric.

Nous nous tournâmes tous les trois vers lui. Pour la première fois depuis notre rencontre, il n'affichait pas de sourire enjôleur et l'expression de son visage était impassible. Bouboule opina puis me fixa un long moment en silence comme si mon visage allait lui permettre de découvrir la vérité.

34

Il avait été décidé par la suite que je ne devais plus résider chez Charly, l'endroit étant trop isolé, mais à l'auberge. Je pensais au fait que Charly m'avait annoncé la veille que l'auberge affichait complet mais je ne dis rien pour autant et me contentai de l'interroger du regard. Charly haussa les épaules avec amusement.

— Ne t'inquiète pas, il y a de la place pour nous, répondit-il en devinant mes pensées, une fois encore.

C'était donc un autre mensonge, mais au point où j'en étais, celui-là me fit sourire. Nous montâmes tous les deux dans la voiture de la gendarmerie et Bouboule nous raccompagna jusqu'à l'auberge.

J'étais épuisée, courbatue, et même si je n'osais pas le reconnaître, j'étais inquiète. Je ne cessais de m'interroger sur la raison pour laquelle quelqu'un avait décidé d'exterminer ma famille. Plus je sondais mes souvenirs en quête d'un indice, et moins j'avais de réponse, plus ma peur s'intensifiait.

Pendant le trajet, sur la banquette arrière, je posai la tête sur l'épaule de Charly. La fatigue accumulée et le ballottement de la voiture aidant, je m'assoupis. Lorsque je me réveillai, j'étais couchée en boule sur la banquette arrière, la parka de Charlie me recouvrant les épaules ; la voiture était immobilisée devant les marches de l'auberge.

J'étais seule. Je pris appui sur un coude pour me redresser tout en me frottant les yeux et je tournai la montre de Thomas sur mon poignet : 3 h 37.

Je me penchai et regardai autour de moi à travers la vitre. Mes yeux finirent par s'habituer à l'obscurité et j'aperçus mes deux protecteurs, sous le halo du lampadaire. Bouboule et Charly discutaient à une vingtaine de mètres de la voiture. Ils étaient proches l'un de l'autre. Malgré le froid, Bouboule était toujours en T-shirt et Charly ne portait que son pull. Charly expulsa sa fumée au visage de Bouboule qui recula d'un pas. Il tenait sa cigarette entre le pouce et l'index, repliée dans le creux de sa main. Je n'entendais rien de leurs propos, mais l'attitude de Bouboule me parut agressive en retour. Il pointa une main vers Charly et, sur le coup, je crus qu'il menaçait Charly avec quelque chose.

Putain ! Une arme ?

Je vis Charly secouer la tête à plusieurs reprises avant de poser une main sur le torse de son adversaire et de le repousser avec force. Cette scène me réveilla totalement. J'appuyai sur la poignée et sortis du véhicule. Sans manteau, sans bonnet ni gants, je sentis le vent me cingler.

— Eh ? Qu'est-ce qui se passe ? criai-je en serrant les bras sur ma poitrine pour tenter de me réchauffer.

Ils firent volte-face et se tournèrent tous les deux vers moi.

Charly tira à nouveau sur sa cigarette et, d'une chiquenaude, l'expédia dans un tas de neige derrière lui. Il fusilla Bouboule du regard et, sans commentaire, vint vers moi.

Au fur et à mesure qu'il approchait, malgré la pénombre, je distinguai la fureur dans ses yeux.

— Charly ? Qu'est-ce qui se passe ?

Je vis sa mâchoire se contracter puis il détourna les yeux pour ne pas soutenir mon regard. Je tournai alors la tête vers Bouboule pour obtenir une réponse. Ce dernier balaya le vent devant lui d'un geste nonchalant.

— C'est rien, Laura.

Je me rapprochai de Charly.

— Viens, rentrons. Il est tard, dit-il simplement.

Tout en marchant vers le perron, je jetai un œil vers Bouboule et le vis serrer les dents en même temps qu'il me fixait. Je ne sus si c'était mon imagination, mais je crus à nouveau lire cette même recommandation dans son regard : « Fais attention ».

Alors que je regardais toujours derrière moi, Charly prit sa veste dans la voiture, m'entraîna et nous gravîmes les marches jusqu'à la porte d'entrée. Charly leva les bras, glissa ses doigts sur la rainure de la porte et finit par trouver ce qu'il cherchait. Il me montra la clef qu'il avait dans la main.

— C'est facile d'être un cambrioleur ici.

Derrière nous, le moteur de la voiture de Bouboule se mit en route. Je me retournai vers lui au moment où Charly insérait la clef. Je le vis agiter la main à notre intention et lui fis signe en retour tandis que la voiture s'éloignait.

Charly poussa la porte et nous entrâmes. Il tendit le bras derrière lui, m'attrapa la main et me guida à travers la sombre demeure. Je ne distinguais rien et me cognai à plusieurs reprises, étouffant des « aïe ! » en pinçant les lèvres. Au point où j'en étais, je n'étais plus à un bleu près. J'en avais plusieurs sur le corps depuis cet accident, sans parler de celui sur la fesse qui virait au violet. Machinalement, je portai la main sur le haut de mon front. J'avais, en plus, quelques points de suture à cet endroit-là. Tout en essayant de le suivre, je me demandai si Charly n'avait pas des yeux de chat. Il semblait évoluer comme en plein jour, évitant tout obstacle.

Nous grimpâmes l'escalier en silence.

Je me demandais s'il allait prendre une chambre à côté de la mienne ou bien si nous allions partager la même lorsqu'il s'arrêta devant une porte et entra. Sans indication de sa part, je le suivis et refermai derrière moi. Je distinguai l'ombre de Charly faire quelques pas et la lumière d'une lampe de chevet apparut. Dans cette lumière tamisée, d'un coup d'œil, je fis un rapide tour de la pièce. Un grand lit, deux tables de nuit, un bureau, deux chaises, une penderie. À ma droite, une porte fermée. La salle de bains probablement.

Charly se redressa et, planté devant le lit, me dévisagea. Il paraissait exténué mais surtout soucieux. La lumière du chevet, au niveau de son genou, dessinait des ombres qui dansaient sur son visage et marquaient ses traits tirés.

— Bon. Étant donné que nous avons déjà dormi ensemble la nuit dernière, je propose qu'on oublie la bienséance qui voudrait que je te propose de prendre le lit. Franchement, je n'ai aucune envie de dormir par terre, dit-il en évitant mon regard.

Je fis le tour du lit et m'approchai de lui avec lenteur. Ses traits étaient tendus et des cernes mangeaient ses yeux. Pratiquement collée à lui, je me laissai envahir par ce mélange de cigarette et d'odeur d'après-rasage qui m'enivrait comme une drogue. Surpris par mon attitude, il baissa ses yeux d'océan sur moi.

Ses pupilles se dilatèrent, ses prunelles prirent une teinte plus sombre et brillante. Je me hissai sur la pointe des pieds et glissai mes mains le long de son torse pour les nouer derrière son cou tout en approchant mon visage du sien.

La réaction de Charly fut instantanée et je sentis sa main gauche se plaquer contre mes reins et m'attirer avec force contre lui. Sa main droite se glissa sur ma nuque, le pouce sous mon menton pour le lever encore plus vers lui.

Mes lèvres effleurèrent d'abord les siennes, puis les goûtèrent jusqu'à s'écraser avec fièvre sous sa bouche. Avec empressement, avec violence, nos lèvres s'ouvrirent immédiatement pour se redécouvrir. Tout en répondant à ses baisers, mes mains descendirent le long de son torse, se glissèrent sous son pull, puis tirèrent par saccades pour sortir sa chemise de son pantalon et enfin parcoururent du bout des doigts la douceur brûlante de sa peau.

Au contact de mes mains, je sentis ses muscles se contracter et sa peau se hérisser de frissons. Charly resserra son étreinte. Renouant avec le passé, je pensai que mon cœur allait exploser.

Charly bougea et m'entraîna avec lui. Sa bouche quitta la mienne pour parcourir mon oreille, mon cou. Je sentais son haleine chaude, son impatience. Je repris mon souffle, tête renversée. Sa main droite délaissa ma nuque pour descendre le long de mon corps, et s'attarder sur mes cuisses. Au passage de sa main, une empreinte brûlante me parcourait le corps. Je sentis ses doigts se contracter et mécaniquement sous cette pression, ma robe obéissante remonta le long de mes jambes.

Nous étions entraînés dans un tourbillon. Plus rien ne pouvait nous arrêter. J'avais des vertiges et je ne me contrôlais plus.

Un choc sourd… je gémis.

Je venais d'être plaquée contre la cloison de la chambre. Instinctivement, je pris appui contre le mur ainsi que sur ses épaules, et me redressai. Je sentais Charly s'abandonner et son désir s'enflammer. Mes jambes s'enroulèrent autour de sa taille comme un boa s'enroule autour de sa proie. Dans ses bras, j'avais le visage à la hauteur du sien. Front contre front.

Mes mains se collèrent sur son visage. Je me sentais défaillir.

Charly ouvrit les yeux.

— Toi et moi, murmurai-je.

— Ensemble.

Il me sourit avec un regard brillant de larmes, de souffrance, de désir. Nos lèvres se cherchèrent encore.

Tout en m'embrassant, il m'entraîna vers le lit où nous nous laissâmes emporter par nos émotions.

Le lendemain matin, une fois de plus, je me réveillai seule dans le lit. Je jetai un œil à la montre de Thomas et me redressai d'un bond avec culpabilité.

11 h 20.

Je culpabilisais d'avoir dormi aussi longtemps alors qu'Ellie était là et que je la laissais seule.

Je me préparai à la hâte et descendis au salon.

— Salut, la Belle aux bois dormant.
— Salut, chère associée.
Un *mug* de café à la main, elle était installée sur le côté du fauteuil, se servant d'un accoudoir comme dossier, les jambes repliées et croisées l'une sur l'autre.
— Tu es seule ?
— Gagné !
— Tu as vu Charly, ce matin ?
En posant la question, je me sentis rougir au souvenir de la nuit que nous avions passée. À mon grand désespoir, mon trouble ne passa pas inaperçu.
— J'y crois pas ! Tu t'es envoyée en l'air ?
Je la regardai d'un air amusé en me demandant si elle n'était pas télépathe.
— Eh oui…
— Raconte.
— Ben voyons, tu rêves, faut pas pousser !
— Rien à battre ! Allez, raconte.
— N'insiste pas.
Ellie prit son air boudeur et battit des cils à plusieurs reprises tout en jouant avec une de ses boucles blondes. Ses yeux étaient si brillants et limpides que pendant un instant je crus que j'allais me noyer dans son regard.
— Ça marche peut-être avec la gent masculine, mais pas avec moi !
— OK. Au moins, j'aurai essayé.
Je pris la direction de la cuisine.
— Tu l'as bouffé jusqu'au trognon ?
Tandis que je poussais la porte de la cuisine, mon bras se dressa et mon poing se ferma… sauf le majeur.
J'entendis un éclat de rire derrière moi au moment où la porte battante se refermait. Je me servis un bol de café et retournai dans le salon.
— Pour répondre à ta question, oui, j'ai vu ta Pomme avant qu'il n'aille je ne sais trop où. C'est lui qui m'a demandé de te laisser dormir et il m'a tout raconté pour la voiture et l'accident. Comment tu te sens ?

Je levai ma chevelure d'une main afin de dégager mon front.

— Ouah… sacrée blessure de guerre !

— Et encore, t'as pas vu les bleus !

Ellie me gratifia d'un demi-sourire avant de redevenir sérieuse.

— En tout cas, c'est pire que nous l'imaginions !

— C'est-à-dire ?

— Eh bien… Ton frère s'est pris une balle et toi tu as failli passer l'arme à gauche, comme on dit !

Je bus une gorgée de café et fermai les yeux sous la douceur de cette bénédiction. Je m'assis en face d'Ellie et, tout en réfléchissant à ce qu'elle venait de dire, je laissai mon regard traîner par la fenêtre. Le ciel était bleu azur, sans l'ombre d'un nuage, et le soleil pointait déjà haut. Un temps idéal pour skier, aujourd'hui, la neige allait déclarer forfait. Un peu plus loin dans la maison, brisant le silence, une pendule sonna un coup. 11 h 30.

Mon café fumait. Je le humai avant d'en boire une autre gorgée.

— Je n'arrête pas d'y penser et je ne crois pas vraiment à cette théorie.

— Laquelle ?

— Celle où quelqu'un voudrait se venger de Thomas et de moi. C'est surréaliste. Nous ne sommes pas des gangsters ou je ne sais quoi, mais une famille tout ce qu'il y a de plus normale.

— Pas si sûr. Et vu qu'on n'en sait rien, il faut rester prudent.

— Mouais…, dis-je sans trop de conviction.

— Pendant que tu jouais les cascadeuses, je n'ai pas perdu ma soirée.

Ellie me toisa quelques secondes avec un air soudain si sérieux que cela me déstabilisa. Cette expression sur son visage ne me disait rien qui vaille.

— Qu'as-tu appris ?

— Est-ce que tu es prête à tout entendre ?

— Oui, bien sûr !
— Sûre ?
Je déglutis avec difficulté. Les mains sur mon bol, je bus une rasade et pendant une seconde je regrettai de ne pas avoir versé un peu d'alcool dans mon café.
— Certaine.
— OK.
Ellie bascula ses jambes dans un mouvement aérien et s'assit comme le font tous les gens normaux.
— Hier soir, après le dîner je suis allée traîner dans quelques bars chez les touristes jusqu'à trouver le pub qui m'intéressait. J'ai fait la connaissance de quelques guides de montagne, plutôt sympas dans leur genre. Il faut que tu saches qu'ils sont tous dévastés par la disparition de ton frère et que tu as toute leur sympathie. J'ai passé quelques heures avec eux à boire à sa mémoire et lorsque j'ai annoncé que j'étais ton associée, c'est fou le nombre de copains que je me suis fait. Quoi qu'il en soit, ils étaient tous là sauf un.
— Un ?
— Une, plus particulièrement.
Je me raidis. Je n'aimais pas les « Écoute, j'ai réfléchi » et je sentais que j'aimais encore moins les « Une, plus particulièrement ». Je posai mon bol à moitié plein sur la table basse devant moi et m'assis sur le bord de mon fauteuil pour entendre la suite.
— Ils formaient une équipe de dix. Neuf hommes, dont Thomas, et une femme.
Je soupirai.
— Marilyne ! lâchai-je en serrant les dents.
— Bingo. Les autres m'ont dit qu'elle se terrait chez elle depuis la nouvelle du décès de ton frère.
J'arquai les sourcils avec intérêt.
— Tu me connais, je suis allée la saluer et, ma foi, j'ai eu une conversation très intéressante.
— C'est-à-dire ?
— Ton frère avait une aventure avec elle.

— Quoi ? Thomas et elle ?

Mon ton était monté directement dans les aigus et Ellie posa une main sur mon genou. Je regardai sa main et elle tapota ses doigts « french manucurés » sur mon jean. Je repensai immédiatement à la photographie que j'avais sortie du portefeuille de Thomas.

— C'est pas ça le plus important.

Je plantai mes yeux dans les siens, pas très sûre d'avoir envie d'entendre la suite, finalement.

— Mis à part toi… Thomas et ta Pomme ont eu une autre chose en commun.

Je me suis effondrée dans la mousse de mon fauteuil comme un Flamby dans son assiette.

Charly ?

Mon Charly et Marilyne ?

Comme si elle lisait une nouvelle fois dans mes pensées, Ellie opina puis fit claquer sa langue sur son palais.

35

L'assassin avait dû freiner son excitation et, pour cela, il était sorti tôt pour profiter de cette matinée prometteuse. Il avait très peu dormi et savait que la journée allait être longue. Plus son heure approchait et plus son impatience augmentait.

Il avait décidé de passer sa journée loin d'elle, sans l'approcher, sans l'épier. Sa douceur, sa chaleur, son sourire… Il se savait emprisonné par ses boniments et ses mensonges. Il fallait qu'il se concentre sur son objectif : sa vengeance.

Le ciel était d'un bleu parfait et le soleil brillant faisait fondre les tas de neige rabattus par les habitants sur le bord des trottoirs. Il eut un rictus en songeant que c'était une belle journée pour mourir.

Il fouilla dans la poche de son manteau et sortit son paquet de cigarettes. Il s'arrêta au milieu de la rue et, une main près de sa bouche pour se protéger du vent, il alluma sa cigarette. Il tira avec lenteur plusieurs bouffées et se remit en marche.

Ses chaussures s'abattaient sur le bitume à une cadence rapide et bientôt il arriva à destination. Il traversa la place Maréchal-Foch et emprunta le passage qui reliait la rue Anatole-France au parking où il avait laissé sa voiture. Au moment où il déboucha sur la place principale, il paniqua et bifurqua en hâte dans la ruelle à sa droite. Le cœur battant, il se colla au mur.

Qu'est-ce qu'elles faisaient là ?

Il risqua un œil dans leur direction tout en veillant à ne pas dévoiler sa position. Laura venait de rabattre la capuche de son manteau en peau et discutait avec son associée. Elle paraissait plus pâle que jamais. Elles marchaient d'un pas vif et il grimaça en constatant qu'elles arrivaient du parking.

Qu'est-ce qu'elles fichaient là ? Avaient-elles vu sa voiture ? Avaient-elles des doutes ? Cette fille, son associée était dangereuse... Depuis qu'elle était là, il se sentait en danger. Il avait l'impression qu'elle pouvait sonder son âme.

Il soupira d'exaspération en se collant contre le mur. Il observa à nouveau l'autre côté de la rue. Ellie écrasa sa cigarette tandis que Laura fouillait dans son sac à main. Elle en sortit son téléphone portable et le plaqua à son oreille.

Une minute plus tard, elles entrèrent dans le pub. Il patienta encore quelques instants avant de faire demi-tour.

— C'était Papé ? demanda Ellie au moment où je rangeais mon téléphone dans mon sac à main.

Après m'avoir lancé cette petite bombe, Ellie m'avait annoncé que nous avions rendez-vous avec Marilyne. Elle pensait qu'il était important que je la rencontre, ce qui n'était bien évidemment pas mon avis. Je n'avais jamais aimé cette femme. Je n'aimais pas cette façon qu'elle avait de se coller à Thomas, et mon cœur se serrait chaque fois que je l'imaginais dans les bras de Charly.

— Non. Ledol. Je t'en ai parlé, c'est le notaire de notre famille. C'est son deuxième message et je n'ai pas encore pris la peine de le contacter. Je suppose qu'il veut me voir pour régler la succession.

— C'est ce qu'il raconte ?

— Non. Il dit juste que c'est urgent et, qu'au pire, il me verra à l'enterrement.

— Tu devrais le rappeler, si c'est urgent... va savoir ce qu'il sait, celui-là.

Je regardai Ellie avec étonnement puis opinai du chef.

— Je le ferai plus tard.

Ellie tourna la tête vers la devanture du pub.

Nous venions juste de quitter le parking où nous avions abandonné Léontine et étions arrêtées devant la porte d'un pub irlandais. Je regardai la couleur vert caca d'oie de la façade en attendant qu'Ellie écrase sa cigarette.

— T'es prête, ma Crotte ?

— Non.

— Arrête de faire ton boudin. Il faut que tu lui parles.

— J'ai le droit de lui coller un pain avant ?

Ellie me fixa une seconde avant de sourire et de dévoiler ses dents blanches.

— C'est pas pour rien que je lui ai donné rendez-vous. Toi et Norma Jean, vous avez une chose en commun.

— Oui, Charly !

— Non, je pensais plutôt au chagrin d'avoir perdu Thomas.

Je blêmis.

— Si, après lui avoir parlé, tu as toujours envie de la frapper, appelle-moi, je te filerai un coup de main ! Dac ?

— Dacodac !

Je soupirai en levant les yeux au ciel ; néanmoins, je la suivis à l'intérieur du pub. J'avais l'impression que, dans mon village, les lois étaient établies pour les autres. Un peu comme le village gaulois contre César, sauf que là, c'était contre la loi Évin. La veille, Ellie avait fumé comme un pompier sans la moindre gêne dans le café où je lui avais raconté ma vie, et ici le côté irlandais n'échappait pas à la règle. Je la suivis jusqu'au bar où je l'entendis parler au barman sans toutefois saisir leurs propos. Je vis seulement Ellie battre des cils et le barman hocher la tête en souriant.

— Elle t'attend là-bas, me dit-elle en désignant un box dans le fond de la salle d'un mouvement de tête.

— Tu ne viens pas ?

Ellie s'amusa de ma réaction.

— Non, ma Crotte. J'ai rancard avec le barman.

Je jetai un œil mauvais au barman au moment où je passais devant lui pour atteindre le fond de la salle. Le pub était bondé et, tout en avançant, j'enlevai mon bonnet et déboutonnai mon manteau. Une odeur de friture et poisson mélangés me souleva le cœur au passage d'une table où un rouquin barbu engloutissait une poignée de « je-ne-sais-quoi » pané.

Je fronçai les sourcils en entendant le bip-bip familier de mon téléphone portable. Je fouillai dans mon sac et pianotai rapidement sur le clavier avant de reconnaître le numéro de Charly.

> JE SUIS REPASSÉ À L'AUBERGE DANS L'ESPOIR DE TE VOLER UN BAISER...
> OÙ ES-TU ?

Hum... pour l'instant, j'avais juste envie de lui coller un coup de poing dans l'estomac... et qu'il me serre tendrement dans ses bras également. Bref, je ne savais plus où j'en étais ! Je lui en voulais trop pour être ravie de son message, aussi je relâchai avec dédain le téléphone dans mon sac. Je poursuivis mon chemin en balbutiant quelques « pardon » et en jouant des coudes pour me frayer un passage et soudain je la vis.

Elle était seule, assise sur la banquette de cuir rouge près de la vitre. Son regard semblait perdu dans la contemplation d'un mirage, derrière la fenêtre, qu'elle seule pouvait voir. Ses yeux gris étaient rougis et gonflés. Elle avait dû passer une bonne partie de la nuit à pleurer. Elle baissa les yeux vers le cendrier pour y lâcher son tas de cendre et porta à nouveau son regard de l'autre côté de la baie. Son teint était très hâlé comme celui de toutes les personnes exerçant sa profession, et je remarquai qu'on ne distinguait pratiquement pas les traces de ses lunettes de ski. Le coude sur la table, le menton posé sur la paume de sa main qui tenait sa cigarette, elle ne semblait pas gênée par la fumée qui embrumait son regard.

Son chagrin était d'une telle évidence que je me sentis bête et égoïste. Je continuai mon parcours vers elle et son regard fut attiré par le mouvement. Elle tourna la tête vers moi et me fixa.

Elle posa ses mains à plat sur la table et se leva légèrement. Pour toute réponse à cette invitation silencieuse, je la fusillai du regard et me glissai sur la banquette en face d'elle, hors de sa portée – ou plutôt elle hors de la mienne !

— Bonjour, Laura.

Sa voix était calme mais chevrotante. Cette femme, de cinq ans mon aînée, était non seulement très séduisante mais son corps possédait cette tonicité et cette force physique qu'ont les sportifs. De longs mois d'entraînement en montagne, des journées à skier avaient modelé et fuselé ses muscles pour façonner à la perfection les courbes de son corps.

— Marilyne.

— Tu veux boire quelque chose ?

— Un truc fort.

Elle m'adressa un timide sourire et leva la main vers un serveur en lui montrant le signe « deux » de ses doigts.

Je l'observai pendant une minute. Elle tira sur sa cigarette avec lenteur et l'écrasa dans le cendrier.

Le serveur, un petit sec répondant au nom d'Owen selon son badge, déposa deux verres sur notre table, sans sourire, sans un mot.

Mécaniquement, je pris celui qui était devant moi, et je m'enfilai une lampée.

Ouah ! Punaise, du whisky ! Ma trachée prit feu et l'incendie se prolongea dans une chaleur diffuse partout dans ma cage thoracique.

— Je ne savais pas si tu allais accepter de me voir.

— J'ai pratiquement été traînée de force par mon associée.

Marilyne but une gorgée et sourit.

— Surprenante personne, ton associée, qui n'a pas hésité à se pointer chez moi à 3 heures du mat'.

— Effectivement. Ellie est tout ce qu'il y a de plus délicat et prévenant, en plus de se soucier de la bienséance.

Je tournai la tête vers la fenêtre et observai le bal des touristes, nombreux à cette heure du déjeuner. Mon estomac grogna mais je ne lui prêtai pas attention. Dans le box derrière nous, un couple se disputait sur le choix du week-end qu'il fallait réserver pour utiliser le cadeau « Smart box » qu'ils avaient reçu. Madame voulait une chambre dans un hôtel grand luxe en bord de mer, Monsieur voulait faire la fête dans un week-end parisien.

Si seulement mes soucis pouvaient être de cet ordre-là !

— Je sais que tu ne m'aimes pas.

Pas mal comme entrée en matière.

— Effectivement, répondis-je en toute franchise.

Marilyne soupira puis fit tinter les glaçons contre le bord de son verre.

— J'aimais ton frère.

Je me sentis rougir de malaise. Malgré tout, une partie de moi était heureuse qu'elle ouvre le débat sur mon frère et non sur Charly.

— Laura, tu ne le sais pas mais lorsque tu es partie, il y a dix ans, Thomas et moi étions déjà amoureux et en couple.

— Quoi ? Mais, pourquoi je ne l'ai pas su ? Thomas ne m'a…

— Jamais rien dit, pas vrai ?

— Non.

J'attrapai mon verre et bus une nouvelle rasade. Les ravages du feu me revigorèrent. Je pensai aux dernières paroles que j'avais dites à Thomas, à notre dispute, au fait qu'il me reprochait d'être égoïste et de ne penser qu'à moi et à mon bonheur. J'eus la désagréable impression de me faire percuter par un train à grande vitesse et j'en eus le souffle coupé.

Thomas avait raison. Je n'étais qu'une gosse égocentrique qui n'a jamais rien vu de ce qui se passait autour d'elle, qui ne savait rien de la vie de son propre frère.

— Thomas et moi sortions ensemble depuis deux ou trois mois. Je sais qu'il ne t'a rien dit parce qu'il voulait vous faire passer, toi et votre mère, avant. Avant moi, je suppose.

— C'est tout lui.

— Je l'ai toujours aimé. Je l'aimais pour ses valeurs. Il s'occupait de votre mère, de toi qui étais encore toute jeune. S'il n'y avait pas eu cette terrible journée, je crois que cela aurait pu coller entre lui et moi.

— Par « terrible journée » tu entends ?

— Le décès de ta mère, ton départ.

— Comment ça ?

— Eh bien… il a rompu le jour de l'enterrement de ta mère.

J'étais abasourdie. Ce fameux jour, il avait aussi rejeté son plus fidèle ami.

— Pour quelle raison ?

— Je ne le sais toujours pas. La seule chose que je sais c'est que, à sa manière, il m'aimait.

— Mais pourquoi, alors ?

— Pourquoi a-t-il aussi rejeté Charly ? Pourquoi a-t-il fait le vide des gens qu'il aimait autour de lui ? Je ne sais pas. Lui seul connaît la réponse.

— Est-ce que Charly savait pour toi et lui ?

— Non. Personne ne le savait et je t'avoue qu'à l'époque, ça ne me posait pas de problème… au contraire. Le fait de se cacher rendait notre relation encore plus…

— Plus excitante ?

— Oui, souffla-t-elle en retenant ses larmes.

Elle attrapa son sac à main et sortit son paquet de cigarettes.

— Est-ce que je peux ?

— Vas-y. Mon associée a déjà décidé de me refiler un cancer, alors un peu plus ou un peu moins…

Elle sourit et appuya sur un briquet de couleur bleu nuit. Elle pompa une fois, deux fois, et tourna la tête sur le côté pour expulser sa fumée.

— Il va falloir que j'arrête cette cochonnerie, de toute manière.

J'entendais toujours le couple derrière moi se disputer avec énergie. Quelques secondes plus tard, quelqu'un glissa une pièce dans la fente du vieux Juke-box et les voix des Beatles firent taire pour un temps les plaintes de mes voisins si chanceux.

— Ces derniers temps, vous étiez pourtant de nouveau ensemble, n'est-ce pas ?

Elle opina puis me fixa avec curiosité.

— Une photo. J'ai trouvé une photo de vous deux dans son portefeuille. Elle ne semblait pas plus vieille d'un an ou deux.

— Six mois.

— La photo ?

— Le début de notre nouvelle…

Elle sembla hésiter sur le mot à choisir.

— Heu… relation.

J'arquai les sourcils.

Elle ferma les yeux une seconde, tira sur sa cigarette et poursuivit.

— Le jour de l'enterrement de ta mère, lorsqu'il a rompu, j'ai été, comment dire, anéantie. Je savais que Thomas était fait pour moi, comme tu as toujours su que Charly était fait pour toi.

Je pris cet argument de plein fouet, comme une claque. Je me mordis l'intérieur de la joue et reportai mon attention sur les glaçons de mon verre que je balançais doucement : gauche, droite, gauche, droite…

— Je l'ai toujours aimé, depuis notre première rencontre, depuis qu'il m'avait prise dans son équipe pour apprivoiser cette montagne. Au cours de ces dix dernières années, j'ai tout fait pour pouvoir le récupérer. Mais plus j'essayais plus il dressait un mur autour de lui, encore plus haut, encore plus fort. Pourtant, j'ai tout tenté. C'était même pitoyable.

Elle haussa les épaules et, pour la première fois depuis que mes fesses s'étaient posées sur cette banquette, je vis un vrai sourire illuminer son visage.

— Et ?

— Et rien n'a marché. Alors il ne me restait plus qu'une solution.

Je plongeai les yeux dans mon verre et stoppai le mouvement de balancier. Les glaçons avaient fondu. Je portai le verre à ma bouche et finis son contenu.

— Il ne me restait plus que la jalousie.

Je me figeai. Puis, après avoir repris ma respiration, je reposai mon verre avec lenteur.

— C'est une chose qui fonctionne très bien dans ma famille, annonçai-je.

Marilyne inclina la tête sur le côté et ses yeux gris s'assombrirent.

— Ne sois pas jalouse de moi Laura, tu n'as pas besoin de ça.

— Donc… Charly, soupirai-je.

— Oui. Charly. Il était le seul moyen de l'atteindre.

— C'était quand ?

— Hum… il y a environ un an. À peine.

— Puisqu'on en est là, raconte.

Elle sourit avec douceur, avec une pointe de nostalgie.

— Charly et moi avions un point en commun. Nous étions tous les deux dévastés par un membre de la famille Vallon. Moi par Thomas et lui par toi.

Je voulus ouvrir la bouche mais elle leva la main pour m'arrêter. Elle tira une dernière fois sur sa cigarette avant de l'écraser avec lenteur et de nouveau tourna la tête sur le côté pour expulser sa fumée. Elle se plongea dans la contemplation du tas de cendres du cendrier avant de relever les yeux vers moi et de poursuivre.

— Ça a duré très peu de temps. Tout juste quelques semaines. Au début, je voulais effectivement rendre ton frère jaloux, mais j'avais de l'affection pour Charly comme il en avait pour moi. C'était facile de se comprendre. Comment te dire ? On s'est consolés mutuellement.

— Et pourquoi ça n'a pas duré ?

Elle s'adossa à la banquette et rejeta en arrière une mèche de ses cheveux blonds en riant.

— Ton associée n'a pas arrêté de me parler de salade de fruits, la nuit dernière. Je n'ai pas tout saisi mais je crois que tu as la réponse. Charly et moi n'étions que de simples amis, en aucun cas faits l'un pour l'autre, et surtout j'ai provoqué la fin en lui racontant ma liaison avec Thomas.

— Ouh là...

— Comme tu dis.

— Là, Charly a dû mettre les deux pieds sur le frein.

— Pour être franche, on était déjà au point mort depuis le début.

Pour la première fois, dans un bref élan d'affection, je mis ma main sur la sienne. Marilyne la serra brièvement puis retira la sienne en souriant.

— Pourquoi est-ce que tu me racontes tout ça ? dis-je en la fixant.

— Pour deux raisons, en fait.

Elle repoussa le cendrier comme si finalement cette odeur la dégoûtait.

— La première, c'est que si ton associée m'a « cuisinée » hier, elle n'était pas la première. Quelques heures avant elle, j'ai eu la visite de deux flics.

— Un grand maigre et un petit rond ?

— Leduc et Duchmol... je ne sais plus. Ils savent pour moi et Thomas.

— Et alors ?

— Alors je suis restée très évasive sur ma relation avec Thomas. J'ai répondu à leurs questions sans mentir, mais j'avoue avoir été stupéfaite en réalisant qu'ils avaient au moins autant de questions au sujet de Charly. Je n'ai bien sûr pas mentionné ma passade avec lui mais à Ellie, hier soir, je n'ai pas eu besoin de le dire. C'était comme si elle avait déjà compris.

— Et alors ? insistai-je encore une fois.

— Alors, il paraît que Franck a déjà Charly dans le nez. Contrairement aux deux autres qui ne sont pas de la région, Bouboule ne va pas mettre longtemps à comprendre, pour Charly et moi. S'il veut vraiment coincer Charly, comme semble le penser ton associée, pour lui c'est du pain bénit.

Thomas et Charly se partageant la même femme ! Ça va puer la vengeance dans la tête des flics et Franck tiendra enfin un mobile réel contre Charly !

Je refermai la bouche d'un coup sec ; mes dents de devant s'entrechoquèrent.

Marilyne avait raison. Si Bouboule savait pour leur liaison, il ne ferait qu'une bouchée de Charly.

— Il va falloir prévenir Charly, continua-t-elle.

— Je crois que c'est déjà trop tard.

— Quoi ?

— Hier soir, j'ai vu Boub... Franck et Charly avoir une violente dispute. Je n'ai pas entendu leurs propos mais, lorsque je les ai interrogés, aucun n'a voulu me répondre. Si tu étais l'objet de leur conversation, je commence à comprendre qu'aucun n'ait ouvert la bouche devant moi.

— Toi et moi, on sait pertinemment que Charly aimait Thomas comme un frère et qu'il n'est pas responsable de sa mort.

— Effectivement...

Je pensai alors à mon accident de la veille. Si la théorie de la vengeance contre ma famille avancée hier soir par Bouboule se confirmait, elle mettait définitivement Charly hors-jeu et à l'abri des soupçons. J'en arrivais même à penser qu'il me fallait un autre accident où cette fois Charly aurait un solide alibi.

Je me souvins soudainement des paroles de Marilyne.

— Et la deuxième raison ?

Son visage changea et ses traits se crispèrent en un masque tourmenté. Ses iris gris se posèrent sur moi et ses yeux devinrent brillants de larmes.

— La deuxième raison c'est que...

— C'est que ?

— C'est que je suis enceinte. D'un peu plus de deux mois, et que mon enfant vient de perdre son père. Thomas est mort avant que je lui annonce la nouvelle.

Sa lèvre inférieure commença à frémir. Une larme roula sur sa joue.

Je la regardai en souriant et ma main se ferma sur son verre de whisky. Je le fis glisser avec lenteur sur la table pour le ramener vers moi.

— Va falloir arrêter cette cochonnerie aussi !

36

— Alors… la pondeuse t'a tout raconté ?

Je regardai Ellie en haussant un sourcil réprobateur.

— Je préférais largement le surnom de Norma Jean !

— Oui, mais celui-là est nettement plus marrant !

Je haussai les épaules et reportai mon attention sur la route.

Mon associée avait vu juste. Marilyne ne méritait aucunement ma rancune, et le fait de savoir que j'allais dans près de sept mois être tante m'avait regonflée d'espoir. J'étais heureuse pour Thomas, même si je convenais qu'élever un enfant pour une femme seule n'était pas chose aisée. J'avais promis à Marilyne que je ferai le nécessaire pour l'aider et je savais aussi que Charly se montrerait présent pour cet enfant – un devoir envers Thomas, comme un oncle qui autrefois avait eu un ami fidèle, un frère.

Cet enfant était un don du ciel.

Je réajustai le rétroviseur et enclenchai la troisième vitesse.

— Au fait, j'ai appelé Papé pendant que tu parlais avec la…

— Ne prononce pas ce mot ! coupai-je en la menaçant, l'index pointé sur elle.

Ellie tourna la tête vers moi, je la vis sourire et articuler distinctement les deux syllabes sans y mettre le son.

Je ris malgré moi. Autant empêcher la Terre de tourner sur son axe.

— Bon. Et Sam ?

— Il est arrivé il y a – elle consulta sa montre – environ une heure. Il est à l'auberge.

Je posai un regard complice sur mon associée et, en souriant, passai la vitesse supérieure et appuyai sur l'accélérateur de Léontine.

Ellie tourna le bouton de la radio et fit défiler les stations avant de l'éteindre en ruminant. Elle sortit son paquet de cigarettes et entreprit d'en allumer une.

— Ellie, pas dans la voiture !

— Quoi ? Il va falloir que j'en grille au moins dix avant que tu ne voies plus rien à travers le pare-brise !

Je levai les yeux au ciel.

— Ouvre la vitre, alors !

Elle appuya sur le bouton et glissa sa main tenant la cigarette à l'extérieur, non sans énervement.

— Tu peux me dire pourquoi je te cède toujours ? dit-elle en minaudant.

— Parce que tu m'aimes et que je suis ton associée préférée. Non ?

— Non. Parce que tu es vraiment une Crotte. Voilà pourquoi ! objecta-t-elle en tirant sur sa nicotine.

Je fronçai les sourcils et pensais toujours à ça lorsque je ralentis en atteignant l'entrée du village et que je me garai enfin devant la pension Revel.

— Papé !

En entendant la voix d'Ellie, je sortis immédiatement de la voiture. Je levai les yeux vers le perron d'où Sam nous couvait du regard.

— Bonjour, Ellie, dit-il doucement en la serrant affectueusement dans ses bras.

Je grimpai les marches en courant et me jetai sans retenue dans ses bras.

— Comment vas-tu, Gamine ?

Sa barbe me griffa le haut du crâne et, malgré les bleus et les points de suture, j'aimai cette sensation familière. J'étais autant chez moi lorsque je sentais les lèvres et la barbe de Sam se poser sur mon front que lorsque j'étais dans les bras de Charly.

— Tu n'es pas trop fatigué ?

Ses yeux se plissèrent et des rides creusèrent un chemin profond vers son sourire.

— Tout va bien. C'est plutôt toi qui m'inquiètes. Comment tu t'en sors ?

— Ça va aller…

Sam nous prit chacune d'un côté et ses bras se refermèrent sur nos épaules tandis que nous entrions dans l'auberge.

— Ton ami Charly n'est pas là ?

Je levai un regard inquisiteur sur lui, puis souris.

— Te fatigue pas ! Je sais tout !

— Tu sais tout quoi ?

— Elle sait tout sur tout : les mensonges, les visites secrètes au village, les complots avec sa Pomme.

Sam détacha ses yeux d'Ellie et me fixa de ses iris interrogatifs.

— Charly m'a avoué que vous vous connaissiez.

— Hum… et alors ? Ça s'est passé en douceur ou plutôt explosif ?

Nous arrivâmes au milieu du salon mais aucune de nous deux ne se dégagea de l'étreinte de Sam.

— Explosif.

Sam soupira.

— Le pauvre ! Je n'ai pas eu de ses nouvelles depuis hier matin.

— Bah… ne t'inquiète pas pour lui.

— J'ai hâte de le revoir. Où est-il ?

Nous nous figeâmes tous les trois en entendant un cri. Pas vraiment un cri, en réalité, plutôt une plainte, un long gémissement que je ne parvenais pas à identifier.

Je me contractai et la main de Sam serra mon épaule. J'entendis à nouveau une voix qui semblait provenir de la cuisine. Je me dirigeai vers la porte battante, mes deux acolytes sur les talons. Mme Revel était debout près du plan de travail, le cordon du téléphone mural déployé autour d'elle et le combiné contre l'oreille. Elle ferma les yeux, sa main droite s'accrocha à l'évier et son visage blêmit.

— Et qu'est-ce qui va se passer, alors ?

Je n'entendis pas son interlocuteur répondre. Elle secoua la tête avec épuisement en signe de négation.

— Mon Dieu... Oui... Je peux venir ?

Elle pleurait à présent à chaudes larmes puis, après un long silence, elle raccrocha. Elle fit quelques pas chancelants pour remettre le téléphone sur son socle et plongea son visage dans ses mains. Ses épaules se soulevèrent sous le flot de sanglots qu'elle ne pouvait plus contenir.

Je levai un sourcil interrogateur vers Sam puis m'avançai vers elle.

— Madame Revel ? Qu'est-ce qui se passe ?

Se rendant compte de notre présence, elle sursauta. Elle inspira profondément et, du bout des doigts, gomma les larmes de ses joues. Elle était blême et j'eus l'impression qu'elle venait de prendre dix ans en une minute.

— C'est Charly...

Mon cœur s'affola. Je n'entendis plus rien à part ses battements saccadés, violents. Je portai la main sur ma poitrine pour lui intimer l'ordre de se tenir tranquille.

— Il est blessé ?

Elle secoua la tête, trop énergiquement, et une mèche s'échappa de son chignon.

— Non. Il a été arrêté. Il est en prison.

— Quoi ? Mais qu'est-ce que c'est que ces conneries ?

Je me retournai vers Sam. Sa voix avait tonné et résonnait avec violence contre les murs de la cuisine. Il semblait furieux. Je plongeai les yeux derrière son épaule et mon regard se vissa dans celui de mon associée.

— Ils n'ont pas perdu de temps ! lâcha-t-elle en tapotant son index contre sa bouche.

— Quoi ? Mais vous saviez ? Il n'a rien fait, Laura !

— Bien sûr qu'il n'a rien fait. Dans toute cette histoire, c'est la seule chose dont je suis convaincue aujourd'hui : ils se trompent de coupable.

— Mais tu savais que ça allait arriver ? Tu savais qu'ils allaient accuser Charly du meurtre de Thomas ?

— Quoi ? Il est accusé du meurtre ? Mais ils sont fous ! insista Sam.

— Oui. Je m'y attendais. Venez vous asseoir, ordonnai-je en désignant le salon.

Il régnait une tension pesante dans l'atmosphère. Plus personne ne parlait, tout le monde retenait sa respiration et j'aurais pu entendre un moustique à dix mètres de moi si un moustique fou avait voulu s'aventurer dans cette pièce.

Les yeux de Sam étaient rivés aux miens. Il s'était assis sur l'accoudoir du fauteuil dans lequel Mme Revel s'était effondrée. Elle sanglotait et Sam lui tapotait doucement l'épaule dans une vaine tentative de réconfort.

Je commençai par expliquer les rancœurs de Bouboule remontant à leur enfance. Je continuai en relatant l'histoire d'amour compliquée entre Marilyne et mon frère, puis j'en vins à son aventure avec Charly. Là-dessus, Ellie prit le relais. Avec des mots bien trempés, elle expliqua le point de vue de Bouboule et de la police, puis elle embraya sur notre théorie, celle qui remontait au jour du décès de ma mère, celle pour laquelle malheureusement nous n'avions aucune preuve, aucun indice, juste un pressentiment. Le seul élément que nous possédions, c'était le fait que quelqu'un avait voulu me tuer hier soir, tout comme Thomas.

Je vis Sam sursauter.

— Quoi ? On a voulu te tuer ?

— Oups…

Je lui souris doucement et haussai légèrement les épaules sur cet oubli. Alors j'enchaînai avec la narration de l'accident, de mon sauvetage par Charly et de la raison de notre présence à l'auberge la nuit dernière.

— Donc, hier soir, ce Bouboule voulait te protéger en ne voulant pas que tu sois seule dans la maison de Charly ? C'est plutôt bon signe ça, non ?

Mon regard intercepta celui d'Ellie.

— Pas vraiment. Je crois qu'il ne voulait pas me laisser seule avec Charly. Ici, il y a du monde, du passage.

— Mais c'est lui qui t'a secourue ! insista Mme Revel.

— Oui. Rassurez-vous, on sait tous qu'il est innocent mais, malheureusement, Charly était seul à la maison lorsque cette voiture a voulu me percuter. Pour résumer, Bouboule pense que ça aurait très bien pu être lui au volant de cette voiture.

— C'est ridicule !

— Effectivement. Mais maintenant qu'ils ont appris le lien entre eux pour Marilyne, ils ont un mobile contre Charly.

Tout le monde se tut. Les sanglots de Mme Revel cessèrent pour laisser place à de la frustration. Sam semblait perdu dans ses pensées.

— Madame Revel ? Charly vous a dit comment ça s'est passé ?

— Il a... il a dit que les gendarmes sont venus l'interpeller au cabinet en l'accusant du meurtre de ton frère. Ils l'ont fait monter en voiture et il est en garde à vue pour au moins vingt-quatre heures.

Ellie se leva et, les mains sur les hanches.

— Ça veut dire que pendant ce temps-là, ils vont perquisitionner son domicile, qu'il ne pourra pas sortir avant vingt-quatre heures et pire, si les flics trouvent un juge conciliant, quarante-huit heures de garde à vue ne seront pas un problème.

Je la regardai en me demandant d'où elle pouvait bien savoir tout cela.

— Il lui faut un avocat, non ? Il a des droits ? dis-je soudain, pleine d'espoir.

— T'emballe pas, ma Crotte. Je sais qu'on a l'habitude de traduire des romans policiers, mais les banalités du genre « Vous avez le droit de garder le silence, vous avez le droit de contacter un avocat, bla-bla-bla... », c'est bon pour les États-Unis. Ici, c'est un peu différent.

Elle se planta devant moi avant de continuer et énuméra en dépliant ses doigts.

— Pour résumer, une personne en garde à vue a le droit de faire prévenir par téléphone un membre de sa famille, ou un proche, ce que Charly a déjà fait; elle a le droit de se faire examiner par un médecin et effectivement le droit de s'entretenir avec un avocat un court instant.

Je soupirai puis me tournai vers Mme Revel.

— Vous connaissez un avocat?

Pour toute réponse, elle se remit à sangloter et Sam reprit le tapotement sur son épaule. Ellie, les bras croisés sur la poitrine, arpentait la pièce en réfléchissant.

— Il ne va pas en mourir, c'est pas la fin du monde! Moi, j'ai même trouvé ça drôle quand ça m'est arrivé!

— Tu as été en garde à vue? articulai-je, choquée.

— Ouais, une longue histoire et on n'a pas le temps!

Elle balaya ce commentaire d'un geste de la main avant de poursuivre.

— Le plus important est que tu parles avec Charly et qu'on essaie de faire entendre raison aux gendarmes.

— Tu crois qu'ils vont me laisser lui parler?

Pour toute réponse, elle battit des cils à plusieurs reprises et me fit un clin d'œil.

37

Annie Revel et Sam prirent la décision de rester à l'auberge. Antoine avait entrepris, pendant son court séjour en France, de renouer avec son passé et de chausser les skis. Compte tenu de l'heure largement dépassée du déjeuner, il n'allait pas tarder à rentrer et sa mère préférait lui annoncer elle-même l'arrestation de son frère.

Le cœur battant, je montai les marches menant à l'entrée de la gendarmerie, talonnée par Ellie. Je m'octroyai une longue inspiration avant de pousser la porte puis, d'un coup d'œil, je cherchai un uniforme.

Mon regard accrocha celui du jeune homme de la dernière fois, puni, derrière son poste d'accueil.

— Bonjour, lançai-je en agitant les doigts dans sa direction.

La tête de l'homme passa au-dessus de l'écran et son sourire s'effaça dès qu'il me reconnut.

— B'jour, marmonna-t-il, rancunier.

Ellie, qui était restée derrière moi, s'avança tout sourire, pétillement dans les yeux et déhanché accentué, en tendant une main énergique vers lui. Le jeune homme la dévora des yeux. Il se redressa vivement en se cognant le genou dans la table et sourit de toutes ses dents.

Pendant ce temps-là, je fis la statue, les mains dans les poches, en attendant de voir ce que mon associée mijotait.

Elle retira doucement sa main de son emprise pour aller caresser du doigt le badge sur la poitrine du gendarme.

— Pierre ?

— Oui, mademoiselle.

— Quelle poigne, Pierre !

Le jeune homme rougit tandis qu'Ellie minaudait devant lui.

— Nous sommes ici pour nous entretenir avec Charles Revel. Merci de nous annoncer, Pierre.

— Bien sûr, et vous êtes ?

— Élisabeth Chevalier et Laura Vallon. Je suis l'avocate de M. Revel.

Sur le point de m'étrangler, je toussotai discrètement dans mon poing.

— Très bien, mademoiselle Chevalier, je vais annoncer votre arrivée.

Le jeune homme contourna son poste d'accueil, non sans détailler Ellie des pieds à la tête, avant de disparaître dans un couloir tandis qu'elle battait des cils dans sa direction.

Je me rapprochai d'elle, l'air réprobateur.

— T'es folle ?

— Quoi ?

— Tu ne peux pas te faire passer pour l'avocate de Charly ! Bouboule ne va jamais y croire. Et comment tu feras s'il lui faut réellement un avocat ?

— Ma Crotte, tu apprendras que plus c'est gros, mieux c'est. Sans vouloir faire de jeu de mot, bien sûr !

J'allais lui répondre quand ledit Pierre revint, suivi de toute la clique.

Numéro 1 : Bouboule, Numéro 2 et 3 : Leduc et Dufour.

Tout le monde se serra la main.

— Vous êtes l'avocate de Charles ? questionna Bouboule, un brin suspicieux.

— Effectivement ! Je suppose qu'en tant que médecin lui-même, mon client n'a pas réclamé à exercer ce droit ?

Bouboule tourna la tête vers Leduc qui semblait surpris.

— Très bien.

Ellie regarda sa montre pendant que je me liquéfiais sur place.

— Je souhaite donc m'entretenir avec mon client et je souhaite que Mlle Laura Vallon, ici présente, m'accompagne.

Bouboule me regarda et j'agitai les doigts en souriant, une fois de plus. Il resta silencieux, aussi Ellie poursuivit-elle son improvisation.

— Venez, dit-elle en passant sa main sur le biceps de Bouboule. Avant toute chose, allons parler dans un endroit plus approprié.

Nous traversâmes le couloir que Charly et moi avions parcouru deux jours plus tôt, pour nous retrouver dans le même bureau.

Leduc resta debout, Dufour s'adossa au mur. Ellie et moi prîmes place sur les sièges en face de Bouboule. Ellie croisa les jambes avec lenteur et je m'aperçus avec un certain amusement que les trois hommes n'en perdaient pas une miette. Leduc, de son index, décolla sa chemise et sa cravate qui lui serraient le cou.

Une fois installée, elle coula son regard de biche vers moi et je saisis le message « à toi de jouer ».

— Tu sais que tu te trompes de coupable, n'est-ce pas ?

Bouboule me regarda avec de la tristesse dans les yeux.

— Quand vas-tu ouvrir les yeux, Laura ? Il n'est pas celui que tu crois !

— Alors, c'est quoi ta théorie ?

Leduc toussa. Je tournai la tête vers lui avant de reporter mon attention sur Bouboule.

— Un crime passionnel ? articulai-je avec irritation.

— Effectivement. Charly n'a pas supporté le fait que Marilyne retourne avec Thomas. Thomas qui en quelque sorte l'a privé des deux femmes de sa vie…

— Je suis partie de mon plein gré.

— Foutaises ! Tant que je ne saurai pas ce qui s'est passé il y a dix ans, Charly reste mon meilleur coupable.

Je serrai les dents.

— Et que dites-vous du fait qu'on ait voulu assassiner ma cliente hier soir ?

Bouboule dévisagea Ellie un instant puis reporta son attention sur moi. Je lus le doute au fond de ses yeux ; pourtant, il continua avec méthode et acharnement.

— Tu t'accroches un peu trop à lui, et tu deviens aussi un problème dans sa reconquête de Marilyne, alors…

— T'es fou ?

— Pourquoi pas ? J'ai quarante-huit heures pour le prouver.

— Arrête tes conneries ! hurlai-je en me levant.

Ma chaise en tomba à la renverse. Ellie se leva d'un bond et posa la main sur mon bras. Je me statufiai immédiatement. Le silence devint pesant. Ellie regarda chacun d'entre eux avant de poursuivre.

— Vous faites fausse route, vous pouvez chercher, perquisitionner chez lui à la recherche d'un indice, mais vous ne trouverez rien ! Le pire, dans cette histoire, c'est que le vrai coupable cherche à éliminer toute cette famille et que vous serez responsable de la mort de Laura !

Je déglutis en regardant Ellie exposer les faits. Bouboule me toisa.

— Maintenant, je veux que ma cliente s'entretienne avec M. Revel cinq minutes avant que je les rejoigne.

Bouboule reporta son attention sur Ellie et je me demandai si sa requête était pour eux « réglementaire ». Nous n'avions présenté aucun document, aussi présumai-je que Bouboule n'était pas dupe du manège de mon associée. Son visage se contracta et je m'attendais à un refus catégorique lorsque Leduc, qui n'avait pas prononcé un mot jusqu'à présent – tout comme son acolyte – trancha :

— Pas de problème.

Bouboule leva un visage surpris vers lui mais abdiqua. Ellie et moi le suivîmes jusqu'au sous-sol. Les marches étaient en béton brut et l'escalier étroit. Un couloir d'une quinzaine de mètres de long s'ouvrit devant nous avec cinq lourdes portes grises sur notre gauche. Je m'étais attendue à voir Charly assis derrière des barreaux comme au temps des westerns.

Il n'en fut rien.

Bouboule s'arrêta devant la première porte et fouilla dans sa poche pour en extirper une clef. Il tourna deux fois la clef et je sentis mon impatience grandir. La serrure grinça et la porte coulissa sur le côté. Au moment où je passais dans l'entrebâillement, Bouboule s'adressa à Ellie :

— Vous n'êtes pas vraiment avocate, n'est-ce pas ?

Ce à quoi mon associée répondit :

— Vous n'êtes pas vraiment Musclor, pas vrai ?

Charly se redressa et se figea en me voyant.

— Laura ?

Pour toute réponse, je me jetai dans ses bras. Il m'y emprisonna et je savourai la chaleur de son corps. Je me dressai sur la pointe des pieds et mes lèvres trouvèrent les siennes.

— C'est le baiser que tu me devais ? murmura-t-il au creux de mon oreille.

Nous nous embrassâmes pendant un long moment avant de desserrer notre étreinte à regret.

— Comment ça va ?

— C'est plutôt à moi de poser cette question. C'est toi qui es enfermé !

Pour la première fois, tout en laissant mes mains sur ses avant-bras, j'observai la pièce autour de nous. Un rectangle de trois mètres sur deux, entièrement peint en gris du sol au plafond. Sur le côté gauche du mur, une couchette métallique où reposaient un oreiller ainsi qu'une couverture était soudée à cinquante centimètres du sol. À l'opposé, un siège de toilette, lui aussi métallique, ainsi qu'un petit robinet suspendu au-dessus d'une grille circulaire de la taille d'une main en guise d'évacuation.

Je réprimai une grimace de dégoût.

— Je sais, il faut vraiment que je refasse la déco, en plus je déteste le gris.

— Ça va ?

— Oui. Les flics là-haut vont finir par se rendre compte qu'ils se trompent et ils me relâcheront. Mais, d'après ce qu'ils m'ont expliqué, je suis retenu pendant quarante-huit heures. Ce qui me dérange le plus, c'est que je suis enfermé et que je ne pourrai pas être à tes côtés pour l'enterrement de Thomas demain.

Son visage se peignit des couleurs de la tristesse alors je levai une main pour caresser sa joue, en signe d'apaisement. Il attrapa mon poignet au vol, la montre de Thomas glissa et Charly déposa un baiser dans le creux de ma paume.

Je m'écartai légèrement et un silence s'installa entre nous.

— Pourquoi ne m'as-tu rien dit pour Marilyne ?

Son regard se fit plus distant avant qu'il pose à nouveau les yeux sur moi. Il s'ébouriffa un instant les cheveux et s'assit sur sa couchette de fortune.

— Donc tu l'as appris ! Toi et moi, commença-t-il hésitant, on venait juste de se retrouver. J'ai pensé qu'il serait plutôt mal venu de dérouler le parchemin de mes conquêtes !

Il y avait de l'ironie dans sa voix mais malgré tout mon cœur se fissura.

Je m'assis à ses côtés. Il prit ma main dans la sienne. Je ne me dérobai pas.

— Marilyne, c'était une erreur. Disons qu'elle et moi avions besoin de réconfort et faut pas chercher plus loin.

— Elle m'a raconté que vous aviez rompu lorsque tu as appris qu'elle avait eu, des années plus tôt, une liaison avec Thomas.

— Évidemment, ça m'a fait l'effet d'une douche froide. Mais nous savions tous les deux que c'était une erreur.

— Pourquoi ?

— Eh bien… Parce qu'elle n'était pas toi et que je ne suis pas Thomas.

Je déposai un rapide baiser sur ses lèvres.

— Tu savais qu'ils étaient à nouveau ensemble ?

— Oui, nous sommes restés très bons amis et elle me l'avait annoncé. Pour être totalement honnête avec toi, je me disais qu'avec les mois ou les années, elle pourrait peut-être nous réunir, Thomas et moi. Malheureusement, elle n'en aura pas eu le temps.

— Je l'avais senti, quand nous étions dans la chambre de Thomas à fouiller dans ses papiers. Je sentais que tu ne me disais pas tout à ce sujet.

Il opina.

— Tu venais de revenir, de débarquer dans ma vie une fois de plus ; j'ai estimé qu'il était trop tôt pour t'avouer cette histoire.

— Elle…

J'hésitai. Il arqua un sourcil.

— Elle est enceinte de Thomas.

— Ouah ! C'est merveilleux ! Ça, par contre, elle me l'a caché.

— C'est très récent. Elle n'a pas eu le loisir de l'annoncer à Thomas. J'avoue que je suis ravie.

Nous restâmes silencieux quelques minutes, main dans la main.

— Dis-moi…

— Oui ?

— Hier soir, ta dispute avec Bouboule ?

— Il m'a dit qu'ils étaient au courant pour Marilyne et que l'info allait bientôt être ébruitée.

— Je ne comprends pas. Il le savait déjà ?

— Oui. Je suppose qu'il l'a toujours su, pour elle et moi. Il était venu accompagner sa fille Lisa en consultation avec Frédéric. Marilyne était venue me rejoindre au cabinet et il nous a croisés. Je suppose qu'il en a tiré des conclusions. Hier soir, il m'a affirmé qu'il ne pourrait pas garder cette histoire secrète et que cela faisait de moi à nouveau le suspect idéal. Ses deux compères ont expliqué tout ça au procureur, et je les ai vus se pointer au cabinet ce midi. Malgré tout, j'ai un peu discuté avec Bouboule, il n'est pas à l'aise dans ses pompes. C'est une piste qui ne lui plaît pas, mais comme il n'a rien d'autre à se mettre sous la dent pour l'instant, je suis le coupable idéal.

La porte de la cellule s'ouvrit et Ellie et Bouboule apparurent sur le seuil.

— C'est vrai, Laura. Je sens bien que dans cette histoire rien ne colle comme je le voudrais. Quoi qu'il en soit, jusqu'à preuve du contraire, Charly est notre meilleur suspect !

Ellie lança son paquet de cigarettes en direction de Charly et il leva la main pour l'intercepter.

— La cigarette du condamné ? dit-il à son intention.

— Ah... très drôle ! Je la retiendrai, celle-là.

— Allez, la plaisanterie a assez duré, tout le monde dehors.

Je sentis la main de Charly me retenir, aussi je me lovai dans ses bras quelques secondes de plus avant de les suivre.

Au moment où la porte se refermait derrière moi, je reconnus le bruit familier du Zippo d'Ellie. Charly avait décidé de transformer sa cellule en fumoir.

38

Je m'installai en compagnie d'Ellie et de Frédéric dans le salon privé de l'auberge et nous cherchâmes, idée après idée, un moyen de prouver l'innocence de Charly. La nuit nous avait enveloppés et une pendule sonna trois coups quelque part dans la maison.

Antoine, choqué par la nouvelle de l'arrestation de son frère, s'était replié dans sa chambre pour ne plus en ressortir. Mme Revel en avait fait autant après nous avoir préparé des sandwichs qu'elle avait déposés dans un plat sur la table basse. Je regardai le sandwich jambon-fromage avec intérêt comme s'il allait me révéler le nom du coupable.

Ellie et Frédéric s'étaient restaurés, mais je n'arrivais pas à avaler quoi que ce soit.

— Qu'est-ce que vous faites encore debout ?

Nous levâmes tous les trois le nez vers Sam qui venait d'apparaître près de mon fauteuil.

— Je désespère, soufflai-je.

— Je cogite, répondit Ellie.

— Je les mate !

Sam nous regarda tour à tour.

— Je vois. Je crois que nous avons besoin d'un petit remontant.

Au lieu d'aller vers le bar, il prit la direction de la cuisine. Les coudes sur les genoux, le visage dans les mains, je le suivis du regard. Quelques minutes plus tard, il déposa un pot de Nutella sur la table, accompagné de quatre petites cuillères.

— Bon. Récapitulons ! Qu'est-ce qu'on a pour aider Charly ? demanda Sam en ouvrant le pot.

Le lendemain matin, après une nuit sans sommeil et un demi-pot de Nutella englouti, emmitouflée dans une couverture sur le perron de l'auberge, j'enserrais mon *mug* de café tout en poussant du bout des pieds la balancelle.

Cela faisait un bon quart d'heure que j'étais là. J'étais prête, pour ainsi dire.

J'avais enfilé un jean noir, un pull à col roulé ainsi qu'une paire de bottes de la même couleur et j'avais essayé de camoufler mes bleus ainsi que les cernes qui bordaient mes yeux du mieux possible, mais le résultat n'était pas très concluant.

J'avais passé une bonne partie de la nuit à pleurer sur Thomas, à pleurer sur tout ce gâchis, à essayer de trouver une solution pour sortir Charly de cette cellule. Beaucoup de café plus tard, des tremblements dans les mains en plus, j'en étais toujours au même point. J'avais beau me creuser les méninges et essayer de fouiller dans ma mémoire pour me plonger dix ans plus tôt, je n'avais toujours pas mis le doigt sur le facteur clef ! J'étais triste, apeurée et frustrée.

Tout en sirotant mon breuvage, je repensai à la conversation que Charly et moi avions eue au chalet dans la chambre de Thomas. J'essayais de savoir ce qui avait bien pu ficher la trouille à Thomas, au point de faire blanchir ses cheveux, au point qu'il se referme sur lui-même et qu'il rejette les trois personnes qu'il aimait le plus : Charly, Marilyne et moi.

Je pensai à Jacky. Était-il son meurtrier ?

Non. Je ne le croyais pas. Pourtant, une petite voix au fond de moi ne cessait de me dire qu'il avait un rôle à jouer dans cette histoire sans pour autant réussir à lui distribuer la scène adéquate.

Je songeais à ce fameux jour, au suicide de maman, quand une présence me fit sursauter.

— Désolée, je ne voulais pas te faire peur.

— C’est rien, ne vous inquiétez pas, je suis juste un peu à cran.

— C’est naturel, un jour comme celui-ci.

Mme Revel s’assit à côté de moi et, avec un demi-sourire légèrement forcé, je partageai ma couverture. Je soupirai et repris le mouvement de balançoire en pensant à ce jour où Charly et moi avions effectué le même mouvement, main dans la main, partageant notre chagrin après le décès de Lucie.

Aujourd’hui, à une demi-heure de l’enterrement de Thomas, c’était Mme Revel qui se balançait avec moi. Avec une pointe de nostalgie, je me dis que cette balancelle était faite pour atténuer le chagrin.

Peut-être. Ou peut-être pas…

— J’ai toujours aimé Thomas.

Je tournai la tête vers elle et constatai qu’elle avait les yeux brillants de larmes.

— C’était un bon garçon, un bon ami pour mon Charly, et…

Sa voix se mit à chevroter. Je baissai courageusement le nez vers ma tasse de café et tentai de retenir mes larmes.

— Tu sais, poursuivit-elle, je vais sur la tombe de Lucie souvent pour la fleurir et, régulièrement, quelqu’un y déposait une rose blanche. Juste une, une fois par mois ou presque. Une fleur déposée avec attention et délicatesse pour ma Lucie pendant des années et des années. Au début, j’ai pensé qu’il s’agissait de Charly et j’avoue que comme il n’en parlait pas, je n’avais pas abordé le sujet non plus. Jusqu’au jour où, au cours d’une conversation, il m’a avoué qu’il n’avait jamais remis les pieds au cimetière depuis l’enterrement de ta mère. Pour lui, ce n’était qu’un lieu… il m’a dit qu’il n’avait pas besoin d’être là-bas pour penser à sa sœur. Je comprends d’ailleurs.

Elle s’interrompit.

Je réfléchis quelques secondes avant de la questionner.

— Vous pensez que c’était Thomas, n’est-ce pas ?

Elle opina et prit ma main en la serrant.

— J'ai éliminé toutes les hypothèses une par une et oui, j'en suis arrivée à la conclusion que cela ne pouvait être que Thomas. Je me suis laissé dire qu'il entretenait celle de ta mère et avait à cette occasion une pensée pour ma Lucie et déposait une rose blanche pour elle.

La tête appuyée à la cloison, assis sur le sol, une jambe tendue l'autre repliée, Charly fixait la couchette de sa cellule sans la voir. Il expulsa la fumée par le nez et écrasa longuement sa cigarette sur la semelle de sa chaussure avant de prendre son temps et de viser la cuvette des toilettes.

— Trois points ! dit-il sans l'ombre d'un sourire.

Il regarda sa montre pour la vingtième fois dans la même minute et soupira. Laura devait être sur le départ pour l'église.

Il imagina le convoi, l'église qui se remplit, la voix du père Jacques parlant affectueusement de Thomas et préparant sa famille pour le dernier adieu. Il pouvait ressentir d'ici la détresse de Laura, imaginer son visage pâle, impassible, hormis cette petite ride à la naissance de son nez, séparant ses sourcils.

Impuissant, il serra les dents en pensant que sa présence ici ne tenait qu'au bon vouloir de Bouboule.

— BOUBOULE ! cria-t-il à pleins poumons.

Seul le silence, devenu son ami depuis quelques heures, lui répondit.

Bouboule était-il à l'église ?

Il avait cru comprendre que les deux flics y allaient.

— BOUBOULE ! continua-t-il comme un écho.

Au-dessus de lui une porte claqua puis il entendit des bruits métalliques qu'il ne parvint pas à identifier.

— BOUBOULE !!!

— T'as fini de gueuler comme un âne !

— Bouboule, c'est toi ?

— Qui veux-tu que ce soit, patate !

— Laisse-moi sortir.

— Non.

Les pas se rapprochèrent et s'arrêtèrent de l'autre côté de la porte. Charly se leva, traversa sa cage et, les mains posées à plat sur la porte, il imagina le gendarme dans la même position de l'autre côté du métal froid.

— L'enterrement a commencé ?

— Probablement.

— Laisse-moi sortir.

— Impossible.

— Je sais que toi et moi, ça n'a jamais été le grand amour depuis que nous sommes gamins et, sincèrement, je m'en excuse. Mais dis-moi franchement, est-ce que tu me crois vraiment coupable ?

Le capitaine fronça les sourcils, se massa lentement le cou avant de s'adosser à la porte et de s'asseoir à même le sol. Charly fit de même et, sans le savoir, les deux hommes se retrouvèrent dos à dos.

— Non. Pour être franc, j'ai l'impression qu'il y a un élément que nous ne voyons pas. Sans lui, c'est peine perdue pour résoudre cette affaire. Je ne te pense pas capable de faire du mal à Laura ou alors… tu es un sacré manipulateur et bon comédien. Va savoir, on ne se connaît pas vraiment. Mais, pour l'instant, ce sont les faits qui décident.

— OK. Ne commence pas à faire ta tête de mule et aide-moi. Qu'est-ce qu'on a comme faits ? Deux amis qui ne se parlent plus et une femme qu'on a tous les deux mise dans notre lit. Tu ne trouves pas que c'est un peu léger ?

— Perso, il suffit que j'imagine Agnès dans les bras d'un autre et j'ai des envies de meurtre. Alors non, ce n'est pas franchement léger.

— Ce qu'il faut découvrir, Franck, c'est pourquoi Thomas m'a rejeté. J'ai perdu beaucoup d'années à avoir des remords et à essayer de comprendre ce que j'avais bien pu faire, mais la véritable question, c'est plutôt de quoi Thomas se sentait-il tellement coupable ?

Une heure et demie plus tard, j'étais debout devant le trou dans lequel quatre hommes avaient descendu le cercueil de Thomas. Il reposait à côté de nos parents et cette idée me réconfortait. La cérémonie avait été… éprouvante.

Je n'avais pas pleuré.

Peut-être avais-je déjà pleuré toutes les larmes de mon corps ?

En vérité, je n'étais plus seule à porter ce lourd chagrin. Il était partagé par Marilyne et pour elle et son bébé, je me devais d'être forte. Elle était apparue dans le fond de l'église avant que la cérémonie ne commence, livide et fragile, camouflée derrière une paire de lunettes noires. Malgré ma peine, j'osais imaginer la sienne. Je m'étais alors levée et l'avais invitée à prendre place à mes côtés, à sa place, celle réservée à la famille. Elle m'avait serré la main pendant toute la cérémonie et ne l'avait lâchée qu'au moment de son départ, cinq minutes plus tôt.

Je ne connaissais pas la moitié des personnes présentes, mais j'avais accepté d'être serrée dans des bras inconnus et de recevoir les condoléances de tous ces gens. J'avais aperçu bon nombre de collègues de Thomas, des amis d'enfance, Lucette, Jacky, ainsi que la paire Leduc et Dufour. Mme Revel était présente, mais Antoine avait choisi de s'abstenir. Je ne lui en voulais pas, je comprenais.

L'absence de Charly était une torture. J'aurais aimé tenir sa main dans la mienne afin de me sentir plus forte et invincible.

Le ciel était bas et pesant. La neige avait refait son apparition depuis la sortie de l'église. Je relevai la capuche de mon manteau et en serrai la ceinture. Je fixai sans les voir les roses qui avaient été jetées sur son cercueil ainsi qu'à présent les flocons de neige qui formaient une première couche de coton, une couverture de douceur.

— Viens, Laura, il faut partir maintenant.

Je me retournai. Sam et Ellie se tenaient derrière moi. Droits, fiers, présents, de véritables amis.

— Oui.

Nous prîmes le chemin de la sortie mais mon regard fut attiré par une silhouette. Un homme, grand, droit comme un I, était posté à la grille principale. Il portait un costume sombre sous un manteau dont l'un des pans n'arrêtait pas de s'ouvrir sous l'assaut du vent glacial. Sa main gantée cessa de tenir son feutre et il m'adressa un signe.

— Qui est-ce ? demanda Sam.

— Quelqu'un que j'ai oublié d'appeler. Partez devant et ne m'attendez pas, il faut que je lui parle.

Ellie hocha la tête et se hâta vers la sortie, très vite imitée par Sam. Au moment où ils passèrent devant l'homme, celui-ci souleva son chapeau en guise de salutation, dévoilant son crâne chauve.

Le vent balaya ma capuche et me cingla le visage. Je réprimai une grimace en frissonnant et la rabattis sur mes boucles brunes. Comme je restais immobile à l'observer, l'homme s'avança vers moi. Arrivé à ma hauteur, il me sourit tristement.

— Triste journée pour se revoir. Je crois que nous sommes condamnés à nous rencontrer dans de fâcheuses circonstances.

— Bonjour, maître Ledol.

Je m'avançai pour l'embrasser et il déposa un baiser sur ma joue avant de m'étreindre l'épaule à plusieurs reprises.

— J'ai essayé de te joindre plusieurs fois.

— Je sais. Veuillez m'excuser mais depuis mon arrivée, il y a eu tellement d'agitation que…

— Effectivement. J'ai appris tout cela, et pour Charly aussi.

— Je sais que vous avez aidé Charly. Enfin, que Thomas avait fait un courrier pour qu'il s'occupe de tout, et je vous en remercie.

Ledol acquiesça.

— Ne me remercie pas, je n'étais qu'un messager. Et le sort s'acharne, si j'ose m'exprimer ainsi. C'est encore le rôle qui m'est attribué et c'est pour cela que je voulais te voir.

Derrière les grilles du cimetière, un camion dévala la rue et l'une de ses roues s'enfonça dans un nid-de-poule. Il y eut un bruit de tôle assourdissant avant qu'il reprenne sa route. Nous nous retournâmes vers le camion et j'aperçus Sam et Ellie, serrés l'un contre l'autre, qui traversaient.

— Un messager ?

— Il y a dix ans, après le décès de ta mère, Thomas est venu me trouver et m'a demandé un service. Il m'a confié une lettre à ton intention.

— Quoi ?

— Tu as bien entendu. Il m'a confié une lettre avec comme mission de la conserver et de te la remettre si lui aussi venait à disparaître.

— C'est vrai ?

— Oui. Je ne pourrai malheureusement pas répondre aux questions qui j'imagine se bousculent dans ta tête, je n'en connais pas le contenu. Cela ne me regardait pas, et j'ai respecté la volonté de ton frère et mis cette lettre dans un coffre avec tous les documents notariés concernant le chalet et la succession de Martine. En fait, pour être totalement franc avec toi, j'avais complètement oublié cette histoire, jusqu'à ce que j'apprenne le décès de Thomas.

Sa main se glissa dans la poche intérieure de son manteau et il me tendit l'enveloppe.

— C'est pour toi, Laura, une lettre de Thomas.

D'une main tremblante, je pris l'enveloppe et la tournai entre mes doigts avant de lever vers lui mes yeux embués de larmes.

— J'espère qu'elle apportera les réponses aux questions que tu te poses.

Il leva sa main gantée vers mon visage, effaça du pouce une larme, puis m'embrassa sur la joue.

— Je crois que nous serons amenés à nous revoir.

Je fis « oui » d'un mouvement de tête.

Il me sourit tristement et partit.

Je regardai le vieil homme s'éloigner jusqu'à ce qu'il disparaisse de ma vue. Je restai seule dans ce cimetière un bon moment en regardant la lettre de Thomas avant de la glisser dans ma poche et de prendre la direction de l'auberge.

39

Maman fixait la fenêtre de la cuisine d'un air distrait depuis quelques minutes. Mon regard suivit la direction du sien, cherchant en vain à travers les bois ce qui pouvait bien accaparer son attention.

Aujourd'hui était un jour « avec ». Aucune crise ni délire n'avait troublé la journée que nous avions passée ensemble. Tandis que je préparais le dîner, une petite voix n'arrêtait pas de me souffler : « Je dirai à Thomas qu'elle va mieux, je dirai à Thomas que tout ira bien et que maman n'a pas besoin d'aller dans ce centre de soin. Maman va rester avec nous ».

Je la regardai avec tendresse et lui souris.

Je contemplai cette femme que j'aimais et qui ne voyait plus en moi qu'une étrangère, cette femme qui autrefois faisait naître des miracles et voler les coccinelles d'un coup de baguette magique.

Alors que j'étais perdue dans mes pensées, elle se désintéressa de la fenêtre, se tourna vers moi et me détailla avec un certain amusement dans le regard.

— Tu rêves, Laura ?

Elle s'adressait à moi, elle me reconnaissait ! Cette journée était une véritable bénédiction.

Je pensai à Charly. Je pensai au feu d'artifice, à l'anneau gravé que je gardais précieusement dans ma poche afin de le sentir près de moi, sans pour autant le glisser sur mon annulaire. J'aimais Charly, et mon « oui » avait résonné dans la plaine comme un écho à l'infini.

Pour autant, je lui avais demandé un peu de temps. Il fallait que j'annonce la nouvelle à Thomas et je culpabilisais à l'idée de le laisser dans cette maison sans savoir comment nous allions nous organiser pour maman.

J'avais un feu d'artifice dans la tête et dans le cœur. Toi et moi, Charly.

Tout allait vite… trop vite peut-être.

Je me baissai pour enfourner le gratin et examinai le thermostat du four d'un air dubitatif, m'essuyai les mains et, dos à l'évier, je me tournai vers elle.

— Oui, je rêve, maman. Je rêve parce que je suis heureuse.

— Alors ne rêve pas et vis !

— C'est plus facile à dire qu'à faire…

— Qu'est-ce qui te rend si heureuse ?

— Je suis amoureuse.

Le visage de maman blêmit.

Pensait-elle à papa ? Était-il présent à ses côtés à cet instant précis ? Je ne voulais pas qu'elle s'isole dans son monde imaginaire, aussi continuai-je sur le même ton, une confidence qui peut-être ne parviendrait pas à pénétrer son esprit tourmenté.

— Je ne t'ai rien dit mais en fait cela fait des mois que j'ai quelqu'un dans ma vie. Depuis l'été dernier.

Maman bougea et sa main commença à tapoter nerveusement sur le bois de la table.

— Je le connais depuis toujours. J'aime Charly, maman.

Le tapotement s'arrêta et maman se redressa d'un bond.

— Non. Non, tu ne peux pas. Pas Charly !

Je sursautai.

— Maman, qu'est-ce que tu as ?

— Tu dois le quitter. Tu ne peux pas !

Elle me fixa de ses yeux ronds agités et je sus que je l'avais perdue.

Maman s'agita de plus en plus tout en marmonnant des histoires de démons qui nous punissaient, de fautes à expier.

— Le malheur va s'abattre sur cette maison ! cria-t-elle en levant les bras au ciel.

J'étais bouche bée devant son comportement irrationnel et tentai de l'apaiser en m'approchant pour la serrer dans mes bras, mais elle gagna le salon tout en continuant de vociférer contre le diable. Elle criait à présent à tue-tête et je me sentis totalement désarmée. Mon sang se glaça dans mes veines et Thomas choisit ce moment pour rentrer à la maison.

— Qu'est-ce qui se passe ?

Pour toute réponse, je secouai la tête d'incompréhension, les joues déjà inondées de larmes.

— Maman, qu'est-ce que tu as ? cria Thomas en s'approchant d'elle.

Il dut mettre une bonne demi-heure avant de réussir à l'apaiser. Il resta un long moment allongé auprès d'elle dans sa chambre jusqu'à ce qu'elle s'endorme.

Lorsqu'il me rejoignit dans le salon, j'étais toujours choquée et livide.

— Raconte-moi. Qu'est-ce qui s'est passé ?

— Qu'a-t-elle dit ?

— Elle est complètement incohérente. Elle ne cesse de parler de démon, d'un malheur qui va s'abattre sur la maison parce que sa faute est irréparable. Je ne comprends pas, c'est la première fois qu'elle nous fait un coup de ce genre.

Je secouai la tête à plusieurs reprises.

— La journée s'est déroulée sans heurts. Au contraire même, je l'ai trouvée étonnamment présente avec moi, au point que ce soir, pendant que je préparais le dîner, je me suis confiée à elle.

— À quel sujet ?

— Charly et moi.

Thomas fronça les sourcils, surpris.

— Et c'est ça qui l'a mise dans cet état ?

— Elle a commencé à s'agiter et m'a dit que je ne pouvais pas être avec Charly. C'était comme si c'était lui le démon dont elle parlait.

— C'est ridicule. Charly a toujours fait partie de la famille, et maman l'adore.

— Je sais, c'est insensé. Elle m'a ordonné de le quitter !

— Pas de panique, ne t'inquiète pas. Quoi qu'il en soit, elle est calme pour l'instant et elle s'est endormie. Malgré tout, le mieux est de ne plus aborder le sujet de Charly pour le moment,

tant que nous n'aurons pas envisagé toutes les solutions pour maman.

Je secouai la tête avec tristesse. Je pensai une dernière fois aux coccinelles.

Je pensai à l'anneau brûlant dans ma poche comme s'il se rappelait à mon souvenir.

— Qu'est-ce qui sent le cramé comme ça ?

Je levai les yeux doucement vers Thomas et articulai un « oups » silencieux.

40

Je fixai l'enveloppe en me mordant la lèvre. Je la tournai entre mes doigts, le cœur affolé et les mains tremblantes. Des frissons me parcouraient le corps.

Le « Pour Laura » me tétanisait.

Je savais que je devais la lire. Pourtant j'hésitais. J'avais peur de ce qu'elle pouvait contenir. La clef de tout ça ? Une preuve pour disculper Charly ? Des éléments pour m'aider à comprendre ce qui était arrivé ?

Une fois arrivée à l'auberge où Ellie et Sam m'attendaient, j'avais prétexté le besoin d'être seule et de me reposer pour aller m'enfermer dans la chambre.

Je soupirai profondément puis déchirai l'enveloppe et sortis la missive. J'avais l'impression que son contact allait me brûler les doigts.

J'avais déjà les larmes aux yeux, sur le premier mot.

Laura,

Si tu lis cette lettre, c'est que je ne suis plus de ce monde.

J'ai tellement de choses à te dire, tellement de confessions à te faire.

Au moment où j'écris ces lignes, tu es furieuse contre moi, tu me détestes et tu as raison.

Nous sommes le 19 décembre, et je sais que tu es partie.

Pars, fuis, vole, vis et ne te retourne pas. J'espère que tu partiras loin, très loin d'ici, à l'étranger peut-être. J'espère que tu vas parcourir le monde, que tu seras heureuse et, surtout, que tu ne reviendras pas.

Je suis resté tapi dans l'ombre du rideau près de la fenêtre de ma chambre, et je t'ai regardée prendre ta liberté. Tu as un tel courage ma petite Laura ! Je ne connais personne d'aussi fort que toi.

À cet instant, je me fais l'effet d'être un monstre, je me sens brisé, égoïste, car j'ai fait tout ce qu'il fallait pour provoquer ton départ.

Je te connais suffisamment pour savoir que tu allais me tenir tête et je connais ton attachement à Charly et tes valeurs. J'espère y être pour quelque chose. D'une certaine façon, c'est moi qui t'ai élevée et tu es ma plus grande fierté.

Tu n'es pas partie depuis une heure que tu me manques affreusement.

Il est important que tu saches.

Au moment où je couche les mots sur le papier, je prie pour que tu ne les lises jamais et je prie surtout pour avoir tort, mais cela voudrait dire que je t'ai éloignée de moi et donc aussi de Charly pour rien.

Si c'est le cas, j'espère que tu me pardonneras.

Je crois que je deviens fou, fou d'inquiétude…

C'est difficile, voilà, je me lance…

Ce matin, maman a mis fin à ses jours. Elle a choisi sciemment d'en finir et de nous abandonner une deuxième fois. Il y a une question qui est systématiquement posée par la gendarmerie lors d'un suicide :

"Avez-vous trouvé une lettre pouvant expliquer ce geste ? Un Adieu ?"

J'ai toujours nié, mais c'était un mensonge.

Il y avait une note laissée en évidence. Je l'ai lue, je l'ai prise et je l'ai cachée avant l'arrivée de tout ce cirque. J'ai d'abord voulu la brûler et puis… finalement, je l'ai mise en lieu sûr. Pardonne-moi, Laura.

J'ai été frappé par l'angoisse puis entraîné par le flot des événements. La gendarmerie, le monde, la préparation de la cérémonie. Le suicide était tellement évident pour tout le monde, alors lettre ou pas lettre, qu'est-ce que ça pouvait bien changer ?

Compte tenu de la dépression de maman qui devenait de plus en plus profonde, surtout ces six derniers mois, finalement son geste était inévitable. Pourtant maman n'avait jamais fait de tentative auparavant. Elle était fragile, déboussolée, mais elle n'avait jamais fait de tentative.

Au fur et à mesure de la journée, je n'ai pas arrêté de penser à ça, jusqu'à ce que cela devienne une obsession, un mantra.

Ces six derniers mois ont été les pires. Elle a basculé. Ces six derniers mois ! Ça ne te rappelle rien, Laura ?

Je m'en suis voulu car je n'ai rien vu, ou plutôt je n'ai pas fait le rapprochement. Personne ne l'a fait et pourtant c'était sous nos yeux. Maman a sombré au moment de l'accident de Lucie.

Le chauffard que personne n'a jamais retrouvé !

La lettre de maman était une courte confession, sept mots à vrai dire :

« J'ai tué Lucie, je mérite la mort. »

J'ai d'abord été sous le choc, je lui en ai voulu.

J'ai pensé à toi, à Charly. Mais j'ai surtout pensé à elle. J'ai réagi pour la protéger, elle.

C'est notre mère, tu comprends ?

C'est déjà difficile d'entendre des horreurs sur maman, alors ça, je ne pouvais pas le supporter.

J'ai fait ce qu'il fallait pour que personne ne le sache. J'ai enterré Lucie, malgré moi, une seconde fois.

Je ne suis plus digne d'être l'ami de Charly. J'ai fait une chose terrible et, en ce qui me concerne, mon silence est une trahison supplémentaire et je sais qu'il ne pourra jamais me le pardonner.

Et pourtant, je préfère qu'il me haïsse plutôt que de lui avouer ce terrible secret.

Il ne doit jamais savoir. Personne ne doit savoir.

J'ai une angoisse terrible, Laura. Certains événements avant mon arrivée (porte ouverte, traces de pas et neige fondue sur le sol) m'ont incité à penser que je n'étais pas le premier à découvrir maman inanimée. Je suis persuadé que quelqu'un sait la vérité.

Les idées les plus folles s'immiscent dans mon esprit. Et si quelqu'un avait lu la confession de maman ? Je n'arrive pas à m'enlever cette idée de la tête ! J'ai l'impression que je n'ai pas su la protéger comme je l'aurais dû.

Une partie de moi se dit que cette histoire n'est pas finie. Tu vois, ce soir, à la lueur de ma lampe de bureau, j'ai peur.

Je suis seul et j'ai peur. Je suis sûr que quelqu'un d'autre sait la vérité sur maman et ce quelqu'un ne s'est pas encore manifesté. Et dans ce cas, dès demain, il saura que j'ai choisi de garder la confession de maman secrète. Quelle sera sa réaction ?

Pardonne-moi, Laura...

Comment pouvais-je te laisser dans les bras de Charly alors que maman a brisé sa famille en tuant Lucie ? Comment vais-je pouvoir à nouveau regarder Charly dans les yeux en sachant ce que maman a fait ?

Je sais que je ne pourrai jamais me résoudre à détruire ou brûler la confession de maman. Elle est à l'abri, dans une cachette que seulement toi et moi connaissons. Si tu lis cette lettre, je sais que tu sauras.

Je me sens responsable du suicide de maman. Je savais que tu passais la nuit chez Charly et que tu allais rentrer seulement dans la matinée. Malgré tout, une fois maman endormie, je me suis glissé hors de la maison et j'ai rejoint Marilyne. Ce n'est qu'en rentrant que je l'ai découverte.

Tu parles d'un modèle de responsabilité !

Si seulement j'étais resté auprès d'elle...

Si seulement.

S'il te plaît, pardonne-moi. J'espère prendre la bonne décision.

Je t'aime.

Ton frère Thomas. »

J'avais les yeux pleins de larmes et les mains tremblantes au moment où je lâchai la lettre sur le sol. Je m'agenouillai, assise sur les talons. Je n'avais pas besoin de la relire. J'en connaissais le moindre mot par cœur.

Une douleur me vrilla le ventre. Je me penchai en avant, prise d'un violent haut-le-cœur. Je m'accrochai au lit et, à quatre pattes, je me traînai comme une loque vers la salle de bains. Je sentis une onde de chaleur m'envahir le corps et des picotements au bout des doigts. La chaleur montait, elle montait de plus en plus, elle allait m'engloutir.

J'eus un autre spasme.

Je m'agrippai à la cuvette des toilettes et, dans cette posture d'humiliation complète, un haut-le-cœur plus fort que les autres eut raison de moi. La nausée prit possession de mon estomac et mon corps tout entier se souleva encore et encore jusqu'à ce que plus rien ne puisse être contenu.

Je m'éloignai de la cuvette et, en rampant, m'adossai contre le mur, à côté du lavabo.

Je voyais la lettre restée sur le sol. Je la regardai et réalisai l'effroyable attitude de maman et la décision de Thomas.

Je comprenais sa décision. Il avait toujours eu pour mission de veiller sur nous, même si ce n'était pas son rôle.

Je secouai la tête à travers mes larmes en pensant à la pauvre Lucie, au calvaire qu'avait traversé sa famille après l'accident, à l'ironie du sort qui avait décidé qu'il appartenait à Thomas et moi de la découvrir avec Charly.

Jamais Thomas et moi n'avions envisagé cela ! Maman n'était pas en état de conduire, elle ne prenait jamais la voiture.

De plus, je comprenais enfin pourquoi il avait tenu à écarter Marilyne de sa vie. Il était réellement amoureux d'elle, elle était sa faiblesse et celle-ci avait un prix à ses yeux : il n'avait pas été présent, il n'avait pas pu empêcher maman de passer à l'acte.

Je pensai à Charly.

Mon cœur se brisa en pensant au chagrin que la nouvelle pourrait lui infliger. Alors, en plus du contenu de mon estomac, je me vidai de toutes les larmes de mon corps.

Je me sentis glisser du mur et me retrouvai couchée sur le sol, en position fœtale, les yeux vides fixés sur le rideau de douche dont les couleurs s'effaçaient entre mes cils humides.

Il me fallut une énergie dont je ne soupçonnais pas l'existence pour sortir de ma léthargie.

Le carrelage de la salle de bains était froid et j'avais toute une partie du corps frigorifiée. Je me redressai en m'appuyant d'abord sur mon avant-bras puis sur une main. Mes jambes flagellèrent mais elles me portèrent.

J'avais la gorge sèche et je déglutis avec peine. Je pris appui sur le lavabo et me regardai dans le miroir. Je ressemblais à un cadavre et mes yeux noirs étaient vides. Je m'aspergeai le visage et me rinçai plusieurs fois la bouche. Peu à peu, je revenais à la vie.

Elle est à l'abri, dans une cachette que seulement toi et moi connaissons. Si tu lis cette lettre, je sais que tu sauras.

Depuis le jour où Thomas avait enfoui ce secret, plus de dix ans s'étaient écoulés. Malgré cela, je savais exactement où trouver cette confession. La seule question était de savoir si elle y était encore et ce que j'allais décider une fois que je l'aurais.

L'accident, la culpabilité de maman, la décision de Thomas…

Je pensai à la réaction de la famille Revel et mon esprit fit resurgir une image, une seule image, une hypothèse. Mon sang se glaça dans mes veines et, d'un seul coup, mon cœur s'affola comme jamais auparavant.

41

— Tu crois vraiment que nous cherchons au mauvais endroit ?

Charly et Franck étaient toujours assis sur le sol, dos à dos, séparés par la porte de la cellule.

— Je ne sais pas. Thomas a changé de comportement du tout au tout. Je reste persuadé qu'il a voulu éloigner Laura, ensuite il m'a rejeté ainsi que Marilyne.

— C'est pas un crime.

— Laura m'a confié que la raison de sa fuite était une violente dispute avec son frère.

— À quel sujet ?

Charly eut un rictus, reporta son attention sur les mégots qui traînaient à côté de la cuvette des toilettes et attendit quelques secondes avant de répondre.

— À cause de moi.

— Et après tu t'étonnes que je t'enferme ! gloussa Bouboule.

Charly leva les yeux au ciel et croisa les bras sur son torse.

— Ce que je cherche à faire rentrer dans ton crâne récalcitrant, c'est que Thomas a fait le vide autour de lui pour une seule raison : il avait quelque chose à se reprocher, quelque chose à cacher.

— J'en ai marre de tes divagations, je remonte.

— Je te préviens, si tu me laisses, je me remets à gueuler comme un âne !

Bouboule soupira puis ferma les yeux.

Charly colla son oreille contre la porte métallique mais n'entendit rien. Il soupira et cogna à plusieurs reprises sa tête contre la porte avant de s'époumoner.

— BOUBOUULLLLLLLLLLE.

— La ferme, idiot ! Je suis toujours là, je réfléchis.

— Merci.

Charly ne pouvait pas savoir que, de l'autre côté de sa cage, le gendarme souriait.

— OK. Reprenons et commençons par énumérer les événements qui ont eu lieu à cette époque.

Ils se turent quelques secondes.

— Le suicide de Martine, proposa Charly.

— On tourne en rond. On a déjà envisagé cette hypothèse.

Quelques minutes plus tard, toujours plongé dans ses pensées, Charly n'entendit pas la clef tourner dans la serrure ni la porte de sa cellule s'ouvrir d'un seul coup. Surpris, et ne disposant plus d'appui, il tomba à la renverse, la tête sur les chaussures de Bouboule et les yeux plantés sur son visage livide.

— Quoi ? demanda Charly sans bouger.

— Lucie !

Je fis volte-face et me baissai pour attraper la lettre. Je l'insérai dans son enveloppe et la glissai ensuite dans la poche de mon sac à main que je laissai choir par terre. Il fallait que je rentre au chalet. Il fallait que je voie cette douloureuse confession de mes propres yeux. Je passai les mains sur mon visage puis les posai un instant à plat contre le bois de la porte.

Je pris quelques inspirations et ouvris la porte. Je n'avais pas fait quelques pas dans l'escalier qu'une voix familière me fit sursauter.

— Laura.

Je me retournai et il parut hésiter.

— Laura, ça va ? On dirait que tu as vu un fantôme !

Mon cœur battait à mes tempes mais je réussis néanmoins à esquisser un sourire de circonstance.

— Ça va, Antoine. C'est juste cette journée qui est épouvantable.

Le visage d'Antoine blêmit.

— Oh ! mon Dieu ! Et moi qui parle de fantôme ! Mais où ai-je la tête ? Pardonne-moi, Laura, je ne voulais pas t'importuner.

Je me rapprochai de lui et mis ma main sur son bras. S'il savait… Mon Dieu, s'il savait… Un truc comme ça, ça le tuerait !

— Ne t'inquiète pas. Je vais bien. Je sors prendre l'air.

— Tu veux que je t'accompagne ?

— NON !

Il se raidit face à la dureté de mon intonation. Je fermai les yeux et soupirai profondément. La main sur son épaule, je fis appel à toute la douceur du monde avant d'ouvrir la bouche.

— Je te remercie, mais j'ai besoin d'être seule.

Il me regarda en inclinant doucement la tête sur le côté comme son frère pourrait le faire. Je fus percutée par un élan de culpabilité. Toujours elle ! Antoine était la douceur et la fragilité incarnées. Il avait été brisé par la mort de Lucie, à cause de maman. À cause de nous.

— Il faut que j'y aille, maintenant, ajoutai-je précipitamment.

Je dévalai le reste des marches en courant et laissai Antoine sur le palier de l'étage en proie à ses interrogations.

Je ne regardai pas, volontairement, le salon en le traversant. Je savais que Sam était monté s'étendre dans sa chambre pour se reposer, mais je craignais de tomber sur Ellie et je n'avais pas le cœur à tout lui raconter, pas encore.

Ce que j'avais en tête depuis que mon cœur s'était emballé quelques instants plus tôt était encore trop inconcevable pour moi. J'avais besoin de temps pour assimiler la nouvelle avant d'en parler avec elle. J'ouvris la porte et me dirigeai vers le perron.

— Où cours-tu comme ça ?

Je sursautai au son de la voix d'Ellie, comme prise en faute.

Elle était assise sur la balancelle où, des années plus tôt, Charly et moi avions pleuré ensemble la perte de Lucie ; où, quelques heures plutôt, Mme Revel et moi avions pleuré la perte de Thomas. Emmitouflée dans une couverture polaire, elle fumait un cigare gros comme un tronc d'arbre.

Je n'avais pas pour habitude de lui mentir, mais je n'avais pas le choix.

— J'ai besoin de marcher.

Elle me sonda de ses yeux limpides avant de tirer une nouvelle bouffée.

— C'est tout ce que tu as trouvé comme mensonge ?

Ben voilà ! Et merde !

— Écoute…

— Non ! C'est toi qui m'écoutes, ma Crotte ! Musclor commence tout juste à se rendre compte qu'il n'a aucune preuve contre ta Pomme, du coup, ça reste dangereux pour toi d'être seule. Et si ce n'est pas le bon coupable qui est actuellement en prison… Alors là où tu vas, je vais !

Elle laissa tomber sa couverture sur la balancelle et se planta devant moi pour me barrer le passage. Je repensai à ce qu'elle venait de dire et mon cœur se mit à battre de façon incontrôlée.

Il se pouvait bien qu'elle se trompe.

— Ellie, je sais que tu veux m'aider, mais là, il s'agit de quelque chose que je dois faire seule.

Elle me toisa pendant quelques secondes à travers la fumée de son cigare.

— Ça a un rapport avec la lettre que t'a donnée Crâne d'œuf ?

— Oui, soufflai-je à contrecœur.

— Est-ce que tu en sais plus, à présent ?

— Oui. Ellie, fais-moi confiance. J'ai besoin de vérifier un élément avant de tout révéler, et tout sera enfin terminé.

Mon associée parut hésiter puis elle me détailla des pieds à la tête.

— C'est urgent au point de t'enfuir sans manteau, sans gants, et sans cet affreux bonnet ?

Je réalisai qu'elle disait vrai. Depuis que nous discutions sur le perron, je n'avais pas encore ressenti la morsure du froid. Je ne m'étais pas changée, je portais des bottes, un jean, un pull à col roulé à même la peau.

— Tu as ton portable, au moins ?

— Non plus.

— Tiens, prends le mien, on ne sait jamais, et prends ça aussi sur tes épaules, insista-t-elle en me couvrant avec la couverture polaire qu'elle avait abandonnée sur la balancelle.

— T'es la meilleure ! ajoutai-je en glissant son portable dans la poche arrière de mon jean.

— Ouais. Ne fais pas de bêtises.

Je dévalai les quelques marches du perron et, sans me retourner, je bifurquai à droite au premier carrefour. L'auberge n'était qu'à dix minutes à pied du chalet.

Tout en marchant, je serrai la couverture contre moi. Le temps s'était encore refroidi mais la neige avait cessé. Lorsque je repris mon souffle, de la buée sortit de ma bouche. Je sentais que j'avais les oreilles et le bout du nez qui rougissaient et les extrémités de mes doigts me brûlaient.

J'étais frigorifiée, aussi allongeai-je les foulées et bientôt la toiture recouverte de neige du chalet m'apparut. Je passai devant la maison de Jacky sans un regard et poursuivis mon chemin, non sans me trouver idiote. Et dire qu'au début, je l'avais soupçonné ! Quelle idiote ! J'avais songé à tout le monde comme coupable sauf à celui que j'avais en permanence sous les yeux !

Quelle idiote !

Je contournai le chalet pour arriver devant la porte d'entrée. Je tapotai mes bottes contre les marches pour en enlever la neige et arrachai les bandes jaunes de la gendarmerie interdisant l'accès. J'appuyai sur la poignée, ouvris la porte et activai l'interrupteur. Les volets étaient toujours à moitié fermés, comme lorsque Charly et moi étions venus deux jours plus tôt pour fouiller dans le passé de Thomas.

Je refermai la porte derrière moi et allai directement aux volets que j'entrouvris légèrement afin de pouvoir surveiller alentour. Je regagnai le salon et me statufiai lorsque la lame de parquet grinça.

Je m'accroupis et, du bout des doigts, soulevai la latte de bois qui céda sous la pression. Le trou n'était qu'un rectangle de dix centimètres de large sur soixante de long.

Au premier abord, je ne vis rien et je commençai à douter. Je me penchai un peu plus, le nez collé au sol, je soufflai et un nuage de poussière s'envola. Je me redressai en toussant légèrement et, d'un mouvement de main, balayai la poussière autour de moi.

Je scrutai une nouvelle fois à l'intérieur en examinant des doigts chaque centimètre carré. Stop. Mon index venait de rencontrer une surface lisse. Du plastique, j'en étais pratiquement convaincue. Je le suivis des doigts jusqu'à rencontrer le Scotch qui maintenait l'enveloppe contre le bois de la latte suivante.

Je me redressai et jetai un coup d'œil à la fenêtre. Personne.

Le regard du capitaine était toujours fixé sur les yeux du médecin. Charly n'avait pas bougé et, la tête renversée sur les chaussures de Bouboule, il se contentait de froncer les sourcils.

— Comment ça, Lucie ?

— Vire ta tête de mes pompes !

Charly se redressa et lui sourit.

— Tu me laisses sortir ?

— Que nenni. Et ne t'avise pas de partir en trombe, tu ne fais pas le poids.

Même si l'idée lui avait furtivement traversé l'esprit, devant ce colosse qui portait un T-shirt moulant ses muscles saillants, Charly se ravisa.

— Pourquoi tu me parles de Lucie ? reprit-il avec de la tristesse dans le regard. Je ne vois pas le rapport avec Thomas.

— Tu en es certain ?

— Oui. Enfin…

Au fur et à mesure que l'idée se frayait un passage dans son cerveau, Charly recula de quelques pas et s'assit sur la couchette en silence. Bouboule déglutit lentement en le regardant et, pour la première fois de sa vie, il eut envie de dire un mot pour le réconforter. Il ouvrit la bouche, chercha, et, ne trouvant rien d'approprié, il resta silencieux.

Charly se leva lentement et, le visage durci, les dents serrées, ordonna sèchement :

— Laisse-moi passer !

Je plongeai à nouveau la main sans me soucier de rencontrer des araignées et, du bout des ongles j'essayai de décoller les morceaux de Scotch pour récupérer le message.

Un côté.

Deux côtés.

Le troisième.

Je saisis le plastique à pleine main et tirai dessus. Le quatrième côté finit par céder.

Je sortis la main du parquet et fixai pendant un moment, le cœur gros, mon butin. Je soufflai sur la feuille de plastique et, des doigts, essuyai la poussière que dix ans avaient accumulée.

Avant de l'ouvrir, je me levai et allai encore jeter un œil par la fenêtre. Je craignais que Jacky m'ait vue passer dans la ruelle et qu'il vienne me rejoindre.

N'apercevant personne, je décachetai la feuille plastique et en sortis un papier plié en quatre. Il s'agissait d'une demi-feuille blanche de format A4. Je la dépliai et ma vue se brouilla lorsque les mots « J'ai tué Lucie, je mérite la mort » apparurent.

Pendant tout le trajet que j'avais effectué à pied de l'auberge au chalet, les idées les plus folles m'avaient traversé l'esprit, même l'hypothèse d'un canular. Mais cette écriture en pattes de mouche, tremblante, légèrement penchée, était sans aucun doute celle de maman.

Je posai le mot à côté de moi et, assise sur mes talons, je pleurai doucement. Il fallait que j'en parle à Ellie.

J'en étais arrivée à la conclusion qu'une seule personne pouvait en vouloir à notre famille. Une personne qui connaissait autant Thomas que moi.

J'avais immédiatement écarté Annie : trop occupée, trop loin de tout ça. Refusant d'admettre l'intolérable, mes soupçons s'étaient portés sur Antoine. Mais il était l'archétype même de la douceur, de la fragilité et, surtout, si Thomas était certain que quelqu'un avait pénétré dans le chalet et lu la confession de maman avant lui, cela ne pouvait pas être Antoine : à cette époque-là, il était toujours en clinique.

Ensuite j'avais envisagé que cela puisse être Nathan. Je n'avais pas eu l'occasion de le croiser depuis mon retour, mais j'avais su par Annie qu'il s'était installé en ville et qu'il essayait de refaire sa vie avec la sœur de l'associé de Charly. Nathan ne s'était jamais remis de la disparition de sa fiancée.

Même si mon esprit s'efforçait de visualiser le visage de Nathan comme étant celui du coupable, une petite voix ne cessait de me susurrer un autre nom, et cette personne, c'était l'homme que j'aimais, c'était Charly.

Il n'y avait qu'un membre de la famille Revel pour avoir envie de se venger. Charly était proche de moi. Chaque fois. Je l'avais laissé seul lorsque cette voiture avait foncé sur moi... Je repensai avec horreur aux recommandations de Bouboule, à ses multiples mises en garde. Charly avait le moyen, l'opportunité, et je venais de découvrir qu'il avait un sérieux mobile !

Il s'agissait bien d'une femme, non pas Marilyne mais sa sœur, Lucie.

Soudain, j'eus la sensation de percevoir un mouvement derrière moi et, au moment où je me retournais, je vis une ombre et quelque chose s'abattit avec force sur ma bouche et sur mon nez, me forçant à respirer un linge imprégné d'une odeur âcre. Par réflexe, mes mains agrippèrent les bras qui m'emprisonnaient et me collaient ce tissu sur la bouche. Je luttai, griffai, mais sentis une vague de chaleur m'envahir et mon esprit s'embrumer.

Mon assaillant était beaucoup plus fort que moi. Mes mains lâchèrent prise.

Trou noir.

42

Un bruit sourd résonna au loin dans une partie de son cerveau. Il bougea, se gratta la barbe, et reprit une position confortable. Le bruit cessa mais, à présent, il sentait une pression sur son bras.

— Hum, quoi ?

— Papé, réveille-toi ! Je suis inquiète.

— Ellie ?

La jeune femme grimpa sur le lit et s'assit en tailleur.

— Qu'est-ce qui se passe ?

— Ça va faire une bonne heure que Laura est sortie. Je viens d'essayer de l'appeler, mais elle ne décroche pas. Je n'aime pas ça du tout.

— Où est-elle allée ? demanda Sam, cette fois complètement réveillé.

— Je ne sais pas. Elle a filé vers le bas de la rue.

— Vers le bourg ?

Ellie haussa les épaules.

— Que t'a-t-elle dit en sortant ?

— Je crois que ça a un rapport avec la lettre que Crâne d'œuf lui a remise.

— C'est qui, celui-là ?

— Le notaire.

— OK. Elle avait cette lettre avec elle en sortant ?

— Je ne pense pas, répondit-elle en sautant du lit pour rejoindre la chambre de Laura.

L'assassin contemplait son œuvre avec un sourire de satisfaction. Les récents événements l'avaient fait légèrement paniquer jusqu'à douter du fait qu'il puisse atteindre son objectif. Laura avait fini par se retrouver seule, en proie aux questions et aux doutes, et elle lui avait fortement facilité la tâche.

Lorsqu'il avait vu ce qu'elle trafiquait, il l'avait laissée faire par curiosité. Il l'avait regardée attentivement gratter, tirer sur la latte de parquet pour enfin sortir un véritable trésor. Ainsi, pendant tout ce temps, cette stupide confession était restée sur les lieux du crime. Il avait toujours pensé que Thomas s'en était débarrassé d'une manière ou d'une autre.

Pour l'instant, Laura était toujours dans les vapes. Il soupira et regarda sa montre. Peut-être avait-il surdosé le produit ? C'était tellement simple, de nos jours, de faire ses courses dans un cabinet médical.

L'assassin inclina la tête et jaugea la jeune femme d'un œil hargneux. Sa respiration était plus forte, plus saccadée. Elle reprenait conscience lentement.

Enfin !

L'assassin sourit.

J'avais mal aux muscles de la nuque et j'en déduisis que je devais être dans cette position depuis un moment. Une position inconfortable, tête baissée en avant. J'essayai d'ouvrir les yeux mais cet effort était pénible.

Ce fut un grondement répété non loin de moi qui me sortit de ma torpeur. Un étau m'enserrait le crâne. Cette sensation était curieuse. Physiquement, j'avais l'impression de vivre un lendemain de cuite, et je sentais que mon cerveau multipliait les efforts pour sortir de ce brouillard dans lequel je me complaisais malgré moi.

Les bourdonnements que j'avais aux oreilles se dissipèrent peu à peu. Autour de moi régnait un silence absolu, ou presque. J'entendais un « tac » qui revenait à un rythme régulier comme une goutte d'eau qui s'échappe d'un robinet mal fermé.

Mais ce son était plus sourd, plus creux.

Tac.

Pause.

Tac.

Pause.

Tac.

Je ne savais pas ce que c'était. Ma bouche était sèche et pâteuse. Je passai ma langue sur mes lèvres et essayai de déglutir pour avaler un peu de salive. Une mèche de mes cheveux était collée sur mon visage et me gênait. Je voulus la dégager, mais je ne pus pas bouger.

Je sentis mes mains attachées derrière mon dos. Cette sensation d'emprisonnement me tétanisa.

Panique !

Au lieu de m'agiter, je me figeai sur un mot qui clignotait dans un coin de ma tête : prudence. Mon cœur s'affola. Je sentais le danger. J'étais en danger.

Sans bouger d'un pouce, tête baissée et toujours les yeux clos, j'essayai de me remémorer les derniers événements. Je ne savais pas si quelqu'un m'observait en silence. Si oui, tant qu'il croirait que j'étais inconsciente, il ne se passerait rien.

Et moi, j'avais besoin de temps pour réfléchir. J'essayai de tout me remémorer.

Le fait que je sois attachée à une chaise n'allait pas de pair avec ma conclusion. À ma connaissance, Charly était toujours en prison.

Bouboule avait-il finalement jeté l'éponge et relâché Charly ? Et si je me trompais totalement à son sujet ? J'avais jusqu'à présent toujours été convaincue de son amour.

Tout cela était-il finalement beaucoup plus simple ? Jacky ?

Je me revis immobile derrière la fenêtre du salon à épier à travers les volets la maison. Je scrutais les alentours du chalet tout en me cachant du mieux que je pouvais derrière les rideaux. Puis, j'étais revenue à la petite trappe que j'avais ouverte.

Notre cachette…

Je me souvins de cette peur panique, de mes yeux écarquillés et de l'effort surhumain pour essayer de ne pas respirer. Cette odeur légèrement âcre. Je me souvins de ces avant-bras puissants qui m'avaient emprisonnée et que j'avais essayé de griffer afin de me dégager.

L'odeur de ce linge plaqué avec force contre ma bouche, mes narines. Puis le trou noir.

Jacky m'avait-il surprise ? Pourquoi ne m'avait-il pas déjà tuée ? Pourquoi nous en voulait-il à Thomas et à moi ?

Dans ce cas, cela n'avait rien à voir avec Lucie ! J'avais toujours été persuadée que Jacky aimait maman secrètement. Était-ce lui qui l'avait découverte avant Thomas ?

Voulait-il nous punir de ne pas avoir su protéger maman et de ne pas avoir empêché son suicide ?

Mon cœur battait maintenant à un rythme impressionnant. La culpabilité revint sonner à ma porte. Je n'avais pas voulu suivre les recommandations d'Ellie, de Bouboule, et voilà que j'étais maintenant dans une fâcheuse posture.

Tac.

Pause.

Tac.

Pause.

Tac.

Sam sur ses talons, Ellie pénétra dans la chambre de Laura et, d'un coup d'œil, balaya la pièce. La robe pull que Laura portait la veille était délaissée sur le lit, un sac de voyage, son sac à main près de la table de nuit.

— Je prends le sac à main, tu fouilles le sac de vêtements.

Sans répondre, Sam déversait déjà sur l'édredon le contenu du sac de voyage de Laura. Elle avait laissé une partie de ses affaires chez Charly et le sac ne contenait que des vêtements de rechange. Il reporta son attention sur le sac vide tout en jetant un œil vers Ellie.

Elle avait procédé de même et le contenu du sac à main gisait sur le lit. Elle poussa d'une main les objets qui ne l'intéressait pas puis attrapa le BlackBerry. Elle l'alluma et le jeta en constatant qu'il n'y avait ni appel manqué ni message. Elle poussa plus loin une trousse de maquillage et s'arrêta après avoir saisi une enveloppe.

Elle la tourna et lut « Pour Laura ».

— Je l'ai !

— Ouvre.

Ellie allait s'exécuter quand Sam la retint en posant une main sur son bras.

— Attends.

— Quoi ?

— On est en train de violer son intimité.

— Moi, ça ne me gêne pas !

— Essaie de l'appeler encore.

Ellie grogna mais attrapa le BlackBerry de Laura et composa son propre numéro de téléphone.

Une sonnerie.

Deux sonneries.

Trois sonneries.

Elle tomba sur sa messagerie.

— Je tombe sur mon répondeur !

— Elle n'a peut-être pas envie qu'on sache. On s'affole peut-être pour rien.

— Je m'en tape, de tes conneries. Je te rappelle que si les gens étaient un peu plus francs, et arrêtaient d'avoir des secrets, on n'en serait pas là.

Sam fit la moue puis approuva.

— OK, vas-y.

Ellie ouvrit l'enveloppe et prit la lettre à deux mains.

— À haute voix, Ellie !

Elle leva les yeux vers lui et, après une inspiration, se lança dans la lecture.

Pour la première fois, en espérant que personne ne m'observait et en priant pour que mes cheveux dissimulent mon visage, j'ouvris les yeux.

Mon jean, le sol, les lattes de parquet, le trou de la cachette, l'absence du tapis beige, plus loin, les pieds de la table.

Premier constat : j'étais toujours au chalet, dans le salon.

Deuxième constat : j'étais assise sur une chaise, attachée, pieds et mains liés.

Troisième constat : ça s'annonçait très mal pour moi !

Mes cuisses étaient maintenues serrées par une corde qui me retenait à la chaise. Il en était de même pour ma taille et pour mes pieds qui étaient croisés et ne me laissaient aucune possibilité de bouger ne serait-ce qu'un orteil. Mes bras étaient liés derrière mon dos.

Je tentai de remuer les doigts en me remémorant le portable d'Ellie que j'avais glissé dans la poche arrière de mon jean : sans succès.

La corde me brûla la chair des poignets.

Panique !

Je pris sur moi pour calmer ma respiration.

Je sursautai.

Le silence venait d'être brisé par un bruit. Plus exactement un bourdonnement. Ce bourdonnement, je le reconnus. Le bruit qui m'avait réveillée : le vibreur d'un téléphone portable.

Un fol espoir me traversa l'esprit : Ellie me cherchait. Le son du vibreur était mat, creux. On m'avait pris mon portable, il devait être posé sur la table. Je relevai la tête et regardai dans cette direction. Le téléphone portable d'Ellie. Je le vis. Il était à cinq mètres de moi, sur ma droite, posé à côté d'un bout de papier déplié : la confession de maman.

Le portable me narguait en dansant au fur et à mesure des sonneries. Le bourdonnement finit par s'arrêter.

Silence.

Non.

Tac.

Pause.

Tac.

Pause.

Tac.

J'eus envie de crier, de hurler, mais j'étais tellement tétanisée qu'aucun son ne sortit de ma bouche. Je regardais toujours le téléphone lorsqu'un mouvement non loin de moi sur ma gauche attira mon attention. Je tournai la tête dans cette direction.

J'entendais les battements de mon cœur cogner contre ma cage thoracique et mes tempes.

Une silhouette.

Un homme.

Mon sang se glaça dans mes veines. Il était assis face à moi et m'observait. Pendant tout ce temps où je m'étais crue seule, il m'avait observée avec attention, en silence, comme un prédateur.

Mon cerveau travaillait à une vitesse fulgurante. Cette fois, les larmes coulèrent le long de mes joues. Ma vue se brouilla et je le fixai à travers mes cils humides.

Le visage de l'assassin était crispé, tendu. Ses yeux clairs étaient froids comme la mort. Une lueur étrange traversait son regard, un pétillement que je n'arrivais pas à cerner.

J'identifiai alors avec horreur le « tac » qui résonnait de plus en plus fort. Le bras de l'assassin pendait le long de son corps, il avait une arme à la main. Le canon du pistolet cognait toutes les deux secondes contre le bois de la chaise sur laquelle il était assis.

Tac.

Pause.

Tac.

Pause.

Tac.

Et alors je compris. Ce pétillement dans son regard : la démence.

43

Ellie arrivait à la fin de la lecture et sa voix trembla légèrement sur les derniers mots. Elle mit quelques secondes à réagir avant de lever les yeux vers Sam. Il était toujours immobile devant le lit, mais son visage avait perdu toute trace de vie. Il ferma les yeux à plusieurs reprises, se gratta la barbe d'un geste maladroit avant de secouer la tête et de dire :

— Mon Dieu !

— Putain ! On n'est pas dans la merde, maintenant !

— Elle est vraiment en danger.

— Musclor avait raison depuis le début. C'est réellement une histoire de vengeance, et je ne vois que des membres de la famille Revel pour avoir cette envie.

— Prends la lettre, on y va.

— Où ?

— À la gendarmerie.

Ellie plongea pour récupérer la missive qu'elle avait laissée tomber sur le lit et bondit vers l'escalier. Elle n'avait jamais vu Sam courir aussi vite. À la réflexion, lui qui était toujours une force tranquille, elle ne l'avait jamais vu courir.

Elle dévala les marches trois par trois, traversa le salon et claqua la porte sans un regard pour Annie qui criait : « Qu'est-ce qui se passe ? » dans son sillage.

— Les clefs ? cria Sam en se retournant.

Ellie lui lança les clefs de Léontine et s'engouffra dans la voiture au moment où Sam démarrait.

— On peut déjà éliminer Charly.

— Pas si sûr.

— Bon sang, Ellie, il est en prison !

— Ça change toute la donne, cette histoire avec Martine ! Tant que je n'aurai pas vu ma Crotte en un seul morceau devant moi et Charly enfermé derrière les barreaux, je ne le rayerai pas de la liste.

Sam appuya sur l'accélérateur au premier virage et Léontine fit une embardée dans la neige avant de poursuivre sa route. La tête d'Ellie cogna contre la vitre et, se raccrochant au tableau de bord, elle lui lança un regard furibond.

— Ça t'apprendra à raconter des conneries ! dit-il en souriant. Mets ta ceinture et accroche-toi, ma belle, reprit-il d'une voix douce.

Ce pétillement dans son regard : la démence. Je ne trouvais pas d'autre mot pour définir cette expression d'assurance et d'agitation mêlées.

Cet homme, mon tortionnaire, c'était Antoine. Il fallait absolument que je me sorte de là ! Il ne m'avait pas bâillonnée. Une chance ?

Je reniflai pour reprendre ma respiration et je décidai de le toiser avec aplomb, malgré les larmes qui coulaient toujours. Depuis combien de temps étais-je retenue ? Dix minutes ? Deux heures ? Je n'avais aucune notion du temps où j'étais restée inconsciente.

Le téléphone avait sonné : Ellie me cherchait !

Charly ! J'ai douté de toi, Charly. Pardonne-moi, mon amour…

Je savais qu'Ellie allait remuer ciel et terre pour me retrouver. Au pire, elle partirait seule à ma recherche ; au mieux, elle irait chercher des renforts.

Au point où j'en étais, je n'avais plus rien à perdre ; au contraire, il fallait que je gagne du temps. Du temps pour quoi ? Personne ne savait que j'étais ici, au chalet. Sur cette simple déduction, je sus qu'il allait me tuer. Je sus que j'allais mourir ici, au chalet, comme papa, maman et Thomas.

C'était peut-être la destinée de ma famille.

— Pourquoi, Antoine ?

Je ne reconnus pas ma voix. Elle était rauque, vacillante. Ma gorge était sèche et douloureuse. Je passai ma langue sur mes lèvres et constatai qu'elles étaient légèrement craquelées par le froid. Elles étaient salées, elles avaient le goût de mes larmes.

Antoine me jaugea avec cruauté. J'eus l'impression qu'il pourrait se lever et me tuer froidement, sans aucune explication. Ses yeux se rétrécirent et son regard se fit distant. J'avais l'impression d'avoir son clone tueur en face de moi. Antoine n'avait plus rien d'angélique.

Nouveau bourdonnement sur la table. Nous tournâmes tous les deux la tête vers le téléphone.

Le « Tac » s'arrêta et l'absence de ce bruit me terrorisa encore plus que le bruit lui-même. Je coulai un regard en biais vers Antoine et vis qu'il regardait le portable d'un air absent.

— Ils te cherchent. C'est ce qui me fait le plus de peine, Charly va te regretter.

Sa voix était atone, froide, impersonnelle.

— Tu n'es pas obligé de faire ça, Antoine.

Le bourdonnement s'arrêta. Le portable s'immobilisa.

— Ne t'inquiète pas. Tout va très vite se terminer et je te promets que tu ne vas pas avoir mal.

Il se leva et pointa son arme sur moi.

Le capitaine poussa la chaise de bureau d'un coup de pied et lâcha un juron. Il reprit sa respiration et leva les yeux vers Charly.

— Bouboule, essaie encore ! insista Charly.

— Ça ne sert à rien. On n'a pas le dossier en informatique. Il va falloir que je remplisse de la paperasse et que je m'énerve pour l'avoir au plus vite.

— À l'époque, tu étais où ?

— Je terminais ma formation à Paris. C'est pour ça que ça m'a fait « tilt » tout de suite. Bon sang, ici, il ne se passe pratiquement rien et, à six mois d'intervalle, ta sœur se fait renverser par un chauffard et Martine se suicide. C'est gros, très gros même de vouloir relier ces deux événements, mais la coïncidence est frappante.

Charly, qui était assis sur un coin du bureau, se leva et commença à arpenter la pièce les mains sur les hanches.

— Tu te souviens de ce que mes collègues vous ont dit, à l'époque ?

Charly hocha la tête.

— Ce qui m'a le plus frappé, c'est qu'il n'y avait pas de traces de freinage. Ce taré a percuté Lucie de plein fouet comme si de rien n'était. Tes collègues ont fait venir des spécialistes comme tes deux gus, mais ça n'a abouti à rien. Cette voiture devait être aussi solide qu'un tank. Et puis, j'en sais rien, à l'époque, les moyens n'étaient peut-être pas ce qu'ils sont aujourd'hui.

Bouboule soupira en rattrapant la chaise et se rassit.

— Avant de déguerpir, tes collègues avaient laissé entendre que cela pouvait bien être quelqu'un qui rejoignait l'Espagne. On n'a jamais su. Ne pas savoir, c'est ne pas avoir de coupable à se mettre sous la dent, c'est plus difficile pour tourner la page. C'est pour ça que nous avons tous compris que Nathan en fasse les frais. Le pire c'est vraiment de ne pas savoir.

— Tu sais ce qui est au moins aussi solide qu'un tank ?

Charly arrêta de faire les cent pas et plongea son regard étonné dans celui du gendarme.

— Non.

— Cherche…

— Un pick-up comme le mien ?

— Exactement !

— Dis donc, tu serais pas encore en train de m'accuser de…

— Non ! Y a dix ans, ici, il n'y avait pas de pick-up. Mais qu'est-ce qu'on avait à la place ?

— Des Jeeps ?

Bouboule allait répondre quand un vacarme d'éclats de voix résonna dans toute la gendarmerie.

— Qu'est-ce que c'est que ce bordel ?

En une fraction de seconde le gendarme pensa à Lisa et se réprimanda de ne pas surveiller son vocabulaire plus souvent. Il se leva et ouvrit la porte de son bureau.

— Quoi encore ? beugla-t-il du couloir avant d'apercevoir un grand type barbu énervé, accompagné de l'adorable métisse qui prétendait être avocate.

— C'est bon, laissez les venir ! cria-t-il à contrecœur.

Charly se retourna et vit Sam et Ellie pénétrer dans le bureau. Le visage d'Ellie était anormalement pâle et Sam évitait son regard pour la première fois depuis qu'ils avaient fait connaissance dix ans plus tôt.

— Tout va bien ? Où est Laura ? Elle va bien ?

Sam s'approcha de lui et lui étreignit l'épaule brièvement.

— T'es plus enfermé ?

— Non.

— Mon garçon, il va falloir nous aider, dit Sam à l'intention de Bouboule.

— Où est Laura ? insista Charly.

— On ne sait pas, répondit Ellie. Ça fait à présent près de deux heures qu'elle est sortie et que je n'arrive pas à la joindre au téléphone. De plus…

— Quoi ?

Charly coula un œil vers Bouboule et fixa à nouveau Ellie.

— À la sortie du cimetière, le notaire, comment s'appelle-t-il celui-là ?

— Ledol, répondirent en concert Charly et Bouboule.

— Ledol lui a remis une lettre. Laura s'est enfermée dans la chambre pour la lire puis elle est partie comme une flèche. Elle a suivi la rue à pied, mais, au carrefour, je l'ai perdue de vue.

— Que raconte cette lettre ?

Sam et Ellie se regardèrent.

— Vous, je ne vous connais pas, reprit Bouboule en désignant Sam du doigt. Mais elle, ajouta-t-il en pointant ouvertement Ellie, je commence à la connaître et je sais qu'elle l'a lue.

En l'affrontant du regard, Ellie mit sa main dans la poche de son jean et lui tendit la feuille de papier chiffonnée.

— C'est une confession de Thomas. Le lien qui nous manquait.

Bouboule saisit la lettre, la parcourut en silence, puis il fixa Charly.

— Lucie ? questionna ce dernier les larmes aux yeux.

Le capitaine opina puis lui tendit la lettre et soupira.

D'une main tremblante, Charly accepta la confession. À mi-parcours, il s'assit puis termina sa lecture et replia le papier qu'il posa délicatement sur le bureau.

Plus personne ne parlait et les locaux de la gendarmerie se firent étonnamment paisibles. Charly leva les yeux et trouva trois paires d'yeux fixées sur lui.

— Laura est en danger, finit par dire Bouboule en brisant le silence. D'abord Thomas, maintenant elle.

Leduc et Dufour firent leur apparition à ce moment précis. Leduc s'apprêtait à parler mais devant la tension qui régnait dans la pièce, il se ravisa.

— Je ne vois que deux personnes capables de se venger sur la famille Vallon. Mon frère et Nathan.

La voix de Charly était sombre et lointaine. Lorsqu'il leva la tête vers eux, des larmes roulaient sur ses joues.

Leduc, qui avait fini à son tour de lire la confession de Thomas, questionna :

— Où peut être cette cachette ? Où est-elle allée ?

— Chez elle. Au chalet, répondit Charly avec assurance.

44

Un frisson me parcourut la nuque et descendit le long de mon dos. Antoine était fou. Rectification : il était complètement fou ! Mon regard fut attiré par un mouvement derrière lui, de l'autre côté de la fenêtre. Quelqu'un contournait la maison, quelqu'un venait à mon secours ?

Jacky ? Mon Dieu, Jacky ! Je me suis trompée sur toute la ligne !

Il fallait que je gagne du temps et, avec un peu de chance, cet homme dehors pouvait entendre nos voix. Je décidai donc de délivrer le maximum d'informations.

— Baisse ton arme, Antoine ! criai-je d'un seul coup.

Antoine me fixa. Il s'avança d'un pas et garda son arme braquée sur moi.

— Thomas avait raison, n'est-ce pas ?

Il fronça les sourcils.

Gagner du temps. Oui, gagner du temps ! Derrière lui, deux autres silhouettes venaient de se faufiler. Les battements de mon cœur s'accélérèrent au fur et à mesure que je prenais conscience d'une éventuelle chance. Je continuai de parler en articulant chaque mot et haussant le ton plus fort que nécessaire.

— Thomas m'a écrit une lettre le jour du suicide de maman. Il pensait qu'il n'était pas le premier à l'avoir découverte mais qu'une autre personne était venue et avait lu la confession de maman.

Les yeux d'Antoine s'écarquillèrent et, contre toute attente, un sourire illumina son visage de fou avant qu'il n'éclate de rire.

— Mais tu n'as donc rien compris !

Je me statufiai.

— Tu crois vraiment que ta mère s'est suicidée ?

Je le pris comme une gifle.

J'étais sous le choc. Soufflée. Je cherchai ma respiration. Le robinet des larmes se rouvrit immédiatement.

Maman ? Non ! Je n'arrivais pas à y croire.

— Tu n'es pas très futée, hein ? dit-il en agitant son arme devant moi.

J'en avais oublié les silhouettes dehors et, d'ailleurs, je ne voyais plus personne. Avais-je rêvé dans un moment de fol espoir ?

— Tu as… tu as…

Je n'arrivais pas à prononcer le moindre mot ; sous le choc, je bégayais.

— Oui. Un suicide, c'était tellement évident pour tout le monde !

Un bruit sur ma droite. Il pivota, s'immobilisa et pointa son arme vers la porte.

Bouboule leva le poing et, conformément à ses instructions, Charly s'immobilisa, veillant à rester accroupi derrière lui. Leduc et Dufour contournèrent la maison pour entrer par la porte principale.

Le capitaine se tourna vers Charly et lui fit signe de la main de ne pas bouger d'un millimètre pendant que lui-même entrerait par la porte de derrière. Il avait réussi non sans mal à ordonner au grand type barbu ainsi qu'à Ellie de rester à l'écart, mais cela avait été peine perdue pour Charly. À la réflexion, Franck préférait l'avoir avec lui plutôt que de perdre son énergie à lutter contre lui.

Tout le monde avait revêtu un gilet pare-balles et après avoir abandonné les véhicules suffisamment loin pour ne pas attirer l'attention, les quatre hommes s'étaient déployés lentement autour du chalet.

Pour l'instant, l'irréparable ne s'était pas produit.

Laura parlait distinctement, ce qui signifiait au mieux elle n'avait rien, au pire qu'elle n'était que blessée.

Très rapidement, ils avaient obtenu des informations cruciales.

Charly avait raison sur l'identité du ravisseur, Antoine était en train de raconter, à demi-mot, que Martine ne s'était pas suicidée.

À cet aveu, Bouboule bougea légèrement et plongea ses yeux dans ceux de Charly. Le médecin serrait les maxillaires mais il tenait bon et le rassura d'un hochement de tête.

Le gendarme opina, se décala et reporta son attention sur l'intérieur du chalet.

J'avais du mal à respirer. Ma cage thoracique était ligotée trop fermement, m'empêchant de reprendre la goulée d'oxygène qui me manquait cruellement depuis que j'avais compris qu'il avait tué ma mère.

— Pourquoi ? Pour venger Lucie ?

Antoine me jaugea. Il y avait de la fureur dans ses yeux depuis que j'avais prononcé le prénom de sa sœur. Son prénom dans ma bouche devait être pour lui une trahison.

— OUI ! Elle l'a tuée ! Elle m'a pris Lucie.

— Comment l'as-tu su ?

Il me fixa encore. Pendant une seconde, je retrouvai le visage souriant et timide qu'il avait affiché la veille au cours du dîner. Il sembla réfléchir, puis son visage se ferma à nouveau.

— Je cherchais Charly. Personne ne savait que je devais sortir de la clinique plus tôt que prévu. J'y étais entré de mon plein gré, aussi je n'avais pas besoin d'une autorisation de sortie. Je n'ai rien dit et je suis rentré seul pour leur faire une surprise. Je voulais qu'ils voient que j'allais m'en sortir, que j'allais mieux. Je voulais qu'ils soient fiers de moi. À défaut d'une sœur, j'avais toujours un frère et quel frère ! Il venait me voir tous les jours à la clinique. Je voulais lui montrer… J'ai cherché Charly pour lui annoncer la bonne nouvelle mais j'ai trouvé la maison vide, alors je me suis dit qu'il devait être avec toi et j'ai pris la direction du chalet.

Je tentai de ne pas le brusquer, de ne pas l'interrompre. Antoine racontait son histoire, et le plus important pour moi était qu'à cet instant, il avait baissé son arme.

Depuis un bon moment déjà, j'essayais de glisser mon poignet derrière la corde. J'avais les mains en feu, mon poignet était en sang.

— Je suis arrivé tôt. Le chalet était vide et, au moment de repartir, j'ai entendu la porte s'ouvrir et ta mère est apparue sur le seuil. À 8 heures du mat', elle était déjà complètement saoule ! Au début je n'ai pas compris, mais lorsqu'elle m'a vu, elle est devenue comme folle. Elle bafouillait des histoires de démons, de péchés à se faire pardonner à qui voulait l'entendre… Je savais qu'elle n'était pas nette, alors j'ai failli partir mais je me suis ravisé en pensant qu'il n'était pas prudent de la laisser toute seule dans cet état. Vous ne la laissiez jamais seule très longtemps, au pire, le temps de faire des courses, alors…

Il haussa les épaules à ce souvenir, se gratta nerveusement le cuir chevelu avec le canon de son arme avant de reprendre.

— Alors, je suis resté avec elle. Je me suis dit que l'un de vous deux allait finir par se pointer et que je pourrais continuer à chercher Charly, mais elle a continué son délire et elle a fini par me demander pardon pour Lucie.

Ses pupilles se rétrécirent. La colère refit surface.

— Et elle t'a tout raconté ?

— Oui ! Elle a tué ma Lucie !

— C'était un accident !

— Rien à battre ! Elle devait mourir ! Elle était tellement saoule que je n'ai eu aucun mal à la faire boire encore et encore et à lui faire avaler n'importe quoi, – il sourit – enfin, pas vraiment n'importe quoi. Tu vois l'avantage de passer du temps en clinique, c'est que tu apprends vite ce qu'il faut savoir sur les médocs. Je n'allais quand même pas prendre le risque qu'elle s'en tire avec un banal lavage d'estomac ! Finalement, le plus difficile a été de lui dicter la petite confession. Je n'ai pas pu faire mieux qu'une simple phrase : « J'ai tué Lucie, je mérite la mort. » Ensuite, ce fut tellement simple ! Je suis rentré directement à la clinique et ne suis ressorti que deux jours plus tard, comme prévu initialement. De plus, je n'avais pas à m'inquiéter, n'est-ce pas ? Elle s'était suicidée, non ?

Il s'arrêta une seconde, me regarda droit dans les yeux avant de poursuivre.

— Moi, tout ce que je voulais c'était qu'elle meure et que tout le monde sache ce qu'elle avait fait !

Je visualisais la scène comme si je l'avais vécue. Thomas trouvait maman, il voulait la protéger, alors il avait caché la confession. J'imaginais la fureur et la colère d'Antoine lorsqu'il avait réalisé que la mort de Lucie n'était pas totalement vengée.

Je me souvins des paroles de Charly : « *Nous lui avons annoncé la nouvelle mais nous n'avons pas voulu qu'il aille à l'enterrement de ta mère, il a de nouveau plongé, le refus du deuil de Lucie…* » Je commençais à comprendre.

Ensuite il y avait eu l'éloignement, les États-Unis, mais la distance n'avait rien apaisé, bien au contraire, elle n'avait fait qu'attiser sa colère contre Thomas et moi.

— Alors, quand Thomas a trouvé la lettre et l'a cachée… Tu… tu l'as tué, parce qu'il avait gardé ça secret ?

— Il méritait de mourir. Tout comme toi, comme toute votre putain de famille de menteurs !

Lorsqu'il eut toutes les preuves qu'il désirait, Bouboule posa une main sur l'épaule de Charly pour lui intimer l'ordre de ne pas faire de bêtises et, courbant le dos, il longea la façade pour se poster à l'opposé de Leduc et Dufour.

Resté seul, Charly continua d'écouter la confession de son frère le cœur battant, tout en lorgnant, inquiet, vers Leduc et Dufour, à trois pas de lui de l'autre côté de la porte d'entrée. Ils étaient en position arme au poing, prêts à intervenir.

Charly s'inquiétait pour Laura. Mais il ne voulait pas non plus que son frère soit blessé.

Il fit le nécessaire pour contrôler sa respiration, rester calme et maître de ses gestes, pour intervenir si l'occasion s'en présentait.

Tant pis pour les recommandations de Bouboule.

La seule chose qui lui importait, c'était de sortir Laura et Antoine vivants de ce guêpier.

Je fermai les yeux au moment où je vis qu'il braquait son arme sur moi. Alors, les paupières closes pour ne plus voir son visage de dément, je posai une ultime question.

— La voiture, c'était toi ?

— Évidemment !

Pas de clic.

Pas de bang.

Pas de bobo.

Je rouvris les yeux. Il me souriait.

— Je ne l'avais pas planifié. Je ne faisais que te surveiller. Mais l'occasion s'est offerte à moi et il faut reconnaître que me débarrasser de toi de la même manière que ta mère s'est débarrassée de Lucie… ce n'était que justice !

Son sourire disparut.

— Adieu, Laura.

45

S'aidant des mains pour rester courbé, Charly se rapprocha de la porte. Leduc lui fit un signe de tête du genre « dégage de là » mais il l'ignora. Il était à présent calé tout près de l'embrasure de la porte et plus rien ne comptait.

Une bourrasque l'empêcha de bien entendre la suite et il étouffa un juron. Il jeta un œil vers Leduc qui lui lança un regard furibond tout en continuant à gesticuler pour le faire déguerpir de son champ de vision. Ignorant Leduc, Charly tourna les yeux vers son acolyte.

Dufour était impassible puis il lui fit un demi-sourire. Un demi-sourire qui signifiait « te plante pas mon garçon ». Charly se rapprocha encore puis se figea lorsqu'il entendit les mots : « Adieu, Laura. »

Je fermai les yeux, me contractai et, inconsciemment, rentrai la tête dans les épaules. J'eus l'impression que tout s'arrêtait autour de nous.

Allais-je revoir toute ma vie défiler en une seconde sous mes yeux ? Un grand tunnel puis une lumière bienveillante ?

La règle, Laura… la règle sera toujours de rester sur place et d'attendre que je vienne te chercher.

Charly, ma dernière pensée sera pour toi, mon cœur…

Au moment où j'abandonnais et me résignais, un énorme tremblement dévasta la maison.

— NOOOOON !

Je me recroquevillai sur moi-même et ouvris les yeux.

Pas de clic.

Pas de bang.

Juste le fracas sourd de la porte contre le mur et un cri. Un cri animal, terrifiant, inhumain. Un cri qui résonnait encore dans la maison.

Charly venait d'enfoncer la porte et de surgir dans le salon. Il n'était plus en prison! Cela ne pouvait signifier qu'une chose: ils avaient compris. Ils avaient tout compris et étaient venus à mon secours.

Déstabilisé par son élan, Charly jeta un œil partout autour de lui avant de se fixer sur son frère.

— Antoine, ne fais pas ça! haleta-t-il.

De surprise, Antoine pointa son arme sur lui. Puis, il alterna: Charly, moi, Charly, moi.

— Tu ne comprends pas, Charly. Elle a tué Lucie! cria-t-il en me désignant de son arme.

— Regarde-moi, Antoine. Laura n'a rien fait. Elle n'était même pas au courant. Elle vient tout juste de l'apprendre par une lettre que son frère avait écrite à son intention. Bon sang, Antoine, ressaisis-toi: c'était un accident.

— Ils savaient! Ils n'ont rien dit. Elle mérite de mourir autant que toute sa putain de famille!

— Non. J'étais dehors, contre la porte, j'ai tout entendu.

Charly s'avança. Il était à présent à quelques mètres de moi. Je savais qu'il n'arriverait pas à faire entendre raison à son frère. Il s'avança de plus en plus. Il devait supposer qu'Antoine ne tirerait pas sur lui, ce qui m'affola. Antoine était fou, imprévisible.

— Alors tu sais, n'est-ce pas? Tu sais que j'ai été obligé de faire ça. Sa mère, Thomas, et elle, c'est pareil!

— Non, Antoine. Ce n'est pas ce que Lucie voudrait.

— Ne me parle pas de Lucie! Tu n'es pas objectif! C'est à cause d'elle! Elle t'a fait tourner la tête!

J'étais complètement paniquée. Charly n'arriverait pas à le raisonner. Il ne faisait que retarder l'échéance et Antoine était bien capable de lui tirer dessus avant de me tuer. Au moment où j'essayais d'évaluer nos chances, le regard de Charly croisa le mien.

Je n'y lus que souffrance, culpabilité et détermination. Cette lueur que je n'aimais pas chez lui avait cédé la place à un scintillement encore plus dangereux. Charly connaissait la vérité sur la mort Lucie, sur la décision de Thomas.

Les secrets n'étaient plus. Il y a des vérités qu'il vaut mieux ne pas déterrer si on n'est pas assez fort pour les affronter. Charly était-il assez fort?

Ses yeux brillèrent de larmes.

— Antoine, donne-moi ton arme. Je sais que tu ne vas pas faire ça.

J'avais envie de hurler.

Antoine allait tirer: il était de plus en plus déstabilisé. Son visage marquait l'incompréhension, la frustration. Il perdait le contrôle.

— Baissez votre arme!

Je tournais la tête vers la voix. Dufour et Leduc venaient d'entrer dans le salon. Ils étaient tous les deux postés près de la porte et pointaient chacun une arme sur Antoine.

— Monsieur Revel, baissez votre arme.

À cet instant, Charly fit quelque chose d'insensé: il se décala de quelques pas.

— Ne restez pas là, Charles.

À travers mes larmes, je réussis à capter l'immense détresse de Charly. Il venait de se placer entre les policiers et Antoine. L'instinct. Il voulait protéger son frère.

Je comprenais mieux que personne! Thomas m'avait protégée toute sa vie. Mais Antoine était fou et, s'il y avait échange de coups de feu, Charly se trouvait en plein milieu d'un champ de tir.

— Antoine, donne-moi ton arme, s'il te plaît.

Charly s'avança encore un peu. Il tendit la main vers son frère. Il était à environ un mètre devant moi. J'avais toujours le souffle court.

Antoine n'avait pas regardé une seule fois les deux policiers. Il ne s'occupait même plus de moi. Son regard était vissé dans celui de Charly qui se rapprochait de lui.

Son visage s'apaisa et des larmes roulèrent sur ses joues. Il fixa son frère puis murmura un simple mot.

— Pardon.

Tout en le prononçant, il posa les yeux sur moi et releva le bras. Il s'était fixé une mission et savait qu'il n'aurait de repos que lorsqu'il l'aurait achevée. C'était fini, il était en position pour tirer. Au moment où je fermais les yeux, je vis Charly se jeter vers moi.

Un coup de feu.

Presque simultanément, un second coup de feu.

Je fus choquée par le bruit assourdissant, puis par l'odeur. Était-ce cela l'odeur de poudre ? Instinctivement, je palpai mentalement chaque partie de mon corps et en conclus que je n'avais pas si mal que ça.

Aucune douleur. Je n'avais pas été touchée. Je rouvris les yeux.

La première chose que je vis fut le corps d'Antoine gisant à terre et Bouboule, que je n'avais pas vu pénétrer dans le salon, tenant toujours son arme pointée sur lui.

Était-il mort ?

Mon regard se baissa sur une ombre à mes pieds, juste devant moi. Charly était étendu là.

Je poussai un cri effroyable qui résonna dans toute la maison. Mon cœur s'arrêta de battre quelques secondes. Je manquais d'air, mais le pire était cette douleur – non pas la douleur physique, mais la douleur que l'âme peut ressentir… Je l'avais toujours su, une âme sait en reconnaître une autre et la mienne avait depuis longtemps déjà reconnu celle de Charly comme étant son âme sœur. Charly gisait devant moi, inerte.

Je luttai pour essayer de me libérer de mes liens et soulevai ma chaise en direction de Charly. Je hurlai et pleurai sans prêter attention à l'agitation autour de moi.

Bouboule poussa l'arme d'Antoine du pied et s'agenouilla pour prendre son pouls, puis il ferma les yeux en soupirant. Antoine était mort.

Leduc s'agenouilla auprès de Charly et, alors, je l'entendis gémir. Il n'était pas mort ! Merci mon Dieu, il n'était pas mort !

Couché sur le côté, il se tenait la cuisse en serrant les dents. Leduc l'aida à comprimer la blessure d'une main tout essayant d'attraper son téléphone de l'autre.

— Charly ? Charly ?

Je sentis vaguement quelqu'un tirer sur les cordes de mes poignets. Je me tournai vers Dufour qui faisait son maximum pour me détacher.

— Charly ? Mon Dieu, Charly, réponds-moi, s'il te plaît ! Réponds-moi !

Une fois libre, je glissai vers lui et, en pleurant, pris son visage dans mes mains.

— Laura…

— Oui, dis-moi, qu'est-ce que je dois faire ?

Charly ferma les yeux ; il grimaça et je réalisai que son visage était anormalement pâle.

Toujours son arme à la main, Dufour partit inspecter le reste de la maison, très vite imité par Bouboule. Leduc, qui était en train d'essayer de stopper l'hémorragie, me fit signe de prendre le relais pour pouvoir téléphoner. Je posai donc les mains sur la cuisse de Charly et vis avec horreur le sang s'insinuer entre mes doigts.

— Il faut… artère… Il faut… comprimer l'artère.

— Comment ? Un garrot ?

Charly rouvrit les yeux et regarda sa cuisse, mes mains ensanglantées, la tache qui s'agrandissait sur le sol.

— Non… trop tard.

Je sentis qu'il était prêt à s'évanouir.

— Reste avec moi ! criai-je en appuyant plus fort.

— Il faut appuyer… Artère… comprimer l'artère.

Il luttait pour rester conscient, mais la douleur le terrassa. Il lâcha prise et s'évanouit.

C'est alors que je vécus les minutes les plus longues de mon existence. Je fis de mon mieux en pleurant, en priant :

le pacte était de retour. Il ne concernait plus Thomas, mais Charly.

Ne me prends pas Charly. S'il te plaît, ne me prends pas mon amour.

Je tins bon tout en fixant à travers mes larmes le visage cadavérique de Charly jusqu'à ce que j'entende la mélodie la plus douce que j'aie jamais entendue : la sirène du Samu.

46

— Comment te sens-tu ?

Je tournai les yeux vers Bouboule que je n'avais pas entendu arriver. Il portait deux gobelets de café et m'en tendit un que j'acceptai avec un pâle sourire. Son visage était fatigué et ses yeux bordés de sillons creux et noirâtres. Je remarquai seulement à cet instant précis qu'il avait quitté son uniforme et portait un jean et un T-shirt.

— Physiquement, ça va.

Il hocha la tête en me détaillant. Je vis son regard se faire distant et se perdre.

— Il va falloir du temps pour oublier, pour panser les blessures.

J'acquiesçai puisque c'était ce qu'il attendait mais je n'étais pas dupe. Parfois, malgré notre volonté, on n'oublie jamais.

Il paraît que le temps atténue les souffrances : foutaises !

J'observai son visage rond pour y déceler une trace d'émotion. J'avais appris que c'était la première fois qu'il utilisait son arme et, de plus, pour tuer.

— Et toi ?

Son regard vacilla. Comment pouvait-on réagir après avoir enlevé la vie à un homme ? Mon côté obscur me suggérait qu'à partir de ce jour, il serait à jamais hanté par les yeux et le visage d'Antoine.

Bouboule étudia la question mais ne répondit pas.

Depuis des heures, j'étais adossée contre le mur, près de la porte de la chambre de Charly. Je refusais de m'éloigner et, pour autant, je n'osais pas entrer.

J'avais appris que mon aide avait été vitale pour lui, que l'opération s'était bien déroulée, mais que la balle avait fait beaucoup de dégâts. Frédéric s'était renseigné et était venu me rassurer : une cicatrice, un bandage, une canne pendant quelques semaines, puis de la rééducation et, avec le temps, peut-être qu'il ne boiterait plus.

Frédéric avait insisté : « Il est conscient Laura, tu peux aller le voir, il t'a réclamée. »

Je n'avais rien répondu, j'avais juste fondu en larmes de soulagement, d'épuisement, de culpabilité. J'avais l'impression que le robinet ne se refermerait plus jamais. Frédéric m'avait laissée, tout comme Ellie que j'avais envoyée préparer mon départ. Nous avions passé tous les trois notre nuit à errer comme des âmes en peine dans les couloirs de cet hôpital.

Sam était venu prendre des nouvelles de Charly qu'il avait ensuite transmises à Mme Revel. La pauvre était anéantie. Dévastée par la découverte du vrai visage d'Antoine, par sa disparition, par la blessure de son deuxième fils, par la vérité sur Lucie.

Une fois de plus, la vie de cette femme était brisée et, une fois de plus, ma famille en était responsable. Je savais qu'il fallait que j'aille la voir, mais je n'en avais pas la force. Je me contentais de ne pas bouger de ce mur, dans le couloir, à deux mètres de la chambre où Charly était étendu.

J'en crevais. J'avais besoin de Charly, besoin d'être dans ses bras, de lui avouer mon amour ; pourtant, ma famille avait brisé la sienne. Maman avait tué Lucie. Plus qu'Antoine, je pouvais affirmer que c'était son silence et sa culpabilité qui l'avaient tuée. Antoine n'avait fait qu'accélérer le processus ! Puis Thomas... mon pauvre Thomas qui avait voulu protéger maman jusqu'au bout. S'il avait su où sa décision nous conduirait....

Je bus une gorgée de café en silence. Bouboule s'adossa près de moi, une jambe repliée, un pied en appui contre le mur.

— Tu n'entres pas ?

Je le regardai et fis un effort surhumain pour ravaler mes larmes. Je secouai la tête et reniflai bruyamment.

Bouboule ne dit rien.

— Merci, Franck. Merci pour tout ce que tu as fait pour moi. Tu m'as sauvée.

— Non, ne me remercie pas. C'est vrai qu'au départ j'étais un peu borné contre lui, dit-il avec un signe de tête vers la chambre de Charly. Finalement, je me suis juste trompé de frère !

Cette dernière remarque finit par me décrocher un sourire. J'étais dans un tel état de nerfs ! Laura qui rit, Laura qui pleure !

— C'est ta fausse avocate d'associée et Charly qu'il faut que tu remercies. Ellie s'est inquiétée lorsqu'elle ne t'a pas vue revenir et, avec l'aide de Sam, ils ont fouillé dans tes affaires et ont trouvé la lettre de Thomas. À la gendarmerie, Charly a reconstitué le puzzle. Puisque ce n'était pas lui, ce ne pouvait être que Nathan ou son petit frère. Et pour finir, c'est quand même Charles qui s'est pris une balle !

Je tournai la tête vers lui. Pour la première fois, alors qu'il se montrait franc, j'eus l'impression que finalement il aimait bien Charly.

— Je ne sais pas si on va pouvoir gérer tout ça.

Bouboule eut un rictus qu'il transforma en demi-sourire, puis il me fit signe qu'il devait entrer là où je me refusais à entrer pour l'instant. Il fit quelques pas, frappa à la porte de la chambre, et l'ouvrit.

Je renversai la tête en arrière et serrai les dents lorsque je réalisai que j'entendais parfaitement leur conversation.

— Salut, Charly. La forme ?

— Salut, Boub… Salut, Franck.

Silence de quelques secondes.

Des pendules qui se remettent à l'heure, un passé que l'on laisse derrière soi, un avenir qui s'amorce.

— Je suis sincèrement désolé. Pour t'avoir mal jugé et – raclement de gorge, la voix de Bouboule était tendue – pour Antoine.

— T'en fais pas. Je sais. Tu as fait ce que tu as pu.

Nouveau silence de quelques secondes.

— Tu sors quand?

— Je sais pas trop. Il faut que j'en parle avec Frédéric, mais pas avant une bonne semaine, je pense.

— Bien.

— Où est Laura?

J'imaginai Bouboule se tournant vers la porte; je ne sus pas s'il le fit ou non.

— Pas bien loin, répondit-il.

— Elle va bien?

— Elle s'en remettra. Quand tu sortiras, il faudra que tu viennes me voir, pour finir cette histoire, la paperasse… Désolé, il faut le faire.

— D'accord.

J'entendis des bruits de pas.

J'avais l'impression d'assister à un petit miracle. Il y avait encore quelques jours, ces deux-là se criaient dessus dès qu'ils étaient dans la même pièce. J'écoutai leur conversation jusqu'à ce que Franck s'en aille. Lorsqu'il passa devant moi, son regard était doux, protecteur.

Il me sourit, m'embrassa sur la joue et murmura:

— Ne t'inquiète pas pour lui, il va bien, il est solide. Va le voir et passe me voir avant de partir. Il le faut, pour l'enquête.

J'opinai puis baissai les yeux sur mon gobelet de café froid. Je regardai sa silhouette jusqu'à ce qu'il entre dans l'ascenseur.

Avant que les portes se referment, un homme en sortit et ses yeux fouillèrent le couloir principal avant de se poser sur moi. Il eut une seconde d'arrêt puis se dirigea vers moi.

Plus il approchait et plus mon cœur s'affolait. Je n'avais pas vu Nathan depuis dix ans.

La presse s'était emparée de notre histoire et les gros titres ne parlaient plus que de ça sans tenir compte de nos sentiments.

Nathan se posta devant moi et me dévisagea.

— Je suis vraiment désolée, dis-je avec sincérité.

Il hocha la tête lentement. Son regard se porta sur l'agitation dans le couloir autour de nous avant de se planter à nouveau sur moi.

— Je voulais te parler.

— Je sais que tu dois me haïr comme tu dois haïr toute ma famille. Si seulement j'avais…

Il leva une main bandée et posa ses doigts sur ma bouche.

— Ne fais pas comme moi. Cela fait dix ans que je cherche un coupable, dix ans que ma rancune et mon besoin de vengeance m'ont enfermé dans une vie qui ne m'appartient plus. Et tout ça pour quoi? Pour me rendre compte que c'était ta mère… elle aussi d'une certaine façon une victime. Je réalise aujourd'hui que ce n'est pas un coupable que je cherchais, mais juste la vérité.

Je hochai la tête en pleurant et il retira sa main de ma bouche.

— Je ne te déteste pas, Laura. Je ne vais pas te dire que je n'aurai plus jamais ce poids sur la poitrine, ce serait faux, mais il est temps de commencer à oublier.

La gorge serrée, je me contentai de serrer sa main valide.

— Comment va Charly?

— La balle a fait pas mal de dégâts et il a perdu beaucoup de sang, mais le pire est derrière nous. Frédéric pense même qu'il ne boitera pas.

— Tant mieux. Je suis heureux de l'entendre. Tu le salueras pour moi?

— Tu ne veux pas entrer?

— Non, dit-il en souriant. J'ai pas mal de conneries à rattraper, beaucoup d'excuses à faire, et un ange à reconquérir.

Je fronçai les sourcils mais ne demandai pas d'explication.

— Au revoir, Laura et, s'il te plaît, ne fais pas comme moi : laisse le passé au passé. Crois-moi, tu y gagneras !

Sur ce conseil, il me sourit faiblement et repartit en direction de la sortie, me laissant seule avec mes doutes, mes peurs.

Je m'adossai de nouveau au mur et sentis mon téléphone vibrer dans la poche arrière de mon jean. Je pris le BlackBerry, pianotai et inspirai profondément avant de lire la réponse que j'attendais :

JE SERAI LÀ. JE T'ATTENDS.
ADAM.

Dans la nuit, après avoir longuement discuté avec Ellie, j'avais envoyé un mail à Adam Hopps. J'avais besoin de prendre mes distances et j'avais décidé de fuir une fois de plus, à l'autre bout de l'océan cette fois. Ellie s'était occupée de ma réservation et d'organiser mon départ.

Je glissai le téléphone portable dans ma poche arrière et jetai un regard lourd vers la chambre de Charly. Je me rapprochai lentement et, après une dernière hésitation, j'entrai.

Charly était allongé, la tête légèrement tournée vers la droite. Il portait une de ces affreuses chemises d'hôpital que chacun passe son temps à tirer sur l'arrière pour la maintenir en place et garder un semblant de pudeur. Le drap était remonté jusqu'à son torse, mais je pouvais distinguer une épaisseur plus importante révélant les bandages entourant sa cuisse. Son visage était plus pâle qu'à l'ordinaire et ses yeux de glace fixaient un point qu'il ne semblait pas regarder.

Je retins mon souffle. Il perçut le mouvement, tourna la tête et ses yeux se posèrent sur moi. Je m'avançai et m'assis sur la chaise à côté de lui. Je gardai « courageusement » les yeux baissés sur le lit puis m'accordai une bouffée d'air avant de le regarder.

Il me fixait, l'air coupable, les yeux brillants. Il ne dit rien.

Ma main frôla la sienne sur le drap. Je lui caressai doucement les doigts avant de prendre sa main dans la mienne.

— Finalement, tu auras fini par la défoncer, cette porte ! lâchai-je en guise de préambule tout en tentant un timide sourire.

Charly serra ma main et me sourit pendant quelques secondes avant que son visage se ferme à nouveau.

— Tu crois qu'on pourra…

— Survivre à ça ? coupai-je en laissant échapper de nouvelles larmes rebelles.

Il y avait tant de détresse dans son regard que mon cœur se serra. Il déglutit avec lenteur et acquiesça.

— Il va nous falloir du temps, du temps pour guérir.

Charly opina de nouveau. Son regard se fit distant et se perdit devant lui dans la contemplation de la porte que j'avais laissée ouverte.

— Je t'aime, Laura, affirma-t-il en me regardant à nouveau.

— Je sais… je t'aime aussi.

Charly porta ma main à sa bouche et je sentis son souffle chaud sur mes doigts avant que ses lèvres n'effleurent ma peau.

Il hocha la tête une nouvelle fois.

Nous restâmes silencieux quelques instants puis il se racla la gorge et poursuivit :

— Tu vas partir, n'est-ce pas ?

Sa voix était atone, tendue. Il serra ma main avec violence comme pour m'intimer de lui donner une réponse.

Je baissai les yeux sans répondre. Il me fixa, hésita, puis se racla à nouveau la gorge avant d'ajouter :

— Alors prends le temps qu'il te faudra. Prends le temps qu'il te faudra, et reviens.

Je secouai la tête en me mordant la lèvre inférieure.

— Charly, je ne te demande pas de…

— Je sais. Laura, écoute…

Il s'interrompit et le silence qui s'ensuivit devint pesant. Il parut mesurer la portée de ses mots avant de continuer :

— Je veux que tu vives ta vie, que tu sois heureuse. Je ferai de même, mais sache que si tu décidais de revenir, je serai toujours là.

Je restai muette.

Que peut-on répondre à cela ?

Je me contentai d'opiner et lui souris faiblement à travers mes larmes.

Il fallait que je parte. Si je ne m'enfuyais pas tout de suite, je savais que je n'aurais jamais le cran de partir. Alors, avec un courage infini dont je ne soupçonnais pas l'existence, je me levai. Ma main s'attarda pour caresser doucement son visage, puis je déposai un dernier baiser sur ses lèvres.

Sans un mot, je pris la direction du couloir. Au moment de sortir, dans l'encadrement de la porte, je me retournai une dernière fois pour le contempler.

Il serrait les dents, il serrait les poings, il avait fermé les yeux.

Je l'aimais.

Je l'aime.

— Toi et moi, dis-je dans un souffle.

Charly ouvrit les yeux.

— Ensemble, répondit-il en me souriant à travers ses larmes.

Ce fut sur cette image que je sortis de sa chambre, sortis de sa vie.

47

Deux jours plus tard, j'entrai chez Jacky sans m'annoncer. Il était dans sa cuisine et me regarda, comme s'il attendait ma venue depuis un bon moment déjà.

Je me contentai de lui lancer :

— Tu savais, n'est-ce pas ?

Il arqua un sourcil en silence. Pas d'irritation ni de surprise, juste une invitation à poursuivre.

— Thomas disait dans sa lettre qu'il avait l'impression que quelqu'un était passé avant lui. Au début, avant la mort d'Antoine, j'ai pensé que c'était lui mais il a affirmé qu'il était arrivé vers 8 heures du matin. Lorsque Thomas est rentré, ce sont des traces de neige fondue qui l'ont mis sur la voie… ça devait donc être plus récent.

Je me tus et je vis une lueur danser dans les yeux de mon voisin.

— C'était toi, n'est-ce pas ? Tu savais pour le mot et pour Lucie.

J'étais toujours immobile sur le seuil de sa cuisine, emmitouflée dans mon manteau et tremblant des pieds à la tête. Jacky fit quelques pas dans ma direction et tira une chaise à mon intention.

— Oui.

Un mot franc, net et prononcé à haute voix. Je laissai échapper un soupir.

— Tu as raison, Laura. Je suis passé devant chez vous pour aller dans le bois et j'ai vu la porte entrouverte. Je savais que tu étais avec Charly, puisque je t'avais vue grimper à l'arrière de sa moto. Plus tard dans la nuit, j'ai entendu le moteur de la Jeep et j'ai vu Thomas quitter la maison. Martine était donc seule cette nuit-là. Alors, quand j'ai vu la porte entrouverte, je me suis inquiété lorsqu'elle n'a pas répondu.

Ses yeux se voilèrent de tristesse.

— Je l'ai trouvée, assise dans le fauteuil. Elle était enfin paisible.

— Tu l'aimais, n'est-ce pas ?

Sa bouche se tordit. Un mélange de grimace et de sourire.

— Oui. Je l'aimais, mais elle ne m'a jamais vu. Je l'ai aimée dès que tes parents sont venus s'installer au chalet. Quand on connaît ce sentiment, un amour si fort qu'il nous ronge de l'intérieur, on ne peut pas lutter.

J'eus une pensée pour Charly et mon cœur se serra.

— Mais Martine n'avait d'yeux que pour ton père, alors… Je l'aimais au point de vouloir son bonheur avant le mien et j'ai essayé, j'ai fait de mon mieux pour être un bon ami.

— Tu n'as rien fait lorsque tu as vu le mot que Thomas et moi avions pris pour une confession ?

Il haussa les épaules.

— À l'époque, j'ai réellement cru au suicide de ta mère et j'ai réellement cru que c'était son adieu. Oui, j'ai lu le mot qu'elle avait laissé, mais ce n'était pas à moi de décider cette fois-ci.

— Cette fois-ci ?

Je me contentai de murmurer ces derniers mots. Je venais de comprendre, et tous les doutes que j'avais encore furent balayés par ces quelques mots.

— Tu savais tout depuis le début, n'est-ce pas ? soufflai-je plus pour moi-même que pour lui.

Il se dirigea vers l'évier et se servit un verre d'eau. Je le regardai en silence, comme en apesanteur, hypnotisée par ses mouvements. Cet homme qui avait aimé ma mère, cet homme aux cheveux clairsemés et aux épaules basses, cet homme qui, par amour, avait maquillé un accident…

— J'ai… J'étais là ce jour-là aussi, et j'ai vu la Jeep rentrer ce matin-là. C'était les premières heures de l'aube et j'ai vu que Martine était au volant. Elle a coupé le contact mais n'est pas sortie de la voiture. Elle était complètement sonnée par les médocs ou l'alcool. Je l'ai portée et je l'ai allongée sur son lit. Vous deviez probablement dormir et vous ne vous êtes pas rendu compte de son absence.

Il but une gorgée d'eau, puis posa son verre dans l'évier et se retourna vers moi.

Ses yeux devinrent brillants.

— J'ai vu l'état du pare-chocs, le sang. Sur le moment, j'ai pensé qu'elle avait fauché une biche ou un animal de ce genre mais, dans l'après-midi, lorsque j'ai appris l'accident et le coma de la petite… La thèse du chauffard était déjà avancée par la police, et j'ai tout de suite compris. Je n'ai pas réfléchi. J'ai pensé à elle qui dormait paisiblement. Lorsque vous êtes tous les trois partis à la recherche de Lucie, vous avez pris la Jeep de Charly et Thomas est venu me demander de garder un œil sur ta mère.

Je hochai la tête à ce souvenir.

— J'ai passé la journée chez vous, je me suis occupé de votre voiture et j'ai effacé toute trace de l'accident. Je l'ai nettoyée, j'ai redressé la tôle. Votre Jeep avait déjà quelques années, alors un peu plus de griffures ou pas, avec un peu de chance, personne ne le remarquerait. Vous ne vous êtes rendu compte de rien et les jours ont passé. Ensuite, quelques jours plus tard, Lucie est morte et je me suis dit que cela ne servait plus à rien de dire la vérité.

— Pourquoi est-ce que tu ne nous en as pas parlé, à Thomas ou à moi ?

— À cause de Charly. Je vous ai vus naître tous les trois. Je vous ai vus grandir et devenir trois gamins inséparables et, je ne sais pas si tu te souviens, tu n'étais qu'une gosse, mais quand tu avais six ans, tu disais déjà que lorsque tu serais grande, tu te marierais avec Charly.

Je secouai la tête. Je ne me souvenais pas de ça.

— Vous n'étiez que des mômes mais, bon sang, vous étiez tous les trois tellement unis que… Je savais que dire la vérité allait vous briser et, au final, n'allait pas ramener Lucie !

Il déglutit avec peine. Une veine battait avec violence sur une de ses tempes et il était blanc comme un linge.

— De plus, Martine était tellement saoule qu'elle ne semblait avoir aucun souvenir de l'événement. Je sais qu'elle ne prenait jamais votre Jeep. Je ne sais pas ce qu'elle a fabriqué cette nuit-là, mais je suppose que les souvenirs sont revenus au fil des jours car c'est à partir de ce moment-là que son état n'a cessé d'empirer et qu'elle s'est mise à boire de plus en plus. Elle voulait oublier. Et je me sentais tellement coupable…

— Elle savait ce que tu as fait pour elle ?

— Non, elle n'a jamais rien su.

— Alors quand Thomas a caché la lettre…

— J'ai reconnu tout de suite la patte de ton frère. Je sais qu'il ne m'a jamais beaucoup aimé mais, lui et moi, on avait un point en commun. On aimait ta mère au point de tout faire pour la protéger. Moi pour l'accident, lui pour la lettre. Dans l'après-midi, après le suicide de ta mère… enfin, après qu'Antoine l'eut forcée, lorsque je me suis rendu compte que Thomas avait dit à la gendarmerie qu'elle n'avait pas laissé de lettre, j'ai été fier de ton frère, et je me suis dit qu'il avait pris la bonne décision.

Nous discutâmes encore quelques minutes puis je serrai Jacky dans mes bras sans rien ajouter.

Que dire ? Le remercier ? Lui en vouloir de n'avoir rien dit ? Lui en vouloir d'avoir fait la même chose que Thomas ? Que se serait-il passé si cela n'avait pas été le cas ?

Je sortis, un poids en moins sur la poitrine et, serrant mon manteau sur mon corps, je marchai jusqu'à l'auberge. Le cœur lourd, je n'osai frapper à la porte et je restai statufiée au bas des marches à contempler la maison, ou plus précisément, la fenêtre dont le rideau avait bougé quelques instants après mon arrivée.

Je savais qu'elle me regardait, comme je regardais cette fenêtre avec la peur au ventre.

Je ne fis pas un mouvement vers Mme Revel. Je restai longtemps là, debout dans le froid.

Elle ne vint pas m'ouvrir la porte.

Je finis par lever la main doucement vers elle et repris mon chemin. Je ne sus pas si elle m'avait répondu ou si elle était restée à me regarder fuir une nouvelle fois.

Je fis mes adieux à Sam et Ellie. Mon associée m'avait été d'un grand secours, comme toujours, et s'était chargée de réunir mes affaires et de préparer mon départ. J'avais adressé un courrier à Me Ledol pour désigner Ellie et Sam comme responsables de tout en mon absence pour la succession. J'avais précisé au passage l'existence de Marilyne et du fait que mon frère allait être père. Je voulais que l'enfant de Thomas ne soit pas lésé dans la succession et, pour cela, je lui faisais confiance.

Moi qui avais toujours eu un détachement certain pour le chalet, je n'arrivai pas à me résoudre à le mettre en vente. La famille Vallon allait s'agrandir, alors j'avais proposé à Marilyne de s'y installer si elle le souhaitait. Il était spacieux et c'était l'endroit où le père de son enfant avait grandi. Il était temps que l'âme de cette maison se réchauffe et je ne voyais rien de mieux que des rires d'enfant. Je l'avais sentie heureuse de cette proposition ; elle allait faire du chalet un cocon douillet pour ma nièce ou mon neveu.

Je survolais l'océan Atlantique. L'Airbus n'était pas complet et, profitant du fait que je n'avais pas de voisin, j'avais enlevé mes bottes et posai les pieds sur le siège. Le menton sur les genoux, les mains entourant mes jambes, la tête tournée vers le hublot, j'observais cette mer de nuages, tout en me repassant sans cesse le film de ces derniers jours.

Je savais que le processus du deuil était enclenché mais qu'il faudrait du temps pour me reconstruire, pour panser mes blessures et guérir.

Je me demandai si, comme Antoine, j'allais être marquée à vie par l'absence de Thomas et de maman, par le remords, par tout ce gâchis et surtout par la culpabilité.

La bague de fiançailles de maman scintillait à mon annulaire et j'avais l'impression d'arborer l'emblème d'une famille qui n'existait plus. Sans m'en rendre compte, je passais mon temps à tourner la pierre autour de mon doigt. Je pensai alors à maman, à Thomas. J'espérais secrètement qu'il y avait une vie après la mort et que, de leur coin de ciel bleu, ils étaient avec papa et qu'ils me couvaient de leur amour.

L'Airbus volait tranquillement, sans turbulences, et m'emmenait loin de mon village.

Tout en repensant à ces derniers jours, j'observais les autres passagers autour de moi. Une femme d'une quarantaine d'années, de l'autre côté du couloir, venait de poser ses écouteurs pour prendre un livre. Son fils de quatre ou cinq ans était hypnotisé par le dessin animé sur l'écran où le loup de Tex Avery déroulait une langue de cinq mètres de long et tapait du poing sur la table devant Betty qui venait de lui envoyer un baiser.

Je reportai mon attention sur la femme et souris en apercevant la couverture de son roman : Édouard Colin allait encore sévir – le volume de l'an dernier.

Une partie de moi avait envie de l'apostropher pour lui annoncer que la suite arrivait, mais je n'en fis rien. Je me réinstallai, pieds sous les fesses, et ouvris mon ordinateur portable.

J'avais un mail que je n'avais pas pris le temps de lire avant d'embarquer. Ellie répondait à mon ultime question au moment où je l'avais laissée de l'autre côté de la vitre à l'embarquement :

« Il y a quelques années, je portais une paire d'escarpins dernier cri et j'ai marché "dedans" du pied gauche. Je me suis dit que c'était un jour de chance. Cinq minutes plus tard, j'ai fait ta connaissance. J'ai trouvé une amie, une sœur, une associée. Tu es ma chance, tu es ma Crotte. Prends soin de toi. »

Mon sourire s'élargit.

Je regardai moi aussi pendant quelques minutes le générique de fin et je m'octroyai une profonde inspiration avant d'observer ma voisine absorbée par la lecture du roman de Hopps.

Je n'avais jamais rencontré Hopps en personne et, vu qu'il n'affichait jamais sa photo en couverture de ses romans, je m'étais imaginé un homme d'une cinquantaine d'années, au regard doux et rêveur.

De lui, je ne connaissais que sa voix, douce, teintée d'un accent prononcé, et son talent d'écrivain. Je ne m'étais pas envolée pour New York au hasard. J'avais éprouvé le besoin de le rencontrer, de lui parler. J'avais envie de parler de son héros, Colin, et, par-dessus tout, j'avais besoin de savoir si Colin poserait une main sur mon épaule et s'il me dirait : « Ça aussi, ça passera ».

Adam,

Lorsque tu rentreras, je ne serai plus là et je présume que tu le sais déjà. J'ai feuilleté quelques pages de ton dernier roman avec attention, traîné dans ton bureau avant de déposer sur la table l'histoire de ma vie que tu m'as demandé d'écrire puisque je n'étais pas en mesure de la raconter de vive voix.

Tu avais raison, écrire libère l'esprit.

Hier soir, au cours de notre dîner, comme si dans mes gestes et mes regards tu savais déjà que ma retraite auprès de toi touchait à sa fin, tu m'as dit :

— Lorsque tu es arrivée, tu avais une question en tête.

J'ai hoché la tête en me remémorant le moment où j'ai fait ta connaissance à l'aéroport.

« Est-ce que ça aussi, ça passera ? » Une réplique de Colin.

— C'est une façon pour lui d'avancer. Tu as trouvé la réponse que tu cherchais ?

J'ai hoché la tête et je t'ai souri.

La réponse, c'est qu'on n'oublie jamais mais qu'on apprend à vivre avec.

Ta présence à mes côtés fut une bénédiction de chaque jour et si aujourd'hui j'ose penser à demain, c'est en partie à toi que je le dois et je ne te remercierai jamais assez.

Au cours de ces quatre mois passés en ta compagnie, j'ai eu de nombreux échanges mails avec Ellie, Sam et Marilyne. Je n'ai eu aucune nouvelle de Charly.

Respect de ma liberté une nouvelle fois ? Hésitation ? Peur ?

Je ne vais pas te mentir, je ne l'ai pas contacté non plus. Cent fois j'ai pris mon téléphone et composé son numéro, et cent fois j'ai raccroché avant que la première sonnerie ne retentisse.

J'ai souvent pensé à Nathan. Marilyne m'a appris qu'il venait de se marier avec la sœur de Frédéric.

Je n'ai pas envie de passer dix ans de plus à regretter mes choix. La France me manque, mon village me manque, et l'absence de Charly est une torture insoutenable.

Aujourd'hui, je ne porte plus son anneau en pendentif, je l'ai mis sur mon annulaire devant la bague de fiançailles de maman.

Mon regard dérive vers le cadran de la montre qui glisse toujours sur mon poignet. Dans trois heures, je serai dans l'avion vers la France.

J'arrête de fuir.

Je n'ai plus peur.

Je vole vers toi, Charly.

Je rentre à la maison.

Je rentre chez moi.

REMERCIEMENTS

Mon tout premier « merci » est pour vous, lecteurs, car sans vous, cette histoire n'existerait pas, et je ne passerais pas autant de temps dans mon monde imaginaire à en inventer d'autres.

J'espère que vous avez passé un moment agréable en compagnie de Laura, Thomas, Charly et les autres...

Romain... un énorme merci. Si tu ne m'avais pas offert ce livre avant ton départ, je ne me serais pas lancée dans l'aventure de l'édition !

Merci aussi à Sophie (lectrice de mes ébauches), maman, Claude, Philippe, Christine, Isabelle et Matt pour leur soutien et pour être là, tout simplement.

Enfin, merci aux membres du comité de lecture pour leurs conseils et encouragements, en particulier Maryse et Gilda pour leur aide précieuse, ainsi qu'à toute l'équipe de Nouvelles Plumes, sans qui rien de tout cela ne serait arrivé.

À très bientôt pour de nouvelles histoires...
Claudia.

Composition :
Soft Office – 5, rue Irène Joliot-Curie – 38320 Eybens

Achevé d'imprimer par GGP Media GmbH, Pößneck
en septempre 2014
pour le compte de France Loisirs,
Paris

N° d'éditeur : 78733
Dépôt légal : août 2014
Imprimé en Allemagne